史蒂芬金選

Stephen King

STEPHEN KING

# 史蒂芬·金

# 我們還沒玩完

柯乃瑜、楊沐希—譯

END OF WATCH

# 恐怖與懸疑，虛構與寫實——談《我們還沒玩完》

【城堡岩小鎮粉絲頁創立人】劉韋廷

有些相當受到歡迎的大眾作家，其作品可說數十年如一日。他們能以冷靜自持的態度，打造出一本又一本水準固定的暢銷著作，彷彿時間不曾對他們的創作帶來任何影響，至於他們的人生經歷，也始終與筆下世界有著一定距離，使其敲打鍵盤或握筆的手彷彿機械一般，於故事情節、整體風格與敘事節奏等等方面，有著精準無比的一致性。

但史蒂芬・金不是這樣的創作者。

雖然從一九七四年的處女作《魔女嘉莉》至今，金的小說始終大受歡迎，但只要是他的長期書迷都知道，他在不同時期的著作，其實均相當程度地反應了他創作當時的思維與人生歷程。舉例來說，他在八〇年代推出的《鬼店》與《戰慄遊戲》等書，便透露出他彼時深陷於酒癮及毒癮問題的困境；而一九九九年那場差點使他喪命的車禍意外，也曾變形成各種不同意外形式，出現在他的《捕夢網》（Dreamcatcher, 2001）、《莉西的故事》與《魔島》等書裡頭。

至於他自二〇一四年開始，連續三年每年推出一本的「霍吉斯三部曲」系列，則可以算是他近年作品與其個人狀況息息相關的另一明證，讓我們看見一九四七年出生的他，是如何以年近七十的作家視角，描繪出我們較為少見的冷硬派偵探小說面貌。

在三部曲的首作《賓士先生》中，金以極為細膩的方式描繪了警探霍吉斯退休後的生活，將冷硬派小說中主角的疏離、憤世嫉俗等常見設定，巧妙轉換為因年邁而起的厭世、迷惘等安排，甚至就連老年所帶來的身體病痛，也成為故事中影響主角安危的一大威脅。

不過，金畢竟仍是一名溫柔的作家，在接下來的故事發展裡，霍吉斯又再度尋回了人生方向，甚至也有了如同家人一般的夥伴，因此使續作《誰找到就是誰的》中的冷硬氣息比起前作被沖淡許多，再加上與瘋狂書迷有關的故事主題，更使《誰找到就是誰的》比《賓士先生》具有更為濃烈的金氏特色。

這種將金氏風格融入冷硬派偵探小說的情況，到了三部曲完結篇的《我們還沒玩完》，則又有了更進一步的表現。這一回，故事引入了前兩本作品主線中並未出現的超能力設定（會這麼說，是因為《誰找到就是誰的》裡出現的超能力暗示只是《我們還沒玩完》的伏筆，與故事本身沒有太大關連），讓書迷們不禁於第一時間內便會聯想到他《燃燒的凝視》（Firestarter, 1980）、《死亡禁區》等經典作品的安排。但不同的地方在於，這回擁有超能力的人乃是故事反派，與主角霍吉斯在各個方面都可稱之為天平的兩端，因此也使霍吉斯陷入了比過往更為兇險的境地當中。不過，這種外在的兇險還不是霍吉斯最大的麻煩，身體的內在疾病，也繼《賓士先生》之後再度成為了他另一個難以逃脫的困境來源。

這樣的安排，對照起金在電視節目「CBS 今晨」宣傳本書時的專訪內容來看，可說是更為有趣了。節目上，金被問到「恐怖小說與懸疑小說有何不同」時，表示自己十分認同知名導演希區考克對此的見解——炸彈突然爆炸算是「恐怖」，而你明知炸彈就藏在桌下，卻不曉得它何時才會爆炸，則是所謂的「懸疑」。

這樣的回答，或許正解答了金撰寫《我們還沒玩完》所想嘗試的事。表面上來看，本書故事的一半屬於「恐怖」的超自然元素，另一半則屬於「懸疑」的偵探查案情節。但如果就霍吉斯所面臨的困境，也就是故事的內在命題來看，我們則會發現，本書的一半其實則是超能力兇手可能突然奪命的「虛構」，而另一半則是由於身體病痛，使人難免得邁向生命終點的「寫實」面相。

這種既跨越小說類型，同時讓虛構與現實得以互為表裡的安排，很可能就是金在「霍吉斯三部曲」的最後所想完成的事——以全然自我的風格，寫出一部內外都完全屬於自己，與市面上多數作品有所不同的金氏偵探小說。

金成功了嗎？對我來說，答案自然是肯定的——就像這本書的中文書名一樣，就算已年過七十，史蒂芬．金與我們這些書迷離「玩完」這兩個字，可說還遠得遠得很呢。

# 聽聽這如雷的掌聲！

在《我們還沒玩完》裡覺得賓士先生會一路昏迷的讀者，送你一句話：「哈！你上當了！」史蒂芬．金在本書將《魔女嘉莉》結尾一閃而過的能力發展到極致，他將短暫的驚嚇變成最巨大的恐懼……而當他寫到痛苦時，他寫得非常真實，令人嘖嘖稱奇！

——紐約時報書評特刊／珍妮特．馬斯林

史蒂芬．金的小說讀起來非常愉快，他從來不受限於一個類型之中……犯罪小說中向來充滿各種刻板印象與安排，例如正直的警察在結尾射擊歹徒、從另一個年代打撈出來的性別建構手法、無敵的英雄……諸如此類。本書完全沒有這些包袱，這是一本打破類型藩籬的輕快之作，也是霍吉斯三部曲最光榮、最恰當的結局！

——紐約時報書評特刊／丹妮絲．米娜

史蒂芬．金之前就探討過出現在這部小說的主題，例如獲得危險的超自然力量、現代電子產品所帶來的殭屍效應，但他找到全新的方法將這些主題加進再次登場的角色之中。這些角色引人共鳴，讀者都能感受到他們的痛苦與成功。史蒂芬．金的廣大書迷會發現，結合了推理及恐怖小說的結局非常適合做為霍吉斯三部曲的終曲。

——出版家週刊

對於利用人見人愛的元素來傷害我們這點，史蒂芬．金早有輝煌的歷史，這些元素從車到狗都有，這次他的主題是遊戲裝置……作者輕鬆轉換主要角色的視角，營造出令人緊張的步調，讓人愛不釋手，同時又以令人滿意的手法透露兇手是誰以及手法為何……提到警察小說，只能祈禱史蒂芬．金還有更多這種類型的故事可以寫。

——今日美國報

在這三部曲之中，史蒂芬．金不僅玩弄並且榮耀了老派的犯罪小說，他似乎已經將這個類型占為己有。不過，他又以第三部系列作帶領讀者回到專屬於他的恐怖國度之中……令人既歡快又毛骨悚然！

——寇克斯評論

史蒂芬．金在完結篇裡一路堆疊超自然大屠殺，但真正使得故事讓人眼睛為之一亮的卻是辦案的過程。

——衛報

一如往常，金式恐怖小說還是能將最平凡無奇的物品變得恐怖嚇人……十年前他也在《手機》裡用過同樣的手法。

——倫敦旗幟晚報

致湯瑪士・哈里斯

弄把槍來
回到我房間
我要弄把槍來
弄把單管或雙管的槍
與其唱著那些自殺藍調
你知道我不如死了更好

——搖滾樂團 Cross Canadian Ragweed

CONTENTS

# 二〇〇九年四月十日

## 馬丁·史多佛

黎明前，天色總是最暗。

羅伯·馬丁駕駛著救護車，緩緩朝上萬寶路街總部第三消防站駛去時，突然想起這句陳腔濫調。他覺得當初想到這句話的人，想必體悟了某種人生真諦，因為今天早晨的天色可是比土撥鼠的屁眼還黑，黎明也即將來臨。

是說即使今日終於天明也不會有什麼看頭，勉強說來就是黎明宿醉了。霧濃，且散發著鄰近那個不怎麼大的大湖味。霧層間透著寒冷的細細雨絲，更增添風味。羅伯將雨刷從間歇切為慢速。前方不遠處，無疑可見黑暗中聳立的兩道黃色拱形。

「美國金色大奶！」傑森·瑞普希斯在副駕駛座上大喊。羅伯擔任急救員十五年來，跟許多隨車護理師合作過，傑森·瑞普希斯是最棒的搭檔：閒暇之餘隨和好相處，所有事情一齊發生時又專注敏銳。「我們要有得吃了！天佑資本主義！快開進去，快開進去！」

「你確定嗎？」羅伯問。「我們剛剛才親眼見識過那種垃圾會造成什麼後果。」

他們剛從蜜糖高地的假豪宅回來，那裡有位哈維·葛藍先生打一一九通報自己胸口劇痛。他們發現他的時候，他正癱在有錢人想必稱為「多功能大廳」裡的沙發上，身著藍色睡衣宛如擱淺的鯨魚。妻子趴在他身上，深信他隨時都會掛掉。

「麥當當！麥當當！」傑森不斷複誦。在座位上彈跳。那位表情嚴肅、認真測量葛藍先生生命徵象的專業人士（羅伯就在一旁，手上提著裝有呼吸道處置耗材與心臟藥物的急救包）已經消失了。傑森的金色頭髮不斷落下蓋住眼睛，看起來就像超齡的十四歲大男孩。「我說開進去啊！」

羅伯開了進去。他自己也不介意來個豬肉滿福堡，搞不好再點一份看起來像烤牛舌的薯餅。得來速的排隊車輛不多，羅伯貼到隊伍最後方。

「反正那個男的又不是真的心臟病發，」傑森說。「只是吃了太多墨西哥料理。連要載他去醫院都拒絕了，不是嗎？」

沒錯。在打了幾個深沉的飽嗝，下方某處也傳來轟動巨雷，導致他那皮包骨貴婦老婆倉皇逃向廚房後，葛藍先生坐起身表示他覺得舒服多了，並對他們說，不用，他應該不需要救護車送他去金納紀念醫院。羅伯和傑森聽完葛藍描述自己前晚在提華納玫瑰餐廳吞下多少食物後，也覺得他不需要就醫。他的脈搏強壯有力，血壓是有些不妙，但他搞不好多年來都這樣，總之整體而言目前相當穩定。自動體外心臟電擊去顫器連見天日的機會都沒有。

「我要點兩個滿福堡、兩份薯餅，」傑森宣布。「黑咖啡。等一下，改成三份薯餅好了。」

羅伯還在想葛藍的事。「這次是消化不良，但很快就真的會進化成心臟病了。梗塞會來得迅雷不及掩耳。你覺得他有幾公斤？一百四？一百六？」

「至少有一百五，」傑森說，「不要再破壞我的食欲了。」

羅伯朝著從宛如湖泊的迷霧中升起的金色拱形揮舞雙手。「美國有一半的問題源於這裡跟其他的速食業者。身為醫護人員，相信你也明白。你剛點了什麼？老兄，那隨隨便便就是九百大卡。滿福堡再加塊豬肉，輕易來到一千三。」

「健康醫生，那你要點什麼？」

「豬肉滿福堡。搞不好要兩個。」

傑森搭上他的肩說：「幹得好！」

隊伍往前移動。距離點餐窗口只剩下兩臺車的他們，儀表板電腦下方無線電卻突然響起。調度員通常都一派冷靜平穩，這位聽起來卻像是灌了太多紅牛能量飲料後的怪咖電臺主持人。「所有救護車、消防車注意，有MCI！注意，是MCI！所有救護車、消防車，全部排位為最優先等級！」

MCI是大量傷患事件的代號。羅伯和傑森對望。飛機失事、火車失事、爆炸或恐怖攻擊。想必是其中一個原因。

「地點是萬寶路街市中心大禮堂，萬寶路街市中心大禮堂。再說一次，這是可能有大量死亡的MCI。務必小心。」

羅伯的腹部抽了一下。通常如果是去失事或瓦斯氣爆現場，不會有人叫他們小心。那就只剩下恐怖攻擊，而且搞不好還沒結束。

調度員又開始喋喋不休。傑森開啟警示燈與警笛聲，羅伯則輪胎轉到底，開著福萊納救護車切入環繞餐廳的小路，還擦到前方車子的保險桿。他們距離大禮堂只有九個街廓，但如果是蓋達組織拿AK-47在掃射，他們唯一能拿來反抗的武器就只有可靠的自動體外心臟電擊去顫器了。

傑森拿起麥克風。「調度員，收到，我們是第三消防站二十三號，預計抵達時間六分鐘。」

市內其他地段也響起警笛聲，但是憑聲音來判斷，羅伯猜自己的救護車距離事發現場最近。天空中悄悄浮現了鑄鐵色，當他們退出麥當勞回到上萬寶路街時，有臺灰色車輛從灰霧中冒出，是大轎車，引擎蓋有凹痕，水箱護罩還嚴重生鏽。有那麼一瞬間，開了遠光燈的HID氙氣大燈朝他們直射。羅伯按下雙管空氣喇叭，猛然閃開。那臺看起來像賓士但他不太確定的車回到自己的車道上，轉眼就只剩下消失在濃霧中的車尾燈。

「我的老天爺啊，差一點，」傑森說。「你該不會剛好有記下車牌號碼吧？」

「沒有。」羅伯的心臟狂跳，連喉嚨兩側都能感覺到心臟怦怦跳。「我剛忙著救我們的命。你說，市中心怎麼能有大規模傷亡？連上帝都還沒起床耶！大禮堂根本還沒開門。」

「有可能是公車失事。」

「再猜猜看。公車要六點才開始跑。」

警笛聲。到處都是警笛聲，有如雷達畫面上的點點開始聚集。警車快速超越他們，但是就羅伯所知，他們仍然領先其他救護車與消防車。

讓我們有機會第一個被射殺，或是被高喊「真主至大」的阿拉伯瘋子炸死，他心想。我們還真是占了便宜。

但工作就是工作，於是他轉上車道，通往主要市政大樓以及醜到極點的大禮堂，他搬去郊外以前都在那裡投票。

「煞車！」傑森大吼。「幹他媽的，羅伯，**快煞車！**」

迷霧中有許多人朝他們奔來，有幾個因為碰到下坡而跑到差點失控。有些人在尖叫。有個人跌倒，滾了一圈爬起來後繼續狂奔，夾克裡面撕破的衣服下襬在空中飄蕩。羅伯看見有個女人絲襪破破爛爛、脛骨血跡斑斑，鞋子只剩下一隻。他恐慌地立即煞車，救護車車頭往下俯衝，車內沒固定好的東西全部亂飛。藥品、點滴瓶、針具，全部都從（違反規定）沒關好的櫃子裡拋射而出。他們沒有需要用在葛藍先生身上的擔架，彈起撞到其中一面車壁上。聽診器找到出路，撞上擋風玻璃，掉落在中央控制臺上。

「慢慢開，」傑森說。「慢一點，好嗎？不要讓災情更嚴重。」

羅伯微踩油門，繼續緩慢上坡，速度好比步行。但人潮還是數以百計地出現，有些在流血，多數沒有明顯外傷，但大家都嚇壞了。傑森搖下副駕駛座車窗，頭伸出窗外。

「發生什麼事了？誰來告訴我發生了什麼事？」

有位脹紅著臉、上氣不接下氣的男子停下腳步。「有一臺車。像除草機那樣輾過人群。他媽的神經病只差一點就撞上我。我不知道他撞到多少人。我們像豬一樣被困在圍起來的柱子裡，因為要管制大家排隊。他是故意的，他們就像……噢，就像……灌滿了鮮血的娃娃，躺了一地。我看到至少有四個死了。數量一定更多。」

男子繼續前進，但隨著腎上腺素下降已不再奔跑，而是拖著沉重的步伐慢行。傑森卸下安全帶，整個人從車窗伸出朝他大喊。「你有看到是什麼顏色嗎？幹這件事的車？」

男子回頭，一臉憔悴蒼白。「灰色。灰色大車。」

傑森坐回位子上，望向羅伯。兩人都不用說出口：就是他們剛離開麥當勞時蛇行閃開的那臺車。而且原來車頭上的不是什麼鐵鏽。

「走吧，羅伯。我們等下再來整理混亂的車廂。先把我們帶到現場就好，但不要撞到任何人，好嗎？」

「好。」

等羅伯到達停車場，人群已經不再那麼恐慌。有些人正步行離開，有些人正設法協助那些被灰色車子撞到的人，還有幾位，就是走到哪裡都會有的那種王八蛋，則拿著相機拍照或錄影。羅伯猜想應該是希望能在YouTube上瘋傳吧。鍍鉻柱子倒在人行道上，「請勿跨越」的黃線拖曳在後。

剛才超越他們的警車停在建築物旁，旁邊是伸出一隻纖細白手的睡袋。有位男子呈大字形趴在睡袋上方，正下方是逐漸擴散的一攤積水。警察示意要救護車往前，頂著巡邏車頂警示燈的藍色搖曳強光為背景，顯得他招喚的手揮舞得有些斷斷續續。

傑森跑到救護車車尾的同時，羅伯抓起行動資料終端機下車。傑森從車尾拿出急救包與自動體外心臟電擊去顫器。天色持續亮起，羅伯已經能看見禮堂大門上方飄動的橫幅上寫著：**保證有一千個工作機會！**我們與市民同心！**羅夫．金斯勒市長。**

好，難怪這裡會有那麼多人，而且出現時間這麼早。因為是就業博覽會。從前一年經濟遭逢霹靂梗塞後就到處都不景氣，但這座湖濱小城狀況格外嚴峻，早從世紀初便開始流失工作機會。

羅伯和傑森朝睡袋走去，但警員猛搖頭。一臉蒼白。「這男的跟睡袋裡的兩個都死了。我猜是他老婆跟小孩吧。應該是想要保護他們。」他的喉嚨深處發出了短促的聲音，介於打嗝與作嘔。他用手遮住嘴巴，然後又從嘴巴移開指向他處。「那邊那位太太可能還活著。」

他口中的那位太太正四肢敞開仰躺在地，從雙腿與上半身所呈現的扭曲角度可看出受了嚴重創傷。她身上時髦的米色長褲胯部可見尿漬。勉強算還存在的臉，沾滿了油污。部分鼻子與絕大部分的上唇都被扯破。無意識地齜牙咧嘴露出她美麗的假牙。外套與一半的高領毛衣也扯壞了。脖子與肩上處處是大塊瘀青。

羅伯心想，那臺該死的車整個把她輾過去。把她當花栗鼠壓扁。他和傑森跪在她身旁，戴上藍色手套。她的皮包落在旁邊，上頭還可見部分胎痕。羅伯撿起她的皮包，捧起來放進救護車後方，心想胎痕搞不好可以做為證據之類的。當然，那位女士也會想要自己的皮包。

如果她活下來的話。

「她沒有呼吸了，但我有摸到脈搏，」傑森說。「非常微弱。把毛衣撕開。」

羅伯照做，撕開毛衣的同時，剩下一半且肩帶撕裂的胸罩也跟著剝落。他把剩下的衣物往下拉，清除遮蔽物，趁著傑森打開她呼吸道的同時開始壓胸。

「她撐得過去嗎？」警員問。

「我不知道，」羅伯說。「這裡我們處理就好。你還有別的事得忙。如果其他救援車輛像我們剛才那樣差點加速衝上車道，一定會撞死人。」

「哎呀！到處都有人受傷躺在地上，儼然像個戰場。」

「能幫多少就幫。」

「她恢復呼吸了，」傑森說。「羅伯，幫我一把，救救這條生命。打開行動資料終端機，通報金納紀念醫院說我們會送一個可能有脖子骨折、脊髓損傷、內傷、顏面損傷的患者過去，不知道還有什麼問題。狀況危急，我把她的生命徵象唸給你。」

羅伯用行動資料終端機呼叫醫院，傑森則持續壓袋瓣罩為她通氣。金納急診部立即回應，另外一端的聲音聽來沉穩清晰。金納是一級創傷中心，有時候又稱為國家級創傷中心，因此隨時準備好應付這種情況。一年會為此進行五次訓練。

通報完後，他量了她的血氧濃度（想當然耳很低），從救護車上取下硬式頸圈與橘色長背板。此時，其他救援車輛開始抵達，讓人更加清楚這場災難有多嚴重。

羅伯心想，誰敢相信這全都是一臺車造成的啊？

「好，」傑森說。「如果她狀況不穩定，我們最多也只能這樣了。來，把她搬上車。」

兩人小心確保長背板保持水平，將她抬上救護車，移到擔架上固定好。她蒼白扭曲的臉龐由頸圈包圍，看起來就像恐怖電影裡當作儀式獻祭的女性受害者……只不過那些通常是屆適婚年齡的妙齡女子，但這位女士看起來已經有四十好幾或五十出頭。一般人可能會覺得，年紀這麼大了怎麼還來找工作，但此時羅伯光看就知道，她這輩子都不可能再出來找工作了。看起來，也不可能再走路了。運氣要是非常好，她或許能免於四肢癱瘓（要是她撐過去的話），但羅伯猜她腰部以下應該都沒救了。

傑森跪下，將透明塑膠罩蓋在她的口鼻上，開啟擔架前方的氧氣筒。面罩起了霧，是好現象。

「接下來呢？」羅伯問，意思是，我能幫什麼忙？

「在那些飛出來的東西裡找腎上腺素，不然就從我的包裡拿。剛剛我還摸到穩定的脈搏，這下又變得微弱了。然後發動引擎。她受了這麼多傷，還能活著簡直是奇蹟。」

羅伯在摔落的繃帶盒之間找到一安瓶腎上腺素，交給傑森。接著他用力關上後門，跳上駕駛座，發動車子。第一個到大量傷患事件現場，就表示他們會第一個到醫院。這麼一來，這位女士存活的機率勉強大了一點。然而，即使清晨沒什麼車流量，車程仍要十五分鐘，他覺得她應該在他們到達羅夫．金納紀念醫院前就會走了。以她嚴重的傷勢來看，這樣或許是最好的結果。

但她沒死。

***

當天下午三點，羅伯和傑森的值班時間早已結束，情緒卻太過高漲根本不想回家，兩人坐在第三消防站的準備室裡看著靜音的體育臺。他們那天一共跑了八趟，但那位女士的情況最為嚴峻。

「她的名字是馬丁．史多佛，」傑森終於開口。「她還在手術中。我趁你去大便的時候打電話問的。」

「知道她存活機率多高嗎？」

「不知道，但他們沒有放著她不管，所以應該有希望。她去那裡八成是想找行政秘書的工作。

我在她皮包裡面找證件，從駕照上查到她血型的時候，有看到一整疊推薦信。看起來她很擅長這份工作。上一份工作是在美國銀行，被裁員了。」

「要是她活下來的話呢？你覺得會怎樣？只有腳不能動嗎？」

傑森盯著電視上滿場飛的籃球員看，好陣子不發一語。最後他說：「要是她活下來，應該會四肢癱瘓。」

「確定嗎？」

「百分之九十五確定。」

電視上出現啤酒廣告。年輕人在酒吧裡狂舞。馬丁．史多佛這輩子都不會再有什麼樂趣了。羅伯試著想像，她要是撐過去，會過什麼樣的生活。一輩子坐在電動輪椅上，移動的時候得要對著管子吹氣。吃的食物不是泥狀，就是得從鼻胃管灌食。呼吸得靠呼吸器，大便大在袋子裡。一輩子活在醫療的陰陽魔界之中。

「克里斯多福．李維過得還算不錯，」傑森彷彿看透他的思緒。「心態健康，是個好榜樣，抬頭挺胸。好像還有執導電影。」

「他確實是抬頭挺胸，」羅伯說，「因為頸圈不能拆，然後他就死了。」

「她穿上了最端莊的衣服，」傑森說。「體面的褲子、昂貴的毛衣、漂亮的外套，想辦法要東山再起，然後一個王八蛋出現就毀了一切。」

「他們抓到人沒？」

「我最後聽說是還沒，等他們抓到人的時候，希望他們把他吊起來，從卵蛋那邊吊。」

隔天晚上，這對搭檔送中風患者到金納紀念醫院時，趁機探視了馬丁．史多佛。她在加護病房裡，腦功能逐漸增強表示隨時可能恢復意識。不過，等她真的醒來時，就有人得告訴她壞消息：她胸部以下全部癱瘓。

羅伯．馬丁只能慶幸那個人不會是他。而媒體稱為賓士殺手的人也還沒被抓到。

# Z

## 二〇一六年一月

### 1

老威．霍吉斯的褲子口袋裡傳來玻璃碎裂聲，緊接著又傳來一群男孩的歡呼聲：「**是全壘打！**」

霍吉斯表情些微扭曲，因為震驚而抖了一下。史塔模斯醫生是名醫四人幫的其中一人，這個星期一的早晨，候診間人滿為患。每個人都轉頭看霍吉斯，他感覺到自己的臉脹紅。「真不好意思，」他對著候診間的人群說。「是我的簡訊。」

「簡訊太大聲了，」白髮漸稀，有著宛如米格魯腮幫子的老太太指出。她讓霍吉斯感覺自己像小孩，但他明明都要奔七十了，顯然她很熟悉手機禮儀。「在這種公共場合，你應該要把手機音量轉小，或是直接轉靜音。」

「沒錯，沒錯。」

老太太回頭繼續看她的平裝版小說（是《格雷的五十道陰影》，而且從破爛的外觀來看，這不是她第一次翻閱了）。霍吉斯從口袋把 iPhone 拉出來。他過去當警察時的老搭檔彼得．杭特利傳來簡訊。彼得自己也快要退休了，很難相信，卻是真的。這種情況稱為勤務結束，但霍吉斯發現自己無法放下勤務，他開了一間兩人公司叫做「誰找到就是誰的」。他前幾年闖了禍無法取得私人偵探執照，因此自稱獨立協尋調查員。在這座城市裡，一定要有人擔保你才拿得到執照。但他實際上擔任的是私人偵探角色，至少多數時候是如此。

**科米特，立刻打給我。非常重要。**

科米特是霍吉斯的本名，但面對身邊的人他多數時候都用小名自稱，好盡量減少跟科米蛙有關的笑話。彼得倒總是用他的本名稱呼他，覺得這樣很好笑。

霍吉斯考慮要將手機放回口袋裡（要先設為靜音，但前提是他找得到設定「勿擾模式」的地方）。隨時都會輪到他進入史塔模斯醫生的看診間，他想要盡快跟醫生談完解決這件事。他跟多數認識的老人一樣，不喜歡進看診間。他總是害怕他們不只是查出他有什麼問題，還查出問題非常嚴重。反正他又不是不知道老搭檔想談什麼：彼得下個月的退休派對。到時候會辦在機場附近的雨樹酒店。霍吉斯當初退休派對也辦在那裡，但這次他打算少喝一點。搞不好一口都不喝。他還在當警察的時候曾有酗酒問題，婚姻會破局多少也是因為這樣，但最近他似乎對酒失去興致了。他鬆了一口氣。他曾讀過科幻小說《怒月》。他對月亮沒什麼了解，但他絕對可以作證，威士忌也很怒，而且就產自地球。

他想了想，考慮要傳訊息，又決定不要，繼而起身。老習慣威力無窮。

接待處的女孩掛的名牌寫著瑪莉。看來十七歲的她朝老威露出啦啦隊般的燦爛笑容。「霍吉斯先生，醫生很快就會看到你了，真的。我們今天進度有一點點慢。星期一都是這樣。」

「星期一啊星期一，不能信任星期一。」霍吉斯說起「媽媽與爸爸合唱團」的歌詞。

她一臉茫然。

「我就出去一下，好嗎？要打個電話。」

「好啊。」瑪莉說。「但你要站在門口。如果輪到你的時候還沒進來，我就用力招手叫你。」

「沒問題。」霍吉斯走向門口的途中經過那位老太太。「書好看嗎？」

她抬頭看著他。「不好看，但精力充沛。」

「我聽說也是這樣。妳看過那部電影嗎？」

她瞪著他一臉訝異又興致勃勃。「有電影？」

「是的，妳應該要去看看。」

霍吉斯本人是沒看過，不過，過去曾是他助理如今是合夥人的荷莉・吉卜尼嘗試過要拖他去看，她從顛簸的童年時期開始便瘋狂愛看電影。還拉了他兩次。就是荷莉把他的簡訊通知鈴聲設為玻璃碎裂聲（全壘打）。她覺得很有趣。霍吉斯也是……但只有一開始。現在他覺得真是惱人極了。他會再上網查要怎麼變更設定。他發現網路上什麼都查得到，有些很有幫助，有些很有意思，有些很好笑。

還有些則糟糕透了。

## 2

彼得的手機響了兩聲，接著他接起了老搭檔打來的電話。「我是杭特利。」

霍吉斯說：「你聽清楚了，因為等下我可能會反問你。會，我會去參加你的派對。會，我會在餐後發表幾句感言，有趣但不淫穢，而且我會率先敬酒。是的，我知道你的前任跟現任女人都會在場，但就我所知沒有人請脫衣舞孃。要是有，一定是哈爾・寇利，他就是個白癡，你得叫他——」

「老威，閉嘴。這件事跟派對沒有關係。」

霍吉斯立刻住嘴。不只是因為背景夾雜著喋喋不休的聲音，不用聽懂也知道是警察的聲音。他之所以突然住嘴，是因為彼得喊他老威，那就表示事態嚴重了。霍吉斯率先想到自己的前妻珂琳，接著又想到住在舊金山的女兒艾莉森，然後想到荷莉。天哪，如果荷莉發生了什麼事……

「彼得，是什麼事？」

「我人此刻在看來是謀殺自殺案的現場。想找你來這裡了解一下狀況。如果你的小跟班有空而且心情好的話，也把她帶來。我很不想這麼說，但她可能真的比你還要聰明。」

不是他認識的人出事。霍吉斯原本為了迎接打擊而緊繃的腹肌，這下放鬆了。雖然導致他來見史塔模斯醫生的隱隱作痛仍持續不斷。「那是當然。因為她比較年輕啊。人一旦過了六十歲，腦細胞就以數百萬的速度快速流失，再過幾年你自己也能體會這種現象了。你幹嘛要我這種老狗去兇案現場？」

「因為這可能是我辦的最後一個案子，因為媒體一定會大肆報導，還有不要得意，因為我其實很重視你的意見，還有吉卜尼的意見。而且，從某種奇怪的角度來說，你們兩個跟這案子也有關聯。搞不好只是湊巧，但我也不確定。」

「什麼關聯？」

「你對馬丁．史多佛這個名字有印象嗎？」

起初沒有，然後他就想起來了：二〇〇九年某個霧濃清晨，名叫布雷迪．哈特斯菲爾的瘋子，駕駛偷來的賓士衝撞市中心大禮堂前的求職群眾。他撞死八人，導致十五位重傷。調查過程中，**科米特．威廉．霍吉斯**和彼得．杭特利警探面談了許多位當天在場的目擊者，包含所有受傷的倖存者。最難溝通的倖存者便屬馬丁．史多佛，而且不只是因為她的嘴部嚴重變形，除了她母親根本沒人聽得懂她說話。此外，她從胸部以下完全癱瘓。事後，哈特斯菲爾寫了封匿名信給霍吉斯。信中直接稱她為「頭插在竹竿上的人」。這句話真正殘忍之處，在於這個低級笑話其實離悲慘的事實不遠。

「彼得，我不懂四肢癱瘓的人要怎麼成為兇手……除非是在演影集《犯罪心理》。因此我猜——」

「沒錯，兇手是那位母親。她先幹掉史多佛，然後是自己。來不來？」

霍吉斯毫不遲疑。「要。我途中順道去接荷莉。地址呢？」

「山頂苑路一六〇一號。在嶺谷。」

嶺谷是城市北邊的市郊，通勤可達，沒有蜜糖高地的房價那麼高，但也算不錯的地段。

「如果荷莉人在辦公室，我四十分鐘內就可以到。」

她一定在。她幾乎總是八點就坐在辦公桌前，有時候甚至七點就到，而且多半都會一直待到霍吉斯趕她回家，再弄點晚餐，配著電腦上的電影吃飯。「誰找到就是誰的」之所以能有盈餘都拜荷莉．吉卜尼所賜。她是組織神童，也是電腦奇才，這份工作是她的一切。噢，還有霍吉斯跟羅賓森一家人啦，特別是傑若米和芭芭拉。有一次，傑若米和小芭的母親稱荷莉為羅賓森家的榮譽家人，她整張臉宛如夏日午後的陽光般閃閃動人。荷莉現在比較常會露出這種燦爛表情，但次數仍舊沒有多到霍吉斯滿意的程度。

「太好了，科米特。謝啦。」

「屍體運走了嗎？」

「在我們通話的此刻，屍體正在送往太平間的路上，但照片都存在小莎的 iPad 裡。」他指的是伊莎貝爾．傑恩斯，她在霍吉斯退休後成了彼得的搭檔。

「好。我會帶顆閃電泡芙給你。」

「這裡糕點已經多到可以開麵包店了。對了，你現在人在哪裡？」

「不重要的地方。我會盡快過去你那裡。」

霍吉斯掛上電話後，匆忙沿著走廊朝電梯走去。

## 3

史塔模斯醫生八點四十五分的患者終於從後方診療區走出來。霍吉斯先生預約看診的時間是九點，此時已經九點半。這個可憐蟲應該很不耐煩了，想趕快把這裡的事情解決，正式展開他的一天。瑪莉探頭望向走廊，看到霍吉斯在講電話。

她起身探進史塔模斯的診間。後者坐在桌前，面對攤開的病歷。分頁標籤上貼著電腦打字的科米特．威廉．霍吉斯。醫生正在仔細閱讀資料夾裡的資訊，一邊彷彿頭痛似地揉著太陽穴。

「史塔模斯醫生？要我請霍吉斯先生進來了嗎？」

他抬起頭，嚇了一跳，然後瞄了一眼桌上時鐘。「哎呀，好。禮拜一真討厭，對吧？」

「不能信任星期一啊，」她說完後轉身要離開。

「我很喜歡我的工作，但好討厭這部分。」史塔模斯說。

換瑪莉嚇一跳。她轉身看向他。

「沒事啦，我在自言自語。請他進來吧，我們速戰速決。」

瑪莉伸頭探進走廊時，剛好看見遠端電梯的門關上。

4

霍吉斯從醫療中心隔壁的停車場撥電話給荷莉，等他開到位於下萬寶路街的透納大樓，也就是他們辦公室所在處時，她已經站在門口，手提箱夾在她的平底鞋之間。荷莉．吉卜尼現在已經四十好幾，修長纖細，一頭棕髮胡亂往後梳成緊實的包頭。今天早上的她，身穿蓬鬆的North Face連帽長版外套，帽子戴起來框住她的小臉。你可能會覺得她長得普通，霍吉斯心想，但是看到她的雙眼就會知道，其實她美麗又充滿智慧。而且你可能要等很久才看得到她的雙眼，因為按照慣例，荷莉．吉卜尼不太注視別人的眼睛。

霍吉斯把Prius開到人行道旁，她上了車，脫下手套，把雙手貼在副駕駛座側的熱風出口。「你好慢才到。」

「十五分鐘而已。我剛才在另一頭，開來途中還全程都紅燈。」

「是十八分鐘，」荷莉開口糾正霍吉斯，他則重新回到車陣中。「你開太快了，這樣反而是反效果。如果你全程維持三十二公里的時速，就會幾乎全程都綠燈。那些紅綠燈都有計時，我跟你說過好幾次了。好，跟我說醫生怎麼說。你的檢查結果有高分過關嗎？」

霍吉斯想了想他有什麼選擇，其實也只有兩種：照實說，或搪塞一番。因為他一直肚子不舒服，荷莉不斷叨唸要他去看醫生。起初是腹部有種壓迫感，現在則會感到疼痛。荷莉個性上或許有障礙，卻非常善於叨唸。霍吉斯有時候覺得她就像咬到骨頭就不會鬆口的狗。

「報告還沒拿到。」嚴格來說不算說謊，他對自己說，因為我還沒拿到報告。

她一臉狐疑地看著他切上跨城快速道路。霍吉斯最討厭她這樣看他了。

「我會繼續追蹤的，」他說。「相信我。」

「我相信，」她說。「老威，我相信。」

她這麼說讓他心裡更難過。

她彎下腰，打開手提箱拿出 iPad。「等你的時候我查了些東西。要聽聽看嗎？」

「說吧。」

「布雷迪．哈特斯菲爾害馬丁．史多佛癱瘓的那年，她五十歲，也就是說她如今五十六歲了。我猜也有可能是五十七歲，但現在才一月，應該不太可能，對吧？」

「機率相當低，沒錯。」

「市中心事件發生時，她跟母親住在楓樹街的房子。距離布雷迪．哈特斯菲爾和他母親很近，也距離湯姆．索伯斯和他一家人很近，霍吉斯心想。他和荷莉不久前才剛處理完跟索伯斯一家有關的案子，那個案子也跟當地媒體稱為賓士大屠殺案件有關。仔細想想，什麼事情都有關聯，最詭異的或許就是哈特斯菲爾用為殺人工具的車，正是荷莉．吉卜尼表姊的車。想想還滿諷刺的。」

「年紀大的老婦人跟四肢嚴重癱瘓的女兒，怎麼有辦法從楓樹街搬到嶺谷？」

「保險理賠。馬丁．史多佛可不是只有一、兩張鉅額保單，她有三張。她對保險這種事情有點神經兮兮。」霍吉斯意識到唯有荷莉能夠用讚許的語氣說這種話。「案發過後有幾篇跟她有關的報導，因為她是傷勢最嚴重的倖存者。她說她知道自己如果沒在市中心大禮堂找到工作，就得要開始將保險一個個解約領回。她畢竟是單身女子，還有失業的寡母要養。」

「最後卻是這個母親在照顧她。」

荷莉點頭。「很奇怪，也很哀傷。不過至少她們不用為錢煩惱，保險的目的就是這樣。她們甚至過得更好了。」

「沒錯，」霍吉斯說，「但現在她們都領便當了。」

荷莉對這句話沒有回應。前方就是嶺谷的出口。霍吉斯轉下快速道路。

## 5

彼得．杭特利胖了，他的大肚腩垂掛在腰帶上方，但伊莎貝爾．傑恩斯還是跟過去一樣耀眼，穿著緊身刷白牛仔褲與藍色西裝外套。她迷濛的灰色雙眼從霍吉斯掃向荷莉，然後又回到霍吉斯身上。

「你瘦了。」她說。聽起來既像讚美又像指責。

「他的腹部有一點不舒服，所以去做了檢查，」荷莉說。「今天他本來應該要去看報告的，可是──」

「小荷，不要再說了，」霍吉斯說。「這場不是醫療諮詢會議。」

「你們兩個越來越像老夫老妻了。」小莎說。

荷莉以相當務實的語氣回應。「跟老威結婚會破壞我們的工作關係。」

彼得大笑，荷莉不解地看著他，跟著一起走進屋裡。

這座鱈魚角式建築相當壯觀，雖然位於山丘頂而且天氣寒冷，屋內卻相當溫暖。四個人在玄關穿戴上薄橡膠手套與鞋套。霍吉斯心想，一切程序如此熟悉自然。彷彿我不曾離開。

客廳裡，一面牆上掛著大眼女孩畫像，另一面牆掛的則是大螢幕電視。電視前面擺放一只安樂椅，旁邊是茶几。茶几上是偶像雜誌《ＯＫ！》及八卦報紙《內線消息》，排列整齊仔細。客廳中間的地毯上，有兩道深刻凹痕。霍吉斯心想，這就是她們傍晚坐著看電視的地方吧。搞不好還坐一整天。母親坐在安樂椅上，馬丁坐在她的輪椅上。從地毯上的凹痕來看，那只輪椅應該非常重。

「她母親叫什麼名字？」他問。

「珍妮絲．艾樂頓。丈夫詹姆士二十年前過世了，這是……」彼得跟霍吉斯一樣老派，隨身攜帶筆記本而非iPad。他翻閱筆記本。「這是伊凡．卡司戴斯說的。她和另一位幫手喬吉娜．羅斯，清晨六點前抵達時發現屍體。她們有領加班費要提早上班。那位羅斯女士幫不上什麼忙……」

「她連話都說不清楚，」小莎說。「卡司戴斯就沒問題了。從頭到尾都很冷靜。立刻打電話報警，我們六點四十分就到現場。」

「那位母親幾歲？」霍吉斯問。

「目前還不知道，」彼得，「但絕對不年輕。」

「她七十九歲，」荷莉說。「等老威來接我時，我搜尋到的新聞中，有一則提到市中心大屠殺發生時她七十三歲。」

「年紀這麼大了還要照顧四肢癱瘓的女兒。」霍吉斯說。

「不過她身體狀態還不錯，」伊莎貝爾說。「至少卡司戴斯是這麼說的。很硬朗。而且她還有很多幫手。她們有錢可以請人，因為——」

「——因為有保險，」霍吉斯接著說完。「開車過來的途中，荷莉已經告訴過我了。」

小莎瞄了荷莉一眼。荷莉沒注意到，她正在衡量環境、清點物品、聞空氣，手掌滑過那位母親的安樂椅椅背。荷莉有情緒障礙，坦率毫無修飾到讓人倒吸一口氣，但她對於刺激的敏銳度少有人能比得上。

彼得說：「早上有兩位幫手，下午有兩位幫手，晚上也有兩位。一週七天。由私人公司提供，叫做——」他翻看筆記本，「家事幫手。幫手負責所有粗重工作。她們另外還有管家，南西．奧得森，但她目前似乎休假中，廚房日曆上註記著南西在夏格林瀑布。日曆上的線從今天開始一路畫到星期二、星期三。」

兩位同樣也穿戴手套與鞋套的男子，從大廳走過來。霍吉斯猜想是從已故馬丁．史多佛居住的空間過來。兩人都提著證物箱。

「臥室和浴室都完成了。」其中一位說。

「有找到什麼嗎？」小莎問。

「跟預期的差不多，」另一位說。「我們在浴缸裡找到不少白頭髮，很正常，畢竟那是老太太自我了斷的地方。浴缸裡也有排泄物，但非常微量。同樣也跟預期的差不多。」面對霍吉斯疑惑的神情，技術員接著補充：「她穿了成人紙尿褲。老太太準備相當周全。」

「噁。」荷莉表示。

第一位技術員說：「有洗澡椅，可是放在角落裡，椅子上還堆了備用毛巾。看起來像是從來沒用過。」

「她們應該都幫她擦澡。」荷莉說。

她看起來還是一臉覺得很噁心，不是想到成人紙尿褲大概就是想到浴缸裡有大便，但她仍舊到處觀看。她會問一、兩個問題，偶爾插入一句評論，但多數時候她保持沉默，因為人類讓她感到恐懼，特別是在密閉空間。但霍吉斯很了解她，至少比任何人都了解，他看得出來她正處於高度警覺狀態。

稍後她會開口說話，霍吉斯則會認真聽她說。他從前一年的索伯斯案中學到，聽荷莉說話會有好處。她的思考不受拘束，有時候天馬行空，但她的直覺準到離奇。儘管天性容易恐懼，而她也確實有理由恐懼，她卻能非常勇敢。布雷迪・哈特斯菲爾，又稱賓士先生，如今住在金納紀念醫院湖區腦部外傷診所，就是因為她。荷莉趕在布雷迪引發比市中心大禮堂還要嚴重的災難前，用裝滿小鋼珠的襪子粉碎了他的頭顱。如今他活在朦朧的世界裡，腦部外傷診所首席神經科醫生稱之為「植物人狀態」。

「四肢癱瘓的人可以淋浴，」荷莉強調，「但是很困難，因為身上接了維生系統管線。所以多半是擦澡。」

「我們進廚房去，那裡有陽光。」彼得說完後，大家便移師廚房。

霍吉斯首先注意到的是碗盤架，上面晾著一只艾樂頓太太最後一餐所使用的盤子。廚檯清潔溜溜，地板看起來乾淨到直接把食物放在上面吃都可以。霍吉斯猜想，樓上她的房間應該也是如此整齊。搞不好她還用吸塵器吸過地毯。再加上成人紙尿褲，她盡可能為自己善後了。身為一度認真考慮要自我了結的人，霍吉斯完全能體會。

## 6

彼得、小莎和霍吉斯都坐在餐桌旁。荷莉則是到處盤旋，有時站在伊莎貝爾後方看小莎 iPad 上標示為**艾樂頓／史多佛**的系列照片，有時候探看各個櫥櫃，她戴上手套的手指有如蜻蜓點水。

小莎邊說邊滑動螢幕，帶他們看過照片。

第一張照片是兩位中年女子。兩位都非常健壯，虎背熊腰，身穿**家事幫手**的紅色尼龍制服，但其中一位在哭，緊抓著自己的肩膀以致上手臂緊貼著胸部，霍吉斯猜那就是喬吉娜・羅斯。另一位，伊凡・卡司戴斯，顯然則堅強許多。

「她們五點四十五分到，」小莎說。「兩人有鑰匙可以自行進門，就不用敲門或按門鈴。卡司戴斯說，馬丁有時候會睡到六點半。艾樂頓太太總是早就起床，她跟她們說她都五點就起床，必須要先喝咖啡才行，可是今天早上她沒有起床，也沒有咖啡的香味。所以她們心想老太太總有一次睡過頭了，非常好。她們輕聲走進史多佛位於走廊末端的臥室，要看她醒了沒。然後就看到這幅景象。」

小莎滑到下一張照片。霍吉斯等著荷莉再冒出一聲噁，但她只是沉默地仔細研究那張照片。史多佛躺在床上，被子往下拉到膝蓋處。她臉上所受的傷始終沒有復原，但殘留的樣貌看起來也算平靜。她雙眼緊閉，扭曲的雙手交握。骨瘦如柴的肚子上凸出一根餵食管。輪椅就停在旁邊，看在霍吉斯眼裡更像是太空人乘坐的太空艙。

「史多佛的房間裡倒是有個味道。但不是咖啡。是酒。」

小莎滑過螢幕。這張是史多佛床邊桌子的特寫鏡頭。桌上藥丸排列整齊。有研磨器將藥丸磨成粉，讓史多佛能夠吞下。照片中極度不和諧的畫面，是出現五分之一瓶身的思美洛二十一號伏特加，還有塑膠注射器。伏特加瓶已空。

「老太太完全不想冒險，」彼得表示。「思美洛二十一號伏特加就是百分之一百五十的證據。」

「我猜她希望能盡快讓女兒解脫。」荷莉說。

「說得好。」小莎表示，但語氣明顯冷淡。她不喜歡荷莉，荷莉也不喜歡她。霍吉斯清楚狀況，卻不明白箇中原因。而且，由於他們很少見到伊莎貝爾，他也懶得問荷莉為什麼。

「妳有拍研磨器的特寫鏡頭嗎？」荷莉問。

「那是當然。」小莎滑動螢幕，下一張照片裡，藥丸研磨器大到宛如飛碟。研磨杯裡仍殘留薄薄一層的白色粉末。「結果要過幾天才能確定，但我們認為是羥考酮。從罐身標籤來看，她三個星期前才依據處方箋拿了藥，藥罐卻跟伏特加酒瓶一樣空。」

她又回頭看馬丁．史多佛的照片，後者眼睛緊閉，骨瘦如柴的雙手緊握著，彷彿在禱告。

「她母親把藥丸磨成粉，倒進酒瓶裡，然後把伏特加灌進馬丁的餵食管。效果搞不好比死刑注射更好。」

小莎再次滑動螢幕。這次荷莉又發出了一聲「噁」，但沒有移開視線。

馬丁殘障浴室的第一張照片是寬景，可見有洗臉盆的浴櫃櫃身特別低，毛巾架與收納櫃也都特別降低高度，還有超大淋浴用浴缸。淋浴間的拉門是關上的，浴缸一覽無遺。珍妮絲．艾樂頓身穿粉紅色睡衣泡在水裡，水高至肩膀。霍吉斯猜想，她剛躺進浴缸時，睡衣應該是整個膨脹宛如吹氣球包圍著她，但在這張兇案現場照片中，睡衣卻緊貼著她乾瘦的身軀。她頭上套了塑膠袋，用浴袍會有的毛巾布腰帶束起。有條管子從塑膠袋裡蜿蜒而出，連接至倒在瓷磚地板上的金屬小罐。罐身上的印花圖案為大笑的孩子。

「自殺道具，」彼得說。「她可能是上網查到怎麼做的。現在有很多網站教學，還有圖片輔助。我們到的時候，浴缸水是冷的，但她進浴缸的時候水可能還是熱的。」

「據說那樣很療癒。」小莎補充，滑到下一張照片時，荷莉雖然沒有發出噁的聲音，卻瞬間皺眉露出嫌惡的表情：珍妮絲．艾樂頓的特寫鏡頭。她呼出的最後幾口氣，冷卻凝結後使得袋內視線模糊不清，但霍吉斯看得出來她閉上了眼。同時，她也帶著平靜的表情離去。

「金屬罐裡裝了氦氣，」彼得說。「任何大賣場都能買到。原本是用來灌小孩生日派對用的氣球，但是拿個袋子罩住自己的頭，也可以用來自我了結。頭暈之後會迷失方向，這時候就算改變主意想要拿掉袋子也沒辦法。接下來會失去意識，最後則是死去。」

「回去上一張，」荷莉說。「可以看到整間浴室那張。」

「啊，」彼得說。「華生醫生可能看到什麼了。」

小莎回到上一張。霍吉斯靠近螢幕，瞇起眼看，因為他老花越來越嚴重了。這下他看出荷莉發現什麼了。插座上的灰色細充電線旁，擺了一支奇異筆。有人，他猜是珍妮絲．艾樂頓，因為她女兒早就不能寫字了，在浴櫃檯面上畫了一個非常大的字母：Z。

「你覺得那是什麼？」彼得問。

霍吉斯想了一會兒。「那是她的遺書，」最後他說。「Z是最後一個英文字母。要是她懂希臘文，也可能代表Ω。」

「我也這樣想，」小莎說。「仔細想想，還滿高雅的。」

「Z同時也是蘇洛的代表符號，」荷莉提醒他們。「他是墨西哥蒙面騎士。蘇洛的電影有很多部，有一部由安東尼．霍普金斯演迪亞哥先生，但不太好看。」

「妳覺得那跟案子有關嗎？」小莎問。她的表情客套地表示感興趣，聲音卻帶著刺。

「還有電視影集，」荷莉繼續說。她盯著照片看，彷彿被催眠。「迪士尼在黑白影集年代所製作的。艾樂頓女士很可能在還是小女孩的時候看過。」

「妳的意思是說，她可能在準備自殺的時候逃到童年回憶裡嗎？」彼得聽來有些懷疑，霍吉斯也有同感。「我想是有可能啦。」

「鬼扯還比較有可能。」小莎翻了個白眼。

荷莉完全不理她。「我可以去看一下浴室嗎？我什麼都不會碰，就算戴著這個也一樣。」她舉起戴了手套的迷你小手。

「請便。」小莎立刻回她。

換句話說就是，霍吉斯心想，快點滾，讓大人聊正經事。他不喜歡小莎對待荷莉的態度，但既然荷莉似乎總不痛不癢，他也不覺得需要特別說什麼。而且，荷莉今天真的有點語無倫次，講話亂七八糟。霍吉斯心想可能是因為那些照片。警方照片裡的死人，看起來總是死得格外透徹。

她離開廚房去浴室查看。霍吉斯往後靠坐，雙手交疊在他的頸後，雙臂向外展開。他惱人的腹痛今天早上沒那麼痛了，或許是因為他沒喝咖啡改喝茶。如果是這樣，那他就要囤點 PG Tips 茶包了。管他的，直接買一堆。他實在受夠了無時無刻的腹痛。

「彼得，要不要告訴我，為什麼找我們來這裡？」

彼得揚起眉毛，佯裝無辜。「科米特，你這話是什麼意思呢？」

「你說這件事會上報沒錯。這就是大家喜歡的那種狗血連續劇，讓大家覺得自己的人生沒那麼悲慘——」

「很諷刺，但搞不好是真的。」小莎嘆了口氣。

「——但是任何跟賓士大屠殺的關聯都只能說是偶然，沒有因果關係。」霍吉斯不太確定說出口的話完全符合他的意思，但聽起來很有道理。「這個基本上就是典型的安樂死，老太太再也不忍心看女兒受苦。艾樂頓最後打開氦氣時所想的搞不好就是，親愛的我很快就去陪妳了，等我在天堂裡散步時，就會有妳一起走在身旁。」

小莎聽到後冷哼了一聲，彼得則一臉蒼白若有所思。霍吉斯突然想起，很久以前，大概是三十年前，彼得和妻子因為嬰兒猝死症候群而失去了第一個孩子，是女嬰。

「很令人難過，報紙會大幅報導個一、兩天，但世界上每天都有類似事情發生。搞不好每個小時都有。告訴我到底是怎麼回事。」

「可能什麼事也沒有。小莎說根本沒事。」

「小莎就是這麼說。」她附議。

「小莎可能覺得我越接近退休，腦子就越有問題。」

「小莎沒有這麼想。小莎只是覺得，是時候不要再讓那個布雷迪．哈特斯菲爾陰魂不散纏著你。」

她迷濛的灰色雙眼改看向霍吉斯。

「吉卜尼女士或許有很多神經兮兮的小動作，還會天馬行空地聯想，但她極為公正地結束了哈特斯菲爾的人生，我覺得她幹得真是好。他現在睡死在金納的腦部外傷診所，搞不好會感染肺炎死掉，順便幫政府省下一大筆錢。他永遠不會因為他的所作所為而接受司法制裁，我們都很清楚。你們沒能以市中心那個案子逮捕他，但是一年後吉卜尼在冥果禮堂阻止了他，沒有讓他炸死兩千個孩子。你們必須接受這個事實。這樣就算你們贏了，可以往前走了。」

「哎呦，」彼得說。「這些話妳悶多久了？」

小莎努力想掩飾笑容，卻忍不住笑出來。彼得回以微笑，霍吉斯則心想，他們兩人搭檔的效果跟我和彼得搭檔一樣好。結束這樣的合作關係實在可惜。真的。

「好一陣子了，」小莎說。「可以告訴他了。」她轉向霍吉斯。「至少不是《X檔案》裡的小灰人。」

「怎麼樣啊？」霍吉斯問。

「齊斯．費亞士和克莉絲塔．康翠曼，」彼得說。「四月十日當天早上，哈特斯菲爾幹下那件事時，他們兩人都在市中心大禮堂。十九歲的費亞士一邊手臂幾乎全失去，斷了四根肋骨還有內傷。他的右眼也只剩下百分之三十的視力。二十一歲的康翠曼肋骨斷裂、手臂骨折，還遭受脊髓損傷，導致她得經歷各種痛苦復健才能復原，那些復健我連想都不願意去想。」

霍吉斯也不願意，但他早已反覆想過布雷迪．哈特斯菲爾的受害者非常多次了。多數時候是在想，那邪惡的七十秒怎麼能夠改變這麼多人這麼多年的歲月，或是，以馬丁．史多佛的例子來說，改變了她的一生。

「他們在某個叫做『復原是你』的地方進行每週諮商治療時認識，然後愛上彼此。慢慢地……他們狀況越來越好……還計畫要結婚。結果，去年二月，他們一起自殺了。套某一首過去的龐克歌曲之類的歌詞，他們吞了一堆藥丸後死了。」

這讓霍吉斯想到史多佛病床旁桌上的研磨器，殘留著羥考酮的研磨器。媽媽將所有羥考酮都溶解在伏特加裡，但那張桌上一定還有許多其他的鎮靜類藥物。明明吞下一把維柯汀、再追加一把煩寧就可以痛快了結，為什麼還要大費周章準備塑膠袋跟氦氣？

「費亞士跟康翠曼也是那種每天都會發生的青年自殺案例，」小莎說。「雙方父母對於婚事有疑慮，希望他們能再等等。他們也不太可能私奔啊，對吧？費亞士幾乎無法行走，兩人也都沒有工作。保險理賠足以支付每週諮商，同時負擔兩家的生活雜費，但他們可沒有像馬丁．史多佛那樣的鉅額理賠。說到底就是鳥事總會發生。連巧合都稱不上。受傷嚴重的人陷入憂鬱，有時候憂鬱的人就是會想要自殺。」

「他們在哪裡動手的？」

「費亞士那男孩的臥房，」彼得說。「趁他父母親帶弟弟去六旗遊樂園一日遊的時候。他們吞了藥，爬上床舖死在彼此的懷裡，就跟羅密歐和茱麗葉一樣。」

「羅密歐和茱麗葉是死在墳墓裡，」剛回到廚房的荷莉說。「在法蘭高．齊費里尼的電影裡，那真的是最棒——」

「是的，好，明白，」彼得說。「墳墓、床舖，至少有押韻。」

荷莉手上拿著原本排列在茶几上的《內線消息》，報紙折起僅露出強尼．戴普的照片，那張照片裡的他看起來像喝醉酒、嗑了藥或是死了。這段時間她都在客廳看八卦新聞嗎？如果是，那她今天真的很不正常。

彼得說：「荷莉，那臺賓士妳還留著嗎？哈特斯菲爾從妳表姊那偷走的那臺？」

「沒有。」荷莉坐下後把折起的報紙放在大腿上，雙膝整齊併攏。「我去年十一月把它換成跟老威一樣的Prius。那臺車太耗油，不環保。而且我的心理師也這麼建議。她說經過一年半後，我已經驅除了那臺車對我的所有影響力，車子不再具有治療價值。你為什麼會想到那臺車？」

彼得坐在椅子上往前傾，雙手交握在岔開的雙膝之間。「哈特斯菲爾利用電子工具進入那臺賓士，她的備份鑰匙擺在置物箱裡，搞不好他原本就知道備份鑰匙就在那裡，也搞不好市中心大屠殺根本就是隨機犯案，我們永遠也不會知道答案。」

而奧莉維亞．崔洛尼，霍吉斯心想，跟她表妹荷莉非常像：緊張兮兮、防衛心重，絕對不是什麼群居動物。絕對不笨，只是很難討人喜歡。我們一口咬定她的賓士車門沒上鎖，還把鑰匙留在引擎啟動鑰匙孔裡，因為那是最簡單的答案。而且，從某個原始且沒有邏輯可言的角度來說，我們希望那就是答案。她超級討人厭。我們把她的反覆否認，視為她高傲地拒絕為自己的疏失負責。擺在她皮包裡的鑰匙，她拿給我們看的那支鑰匙呢？我們以為那只是她的備份鑰匙。我們不斷騷擾她，媒體得知她的名字後，他們也不斷騷擾她。最後，她也開始相信她做了我們相信她做的事：成為滿腦子大屠殺的怪物的幫兇。我們沒有人想過電腦阿宅有可能拼湊出解鎖小工具。奧莉維亞．崔洛尼自己也沒想過。

「但不是只有我們騷擾她。」直到所有人都轉頭看他，霍吉斯才發現自己說出聲了。荷莉朝他稍微點了點頭，彷彿他們剛才都在想一樣的事。即使如此也不教人意外。

霍吉斯繼續說，「我們確實從沒相信過她，無論她跟我們說過多少次她確實拿了鑰匙、鎖了車門，所以，她的行為我們或多或少也有責任，但哈特斯菲爾可是惡意預謀逼死她。你想說的是這個，對吧？」

「沒錯，」彼得說。「他光是偷她的賓士並且用來當兇器還不滿足。他還鑽進她的腦子裡，甚至在她的電腦裡偷放充滿尖叫與指責的音效檔。科米特，然後還有你。」

對。然後還有他。

霍吉斯曾在人生最低潮時收到來自哈特斯菲爾的匿名黑函，當時他住在空蕩的屋子裡，夜裡睡不好，誰也不見，除了傑若米．羅賓森，也就是幫他除草及負責一般維修的孩子。他罹患的是當了一輩子警察的人常見的疾病：勤務結束憂鬱症。

退休警察的自殺率極高，布雷迪．哈特斯菲爾在信裡這麼寫道。這是在他們開始用二十一世紀常見的網路溝通之前。我可不希望您開始想著您的手槍。但您確實在想著您的手槍，對吧？彷彿哈特斯菲爾嗅到了霍吉斯的自殺念頭，設法要將他推落懸崖。畢竟在奧莉維亞．崔洛尼身上就成功了，他食髓知味。

「我剛開始跟你搭檔的時候，」彼得說，「你再三告訴我，罪犯就像土耳其地毯。你還記得嗎？」

「記得。」霍吉斯跟許許多多警察解釋過這番理論。少有幾個聽進去，從伊莎貝爾．傑恩斯臉上無聊的表情來看，他猜她也會是那種聽不進去的人，但彼得聽進去了。

「他們會反覆建立相同的模式。忽略些微的差異，你說過，尋找根本的相似之處。因為，就連最聰明的罪犯，例如在休息站殺了那麼多女人的公路殺手喬，大腦似乎也有個開關卡在**重複**。

布雷迪．哈特斯菲爾是自殺界的行家——」

「他根本是自殺界的建築大師。」荷莉說。她正低頭看著報紙，眉頭深皺，臉色格外慘白。對霍吉斯來說，回想哈特斯菲爾的事很痛苦（至少他終於不再去腦部外傷診所看那個王八蛋躺在房間裡），但對荷莉來說更痛苦。他希望她不會退步而又開始抽菸，但即使她真的抽了他也不意外。

「想怎麼形容都隨便，但他就有模式。老天，他自己母親都受到他刺激而自殺了。」

對此霍吉斯沒有說什麼，雖然他一直懷疑彼得的想法，彼得認為黛博拉．哈特斯菲爾發現（可能是不小心）兒子是賓士殺手後，便自殺了。首先，他們沒有證據證明哈特斯菲爾太太真的發現過這件事。再者，她吞下的是地鼠藥，這種死法一定很可怕。很可能是布雷迪毒死了自己母親，但霍吉斯也不曾真正相信這點。如果他真的曾經愛過誰，那人想必是她。霍吉斯認為地鼠藥可能本來是要給別人吃的……搞不好對象根本不是人。根據驗屍報告，地鼠藥混在漢堡排裡，如果要說狗喜歡吃什麼，那一定是整球生絞肉了。

羅賓森家有隻狗，耳朵軟趴趴的可愛小狗。布雷迪可能看過牠很多次，因為他在監視霍吉斯的房子，也因為傑若米來幫霍吉斯除草時經常把狗帶來。地鼠藥有可能原本是要餵歐岱爾吃。這是霍吉斯從來沒有對羅賓森家任何一人提過的想法。也沒有對荷莉提過。而且啊，搞不好都只是胡扯，但是在霍吉斯心裡，這個可能性就跟彼得認為布雷迪的母親是自殺一樣高。

小莎張開口，但彼得舉起一隻手示意阻止，於是她又閉上了嘴。在他們的搭檔關係中，他畢竟算是前輩，而且年資多她好幾年。

「小莎是打算說馬丁．史多佛是謀殺，不是自殺，但我覺得這個念頭很有可能出自馬丁她本人，不然就是她和母親談過後共同達成協議。對我來說這樣兩人都算自殺，就算官方報告不會如此記錄。」

「我想你應該確認過其他的市中心案生還者了？」霍吉斯問。

「除了傑拉德．史坦斯布瑞，其他人都還活著，他去年感恩節過後就死了，」彼得說。「心臟病發。他的妻子告訴我，冠狀動脈疾病是他的家族病史，而且他已經活得比他父親跟兄弟都還要久了。小莎說得沒錯，可能根本什麼事都沒有，但我就是覺得應該要讓你和荷莉知道。」他輪流看他們兩人。「你們沒有想不開要自我了斷吧？有嗎？」

「沒有，」霍吉斯說。「最近沒有。」

荷莉只有搖頭，依舊低頭看著報紙。

霍吉斯問：「小費亞士先生跟康翠曼女士自殺後，應該沒有人在他的房間裡發現神秘的Ｚ字樣吧？」

「當然沒有。」小莎說。

「至少就妳所知沒有，」霍吉斯糾正她。「妳應該是這個意思吧？畢竟字母是你們今天才發現的？」

「老天幫幫忙啊，」小莎說。「這實在是太愚蠢了。」她刻意盯著手錶看，站起身。

彼得也跟著起身。荷莉依舊坐著，低頭看著她順手牽羊的《內線消息》。霍吉斯也沒有動作，至少暫時沒有。「彼得，你會回去看費亞士－康翠曼案的現場照片吧？保險起見確認一下？」

「是的，」彼得說。「而且小莎或許是對的，把你們兩人找來真的有點蠢。」

「我很高興你這麼做。」

「此外……我對我們對待崔洛尼太太的方式還是感到很內疚，知道嗎？」彼得眼睛看著霍吉斯，但霍吉斯覺得他其實是在對腿上攤著八卦報紙的纖瘦蒼白女子說話。「我從頭到尾都相信她把鑰匙留在引擎鑰匙孔裡，完全不接受任何其他可能性。我答應過自己絕對不會再做這種事。」

「我懂。」霍吉斯說。

「有件事我相信大家都能同意，」小莎說，「那就是哈特斯菲爾撞死人、炸死人、策劃自殺的日子早就過去了。因此，除非我們無意間在《布雷迪之子》這部電影裡軋上一腳，我建議大家離開艾樂頓女士的家，繼續好好過自己的生活。有人反對嗎？」

都沒有。

## 7

霍吉斯和荷莉在車道上站了一會兒才上車，任由一月的寒風從他們身邊倉卒颳過。風從北方來，直接從加拿大吹下來，因此東邊通常無時不刻瀰漫的污染大湖味不見了，讓人感到清爽。山頂苑路這頭只有幾棟房子，最靠近的一棟上面掛著「出售」的牌子。霍吉斯注意到仲介是湯姆·索伯斯，露出微笑。湯姆在大屠殺案中受到重傷，但幾乎完全康復。有些男性及女性的韌性總讓霍吉斯感到驚豔。他不會因此覺得人類有希望，但……

其實他會。

在車上，荷莉把《內線消息》放在地上好繫安全帶，繫完又立刻撿起來。彼得和伊莎貝爾對她拿走報紙都沒有意見。霍吉斯連他們到底有沒有注意到都無法確定。他們怎麼會注意到呢？對他們來說，艾樂頓家其實不算犯案現場，儘管法律用語是如此。彼得很不自在，沒錯，但霍吉斯覺得那跟警察直覺沒有什麼關係，反而是有點類似迷信的反應。

哈特斯菲爾被荷莉用我的甩甩樂打到後應該要死的，霍吉斯心想。這樣對我們大家來說都會比較好。

「彼得會回去看費亞士—康翠曼自殺案的現場照片，」他對荷莉說。「盡職調查之類的。但我不覺得他會在任何地方找到刻下的Z字，無論是踢腳板或鏡子上。」

她沒有回答。眼神相當遙遠。

「荷莉？妳在嗎？」

她嚇了一跳。「在。只是在計畫我要怎麼找到人在夏格林瀑布的南西．奧得森。用我有的那些搜尋軟體應該不會花太多時間，但得要由你來跟她說話。如果真的有必要我現在也是可以打電話給陌生人，你知道的——」

「是的。妳現在很擅長了。」確實如此，雖然她每次打這種電話，那盒可靠的尼古丁咀嚼錠總是不離手。更不用提她書桌裡囤積當備胎的奶油夾心海綿蛋糕。

「但我沒有辦法跟她說，說她的老闆，搞不好還是她的朋友死了。必須由你來。你很擅長這種事。」

霍吉斯覺得沒有人會擅長這種事，但也懶得說。「為什麼？那個奧得森女士應該從上星期五開始就不在那裡了。」

「她有權利知道發生了什麼事，」荷莉說。「警察會跟所有親戚聯絡，那是他們的工作，但他們不會跟管家聯絡。至少我覺得不會。」

霍吉斯也覺得不會，而且荷莉是對的，奧得森有權利知道，就算只是為了不要讓她回來發現警方用膠帶在門上貼了大叉叉。但他莫名覺得荷莉對南西．奧得森的興趣不只如此。

「你朋友彼得和灰色電眼女郎幾乎什麼都沒做，」荷莉說。「馬丁．史多佛的房間裡有指紋粉，那是當然的，她的輪椅上、艾樂頓女士自殺的浴室裡也都有，但是樓上她睡覺的地方卻沒有。

他們可能只上樓確認床下或衣櫃裡沒有藏屍體，然後就說查完了。」

「慢著。妳上樓去了？」

「當然，總要有人仔細調查，那兩人顯然沒有要查。在他們自己看來，他們完全清楚事發經過。彼得打給你只是因為他覺得毛骨悚然。」

毛骨悚然。沒錯，就是這樣。這就是他一直想不起來的形容詞。

「我也覺得毛骨悚然，」荷莉說得若無其事，「但那不表示我會魂不守舍。整件事都錯了。大錯特錯，而且你必須要跟管家通話。如果你自己想不出來，我會告訴你該問她什麼。」

「是跟浴室收納櫃檯面上的Z字有關嗎？如果妳知道什麼我不知道的，希望妳可以告訴我。」

「不是我知道什麼，而是我看到什麼。你沒有看到那個Z旁邊有什麼嗎？」

「有支奇異筆。」

她用那種你的能力不只如此的表情看著他。

霍吉斯拿出警察的老招數，這招在出庭作證時特別好用：他又看了一次那張照片，這次是在腦海裡。「洗臉盆旁的牆上插著電線。」

「沒錯！起初我覺得那應該是電子閱讀器的電線，艾樂頓女士插在那裡是因為她多半時間都在那一帶。在那裡充電很方便，因為馬丁臥室裡的插座可能都插滿了馬丁的維生系統。你不覺得嗎？」

「是啊，可能是這樣。」

「但是Nook跟Kindle我都有——」

那是當然的，他心想。

「——兩臺都沒有這種電線，那幾臺的電線是黑色，這裡的是灰色。」

「搞不好她的原廠電線遺失了，到科技村大賣場買了新的。」科技村大賣場現在可說是鎮上唯一的電器供應商店，因為布雷迪．哈特斯菲爾以前的雇主超值電器大賣場宣告破產了。

「不是。電子閱讀器的插頭有叉齒。這個比較寬，像是平板電腦用的。可是我的 iPad 也有這種電線，浴室裡那個卻更小。那條電線是某種手持裝置用的，所以我上樓去找。」

「妳找到……？」

「艾樂頓女士臥室裡，只有窗戶旁書桌上有臺舊桌機，而且真的很舊，還在用撥接。」

「噢，我的天哪！」霍吉斯驚呼。「竟然是撥接！」

「老威，一點也不好笑。這兩個女人死了。」

霍吉斯一隻手離開方向盤，做出求和的手勢。「抱歉，請繼續。接下來妳要跟我說，妳把她的電腦開機了。」

荷莉看起來有些不自在。「嗯，是的，但只是為了進行警方顯然沒有要做的調查工作，我不是要窺探。」

針對這點霍吉斯可以反駁，但他沒有。

「電腦沒有開機密碼，所以我看了艾樂頓女士的搜尋紀錄。她會上好幾個零售網站，還有很多跟癱瘓有關的醫療網站。她似乎對幹細胞非常有興趣，考量到她女兒的狀況還滿合理——」

「妳在十分鐘內看了這麼多東西？」

「我閱讀速度很快。但你知道我沒有找到什麼嗎？」

「我猜是跟自殺有關的任何東西。」

「沒錯。那她怎麼知道氦氣這些東西？說到這裡，她又怎麼知道要把藥丸溶解在伏特加裡，再從女兒的餵食管裡灌入？」

「有種古老的神秘儀式叫做看書。妳可能聽說過。」

「你在那個客廳裡有看到任何書嗎？」

他回顧了客廳的畫面，就跟他回顧馬丁·史多佛浴室照片的方式一樣，荷莉說得沒錯。擺了小東西的書架、大眼女孩畫像，還有平面電視。茶几上有雜誌，但排列的方式比較像裝飾品而非供大量閱讀。此外，那些也都不是什麼《大西洋月刊》。

「沒有，」他說，「客廳裡沒有書，不過我在史多佛臥室的照片裡有看到幾本。其中一本看起來像聖經。」他瞄了一點她腿上的《內線消息》。「荷莉，妳那裡面有什麼？妳藏了什麼東西？」

荷莉臉紅的時候會徹底進入一級戒備狀態，血液以驚天動地的方式衝上她的臉，現在就是這樣。「這不是偷竊，」她說。「這是借用。老威，我從不偷東西。從不！」

「冷靜一點，那是什麼？」

「跟浴室裡那條電線成一組的東西。」她攤開報紙露出亮紅色機器，螢幕暗黑。那樣東西比電子閱讀器大，又比平板電腦小。「我下樓的時候，坐在艾樂頓太太的椅子上想了一下。我把手伸進椅子手臂與坐墊中間。我根本沒有要找什麼，就只是這麼做而已。」

算是荷莉眾多自我安慰的技巧之一吧，霍吉斯這麼猜想。初次認識她的時候，她由過度保護的母親與過度合群的舅舅陪伴，這些年來他也見識過不少了。陪伴嗎？不，不能這麼說。這種說法象徵地位平等。夏洛特·吉卜尼和亨利·希羅伊斯對待她的態度，比較像是帶著有精神障礙的孩子出來放封一天。荷莉現在已經改頭換面，但過去的跡象依舊殘留。霍吉斯不介意。畢竟每個人都有陰影。

「就是在那裡找到的，就塞在右手邊裡面，是札皮閱讀器。」

這個名稱喚起了他遙遠的微弱記憶，不過只要跟電腦晶片驅動設備有關的東西，霍吉斯就遠遠落後時代。他總是搞壞自己家裡的電腦，由於現在傑若米．羅賓森不在，通常都是荷莉到他位於哈波路上的家幫他搞定問題。「札什麼？」

「札皮掌上機。我在網路廣告上看過，但不是最近的事。掌上機預先載有上百種輕鬆的電子遊戲，例如俄羅斯方塊、記憶遊戲及字謎遊戲，沒有像俠盜獵車手那麼複雜。老威，那你告訴我這個東西為什麼會在那裡？告訴我，為什麼這種東西會出現在一人已經快要八十歲、另一人連電燈開關都無法打開更不用說玩電動的家中？」

「是有些奇怪沒錯。不到非常詭異，但確實是奇怪的。」

「而且電線就插在字母Z隔壁，」她說。「Z不是代表終點，不是什麼遺書，Z代表札皮的發音，至少我是這樣認為。」

霍吉斯想了想這個說法。

「或許。」他再度懷疑是否曾經聽過這個名字，或只是法國人所謂的假性記憶。他幾乎要發誓跟布雷迪．哈特斯菲爾有關，但又不敢相信這個念頭，因為這陣子他經常想到布雷迪。我有多久沒去看他了？六個月？八個月？沒有，比那還久，久多了。

最後一次是處理完彼得．索伯斯的事後，處理彼得和彼得發現埋在他後院的贓款與筆記本。那一次去，霍吉斯看見的布雷迪跟過去都一樣，是穿著永遠不會髒的格紋襯衫與牛仔褲的腦殘年輕人。霍吉斯造訪腦部外傷診所二一七號病房時，布雷迪就跟過去一樣坐在同一張椅子上，盯著馬路對面的停車場看。

當天唯一的差別是在二一七號病房外。護理長貝琪．罕明頓調到金納紀念醫院的外科病房，霍吉斯獲得關於布雷迪的謠言的管道也就此關閉。新任護理長不動如山，表情嚴厲陰沉。露絲．

史卡培利拒絕霍吉斯提供的五十美金，不肯提供任何關於布雷迪的小道消息，更揚言他要是再想塞錢給她換取患者的資訊，就要舉報他。「你根本不在他的訪客名單上。」她說。

「我沒有要他的資訊，」霍吉斯當時說。「關於布雷迪・哈特斯菲爾的資訊，我這輩子已經知道太多了。我只是想知道職員說了他什麼。因為，妳知道的，是有些傳聞。有些還很離譜。」

史卡培利朝他拋了一個不屑的眼神。「霍吉斯先生，每間醫院都會有人碎嘴，而且都是關於有名的患者。或是，以哈特斯菲爾先生的例子來說，惡名昭彰的患者。罕明頓護理師離開腦部外傷到目前單位不久後，我召開了員工會議，要我手下的人立即停止談論哈特斯菲爾先生，要是我再聽說任何謠言，我會追溯來源，開除散布謠言的人。至於你……」她睥睨地看著他，臉上表情更加陰沉。「我不敢相信退休警官竟會訴諸賄賂，而且還是獲頒勳章的警官。」

在那次丟臉至極的會面後不久，荷莉和傑若米・羅賓森圍住他，進行小型干預會議，叫霍吉斯不要再去看布雷迪。傑若米那天格外嚴肅，平常歡樂的喋喋不休不見蹤影。

「你在那間病房裡什麼也做不了，只會傷害自己，」傑若米當時說。「每次你去看過他，我們都會知道，因為你接下來兩天頭頂上都會掛著烏雲。」

「是一個禮拜吧，」荷莉補充。她不肯正眼看他，扭手指的方式讓霍吉斯想要抓住她的手，阻止她繼續扭，以免手指斷掉。然而她的聲音卻沉穩堅定。「老威，他已經沒有任何意識了。你必須接受這件事。如果他真還有意識，每次你出現一定都讓他很開心。他會看到自己對你的影響，並且以此沾沾自喜。」

這麼說奏效了，因為霍吉斯知道他們說的是真的。因此他沒有再去。戒斷過程有點像戒菸：起初非常困難，隨著時間過去就越來越容易。到現在，有時候可能會一連好幾個星期過去，他都不會想到布雷迪以及布雷迪犯下的可怕罪行。

他已經沒有任何意識了。

霍吉斯如此提醒自己，一路開車回到市區，讓荷莉能開始全力在電腦上肉搜南西．奧得森。無論山頂苑路尾端那棟房子裡發生了什麼事，所有的思緒、對話、眼淚與承諾，全都隨著溶解的藥丸注入餵食管與罐身上有大笑兒童的氦氣而結束，這些跟布雷迪．哈特斯菲爾都不可能有任何關係，因為荷莉根本把他的腦子打爆了。要是霍吉斯有時候會懷疑這件事，那只是因為他無法接受布雷迪竟然就這樣逃過懲罰。最終這個怪物還是逃離他的手掌心。霍吉斯連揮動他稱為甩甩樂、裝滿小鋼珠的襪子都沒有機會，因為他當時忙著心臟病發。

然而，他隱約就是記得：札皮閱讀器。

他知道他一定有在哪裡聽過。

他的腹部警示性地抽痛了一下，因此想起今天早上要跟醫生會面卻失約。他得處理這件事，但明天應該就夠快了。他猜史塔模斯醫生應該是告訴他，他有胃潰瘍，這種消息可以稍候沒關係。

8

荷莉在電話旁擺了一盒新的尼古丁咀嚼錠，但一顆也不需要吃。她致電的第一位奧得森就是管家的妯娌，對方當然想要知道「誰找到就是誰的」這種公司為什麼會想要跟南西聯繫。

「是遺產贈與之類的嗎？」她滿心希望問道。

「請稍候，」荷莉說。「我要先保留您的通話，改請老闆來聽。」霍吉斯不是她的老闆，去年彼得．索伯斯那件事過後，他就把她升為合夥人了，但每次感覺壓力大她就會這樣騙人。

正在用自己電腦閱讀札皮遊戲機相關資料的霍吉斯拿起電話，荷莉則在他的辦公桌旁晃來晃去，啃食她的毛衣領口。霍吉斯手指停在保留鍵上方，對荷莉說吃羊毛對她來說應該沒有什麼好處，對她身上那件 Fair Isle 毛衣更沒有好處。說完後便按下按鍵，開始與那位妯娌通話。

「我恐怕有壞消息要告訴南西。」他快速把情況告訴她。

「天哪，」琳達·奧得森說（荷莉快速把名字寫在他的筆記本上）。「她聽到會傷心欲絕，而且不只是因為工作沒了。她從二〇一二年開始為那兩位女士工作，她真心喜歡她們。去年十一月她們才一起吃了感恩節大餐。你是警方的人嗎？」

「我已經退休了，」他說，「只是跟負責這個案子的團隊合作。他們請我跟奧得森女士聯繫。」他覺得這個謊言應該不會反過來害到他，畢竟是彼得先開了門，邀請他到案發現場。「能否請您告訴我，如何能聯絡到她？」

「我給你她的手機號碼。她星期六去夏格林瀑布參加她兄弟的生日派對了。是他的四十大壽，所以哈利的太太大驚小怪了一番。她好像會在那裡待到星期三或四，至少計畫是如此。我相信她聽到這個消息會提前回來。南西從比爾過世後就自己一個人住，只有貓陪，比爾是我先生的兄弟。艾樂頓太太和史多佛女士有點像是她的代理家人。這個消息會讓她非常難過。」

霍吉斯記下電話號碼後立刻再撥出電話。電話響一聲南西·奧得森便接起。他報上自己的名字，然後把消息告訴她。

因為震驚而沉默一陣子後，她說：「噢，不，不可能。霍吉斯警探，你一定搞錯了。」

霍吉斯懶得糾正她，因為她這句話很有意思。「妳為什麼這麼說呢？」

「因為她們很開心。她們相處得非常好，會一起看電視，很喜歡用ＤＶＤ看電影，還有看那些烹飪節目、或是一群女人坐在一起討論有趣事物和邀請名人來作客的節目。你一定不會相信，但那間屋子裡可是充滿了笑聲。」南西·奧得森遲疑了一下，然後說：「你確定你沒說錯人嗎？是小珍．艾樂頓和小馬．史多佛？」

「很抱歉，沒錯。」

「可是……她已經接受她的狀況了！小馬，我指的是馬丁。她以前常說，適應癱瘓比適應老處女的身分還要容易。我和她獨處的時候經常聊這種事。因為，你知道的，我老公過世了。」

「所以史多佛先生這號人物從來沒出現過。」

「有的，珍妮絲早先結過婚。婚姻好像非常短暫，但她說她沒有後悔過，因為她因此有了馬丁。小馬在發生意外前不久交了男朋友，但他心臟病發。立刻就走了。小馬說他是非常健康的人，以前一個禮拜在市區健身中心運動三天。她說就是因為這麼健康才害死他。因為他的心臟非常強壯，所以心臟一反撲就報銷了。」

身為心臟病倖存者，霍吉斯心想，要提醒自己：不可上健身房。

「小馬以前常說，在深愛的人過世後一個人孤單生活，才是最悲慘的癱瘓狀態。我對我家比爾的感覺不太一樣，但我懂她的意思。亨瑞得牧師常來看她，小馬稱他為她的心靈顧問，就算他沒來，小珍和她也會每日靈修和禱告。每天中午。小馬也在考慮要修線上會計課程，你知道有種特殊課程是專為她這種殘疾設計的嗎？」

「我不知道。」霍吉斯說。他在筆記本上清楚寫下**史多佛計畫要修線上會計課程**，然後轉個方向讓荷莉讀。她挑了挑眉毛。

「不時會流淚悲傷，那是當然的，可是多數時候她們很開心，至少……我不知道……」

「南西，妳在想什麼呢？」他不假思索地改用她的名字來稱呼，也是警察的慣用技巧。

「可能沒有什麼啦。小馬看起來跟過去一樣開心，陽光可愛，你不會相信，但她充滿了靈性，永遠都看見陽光的一面。但小珍最近看來有點悶悶不樂，彷彿有什麼心事，有點沉重。我以為可能是擔心錢，或只是耶誕節過後的憂鬱症狀，我從來沒想過……」她吸吸鼻子。「抱歉，我得擤鼻涕。」

「沒問題。」

荷莉拿起他的筆記本。她的字非常小，他常覺得有點像便秘，他得要把筆記本貼到鼻子前才看得見**問她札皮的事！**

奧得森擤鼻涕時，他耳邊傳來彷彿喇叭的聲音。「抱歉。」

「沒關係。南西，妳知不知道艾樂頓太太是不是有一臺小型的掌上型遊戲機？應該是粉紅色的。」

「哎呀，你怎麼會知道這件事？」

「我真的什麼都不知道，」霍吉斯老實說。「我只是有一份寫滿許多待問題目的退休警探。」

「她說有個男人給她的。他跟她說，只要她答應填寫問卷寄回公司，就可以獲得免費遊戲機。那個東西比平裝小說稍微大一點而已。有好一段時間就只是放在家——」

「這是什麼時候的事？」

「我不記得確切時間，但一定是在耶誕節前。我第一次看到是在客廳茶几上。就跟折起來的問卷擺在一起，直到耶誕節過後——我知道是因為她們的小樹收起來了——然後有天我就在廚房桌上看到。小珍說她開機只是想要看那臺機器有什麼功能，然後發現裡面有紙牌遊戲，大概有十二多種不同的遊戲，像是接龍、圖片猜謎與金字塔。所以，既然她開始用了，就把問卷填好寄回去。」

「她是否在小馬的浴室裡充電？」

「是的，因為在那裡最方便。她大部分時間都在那一帶，你知道的。」

「嗯哼。妳說艾樂頓太太變得有些悶悶不樂——」

「有一點悶悶不樂，」奧得森立刻糾正他。「多數時候她都跟平常一樣。跟小馬一樣，陽光可愛。」

「但她有心事。」

「對，我是這樣覺得。」

「有點沉重。」

「嗯……」

「是不是大概跟她拿到掌上機的時間差不多？」

「現在回想，好像是的，但為什麼在粉紅色小平板上玩個紙牌遊戲會讓她憂鬱？」

「我不知道。」霍吉斯說，在筆記本上清楚寫下**憂鬱**。他覺得從悶悶不樂跳到憂鬱的落差非常大。

「她們的親人知道了嗎？」奧得森問。「她們在城裡沒有親人，但有堂表親在俄亥俄州，這個我知道，好像堪薩斯州也有。也可能是在印第安納州。她的通訊錄裡會有名字。」

「在我們對話的同時警方正在處理了，」霍吉斯說，不過保險起見他稍候會打電話給彼得。他的老搭檔很可能會因此不爽，但霍吉斯不在乎。南西．奧得森字字句句流露出哀傷，他想要盡可能提供任何安慰。「我可以再問一個問題嗎？」

「當然。」

「妳有沒有注意到有別人在房子附近閒晃？任何沒有明顯理由出現的人？」

荷莉用力點頭。

「你為什麼會這麼問？」奧得森聽來有些訝異。「你不會是覺得有外來的人——」

「我什麼都沒有覺得，」霍吉斯自然回應。「我只是在幫警方的忙，因為過去幾年人員減少太多。整個城市都在砍預算。」

「我知道，很糟糕。」

「所以他們給了我這些問題，這是最後一個。」

「沒有人。有我就會注意到，因為房子跟車庫之間有條通風道。車庫很熱，所以儲藏室跟洗衣烘衣機都擺在那裡。我一天到晚穿越那條通風道，從那裡可以看到馬路。幾乎沒有人會一路往山頂苑路上來，因為小珍和小馬的房子是最後一間。在那之後就只能迴轉了。當然，還有郵差、UPS，有時候還有FedEx。除此之外，除非有人迷路，那個路段就只有我們了。」

「所以沒有任何人。」

「沒有，絕對沒有。」

「給艾樂頓太太那臺掌上機的男人也沒有？」

「沒有，他是在稜線超市碰到她的。就是山腳下的超級市場，在城市大道和山頂苑路口。一．六公里外在城市大道廣場有克羅格超市，但即使東西比較便宜，珍妮絲也不去那裡，因為她總是說應該要就近採……採購……」她突然哭出聲。「但她到處都去買過東西，不是嗎？噢，我實在無法相信！小珍不會傷害小馬的，絕對不會。」

「很讓人傷心。」霍吉斯說。

「這樣我今天就要趕回去。」此刻奧得森比較像是在自言自語，而不是跟霍吉斯說話。「她的親人可能沒那麼快到，需要有人來妥善安排。」

管家的最終任務，霍吉斯心想，覺得這個念頭既窩心又莫名可怕。

「南西，我要感謝妳撥出時間跟我通話。我就讓妳——」

「當然啦，還有那個老頭子。」奧得森說。

「哪位老頭子？」

「我看過他出現在一五八八號外面幾次。他會把車停在路邊，然後就站在人行道上看著房子。就是往山下走一小段的馬路對面那棟房子。你可能沒有注意到，但那棟房子要賣。」

霍吉斯有注意到，但他沒說。他不想打斷她。

「有次他直接走到草皮上從凸窗往裡面看，那是在最後一次大風雪之前了。我想他只是看看而已。」她含淚笑出聲。「不過我母親應該會說那叫做肖想而已，因為他看起來壓根不像買得起那種房子的人。」

「不像嗎？」

「不像。他穿著工人的衣服，你知道的，綠色長褲像Dickies那種，他的連帽長版外套還用紙膠帶貼補起來。除此之外，他的車子看起來非常破舊，有一塊塊底漆。我已故丈夫說那是窮人用的補漆。」

「妳該不會剛好知道那是什麼車吧？」他翻到新的一頁寫下**找出上一次大風雪日期**。荷莉看完後點頭。

「不知道耶，抱歉。我不懂車子。我連顏色都不記得，只記得那一塊塊的底漆。霍吉斯先生，你確定沒有搞錯嗎？」她的語氣幾近哀求。

「南西，我真希望能這麼對妳說，但我沒辦法。妳真的幫了大忙。」

她不確定地問：「有嗎？」

霍吉斯把自己的、荷莉的跟辦公室電話號碼都給她。請她要是想到什麼他們沒問到的事情，就打給他。他提醒她，可能會有媒體對這件事感興趣，畢竟馬丁會癱瘓是因為二〇〇九年的市中心事件，但如果她不願意的話，也沒有任何義務要跟記者或電視臺的人說話。

他掛上電話的時候，南西．奧得森又哭了起來。

## 9

他帶荷莉去街上隔了一個街廓的熊貓園吃午餐。時間還早，餐廳幾乎是他們包場。荷莉不吃肉，於是點了蔬菜炒麵。霍吉斯很愛吃乾煸牛肉絲，但這陣子他的腸胃有點吃不消，因此改點麻辣羊肉。他們兩人都用筷子，荷莉是因為她很會用筷子，霍吉斯則是因為用筷子進食會減緩吃飯速度，肚子或許比較不會在吃完飯後感覺灼燒。

她說：「最後一場大風雪是十二月十九日。根據氣象報導，政府廣場積雪達二十八公分，布朗森公園三十三公分。不算很猛烈，但目前為止，這個冬天唯一另外一場只下了十公分。」

「耶誕節前六天。根據奧得森的記憶，大約跟珍妮絲．艾樂頓拿到札皮的時間差不多。」

「你覺得給她札皮的跟看房子的是同一人嗎？」

霍吉斯夾起一塊花椰菜。花椰菜對身體很好，就跟所有難吃蔬菜一樣。「我認為，身穿紙膠帶貼補的連帽長版外套的男人，不管給艾樂頓任何東西她應該都不會接受。我沒有說不可能，只是覺得可能性不高。」

「老威，你的午餐要吃。要是我進度繼續超前你，就會顯得我好像是豬。」

霍吉斯吃著飯，但其實他最近即使腹部沒有不舒服，也都沒什麼胃口。每次食物卡在喉嚨，他就用茶沖下去。這樣或許也不錯，因為茶似乎有所幫助。他想到那些還沒看到的報告結果。想到問題可能比胃潰瘍嚴重，胃潰瘍搞不好反而是最好的情況。胃潰瘍還有藥可以治。其他的就沒什麼救了。

等他能夠看到盤子中間（可是，天啊，周圍還剩好多食物），他放下筷子然後說：「我在妳肉搜南西．奧得森的時候，找到了其他東西。」

「跟我說。」

「我在讀跟札皮有關的資料。那些電腦相關行業的公司，就這樣出現又消失真是太驚人了。就像六月的蒲公英。掌上機並沒有獨占市場。設計太簡單、價格太高，又有太多更厲害的競爭對手。札皮有限公司股價下跌，被另一間叫做日出方案公司買下。兩年前，那間公司宣告破產，從此下市。意思是札皮早就消失了，送出掌上機的人想必是在詐騙。」

荷莉很快就知道他在想什麼。「所以，問卷只是為了要增加一點所謂的真實感。那個人沒有設法騙她錢吧，有嗎？」

「沒有，至少就我們所知沒有。」

「老威，我覺得情況有些詭異。你會跟杭特利警探和灰色電眼女郎說嗎？」

霍吉斯剛夾起盤子裡剩下的最小塊羊肉，這下有了藉口放開。「荷莉，妳為什麼不喜歡她？」

「嗯，她覺得我瘋了，」荷莉語氣平鋪直敘。「一方面是這樣。」

「我相信她沒有——」

「有。她有。她搞不好還覺得我很危險，因為我在『在這裡』的演唱會上把布雷迪．哈特斯菲爾的頭打爆了。但我不在乎。再來一次我還是會這麼做。一千次也一樣！」

他把手蓋在她手上。她手中緊握的筷子，就像調音叉般震動。「我知道妳會，而且不管幾次妳都沒有錯。妳救了上千條人命，而且這還是保守估計。」

她把手從他的手下抽出，開始挑著一顆顆飯粒。「她覺得我瘋了，這我無所謂。我這輩子都在面對有這種想法的人，從我父母開始就是。但還有別的原因。伊莎貝爾只看到她想看的，她不喜歡那些看到更多的人。至少不喜歡那些想要看更多的人。老威，她對你也是一樣的感覺。因為彼得，她嫉妒你。」

霍吉斯什麼也沒說。他從沒想過這種可能性。

她放下筷子。「你沒有回答我的問題。你會把我們目前為止所知道的事情告訴他們嗎？」

「還不會。要是妳願意今天下午負責留守辦公室，我想要先去做一件事情。」

荷莉低頭對著剩下的炒麵微笑。「我都會好好留守。」

## 10

老威·霍吉斯並不是唯一一位立刻討厭貝琪·罕明頓繼任者的人。在腦部外傷診所工作的護理師與護工稱那裡為腦空部，代表腦袋空空，沒多久大家便戲稱露絲·史卡培利為武則天護理長。到了第三個月，她已經因為各種小錯而把三位護理師調職，還有一位護工因為在儲物間裡抽菸遭她開除。她禁止特定色彩鮮豔的制服，因為她認為「過於干擾」或「過於具有暗示性」。

不過，醫生卻很喜歡她。他們覺得她動作迅速又有本事。面對患者她同樣也動作迅速又有本事，但是她很冷漠，而且還帶著一絲不屑。即使是受到最嚴重傷害的患者，她也不許任何人說他們腦殘、燒壞或空空，至少不可以在她面前說，但她就是有種姿態。

「她是很有本事，」史卡培利開始工作不久後，某位護理師對另一位護理師說。「毫無疑問，但就是少了什麼。」

另一位護理師是什麼大風大浪都見過的三十年老鳥。她想了想，然後說了三個字……用字精準無比。「慈悲心。」

史卡培利陪神經科主任菲利斯．巴比諾醫生巡房時，從來不會露出冷漠或不屑，如果有，他大概也不會發現。其他有些醫生有注意到，但很少有人在意；居高臨下的他們不會去在意低等如護理師的所作所為，即使是護理長也一樣。

彷彿像是史卡培利覺得，無論腦部外傷診所的患者是什麼狀況，他們多少都得要為自己的現況負責，要是他們再努力一點，一定至少能重拾某些能力。不過，她還是克盡職責，而且多數時候都做得很好，搞不好還勝過人氣遠比她高的貝琪．罕明頓。要是有人這樣對她說，史卡培利會說她來這裡不是要炒人氣。她來這裡是要照顧患者，就這樣，沒有了。

然而，腦空部有個長期患者她非常討厭。那位患者就是布雷迪．哈特斯菲爾。不是因為她有朋友或親戚在市中心案遭到傷害或殺害，是因為她覺得他很不要臉。逃避了他理當承受的懲罰。多數時候她都盡量迴避，讓其他護理人員來處理他，因為光是看到他往往就讓她整天充滿憤怒，認為這樣可恥卑鄙的生物竟然如此輕易玩弄這套系統。她迴避還另有原因：她在他房間裡時無法完全信任自己。她兩度做了某些事。是那種如果被發現，可能會導致她自己遭到開除的事。但是這個一月初的午後，正當霍吉斯和荷莉剛吃完午餐，她彷彿受到某條看不見的線牽引至二一七號病房。不過這個早上她是不得不進去，因為巴比諾醫生堅持由她來陪他查房，而布雷迪是他的明星患者。布雷迪復原的狀況讓他嘖嘖稱奇。

「他本來根本連昏迷狀態都無法脫離，」巴比諾在她到腦空部任職不久後對她說。他平常宛如一條死魚，但每次說到布雷迪都會幾近雀躍。「妳看他現在！雖然還是要人幫忙，但他可以走一小段路，可以自己進食，還可以用言語或手勢回答簡單的問題。」

史卡培利還可以（但沒有）接著說，他也會用叉子戳自己的眼睛，而且他的言語回應聽起來都像窩窩和咯咯。還有排泄物的問題。幫他穿上成人紙尿褲，他就憋住。一拿掉，他就尿在床上，跟時鐘一樣準時。可以的話還會大便。彷彿他都知道。她相信他真的知道。

他還知道另一件事，這一點毫無疑問，就是史卡培利不喜歡他。這天早上，檢查結束後巴比諾醫生在套房浴室裡洗手時，布雷迪抬起頭看她，抬起一隻手放在胸前。他顫抖地握成不完整的拳頭，隨後緩緩伸出中指。

起初史卡培利沒有意識到自己看見什麼：布雷迪朝她比中指。接著，她聽見浴室水聲停止，同時她制服胸前的兩顆釦子剛好彈開，露出她耐穿的 Playtex 十八小時舒適胸罩的正中間。她不相信所聽過關於這個廢物人渣的謠言，拒絕相信，但是……

他對她微笑，對她奸笑。

此時她走向二一七號病房，輕柔音樂從上方喇叭流洩。身上穿著平常收在更衣室櫃子裡，她不怎麼喜歡的粉紅色備用制服。她朝兩邊張望，確認沒有人在注意她，同時假裝在研究布雷迪的病歷，以免有人在偷看她卻沒發現，接著轉身溜進房內。布雷迪坐在窗邊的椅子上，他每次都坐在那裡。他身上穿著四件格紋襯衫中的一件，還有牛仔褲。頭髮已經梳過，臉頰皮膚像嬰兒般柔順。胸前口袋上別了**芭芭拉護理師幫我刮了鬍子**！的別針。

露絲．史卡培利心想，他的生活過得跟川普一樣爽。他殺了八個人，還導致天知道多少人受傷，企圖在搖滾演唱會上殺死幾千個年輕女孩，現在卻坐在這裡，有專人每天幫他送餐，幫他洗衣服，還幫他刮鬍子。他每個禮拜可以按摩三次。每個禮拜做四次水療，還可以泡熱水池。生活過得跟川普一樣爽？哼。根本是跟那種藏油豐富的中東國家沙漠酋長一樣吧。

要是她跟巴比諾醫生說，他對她比中指呢？

噢，不，他會說。不是的，史卡培利護理長。妳看到的只是不自主的肌肉抽動。他還沒有辦法處理能夠比出這種手勢的思考流程。就算不是這樣，他為什麼要對妳比這種手勢？

「因為你不喜歡我，」她說，雙手壓著膝上的粉紅色裙子往前傾。「對吧，哈特斯菲爾先生？這樣我們就扯平了，因為我也不喜歡你。」

他不看她，也沒有任何跡象顯示有聽到她說話。他就只是望向窗外對街的停車場。但他有聽見她說話，她確定如此，於是他沒有以任何方式表示聽見則讓她更加惱怒。她說話時，大家都應該要聽她說話。

「你要我相信，今天早上制服釦子彈開是因為某種心靈控制術嗎？」

沒有反應。

「我知道不是。我一直打算要換掉那套。上衣有點太緊。你或許能騙到其他比較容易相信的護理人員，但你騙不了我，哈特斯菲爾先生。你最多就只會坐在那裡。然後逮到機會就把床鋪弄得髒兮兮。」

沒有反應。

她瞄了門口一眼，確保門依舊緊閉，接著左手離開膝蓋並伸出。「你傷害了那麼多人，有些人到現在還在受苦。你覺得很有快感嗎？很有快感，對吧？那你自己會有什麼感覺？我們要不要來試試看啊？」

她先是隔著襯衫觸摸他柔軟的乳頭邊緣，接著用大拇指與食指捏住。她的指甲很短，但盡全力用力掐緊。她先朝一個方向扭，接著朝反方向扭。

「這叫做痛，哈特斯菲爾先生。如何啊？」

他一如既往地面無表情，讓她更加生氣。她靠得更近，直到兩人幾乎鼻子碰鼻子。她的表情變得更加陰沉。眼鏡後方的藍色雙眼顯得更加凸出。嘴角還有細小飛沫。

「我可以這樣對你的睪丸，」她低聲說。「搞不好我真的會。」沒錯。她可能真的這麼做。反正他又沒辦法告訴巴比諾。他最多只會講五十來字，而且沒幾個人聽得懂他勉強說出的話。我想要吃更多玉米會變成窩養要日恩窩瘀咪，聽起來就像西部老片裡的假印第安話。他唯一能清楚說出的是我要找媽媽，史卡培利就曾幾度有機會開心地再次告訴他，他母親已經死了。

她來回扭轉他的乳頭。順時鐘，接著逆時鐘。她用盡吃奶的力量捏，這可是護理師的手，意思就是手勁很大。

「你覺得巴比諾醫生是你的寵物，但根本是反過來。你才是他的寵物。他以為我不知道他有給你吃那些實驗藥物，但我都知道。他說是維生素。維生素個頭啦。這裡發生什麼事我可是一清二楚。他認為他可以讓你完全康復，但不會有這種事的。你根本就沒救了。就算他成功了又如何？你得要接受審判，然後坐一輩子的牢。威恩斯爾州立監獄裡可是沒有熱水盆。」

她用力掐他的乳頭，用力到手腕青筋暴露，但他依舊沒有任何有感覺的反應——只是繼續望向窗外的停車場，面無表情。要是她繼續下去，必定會有護理師發現瘀青與腫脹，就會記錄在他的病歷裡。

她鬆手往後退，呼吸急促，捲在他窗戶上方的百葉窗突然如同骷髏骨架般劇烈震動。這陣聲響讓她嚇了一跳，四處張望。回頭面對他時，哈特斯菲爾已經不再看著停車場了。他正在看著她，眼神清晰有意識。史卡培利感覺到一絲鮮明的恐懼，往後退了一步。

「我可以舉報巴比諾，」她說，「但醫生都有辦法脫身，特別是如果今天是醫生的話對上護理師的話，即使是護理長也沒用。而且我幹嘛要舉報他啊？他想怎麼對你實驗都可以。哈特斯菲爾先生，就連威恩斯爾對你來說都算太高級了。搞不好他給你的東西會要了你的命。因為你活該。」

走廊上食物推車轟隆經過，有人很晚才吃午餐。露絲．史卡培利像是從夢中驚醒般猛然一震，朝門邊退去，視線從哈特斯菲爾身上移到如今安靜的百葉窗，再回到哈特斯菲爾身上。

「我就不吵你了，但離開前還有件事要告訴你。要是你再朝我比一次中指，下次捏的絕對會是你的睪丸。」

布雷迪的手從大腿抬到胸前。有些顫抖，但那是運動控制有問題；多虧了一個星期在樓下進行十次物理治療，他多少找回了一點肌力。

史卡培利難以置信地看著他伸出中指，並朝她傾斜。伴隨而來的是猥瑣的淫笑。

「你真是畸形，」她低聲說。「異於常人。」

但她沒有再靠近他。她突然間極不合理地害怕起要是靠近可能會發生的事。

## 11

湯姆．索伯斯甚為樂意幫霍吉斯忙，即使得要重新安排幾個下午的約。他欠霍吉斯的遠比到嶺谷看間空房子還多，畢竟這位退休警察可是在朋友荷莉與傑若米的協助下，救了他兒子跟女兒一命。搞不好也算救了他太太的命。

他讀了資料夾裡的紙條上所寫的數字，從玄關把警報器關掉。帶領霍吉斯穿越樓下房間時，兩人腳步聲在屋內響起迴音，他忍不住展開銷售話術。沒錯，距離市區有段距離，這點毋庸置疑，但那表示你能享有所有城市的公共服務，自來水、掃雪、倒垃圾、校車、市府公車等，卻不用忍受市區的噪音。「這裡已經牽好有線電視，而且規格遠超出基本規定。」

「很好，但我沒有想買。」

湯姆好奇地看著他。「那你到底要什麼？」

霍吉斯覺得沒有理由不告訴他。「想知道有沒有人利用這棟屋子去監視對街那棟。上個週末那裡發生了謀殺自殺案。」

「一六〇一號嗎？天哪，老威，真是太糟糕了。」

非常，霍吉斯心想，而且我敢說，你已經在盤算要去找誰談才能成為賣那棟房子的仲介。但霍吉斯也不怪他，這個人因為市中心大屠殺案也經歷了一番人間煉獄。

「看來你可以不用拄拐杖了。」霍吉斯在他們爬上二樓時說道。

「我有時候晚上會用，特別是雨天。」湯姆說。「科學家說天氣濕冷時會讓關節更痛的話都是騙人的，但我可要告訴你，那絕對是值得相信的傳說。來，這裡是主臥室，你看這樣早上的陽光就能照進來。臥室非常寬敞舒適，淋浴水壓很強，然後走廊往下走這裡……」

是的，屋子很不錯，嶺谷這裡的房子至少都要這種水準，但看不出來最近有人進來過的跡象。

「看得差不多了嗎？」湯姆問。

「是，我想是的。你有沒有注意到什麼不尋常的狀況？」

「完全沒有。而且警報器也是很好的那種。要是真有人闖空門——」

「是啊，」霍吉斯說。「很抱歉天氣這麼冷還要你出來。」

「沒有這回事。我本來就該出來辦事情的。而且能見到你真好。」他們從廚房門走出去，湯姆接著將會重新鎖上門。「不過你看起來瘦得誇張。」

「俗話說得好，人沒有太瘦或太有趣這種事。」

正從市中心事故傷勢中恢復的湯姆就是太瘦太窮，因而僅是象徵性地對這位老好人笑了一下，準備繞到屋子前方。霍吉斯跟著走了幾步後便停下來。

「我們可以看一下車庫裡面嗎？」

「當然，但裡面什麼也沒有。」

「瞄一眼就好。」

「滴水不漏是吧？我明白，讓我找出那支鑰匙。」

但他根本不需要找出鑰匙，因為車庫門已經開了五公分。兩位男士沉默地盯著門鎖周圍的碎木看。最後湯姆說：「哇，你看看。」

「我猜警報系統沒有涵蓋到車庫。」

「你猜得沒錯。因為裡面沒有東西好保護。」

霍吉斯走進光禿禿木板牆與混凝土灌置地板的長方空間。混凝土地板上有明顯可見的鞋印。霍吉斯看見自己呼出的氣息，還看見了別的。左邊滑升門前是一把椅子。曾有人坐在這裡，向外看。

霍吉斯一直感覺到腹部左邊越來越不舒服，那股痛感彷彿張大了觸角纏繞在他下背處，但疼痛幾乎已成了他的老友，並且暫時因為興奮而相形失色。

曾有人坐在這裡向外看著一六〇一號，他心想。我敢賭上一座農場，如果我有的話。

他走到車庫前方，坐在偷窺者坐過的位置上。車庫滑升門上，中段橫向有三扇窗戶，最右邊那扇窗戶有人擦拭過，沒有灰塵。視野直達一六〇一號的客廳大窗戶。

「嘿，老威，」湯姆說。「椅子下面有東西。」

霍吉斯彎腰查看，儘管這麼做會讓他腹部灼熱感更加劇烈。他看見一片黑色塑膠片，直徑約

七、八公分。他抓著塑膠片的邊緣拾起。上面只有一個燙金的詞：視德樂。

「是相機的嗎？」湯姆問。

「是望遠鏡的。預算很多的警察局就會用視德樂望遠鏡。」

有了一副好的視德樂望遠鏡，而且就霍吉斯所知，視德樂沒有不好的望遠鏡，要是窗簾沒有拉起來，根本就等同於坐在艾樂頓跟史多佛的客廳裡了……而今天早上他跟荷莉在客廳時，窗簾就是打開的。拜託，要是兩位女子在看CNN，偷窺者連螢幕下方的跑馬燈都能看得一清二楚。

霍吉斯身上沒有證物袋，但外套口袋裡有舒潔衛生紙隨身包。他抽出兩張衛生紙，小心翼翼地將鏡蓋包起來，放進他外套內口袋。他從椅子上起身（再次引來一陣刺痛，今天下午的痛感真的很強烈），然後又看見別的。有人在兩扇滑升門正上方的木板刻了一個字母，用的可能是隨身折刀。

字母Z。

## 12

他們幾乎要走回車道上時，霍吉斯突然有了全新感受：左膝後方傳來一陣劇烈疼痛。彷彿被刀刺中。他半是出於驚訝半是出於疼痛地發出驚呼，彎下腰揉了揉痛點，設法讓疼痛消失。或至少稍微緩和疼痛。

湯姆跟著他一起彎腰，因此兩人都沒看見那臺老舊的雪佛蘭緩慢沿著山頂苑路行駛。褪色的藍色烤漆上有著一塊塊的紅色底漆補釘。方向盤後方的老先生進一步減緩車速，好盯著那兩位男士看。接著雪佛蘭便加速，排氣管吐出藍色煙霧，駛經艾樂頓與史多佛的家，朝街尾迴轉區前進。

「怎麼了？」湯姆問。「發生什麼事了？」

「痙攣。」霍吉斯咬牙說。

「揉一揉。」

霍吉斯從一頭亂髮間瞄了他一眼，語氣幽默但帶著疼痛。「不然你覺得我在幹嘛？」

「讓我來吧。」

六年前出席了某場就業博覽會，讓湯姆．索伯斯成了物理治療老手，他把霍吉斯的手推開。他脫下一隻手套，用手指施壓。非常用力。

「噢！拜託！超級痛！」

「我知道，」湯姆說。「沒辦法，盡可能把重心都移到不會痛的那隻腳上。」

霍吉斯照辦。那臺有著黯淡紅色底漆補釘的雪佛蘭 Malibu 再次緩緩駛過，這次是朝山下而去。駕駛又好好地看了他們一眼，然後再度加速離去。

「沒那麼痛了，」霍吉斯說。「感謝老天總還有好事發生。」是沒那麼痛了，但他腹部的火勢相當猛烈，下背也感覺像遭到猛力扭轉過。

湯姆擔憂地看著他。「你確定你沒事嗎？」

「沒事，只是肌肉痙攣。」

「也有可能是深層靜脈栓塞。你年紀不小了，老威，應該要去檢查一下。要是你跟我在一起的時候發生了什麼事，彼得永遠不會原諒我的，他妹妹也一樣，我們虧欠你太多。」

「都安排好了，明天就要去看醫生，」霍吉斯說。「走啦，我們離開這裡吧。冷死了。」

他跛著腳走了兩、三步，接著膝蓋後方的疼痛就完全消失了，他又可以正常走路。比湯姆還正常。多虧了二〇〇九年四月與布雷迪．哈特斯菲爾的邂逅，湯姆．索伯斯將會跛腳一輩子。

霍吉斯回到家時，腹部疼痛已經和緩許多，但他累得跟狗一樣。這些日子他很容易疲累，他對自己解釋是因為胃口變得很差，但也不禁懷疑是否真是如此。他從嶺谷回來的路上聽見了兩次玻璃碎裂及男孩的全壘打歡呼聲，但他開車從不看手機，一來是因為這樣很危險（而且在某些州還違法），二來是他拒絕成為手機奴隸。

此外，他不需要讀心術也知道至少其中一封簡訊是誰傳的。他要先把外套掛進前面走廊衣櫥裡，掛好後還快速摸了一下外套內口袋，確認鏡蓋依舊安然無恙。

第一封簡訊是荷莉傳的。**我們應該要跟彼得和伊莎貝爾談一談，但先打給我，我有問題要問。**第二封不是她傳的。簡訊寫道：**史塔模斯醫生有急事要跟你談。你的預約掛號為明天早上九點。請務必前來！**

霍吉斯看了一下手錶，發現儘管這一天過得至少有如一個月那麼久，其實也才四點十五分。他打電話到史塔模斯醫生辦公室，是瑪莉接的電話。他從那活潑的啦啦隊聲調便聽得出是她，他自我介紹後，她的聲音卻變得嚴肅。他不知道檢查結果如何，但想必不是太好。正如巴布·狄倫曾說過，不需要氣象播報員也能知道風往哪裡吹。

他希望能將九點延後到九點半，因為他想要先跟荷莉、彼得和伊莎貝爾坐下來好好談一談。他不願意相信，去一趟史塔模斯醫生的辦公室後就得要住院，但他非常務實，而且腿部突如其來的疼痛也嚇壞他了。

瑪莉將他的通話按下保留。霍吉斯聽了好一會兒的「年輕惡棍」（Young Rascals）樂團的歌（他心想，這些人現在應該都七老八十了吧），然後又恢復通話。「霍吉斯先生，我們可以幫你安排九點半，但史塔模斯醫生要我強調，你一定要來看診。」

「情況有多糟？」他還來不及阻止自己便脫口而出。

「我沒有關於你病情的資料，」瑪莉對他說，「但我覺得你應該盡快了解到底出了什麼問題。你不覺得嗎？」

「是的，」霍吉斯語氣沉重。「我絕對會去看診。也謝謝妳了。」

他結束通話，盯著電話看。螢幕上是他女兒七歲的照片，笑容耀眼，坐在他在他們自由民街舊家搭建的鞦韆上，盪高高。當他們還是一個家庭的時候。如今艾莉三十六歲，離過婚，正在接受心理諮商。她從一段痛苦的感情中復元，那個男人說著從盤古開天以來便流傳的故事：我很快就會離開她了，只是現在時機不對。

霍吉斯放下電話，掀起他的上衣。腹部左邊的疼痛已經緩和到又只剩下淡淡刺痛，這樣很好，但他不喜歡在他胸骨下方肉眼可見的腫脹。好似他吞下了大餐，但其實他午餐只吃得下一半，而早餐還只吃了一個貝果。

「你怎麼了？」他問自己腫脹的肚子。「我不介意在明天看診前先獲得一點線索。」

他心想，只要打開電腦上網路醫生網站，就能夠獲得所有他想要的線索，但他也慢慢相信，靠網路自我診斷是蠢人才幹的事。於是他撥了電話給荷莉。她想知道他在一五八八號有沒有發現什麼有趣的事。

「正如喜劇小品 Laugh-In 裡面那個人常說的，非常有趣，但在我開始分享之前，有什麼問題先問。」

「你覺得彼得有沒有辦法查出馬丁．史多佛是否有打算要買電腦？像是查她的信用卡之類的？因為她母親都幾百歲了。如果有，那就表示她是認真想要修線上課程。如果她是認真的，那——」

「那她跟母親協商要一起自殺的機率就大幅降低了。」

「沒錯。」

「但還是無法排除母親自行決定要這麼做的可能性。她很可能是趁著史多佛熟睡的時候，把藥丸跟伏特加一起灌進她的餵食管，然後再爬進浴缸完成任務。」

「但是南西．奧得森說——」

「她們很開心，是啊，我知道。我只是指出這個可能性而已，並不是真的相信這個說法。」

「你聽起來很累。」

「只是跟平常一樣，工作結束後很疲憊，我吃一點東西後就會有精神了。」但他這輩子沒有這麼不想吃東西過。

「要吃一大堆。你太瘦了。但先跟我說，你在那棟房子裡找到什麼。」

「不是在房子裡。是在車庫。」

他把過程都跟她說。她完全沒打斷他。連他說完了她也沒開口。有時候荷莉會忘記自己是在講電話，於是他提醒了她一下。

「妳怎麼看？」

「我不知道。我的意思是，我真的不知道。整個就……非常詭異。你不覺得嗎？還是不會？因為我會反應過度。我有時候會這樣。」

妳也知道啊，霍吉斯心想，但這次他不覺得她反應過度，也這麼對她說。

荷莉說：「你告訴過我，你認為珍妮絲．艾樂頓不會跟穿著縫補過的連帽長版外套與工人服的男人拿任何東西。」

「我確實說過。」

「那意思是……」

這下換他保持沉默，讓她自己想出答案。

「意思是有兩個人在搞鬼，兩個。一個在珍妮絲．艾樂頓逛街的時候給了她那臺札皮，以及那份假問卷；另一個則在對街偷窺她的房子。還用望遠鏡！昂貴的望遠鏡！我猜這兩個男人不一定是一夥的，但……」

他繼續等。露出微笑。每當荷莉把思考程式開到最強，霍吉斯都彷彿能聽見她額頭裡面齒輪轉動的聲音。

「老威，你還在嗎？」

「在啊。只是在等妳把話說出來。」

「嗯，看來他們想必是一夥的。至少在我看來啦。而且他們搞不好還跟那兩位女士的死亡有關。這樣，高興了嗎？」

「是的，荷莉，我很高興。我明天早上九點半跟醫生有約——」

「你的檢查報告出來了嗎？」

「是的。我想要安排先跟彼得和伊莎貝爾見個面。妳八點半可以嗎？」

「當然可以。」

「我們把事情全說出來，把奧得森、妳找到的掌上遊戲機，還有一五八八號的事全跟他們說。看他們有什麼想法。聽起來如何？」

「沒問題，但她不會有任何想法。」

「搞不好妳錯了。」

「是啊。然後明天天空會變成綠底帶紅色圓點。你趕快去弄東西吃。」

霍吉斯向她保證他會，然後邊看傍晚新聞邊加熱罐頭雞湯麵。他吃了大部分，一匙一匙間隔著，不時為自己打氣：你可以的，你可以的。

洗碗時，他左邊腹部又痛了起來，觸角也再次沿著他的下背攀抓。感覺像是隨著每次心跳猛力攀升又墜落。腹部一陣緊縮。他想到要跑進浴室，但已經來不及了。於是改彎腰低身面對流理臺，閉上眼睛嘔吐。他繼續閉著眼睛摸索水龍頭，然後開到最大把那團混亂沖走。他不想要看見自己吐出了什麼，因為他已經嘗到口腔與喉嚨裡的血絲。

呃，他心想，我麻煩大了。

我麻煩可大了。

## 14

晚上八點。

門鈴響起時，露絲．史卡培利正在看某個愚蠢的實境節目，基本上這節目只是為了讓年輕男女有藉口衣不蔽體地到處跑。她沒有直接走向門口，而是拖著拖鞋走進廚房，打開連結著鑲在前廊監視器的螢幕。她居住的社區很安全，但也沒有必要冒險，她已故母親最喜歡掛在嘴邊的就是人渣會移動。

她認出門口男人是誰時，有些驚訝與不自在。他穿著顯然很貴的軟呢大衣，頭戴鑲邊插著羽毛的呢帽。帽子下方，他修剪完美的白髮誇張地沿著他的太陽穴飄揚。一隻手拎著窄版手提箱。他是湖區腦部外傷診所負責人暨神經科主任菲利斯．巴比諾醫生。

門鈴再次響起，她匆忙開門讓他進來，心想著，他不可能知道我今天下午做了什麼，因為門是關的，而且沒人看見我進去。放心，是有別的事，搞不好是工會的事。

但他從來沒有跟她討論過工會的事，儘管她過去五年來都是團結護理師工會職員。除非她穿著護理師制服，不然即使在路上擦身而過，巴比諾醫生搞不好也不會認得她。這讓她想起此刻身上的衣著，老舊居家服以及更老舊的拖鞋（上面還有兔臉圖案！），但現在也來不及挽救了，還好她頭髮沒有上捲子。

他應該要先打電話來的，她心想，但隨後的念頭讓她有些不安：或許他就是想要讓我措手不及。

「晚安啊，巴比諾醫生。請進來，外面冷。很抱歉我穿著居家服來應門，因為我沒想到會有訪客。」

他走進門後，就這麼杵在走廊上。她得要繞過他才能關門。不透過監視器螢幕而是直接近看後，她覺得他們兩人根本服裝同樣混亂。她是穿著居家服跟拖鞋沒錯，但他的臉頰也滿是灰色鬍碴。巴比諾醫生（沒人膽敢叫他菲利斯醫生）或許相當時髦，看看他脖子周圍蓬鬆的喀什米爾羊毛圍巾就知道，但今晚的他該刮鬍子了，而且是迫切需要。此外，還有他眼睛下方的紫色眼袋。

「外套給我吧。」她說。

他把手提箱夾在兩隻鞋子中間，解開外套釦子，將外套及奢華圍巾遞給她。他仍然沒開口。她晚餐吃了千層麵，吃的時候覺得相當美味，現在卻感覺頗為沉重，讓她的胃也彷彿跟著下沉。

「你要不要——」

「進來客廳。」他說話同時經過她身邊，彷彿那是他的家才對。露絲．史卡培利趕緊跟在他身後。

巴比諾拿起她放在安樂椅扶手上的遙控器，瞄準電視，按下靜音。年輕男女繼續跑來跑去，只是少了播音員毫無意義的碎唸。史卡培利不再只是不安，這下她感到害怕了。沒錯，為她努力工作所獲得的職位可能不保而害怕，但也為了自己感到害怕。他的眼裡有種根本稱不上眼神的神情，只有某種空洞。

「要不要幫你倒點什麼？汽水或是一杯——」

「聽我說，史卡培利護理長。如果妳想要保有妳的職位，那就給我聽仔細了。」

「我……我……」

「那妳也就不會失去工作。」巴比諾把他的手提箱放在她的安樂椅座位上，打開手提箱的金色鎖釦。鎖釦彈開的瞬間發出了細小的砰砰聲。「妳今天對有智能缺陷的患者造成侵害，甚至可以解釋為性侵害，再來則是法律上所謂的犯罪威脅。」

「我……我沒有……」

她幾乎聽不見自己的聲音。她覺得自己要是不坐下可能會昏倒，但他的手提箱擺在她最愛的椅子上。她橫越客廳走向沙發，途中脛骨還去撞到茶几，力道大到幾乎要撞翻茶几。她感覺到血沿著腳踝細細滴落，但沒有低頭看。要是看了，她一定會昏倒。

「妳掐了哈特斯菲爾先生的乳頭，然後又威脅要對他的睪丸做同樣的事。」

「他朝我比出不雅的手勢！」史卡培利脫口而出。「他對我比中指！」

「我會讓妳再也無法在護理界混下去。」他說，她幾乎要暈倒在沙發上，他卻只是凝視著手提箱深處，手提箱側邊有他名字的縮寫，當然是燙金的。他駕駛全新的ＢＭＷ，剪那顆頭髮可能花了五十塊美金，搞不好更貴。他是作威作福的傲慢主管，這下還威脅要因為小小的錯誤而毀了她一輩子，小小的判斷錯誤。

地板這時突然裂開把她吞了她也不介意，但她的視力清楚得不可思議。她似乎能看見他帽子鑲邊插的羽毛上的每一根纖維，他充血眼睛裡的每一條紅色血絲，他臉頰與下巴每一粒醜陋的灰色鬍碴。他的頭髮本來也會是同樣的老鼠毛顏色，她心想，要是他沒有染的話。

「我……」眼淚開始湧上，熱騰騰的眼淚沿著她冰冷的臉頰流下。「我……巴比諾醫生，拜託。」她不知道他怎麼得知的，但那不重要，重點是他知道了。「我絕對不會再犯了，拜託，拜託。」

巴比諾醫生連回答都懶得回。

## 15

莎瑪．瓦爾迪茲是在腦空部輪三點到十一點班的四位護理師其中一位，她隨意敲了敲二一七號病房的門便進門，隨意是因為住在裡面的患者從來不回應。布雷迪坐在窗邊椅子上，望向戶外的一片黑暗。他的床頭燈是開的，投射出他挑染的金色頭髮，胸前仍佩戴著**芭芭拉護理師幫我刮了鬍子**！的別針。

她本來要開口問他是否準備好要讓她幫忙準備上床睡覺（他無法自行解開上衣或褲子的鈕釦，但一旦有人幫忙解開，他能夠擺動磨蹭身體把衣服脫掉），但想想又覺得算了。巴比諾醫生在哈特斯菲爾的病歷裡加了註解，用紅筆下令：「患者處於半清醒狀態時不可打擾。這種時候，他的大腦很可能正在自行『重新開機』，規模雖小卻是有感的分量遞增。每半個小時回來查房一次。不可忽略這個指令。」

莎瑪覺得哈特斯菲爾根本沒有在開機個什麼鬼，他只是沉浸在腦殘的世界裡，但她跟所有腦空部的護理師一樣有點畏懼巴比諾，也知道他有隨時都可能出現的習慣，即使是清晨，而此刻才剛過晚上八點。

從她最後一次查他房過後的不知何時，哈特斯菲爾成功起身走了三步，到他的床頭櫃上拿掌上遊戲機。他的手指沒有靈活到能夠玩任何掌上機裡的預設遊戲，但他有辦法開機。他喜歡把掌上機放在大腿上，看著示範畫面。有時候他會持續看個一小時以上，像在為某個重要考試唸書般低頭認真看。他最喜歡的是洞洞釣魚樂的示範畫面，此刻他正盯著那畫面看。那首她記得童年就有的曲子正播放著：*在海邊，在海邊，在美麗的海邊……*

她靠近想開口說**你真的很喜歡這個遊戲對吧**，但又想起畫了底線的不可忽略這個指令，於是改為低頭跟著看那個十二乘以七公分大的小螢幕。她懂他為什麼喜歡這個畫面，那些奇特的魚出現、停頓，然後尾巴一甩就消失的姿態，相當美麗迷人。有些是紅色……有些是藍色……有些是黃色……噢，還有條漂亮的粉紅色——

「不要看了。」

布雷迪的聲音就像鮮少開啟的門上鉸鏈，嘎嘎作響，儘管每個字中間明顯有停頓，發音卻非常清楚。不像他平常糊成一團的喃喃自語。莎瑪嚇了一大跳，彷彿他罵了她而非只是對她說話。札皮螢幕上瞬間閃過藍光淹沒所有魚，然後魚又出現了。莎瑪低頭看倒掛別在她外袍上的手錶，發現時間已經八點二十了。天哪，她真的在這裡站了將近二十分鐘嗎？

「出去。」

布雷迪仍低頭看著魚游來游去的螢幕。莎瑪移開了視線，但非常吃力。

「等下再回來，」他停頓，「等我結束，」又停頓，「看這個。」

莎瑪照他說的話做，等她回到走廊上後便覺得自己恢復正常了。他跟她說話了，真棒。他喜歡看洞洞釣魚樂示範畫面，就像有些男生喜歡看女生穿比基尼打排球一樣，真棒。但是真正的問題是為什麼會讓小孩子拿那些掌上遊戲機吧？這種東西對他們未成熟的腦袋不好吧？不過換個角度想，小孩子一天到晚打電腦遊戲，搞不好他們已經免疫了。反正她還有很多事情要做。就讓哈特斯菲爾坐在他的椅子上看那臺機器吧？

反正他也不會傷害誰。

## 16

菲利斯·巴比諾醫生僵硬地彎下腰部以上的身軀，動作就像老科幻片裡的機器人。他把手伸進手提箱，拿出一臺看起來像電子閱讀器的粉紅色扁平裝置。灰色螢幕上一片空白。

「我要妳在這裡面找出一組號碼，」他說。「一組九位數號碼。史卡培利護理長，只要妳能找出那組號碼，今天的事件就只會是我們兩人的秘密。」

她的第一個念頭是**你一定瘋了**，但她不能這麼說，至少不能在他掌握著她生殺大權時這麼說。「我怎麼找？我對這些電子裝置一竅不通。我連自己的手機都不太會用！」

「胡說八道，妳擔任外科護理師的時候可是很受重用的，就是因為妳很靈巧。」

話是沒錯，但她在金納外科手術房工作已經是十年前的事了，當時她負責遞剪刀、牽開器與海綿。那時醫院願意幫她支付七成學費，送她去受六個星期的顯微手術訓練，但她沒有興趣。至少對外說法是這樣，事實是她怕自己無法通過訓練。但他說得沒錯，她年輕時候速度確實很快。

巴比諾按下裝置上方的按鈕。她拉長了脖子要看。螢幕亮起來，出現**歡迎光臨札皮！**幾個字。緊接著是各種圖示排列的畫面。她心想應該是各種遊戲。他滑了一次螢幕，兩次，然後要她站在他身邊。她遲疑了，於是他露出微笑。本意或許是要表示和善與魅力，事實上反而嚇壞了她。因為他的眼裡什麼也沒有，沒有任何人類的表情。

「來啊，護理長，我不會咬妳。」

當然不會。但要是他咬了怎麼辦？

無論如何，她還是靠近以便看清楚螢幕，上面有奇特的魚游來游去。魚甩動尾巴時，會浮現氣泡。有首依稀熟悉的曲調播放著。

「妳看到這個了嗎？這叫做洞洞釣魚樂。」

「是——是的。」心想，他真的瘋了。他因為工作而精神崩潰了。

「如果妳點螢幕下方，就會出現遊戲，音樂也會變，但我不要妳這麼做。妳只需要看示範畫面就好，找粉紅色的魚。牠們不常出現，而且動作很快，所以妳要看仔細，視線不能離開螢幕。」

「巴比諾醫生，你還好嗎？」

聲音是她的，但聽起來像是從很遠的地方傳來。他沒有回應，只是盯著螢幕看。史卡培利也在看。這些魚真有趣。還有那首曲子，也有點催眠。螢幕發出一道藍色閃光。她眨了眨眼，然後魚又出現了，游來游去，甩著魚尾引發一波波氣泡。

「每次看到粉紅色的魚，妳只要點下去就會出現號碼。九條魚，九組號碼。然後就結束了，這一切就都過去了。懂了嗎？」

她想問他要不要把號碼寫下來，還是記在腦子裡就好，但感覺那樣很困難，所以就只回答好。

「很好。」他把裝置交給她。「九條魚，九組號碼。不過，要注意，只要粉紅色的魚。」

史卡培利盯著螢幕上游動的魚：紅色與綠色，綠色與藍色，藍色與黃色。魚游向長方形小螢幕的左邊後消失，然後又出現在右邊。游向螢幕右邊後消失，然後又出現在左邊。

左邊，右邊。

右邊，左邊。

有時候高，有時候低。

但粉紅色的魚在哪裡？她需要按下粉紅色的魚，等她按下九條，這一切就會過去了。

她從眼角瞄到巴比諾將手提箱上的鎖釦重新扣上。他拎起手提箱離開客廳。他要走了。不重要。她必須要按下粉紅色的魚，然後這一切就都會過去了。螢幕發出一道藍色閃光，然後魚又出現了。魚從左邊游向右邊，從右邊游向左邊。曲子唱道：在海邊，在海邊，在美麗的海邊，你和我，你和我，噢，我們會有多麼快樂。

粉紅色的！她按下去。出現號碼十一！再八條！

前門安靜闔上時，她正按下第二條粉紅色的魚，門外巴比諾醫生的車子發動引擎時，她按下了第三條。她站在客廳中間，張著嘴彷彿等待接吻，低頭盯著螢幕看。顏色在她臉頰和額頭間來回移動。她睜大了眼睛眨也不眨。視線裡出現第四條粉紅色的魚，這條魚游得很緩慢，彷彿在邀請她來按，但她就只是站著不動。

「史卡培利護理長，妳好。」

她抬頭看見布雷迪．哈特斯菲爾坐在她的安樂椅上。他的身體輪廓微微發光，像鬼那樣，但就是他沒錯。他身上穿著當天下午她去看他時所穿的衣服：牛仔褲與格紋襯衫。襯衫上別著**芭芭拉護理師幫我刮了鬍子！**的別針。但那個腦空部所有人習以為常的空洞眼神不見了。他興致盎然地看著她。她記得小時候還住在賓州賀喜鎮時，她弟弟就是這樣盯著螞蟻農場看。

他一定是鬼，因為魚都在他的眼睛裡游來游去。

「他會說出去的，」哈特斯菲爾說。「而且不會只是他跟妳對質，不要這樣想。他在我房間裡裝了嬰兒監視器，以便觀察我、研究我。監視器有廣角鏡頭，讓他能看見整個房間。那種鏡頭叫做魚眼。」

他微笑表示那是雙關語。紅色的魚從他的右眼裡游過去，消失，然後重新出現在他的左眼裡。

史卡培利心想，他的腦子裝滿了魚。我看得到他的思緒。

「攝影機還連上錄影機。他會把妳虐待我的影片播給董事會看。其實不太痛，我不像過去那樣能感受疼痛，但他會說那叫虐待。而且不會這樣而已，他會放上YouTube，還有臉書，還有惡質醫療網站。影片會瘋傳，妳會走紅，虐待人的護理師。誰會為妳辯護呢？誰會為妳挺身而出呢？沒有人。因為大家都不喜歡妳。他們覺得妳是個爛人。那妳覺得呢？妳覺得自己爛嗎？」

這下她認真面對了這個念頭，她想自己應該是個爛人吧。任何會威脅要掐腦傷男人睪丸的人，一定很爛。她當時到底在想什麼？

「說出來。」他帶著微笑往前傾。

魚在游泳。藍色閃光閃過。音樂繼續播放。

「說出口，妳這個沒用的賤人。」

「我是爛人。」露絲．史卡培利站在除了她根本沒有其他人的客廳裡說話。她低頭看著札皮掌上機的螢幕。

「說得有誠意一點。」

「我是爛人。我是個沒用又賤的爛人。」

「那巴比諾醫生會怎麼做呢？」

「上傳到YouTube，上傳到臉書，上傳到惡質醫療網站，跟所有人說。」

「妳會被逮捕。」

「我會被逮捕。」

「他們會把妳的照片刊登在報紙上。」

「他們當然會。」

「妳會去坐牢。」

「我會去坐牢。」

「誰會為妳挺身而出？」

「沒有人。」

17

布雷迪坐在腦傷部二一七號病房裡，低頭看著洞洞釣魚樂的示範畫面。他的表情無比清醒且有意識。這是除了菲利斯．巴比諾以外，沒有人看過的表情，而巴比諾醫生已經不重要了。巴比諾醫生幾乎不存在了。這段日子裡，他多半只是Z醫生。

「史卡培利護理師，」布雷迪說。「我們進廚房吧。」

她抗拒了，但沒能撐多久。

18

霍吉斯嘗試要沉潛在疼痛之下繼續熟睡，但疼痛將他持續往上拉，直到他終於清醒並睜開眼睛。他伸手胡亂撈起床邊的時鐘，發現時間為凌晨兩點。在這種時間清醒很不妙，搞不好是最不妙的時段。退休後失眠的那段日子，他視凌晨兩點為自殺時刻，這時他想到，搞不好艾樂頓太太就是這時候下的手。凌晨兩點。感覺日光永遠不會出現的時刻。

他下床，緩慢走進浴室，從醫藥櫃裡取出家庭號健胃仙，注意不要看到鏡中的自己。他豪飲四大口，然後彎腰等著看他的胃是會接受還是退還，像雞湯麵那樣。

沒吐出來，而且疼痛逐漸舒緩。有時候健胃仙會有用。但不是每次。

他考慮要回去睡，但怕一旦躺平又會立刻開始悶痛。他改晃進辦公室，把電腦開機。他知道，這個時間點開始查造成自己症狀的可能原因有哪些是最不妙的，但他再也無法抗拒了。他的桌上電腦的桌面跳出來（又是一張艾莉小時候的照片）。滑鼠游標移到螢幕最下方，原本是要打開火狐瀏覽器，卻突然僵住。工具列裡有新東西。夾在簡訊通知氣球與視訊軟體的相機圖示之間，有把藍雨傘，上方亮著紅色的1。

「黛比的藍雨傘網站上有新訊息，」他說。「真是出乎意料啊。」

傑若米．羅賓森在將近六年前將藍色傘應用程式下載到他的電腦裡。人稱賓士先生的布雷迪．哈特斯菲爾，想要跟沒能抓到他的警察對話，而儘管退休了，霍吉斯還是非常樂意對話。因為一旦能讓賓士先生這種人渣開口（感謝老天爺這種人不多），那就只差一、兩步就能抓到他們了。那種自大的更是如此，而哈特斯菲爾根本就是自大的化身。

兩人各自有理由要在安全且據說無法追蹤的聊天網站上對話，網站伺服器還深藏在最陰暗東歐的某個角落深處。霍吉斯想要唆使市中心大屠殺肇事者犯罪，好找出他是誰。賓士先生想要唆使霍吉斯自殺，畢竟他就成功唆使了奧莉維亞．崔洛尼。

您過著什麼樣的生活呢？他第一次與霍吉斯聯繫時如此寫道，那封傳統郵件。「追捕的刺激」已經結束，您的生活還剩下什麼呢？然後又寫：想跟我聯絡嗎？試試看黛比的藍雨傘。我還幫您申請了帳號：「kermitfrog19（科米蛙 19）」。

在傑若米．羅賓森和荷莉．吉卜尼的大力協助下，霍吉斯找到了布雷迪，荷莉則打爆了他的頭。傑若米和荷莉因此獲得免費使用公立設施十年的權利，霍吉斯則獲得了心律調整器。有些悲傷與失去，即使隔了這麼多年，霍吉斯仍不願意去回想；但必須承認的是，對整座城市，特別是對當天晚上在冥果禮堂聽演唱會的所有人來說，一切都圓滿結束。

從二〇一〇年到現在，藍雨傘圖示一度從他螢幕下方的工具列消失了。要是霍吉斯曾好奇過藍雨傘怎麼了（但他不記得自己曾經好奇過），搞不好也就以為不是傑若米就是荷莉在某次來修理他對手無寸鐵的麥金塔電腦造成的傷害時，順手把程式移到資源回收筒了。結果看來反而是他們其中一位把程式收進了應用程式資料夾裡，這些年來藍雨傘就這麼躲在那裡不見天日。誰知道啊，搞不好根本是他自己拉進去然後就忘光了。六十五歲過後，當上了三壘的人開始返回本壘時，記憶總會這麼慢慢消失。

他將游標移向藍雨傘，遲疑了一會兒便點下去。他的桌面變成一對年輕情侶坐在魔毯上，飄浮在浩瀚無垠的大海上方。銀色雨絲持續落下，但躲在藍雨傘下的他們乾爽無虞。

啊，喚起了多少回憶。

帳號密碼他都輸入 kermitfrog19，之前他就是這樣做的吧？照哈特斯菲爾的指示。他不太確定了，但有個方法可以試試看。他按下確認鍵。

機器思考了一、兩秒（感覺更久），接著他馬上就登入了。眼前畫面讓他眉頭一皺。布雷迪．哈特斯菲爾當時用 merckill 做為暱稱，代表賓士殺手，霍吉斯毫不費力便想起這點，但這次是別人。理論上他不該感到驚訝，因為荷莉早已把哈特斯菲爾壞掉的腦袋打成一團糨糊了，但他還是莫名驚訝。

**Z男孩想跟你聊天！**

**你想跟Z男孩聊天嗎？**

**是　否**

霍吉斯按下是，一會兒後訊息出現。單一句話，就九個字，但霍吉斯還是反覆讀了好幾次，感覺到的不是恐懼而是興奮。他找對方向了，儘管還不知道是什麼，但感覺很大條。

**Z男孩：他跟你之間還沒結束。**

霍吉斯盯著那句話看，皺起眉頭。最後他在椅子上往前傾，開始打字：

Kermitfrog19：**誰跟我之間還沒結束？你是誰？**

沒有回應。

## 19

霍吉斯和荷莉在大衛餐館跟彼得和伊莎貝爾會面，距離早晨人潮洶湧的星巴克約有一個街廓。早餐人潮已過，位子可以任他們選，於是他們選定後面的桌位。廚房裡收音機正播放著英國搖滾樂團「Badfinger」的歌曲，女服務生在大笑。

「我只有半個小時，」霍吉斯說。「然後就得趕去看醫生了。」

彼得往前傾，一臉擔憂。「希望不是什麼嚴重的事。」

「不是，我很好。」他今天早上還真的狀態不錯，彷彿又回到四十五歲。電腦上的訊息雖然難解又邪惡，卻似乎是比健胃仙更有效的藥。「來談談我們的發現。荷莉，他們會想看證物A與證物B。拿出來吧。」

荷莉帶著她的格子呢小手提箱來會面。（心不甘情不願地）從裡面取出札皮掌上機，以及從一五八八號車庫裡找到的鏡蓋。兩者都用塑膠袋裝著，不過鏡蓋仍用衛生紙包住。

「你們兩個幹了什麼去了？」彼得問。他設法讓語氣幽默，但霍吉斯仍聽得出一絲指責。

「調查。」荷莉說，儘管她通常不喜歡與人對視，仍短暫地瞄了小莎・傑恩斯一眼，彷彿在說，懂了嗎？

「請說明。」小莎說。

霍吉斯說明的時候，荷莉就坐在他身邊，目光下垂，完全沒碰她向來唯一喝的低咖啡因咖啡。不過她的下顎一直在動，霍吉斯知道她又在嚼尼古丁咀嚼錠了。

「真是不敢相信，」霍吉斯說完後小莎表示。她戳了戳裝著札皮掌上機的塑膠袋。「妳就這樣拿走。像去市場買鮭魚那樣用報紙包住，然後帶出那間屋子。」

荷莉彷彿蜷縮在她的位子上。雙手緊握擺在大腿上，力道大到關節都泛白了。

霍吉斯通常還滿喜歡伊莎貝爾的，儘管她有一次在偵訊室裡差點害他犯罪（那是在調查賓士先生一案的時候，當時他身陷未經授權的調查），但他現在不怎麼喜歡她。他無法喜歡任何會讓荷莉如此蜷縮的人。

「小莎，要講道理。仔細想想，要是荷莉沒有發現那個東西，而且還純粹是意外發現，它現在還會在原本你們壓根沒有要搜索的屋子裡。」

「而且你們可能也沒有要打電話給管家。」荷莉說，雖然她依舊不願抬頭，聲音裡卻有著剛毅。霍吉斯聽了很高興。

「我們最終會聯絡到奧得森那位女士的。」小莎說，但她那灰色迷濛雙眼在她說話時，先是往上看，然後又往左看。典型的說謊跡象，霍吉斯光看就知道她和彼得根本連管家都還沒討論到，雖然他們最終或許會討論到她的。彼得．杭特利或許比較拖拖拉拉，但拖拖拉拉的人通常很仔細，這點必須要承認。

「如果那臺東西上面有過任何指紋，」小莎說，「這下也都沒了。直接跟指紋說再見吧。」

荷莉低聲咕噥了什麼，讓霍吉斯想起初次見到她（而且徹底低估她）的時候，他覺得荷莉永遠在對螞蟻說話。

小莎往前傾，灰色迷濛雙眼頓時一點也不迷濛。「妳說什麼？」

「她說太傻了，」霍吉斯說，非常清楚她用的字其實是蠢。「她說得沒錯。那臺東西塞在艾樂頓的椅子扶手跟坐墊中間。要是有任何指紋也早都模糊了，這妳也知道。而且你們本來有要搜索整棟屋子嗎？」

「搞不好會，」伊莎貝爾語氣有些陰沉。「都看鑑識報告結果如何。」

除了馬丁．史多佛的臥室跟浴室，其他地方根本沒有採證。他們都知道，小莎也是，因此霍吉斯不需要特別再強調這點。

「放輕鬆，」彼得對伊莎貝爾說。「是我邀請科米特和荷莉過去那裡的，妳也同意了。」

「之前我不知道他們會就帶著……」

她話沒說完。霍吉斯好奇地等著看她會怎麼把話說完。她是要說帶著證物離開嗎？什麼的證據？證明對電腦接龍、憤怒鳥及青蛙過河上癮的證據？

「艾樂頓太太的財產離開。」她虎頭蛇尾地把話說完。

「那現在都交給你們了，」霍吉斯說。「我們可以繼續了嗎？或許討論一下那個在超市裡面給她這臺掌上機，說公司很想要使用者對根本已經沒有在生產的裝置提供意見的男人？」

「還有在偷窺她們的男人，」荷莉說，仍然不抬頭。「那個男人用望遠鏡在對面偷窺她們。」

霍吉斯的老搭檔戳了戳塑膠袋，裡面裝著用衛生紙包裹的鏡蓋。「我會拿去刷看看有沒有指紋，老科，但我不抱什麼希望。你也知道一般人都怎麼樣取下跟裝上這些蓋子。」

「是啊，」霍吉斯說。「抓著邊緣。而且那個車庫裡非常冷，冷到我都能看見自己呼出的空氣，那個人搞不好還戴了手套。」

「超市裡那個男人很有可能是在運作某種短線詐騙，」小莎說。「感覺就是這樣，搞不好他一個星期後有打電話跟她說，因為她收下了那臺已經被淘汰的遊戲機，就必須要買更昂貴的新版遊戲機，然後她就叫他滾遠一點，或是他可能用問卷上面蒐集到的資訊來駭進她的電腦。」

「不會是那臺電腦，」荷莉說。「那臺超級老舊的。」

「妳到處都逛過了是吧？」小莎說。「妳調查的時候有沒有順便看一下醫藥櫃啊？」

霍吉斯忍無可忍了。「她在做妳本來應該做的事，伊莎貝爾，妳也很清楚。」

小莎的臉頰紅了起來。「我們只是出於禮貌打電話給你們，這樣而已，真希望我們沒有這麼做，你們兩個每次都惹出一堆麻煩。」

「不要說了。」彼得說。

但小莎往前傾，視線在霍吉斯的臉以及荷莉低下的頭頂間來回。「這兩位神秘男子，即使真的存在，也跟那棟屋子裡發生的事都沒有關係。一個可能是在搞詐騙，另一個純粹是偷窺狂。」

霍吉斯知道他應該要保持友善，維持和平之類的，但他就是做不到。「有變態會想到要偷窺八十歲老太太脫衣服或四肢癱瘓的人洗澡就流口水的？是啊，還真有道理。」

「聽好了，」小莎說。「媽媽殺了女兒，然後殺了自己。甚至留下某種形式的遺書，Z，結束。再清楚不過了。」

Z男孩，霍吉斯心想。這次在黛比的藍雨傘網站上的人，署名為Z男孩。

荷莉抬起她的頭。「車庫裡也有Z，刻在門與門之間的木板上，老威看到了。札皮也是Z開頭，妳知道的。」

「對，」小莎說。「甘迺迪和林肯的英文字母也一樣多，證明他們兩人是被同一個人所殺。」

霍吉斯瞄了手錶一眼，發現他很快得離開了，但沒關係。除了讓荷莉不開心、讓小莎生氣外，這次會面一點成果也沒有。也不可能有什麼成果，因為他完全沒打算告訴彼得和伊莎貝爾，他今天凌晨在電腦上發現了什麼。這個消息可能會讓調查進入高速檔，但他要保持低調，直到他自己能夠再多調查一點。他不願意認為彼得可能會搞砸這件事，但——

但他有可能，因為做事仔細不足以取代思慮縝密。而小莎？她壓根不想蹚這渾水，由隱密字母與神秘男子虛構而成的故事渾水。因為艾樂頓一家的死訊已經登上今天所有報紙頭條，還完整重述了馬丁·史多佛癱瘓的緣由。何況現在一旦小莎的現任搭檔退休，她就會在警局內獲得晉升。

「說到底，」彼得說，「這個案子會以謀殺自殺案偵結，然後就要結束了。我們必須結束，科米特，我要退休了，因為預算刪減，小莎將有好一陣子不會有新搭檔，但她要接下的案量又大。這些東西，」他指向兩個塑膠袋，「有點意思，但無法改變確切發生的事情，難道你們認為是某個犯罪大師在幕後指使？開破車還用紙膠帶貼補外套的人？」

「沒有，我沒有這樣認為。」霍吉斯想起荷莉昨天說到布雷迪·哈特斯菲爾的事。她用了建築大師這個詞。「我認為你說得對，謀殺自殺案。」

荷莉快速瞄了他一眼，眼神驚訝又受傷，然後再次往下看。

「但你願意幫我做一件事嗎？」

「如果我做得到的話。」彼得說。

「我試過那臺遊戲機，但螢幕就是空白，可能是電池沒電了。我不想要打開換電池的地方，因為那一塊隔板會是可以刷出指紋的地方。」

「我會拿去刷指紋的，但我懷疑——」

「是啊，我也是。我真正想要麻煩你的是，想請你們的網路高手設法開機，檢查裡面各種遊戲程式，看有沒有任何不尋常之處。」

「好。」彼得說，小莎翻白眼時他稍微動了一下。霍吉斯無法肯定，但他覺得彼得剛剛在桌子下面踢了她的腳踝。

「我得走了，」霍吉斯說，伸手要拿他的皮夾。「昨天沒有去看醫生，今天不能再失約了。」

「帳單我們會付，」小莎說。「你們把這麼珍貴的證物帶來給我們，我們至少也該請客。」

荷莉又低聲嘟囔。這次即使霍吉斯的耳朵已經訓練有素了，仍然無法確定，但他覺得有可能是賤人。

## 20

走在人行道上，荷莉將一頂不時髦但莫名迷人的格子呢獵人帽用力壓到蓋住耳朵，雙手伸進外套口袋。她不願看他，逕自朝著一個街廓外的辦公室走去。霍吉斯的車子就停在大衛餐館外面，但他趕忙跟上她。

「荷莉。」

「你看到她那個樣子。」她加速步伐，依舊不看他。腹部的痛又開始浮現，他上氣不接下氣。「荷莉，慢一點。我跟不上。」

她轉身面對他，他訝異地發現她眼眶裡滿是淚水。

「不只這樣！不只、不只、不只！但他們只想要交差了事，連真正的原因也不說出來，不就是要讓彼得能夠好好退休不用掛著這一筆，像你當初退休時還掛著賓士殺手那樣，也不會讓報紙大做文章，你知道不只這樣，我知道你知道，而且我知道你得要去看你的檢查報告，我希望你去看報告，因為我超擔心的，但那兩個可憐的女人……我只覺得……她們不應該……就這樣被蓋過去！」

她終於停下腳步，全身顫抖，眼淚已經凍結在她的臉頰上。他把她的臉往上扳，好讓她看著他，很清楚要是有別人嘗試這樣碰她，她會退縮。是的，即使是傑若米．羅賓森也不例外，而她可是深深喜愛著傑若米，可能從那天他們兩人在奧莉維亞．崔洛尼的電腦裡發現布雷迪留下的鬧鬼程式開始就喜歡他了，那個最終逼她走上絕路過度服藥自盡的程式。

「荷莉，這個案子我們還沒調查完。而且，我們可能才剛開始而已。」

她直盯著他的臉看，同樣是不會對其他人做的事。「你這麼說是什麼意思？」

「有別的線索出現了，我不想跟彼得和小莎說的事。我不知道該怎麼看這件事。現在沒有時間跟妳說，但等我從醫生那裡回來，我會全部告訴妳。」

「好，沒關係。趕快去吧。雖然我不相信上帝，但我會為你的檢查報告禱告，因為禱告一下也沒有損失，對吧？」

「沒錯。」

他快速抱了她一下，因為荷莉不是可以抱很久的人，隨後朝他的車走去，再一次想到昨天她說過的話，說布雷迪．哈特斯菲爾是自殺界的建築大師，用詞非常巧妙。她閒暇之餘都在寫詩（雖然霍吉斯都沒看過，也不太可能有機會看到），不過布雷迪可能會嗤之以鼻，覺得根本不足以形容他。布雷迪可能會認為自己是自殺界的王子。

霍吉斯鑽進荷莉叨唸著要他買的Prius，朝史塔模斯醫生的辦公室開去。他自己也在禱告：希望是胃潰瘍，即使是需要開刀縫合的出血性胃潰瘍也好。是胃潰瘍就好了。

希望不是更嚴重的問題。

## 21

他今天根本不用花時間在候診室等待，雖然他提早五分鐘到，候診室也跟星期一同樣人滿為患，櫃檯接待員啦啦隊隊長瑪莉在他還來不及坐下前便把他叫了進去。

史塔模斯的護理師貝琳達．詹森在他每次來做年度健康檢查時，都會面帶微笑開心歡迎他，今天早上她卻面無笑容。霍吉斯踏上磅秤時，他想起今年還沒做健康檢查，晚了四個月，其實是將近五個月。

復古磅秤上的指針在七十五停下。他〇九年從警界退休時，強制退休檢查時體重為一〇四公斤。貝琳達幫他量血壓，拿某樣東西戳進他耳朵量當下體溫，然後帶他路過診療室直接進入走廊末端史塔模斯醫生的辦公室。她用關節敲了敲門，在史塔模斯醫生說「請進」後，便留下霍吉斯立刻離開。她平常相當健談，有許多關於她倔強孩子與自以為是丈夫的故事可分享，今天卻默不作聲。

看來不太妙，霍吉斯心想，但可能也沒有太糟。老天，拜託不要太糟。要求再活個十年不算過分吧？或是，如果十年辦不到，來個五年如何？

溫德爾．史塔模斯大約五十來歲，髮線正快速後移，肩寬腰細，體型就像退休後依舊保持好身材的專業運動員。他嚴肅地看著霍吉斯，請他坐下。霍吉斯照做。

「有多糟？」

「很糟，」史塔模斯醫生說，然後很快又補充：「但不是沒有希望。」

「不要拖泥帶水，直接告訴我吧。」

「是胰臟癌，而且恐怕發現時間……嗯……滿晚的，已經擴散到你的肝了。」

霍吉斯發現自己正努力抑制會讓人驚慌的瘋狂大笑衝動。不，不只是大笑，是想要仰頭像海蒂她爺爺那樣放聲高歌。他覺得應該是因為史塔模斯醫生那句很糟，但不是沒有希望。他因此想起一個陳年笑話。醫生對患者說，有好消息也有壞消息，問患者想要先聽哪一個？患者說，先跟我說壞消息。嗯，醫生說，你有腦瘤，但不能動手術。患者開始支支吾吾，問在得知這種事後還能有什麼好消息。醫生往前傾，神秘地微笑說，我最近搞上了我的接待員，她超正。

「我要安排你立刻去看腸胃科醫生，我指的是今天就去看，這一帶最厲害的是葉亨利，他在金納，他會介紹你好的腫瘤科醫生。我想那個人應該會安排你開始接受化療跟放療，這些治療對患者來說會很難受，會變得虛弱，但比起五年前已經沒那麼辛苦——」

「停。」霍吉斯說，還好他想大笑的衝動已經過了。

史塔模斯抬起頭，在一月燦爛陽光的投射下看著他。霍吉斯心想，如果沒有奇蹟，這會是我這輩子的最後一個月了。哇。

「機率如何？不用說好聽話，目前有件事正等著我去處理，可能是很重要的事，所以我需要知道。」

史塔模斯嘆口氣。「恐怕非常低，胰臟癌真是該死的鬼祟。」

「有多久？」

「接受治療的話？可能一年，甚至兩年，也無法完全排除復發的——」

「我需要思考一下。」霍吉斯說。

「從我開始得要做出這種診斷替人報憂後，已經聽過太多次這種回應了，老威，我接下來要告訴你我每次都會跟患者說的話。如果你站在著火的建築物上，直升機出現並且降下了繩梯，你會在爬上去前說你需要思考一下嗎？」

霍吉斯琢磨了一番，想大笑的衝動再度浮現。他克制了大笑的衝動，卻抑制不住笑容，笑得燦爛迷人。「如果你說的那臺直升機，油箱只剩下兩加侖的汽油，」他說，「我可能會。」

## 22

露絲．史卡培利二十三歲，在她武裝起自己之前，她曾短暫與某個經營保齡球館的不老實男人有過顛簸的一腿。她後來懷孕生下女兒，取名辛西亞。這是她還在老家愛荷華州達芬波特的時候，當時她在凱普蘭大學準備考護理師執照。她很驚訝地發現自己成了母親，更驚訝地發現辛西亞的父親是個挺著大肚腩、毛茸茸的一邊手臂上還刺著**為愛而生，生而為愛**的四十歲男人。要是他當初說要娶她（他沒有），她應該會內心驚恐地拒絕。小孩由汪達阿姨幫她養大。

辛西亞．史卡培利．羅賓森如今住在舊金山，有個優質老公（沒有刺青）與兩個孩子，老大還是高中資優生。她的家庭非常溫馨。辛西亞很努力讓家裡環境溫馨，因為姨婆的家，也是她主要成長的地方（更是她母親促使她武裝起自己的地方），總是冰冷、充滿責備，罵人的起手式便是妳忘了要。情感溫度多半都在零度以上，但鮮少超過七度。到辛西亞念高中的時候，她已經直接用名字稱呼她母親。露絲．史卡培利沒有反對過，老實說，她還有點鬆了一口氣。她因為工作而沒能參加女兒的婚禮，但有送她結婚禮物，是收音機鬧鐘。現在辛西亞和母親一個月會講一到兩次電話，偶爾會互通電子郵件。喬許在學校念得很好，選上足球隊會換來扼要的回應：幹得好。辛西亞可說是不曾想念過母親，因為始終沒有什麼好想念的。

今天早上她七點起床，幫老公與兩個兒子準備好早餐，送漢克出門上班，送兩個兒子出門上學後，將碗盤沖過水，放進洗碗機按下啟動。接著她去洗衣房，將衣服放進洗衣機後，把那個也啟動。進行這些晨間家務時，她從頭到尾都沒有想到絕對不能忘了要，只不過，內心深處的她確實這麼想著，而且永遠都會。童年時期種下的種子扎根很深。

九點半的時候，她為自己倒了第二杯咖啡，打開電視（她很少看，只當是陪伴），然後開電腦，看看除了平常的亞馬遜與 Urban Outfitters 購物網站促銷郵件之外，還有沒有別的信。今天早上，有一封母親寄來的信，昨晚十點四十四分寄出，也就是西岸時間八點四十四分。信件主旨讓她皺眉，只有三個字：**對不起**。

她點開信，讀的同時心跳加速。

**我是爛人，我是個沒用又賤的爛人，沒有人會為我挺身而出。我必須這麼做，我愛妳。**

我愛妳。母親上一次這麼對她說是什麼時候？每天至少對自己兒子說上四次的辛西亞真的想不起來。她抓起檯面上正在充電的手機，先撥打母親的手機，然後打市話。兩邊都是露絲．史卡培利簡短務實的語音訊息：「請留言。如果我覺得該回電就會回電。」辛西亞要母親立刻回她電話，但她很害怕母親可能無法回電。現在無法，可能稍後無法，可能永遠也無法。

她在充滿陽光的廚房裡來回踱步，咬著下唇，隨後再次拿起手機查金納紀念醫院的電話。等著轉接到腦部外傷診所時，她又開始踱步。最後電話終於接通，對方說他是史帝夫・哈爾朋。沒有，哈爾朋對她說，史卡培利護理長還沒到班，讓人滿訝異的。她的班八點就開始了，現在是中西部時間十二點四十分。

「妳試著打打看她家電話，」他建議。「她有可能是請病假，不過沒有打電話來請假真不太像她。」

你不知道有多不像啊，辛西亞心想。除非哈爾朋的成長過程中，家訓就是你忘了要。

她謝過他（無論有多擔心都不能忘了要謝謝人家），查了三千多公里外的警局電話。她表明自己身分後，盡可能平靜地說明狀況。

「我母親住在樅樹街兩百九十八號。她叫做露絲・史卡培利，在金納醫院腦部外傷診所擔任護理長。我今天早上收到她的電子郵件，讓我覺得……」

覺得她重度憂鬱？不，這樣可能不足以說服警察派人過去，而且她也不是真的這麼想。她深深吸了一口氣。

「讓我覺得她可能考慮要自殺。」

## 23

巡邏車五四開上樅樹街二九八號的車道。艾瑪莉絲・羅薩利歐與傑森・拉佛堤警官，又稱為土迪與莫爾頓，因為他們的車輛編號曾是早期警察情境喜劇的主題。兩人下車走到門口，羅薩利歐按了門鈴，沒有人回應。因此拉佛提改成敲門，非常用力地敲門，仍舊沒有人回應。他不抱期望地試開大門，門開了，兩人對望。這個社區治安不錯，但仍然是城市，而城市裡的多數人還是會鎖門。

羅薩利歐探頭進門裡。「史卡培利女士？我是羅薩利歐警官。可以應一聲嗎？」

沒有人回應。

她的搭檔接著說話。「女士，我是拉佛提警官。您的女兒很擔心您，您還好嗎？」

沒有回應。拉佛提聳聳肩，朝敞開的門比了比。「女士優先。」

羅薩利歐走進門，不假思索地打開佩槍背帶的釦子。拉佛提跟在她身後。客廳空無一人，但電視是開的，轉為靜音。

「土迪，土迪，我不喜歡這個情況，」羅薩利歐說。「你有聞到嗎？」

拉佛提聞到了，是血的味道。他們在廚房找到味道的來源，露絲．史卡培利躺在地板上，身旁是翻倒的椅子。她的雙手外張，彷彿曾經嘗試要防止自己墜落。他們看見她割下的深深傷痕，長的從上臂一路延伸到近手肘處，短的橫劃過手腕。容易清洗的地磚上灑滿了血，桌上更多，她就是坐在那裡下手的。從烤吐司機旁的木架刀座取出的剁刀躺在餐桌轉盤上，荒謬但整齊地端放在鹽巴胡椒罐與陶瓷餐巾紙架之間。血的顏色很深，已經凝結，拉佛提猜她至少已經死了十二個小時。

「可能電視沒有什麼好看的節目。」他說。

羅薩利歐陰沉地看了他一眼，單膝跪下靠近屍體，但沒有近到會讓制服沾到血，畢竟前一天才剛送洗回來。「她在失去意識前畫了東西，」她說。「她右手邊的地磚上，你有看到嗎？用她自己的血畫的。你覺得那是什麼？2嗎？」

拉佛提蹲低好看個仔細，雙手放在膝蓋上。「看不太出來，」他說。「不是2就是Z。」

## 布雷迪

「我兒子是天才，」黛博拉．哈特斯菲爾過去總這麼對朋友說。還會得意地補充：「如果這是事實，就不算是炫耀。」

這是在她開始酗酒以前，當她還有朋友的時候。她曾經還有另一個兒子，法蘭奇，但法蘭奇跟天才沒有任何關係。法蘭奇腦部受損，他四歲的時候在某個夜裡滾落地下室樓梯，因為頸椎骨折而死，至少黛博拉和布雷迪對外的說法是這樣。事實有點不太一樣，有點複雜。

布雷迪很喜歡發明東西，有天他將會發明出讓他們兩人致富的東西，讓他們兩人開始過好日子。黛博拉對此深信不疑，也經常這麼對他說。布雷迪相信了。

他的多數科目成績都只拿到B或C，但資訊科學一跟二他可是全Z。他從北側高中畢業時，哈特斯菲爾家中已經塞滿了各種道具，有些嚴重違法，例如那些他從中西眼鏡行偷來的藍色盒子。他在地下室有個黛博拉很少出入的工作空間，他都在那裡研究發明。

慢慢地，他開始心生懷疑。連帶還生出懷疑的兄弟，怨恨。無論他的創作多麼富有靈感，全都無法賺錢。加州有人（例如賈伯斯）光是在車庫裡面東弄弄西弄弄，就賺進大筆財富還連帶改變了世界，但布雷迪發明出來的東西總是上不太了檯面。

例如他設計的倫拉。原本設計為可電腦控制、自行運作的吸塵器，每次碰到障礙物，轉動環角就會轉向新的方向。本來以為倫拉會讓他們賺大錢，結果布雷迪在裁縫巷的高檔家電用品店裡看見倫巴吸塵器。有人比他快一步。他想到來得太晚就賺不到錢這句話。他設法推開這個念頭，但有時候晚上睡不著，或是又開始頭痛的時候，就會再次想起。

然而他有兩項發明（而且還不是重要發明）讓市中心大屠殺案得以成真。由電視遙控器改裝，他命名為一號工具與二號工具。一號工具可以把綠燈變成紅燈，也可以反過來。二號工具比較高科技，可以捕捉並儲存汽車遙控器鑰匙發出的訊號，讓布雷迪在那些毫不知情的車主離開後，能打開那些上鎖的車門。起初他只是用二號工具來行竊，打開車門亂翻一通尋找現金或其他貴重物品。後來，駕駛大型車輛衝進人群的念頭逐漸在他腦海裡成形（還有幻想暗殺總統或某個當紅電影明星的），他用二號工具打開奧莉維亞·崔洛尼太太的賓士車門時，發現她的備份鑰匙放在置物箱裡。

他沒有對那臺車下手，心裡記著那支備份鑰匙，以備未來不時之需。不久後，彷彿是操控這個世界的黑暗勢力捎來的訊息，他在報紙上讀到四月十號市中心大禮堂將舉行就業博覽會。預計會有上萬人出席。

* * *

他開始在超值電器大賣場的網路巡邏隊工作，可以便宜買進電子零件後，布雷迪在地下室工作區組裝了七臺無牌筆電。他很少使用一臺以上的電腦，但他喜歡空間裡有一整排電腦的感覺：就像科幻電影或《星際爭霸戰》某集裡的場景。他還安裝了語音控制系統，這是早在 Apple 將語音控制程式 Siri 捧紅之前的事了。

又一次，來得太晚就賺不到錢。

而且，以這個例子來說，還虧很大。

在這樣的情況下，誰不會想要殺死一大堆人？

他在市中心大禮堂只殺了八個人（不算那些受傷的，雖然有些可是重傷致殘），但本來可以在那場搖滾演唱會上再殺個幾千人的。他本來可以永垂不朽的。但是他還來不及按下按鈕，讓小鋼珠有如不斷擴大的血滴子般噴射，砍掉上百位未發育的尖叫少女的頭跟四肢（更不用說她們那些過度寵溺她們的癡肥母親），有人就先一步把他人生的燈給關了。

這部分他似乎完全不記得了，但他也不需要記得。只可能有一個人：科米特・威廉・霍吉斯。霍吉斯本來應該要跟崔洛尼太太一樣自殺的，計畫是這樣，但他先後躲過自殺又躲過布雷迪放在霍吉斯車子裡的炸藥。退休老警探出現在演唱會上，在布雷迪寫下永恆歷史的前幾秒阻礙了他的計畫。

砰，砰，燈都關了。

天使，天使，一起墮落。

＊＊＊

巧合真是詭譎，就這麼剛好，布雷迪也由第三消防站二十三號救護車送往金納紀念醫院。羅伯・馬丁當時不在現場，他人在阿富汗服役，開銷全由美國政府支付；不過傑森・瑞普希斯又是當時的隨車護理師，在二十三號救護車朝醫院奔馳的同時，努力維持布雷迪的生命跡象。要是讓瑞普希斯賭布雷迪存活的機率，他應該會賭活不了。那個年輕人當時猛烈抽搐。心跳一七五，血壓不斷突升又猛降。然而二十三號救護車抵達金納時，他還活著。

到了醫院，由艾默瑞・溫斯頓醫生為他檢查，這位是醫院修縫補部的老手，有些人稱這裡為週六刀槍俱樂部。溫斯頓逮到一位碰巧在急診室閒晃搭訕護理師的醫學院學生，邀請他來為新患者進行概要評估。學生觀察到反射抑制、左邊瞳孔固定且擴大，右邊巴氏反射為陽性等現象。

「意思是？」

「意思是這個人有無法修復的腦部損傷，」學生說。「他腦殘了。」

「非常好，你有機會成為醫生。預後呢？」

「活不到早上。」學生說。

「你說的可能沒錯，」溫斯頓說。「希望如此，因為他永遠不可能康復了，不過我們還是會幫他照腦部斷層。」

「為什麼？」

「因為程序如此啊，孩子。而且也因為我很好奇，想趁他還活著的時候，看看到底損傷多嚴重。」

七個小時後，阿弩．辛格醫生在菲利斯．巴比諾醫生的協助下動開腦手術時，布雷迪還活著，他們將壓迫他大腦導致損傷越來越嚴重、扼殺數百萬專用細胞的超大血塊移除。手術結束時，巴比諾朝辛格醫生伸出由血跡斑斑的手套包覆的手。

「真是太厲害了。」他說。

辛格握了握巴比諾的手，但臉上帶著輕蔑的微笑。「例行工作罷了，我動過上千次這種手術，好啦……兩百次。厲害的是這位患者的狀態，我不敢相信他竟然能撐過手術，他可憐的腦袋所受到的傷……」辛格搖搖頭。「哎呀呀！」

「我想你應該知道他本來企圖要做什麼？」

「是的，有人跟我說了，大規模恐怖行動。他會活上一陣子，但永遠沒辦法為自己所犯下的罪接受審判，他走的時候世界也不會有什麼損失。」

基於這個念頭，巴比諾醫生開始偷偷塞實驗藥物給不完全但近乎腦死的布雷迪，他稱這個藥為「腦靈敏」（但只是心裡這麼稱呼，實際上的名稱只是六位數編號），除此之外還有既定醫療程序，增加氧合、利尿劑、抗癲癇藥物及類固醇。編號六四九五五八的實驗藥物進行動物實驗時的結果相當具有潛力，但多虧了諸多官僚制度，人體實驗還要等上好幾年。這個藥由玻利維亞的神經實驗室所研發，因此更加麻煩。等到開始人體實驗（如果真能開始），而且假設未來順了他妻子的意，那時巴比諾已經住進佛羅里達州的老人社區裡了，並且無聊到哭出來。

這是可以趁著他還積極參與神經學研究時，試看看會有什麼結果的機會。如果有結果，不難想像未來應該會拿到一座諾貝爾醫學獎。而且只要他把結果保密，等到人體實驗獲得許可再讓結果曝光，也不會有什麼壞處。反正這個人是永遠不會醒來的謀殺敗類，即使奇蹟發生他醒過來，他的意識最多也只會像阿茲海默症晚期患者那樣模糊不清，但即使如此也可說是驚人的結果。哈特斯菲爾先生，你或許是在幫助未來的人啊。他這麼對昏迷的患者說。做一點好事而非一堆壞事，要是你產生什麼負面效果呢？非但沒有增加任何一絲腦部功能，而是完全停止（是說你離這天也不遠了）甚至死去呢？

也不算什麼損失，至少對你來說沒有，對你的家人更沒有損失，因為你根本沒有家人。這個世界也沒有損失，這個世界會樂見你的離去。

他打開電腦裡名為**哈特斯菲爾腦靈敏試驗**的資料夾。這些試驗總共有九次，從二〇一〇到二〇一一年間總共十四個月。巴比諾沒有看到任何改變，跟餵這隻人類白老鼠蒸餾水沒什麼差別。

他放棄了。

這隻人類白老鼠在黑暗中度過了十五個月，然後到了第十六個月，這個初生的靈魂突然想起了自己的名字。他叫布雷迪．威爾森．哈特斯菲爾。起初其他東西都記不得了，沒有過去，沒有未來，除了名字的十一個音節之外，也沒有他。然後，就在他即將放棄並且就這麼神遊之前，又想起了兩個字，那兩個字是控制。過去曾具有重要意義，但他想不起來是什麼。

他躺在醫院病床上，張開以甘油滋潤的嘴唇大聲說出這兩個字。他獨自一人，這是在護理師看著布雷迪張開眼睛找媽媽之前三個星期的事。

「控……制。」

然後燈亮了。就像在他的《星際爭霸戰》風的電腦工作區裡一樣，過去他總站在從廚房通往地下室的樓梯上方，以語音控制燈光。

他就在那裡：在榆樹街家中的地下室，一切看起來就跟那天他最後一次離開時一樣。還有另外兩個字會喚醒別的功能，來到地下室後他也想起來了，因為那也是兩個好字。

「混亂！」

在他的腦海裡，他的聲音宛如站在西奈山上的摩西般洪亮。病床上的他，其實聲音微弱嘶啞。但還是夠了，因為他那排電腦瞬間醒了過來。每個螢幕都出現數字二十……然後十九……然後十八……

這是怎麼回事？老天爺這是什麼？

他瞬間慌張得記不得。他只知道，如果眼前七臺螢幕上數字倒數到零，電腦就會當機。他會失去所有電腦，這間地下室，以及他得以找回的薄弱意識，他將會被埋藏在黑暗中——

就是那兩個字！正是！

「黑暗！」

他放聲大吼，至少在心裡是大吼。外面聽起來，長時間未使用的聲帶發出的仍然是微弱嘶啞聲。他的脈搏、呼吸、血壓都開始升高。很快貝琪．罕明頓護理長就會注意到，然後來檢查他的狀況，快步但不至於跑起來。

布雷迪的地下室工作區裡的電腦倒數停在十四，每個螢幕上都出現畫面。很久以前，這些電腦（如今存放在巨大的警方證物室裡，標示為證物A到G）開機時會出現《日落黃沙》的劇照。現在卻是呈現布雷迪的人生影像。

一號螢幕是他弟弟法蘭奇，因為吃蘋果噎到導致腦部也受損，後來摔下通往地下室的樓梯（他哥哥有助他一腳之力）。

二號螢幕是黛博拉本人，她穿著布雷迪立刻想起的貼身白色睡袍，她說我是她的心肝寶貝，他心想，她親我時嘴唇總微微濕潤，我就會硬起來。我還小的時候，她說那叫做勃起。有時候我泡在浴缸裡，她會用微溫的濕布摩擦那裡，然後問我舒不舒服。

三號螢幕是一號工具和二號工具，真正能用的發明。

四號螢幕是崔洛尼太太的灰色賓士轎車，車頭凹陷，水箱護罩滴著血。

五號螢幕是一張輪椅。有那麼一瞬間，他無法理解其中關聯，然後就想起來了。「在這裡」演唱會當天晚上，他就是靠那個進入冥果禮堂，沒有人會擔心坐在輪椅上的殘障可憐蟲。

六號螢幕是微笑的帥氣青年。布雷迪想不起來他的名字，至少暫時想不起來，但他知道這位年輕人是誰：替那個退休警探除草的黑鬼。

七號螢幕上則是霍吉斯本人，軟呢帽俏皮斜戴，露出微笑。布雷迪，逮到你了，那個笑容這麼說著。用我的棒子痛打你，然後你就躺在醫院病床上了，什麼時候才能爬起來走路呢？我猜是永遠無法。

他媽的霍吉斯，每次都是他毀了一切。

那七個影像就成了布雷迪開始重新建構自我認同的中樞。隨著重建，他地下室的牆壁開始變薄，過去那裡總是他的避風港，讓他得以抵禦愚蠢又冷漠的世界。他聽見牆外的其他聲音，意識到有些是護理師，有些是醫生，其他可能是執法人員之類的，來確認他不是假裝昏迷。其實他是也不是，事實很複雜，就像跟法蘭奇死亡的真相一樣複雜。

起初他只有在確定自己獨處的時候才睜開眼睛，而且很少這麼做，他房間裡沒有什麼好看的。再過不了多久他勢必得要徹底清醒，但即使他清醒了也不能讓他們知道他能夠思考，事實上他的思緒日益清晰。要是他們知道，就會讓他上法庭。

布雷迪不想要上法庭。

因為他可能還有其他事情想做。

布雷迪開口對諾瑪．威莫護理師說話的前一個星期，他在半夜睜開眼睛，看著床邊點滴架上懸掛的那瓶生理食鹽水。覺得無聊，他伸出手去推，甚至想推倒在地。他沒有推倒成功，但點滴瓶在鉤子上搖來晃去，直到他意識到自己的手始終擺在床單上，手指因為肌肉萎縮而微微彎曲。物理治療可以減緩卻無法阻止肌肉萎縮，特別是當患者因為腦波低而長眠。

是我推動的嗎？

他再次伸出手，他的手依舊沒有移動太多（不過他慣用的左手有微微顫抖），但他感覺到自己的手掌碰到食鹽水瓶，再次推動瓶身。

他心想著還真有趣啊，然後就睡著了。那是自從霍吉斯（也有可能是替他除草的黑鬼）害他躺在這張該死的病床上以來，他第一次真正自行入睡。

隔天晚上（他確定沒有人會進門撞見的深夜裡），布雷迪開始用他的無影手做實驗。實驗的時候，他經常想起高中同學亨利．虎克．克羅斯比，亨利在一場車禍中失去右手。他裝有義肢，明顯可看出是假的，所以他都戴著手套，但有時候他反而會裝銀色鉤子去學校。亨利說用鉤子比較容易拿起東西，額外好處則是偷偷從女生背後出現，用鉤子輕撫她們的小腿或裸露的手臂時，她們會覺得很噁心。他曾經對布雷迪說，雖然他七年前就失去了手，有時候卻會覺得癢或是刺刺的，彷彿手只是麻了然後剛醒來。他給布雷迪看他平滑粉紅的殘肢。「像那樣感覺刺刺的時候，我發現真的好像可以用來搔我的頭。」他說。

如今布雷迪完全能體會克羅斯比的心情……只不過，布雷迪他真的能夠用他的無影手搔頭。他試過了。他還發現，自己能夠讓夜裡窗邊會拉下的百葉窗葉片咔啦咔啦響。窗戶離他床邊太遠伸手碰不到，但至少用無影手可以碰到。有人在他床邊桌上擺了一只花瓶插上假花（他後來發現是貝琪．罕明頓護理長，所有護理人員裡唯一對他還算帶有善意的人），他可以輕而易舉地將花瓶左右滑來滑去。

經過一番掙扎後（他的記憶現在有諸多漏洞），他想起這種現象的名稱：念力。把注意力集中便可移動物品的能力。但只要認真專心就會讓他的頭劇烈疼痛，他的心智似乎也跟這件事沒有多大關係。主要是他的手，他慣用的左手，雖然指頭始終張開攤在床單上，手從頭到尾沒有真正動過。

真是神奇。他敢肯定最常來看他（過去常來看他，但最近他似乎失去興趣了）的醫生巴比諾，要是知道了會樂得飛上天，但是只有這項才能布雷迪打算保密。

未來可能會有用，雖然他覺得不太可能。動動耳朵也是才能，但是沒有什麼實質價值。是啊，他可以移動點滴架上的瓶子，拍打百葉窗，打翻照片。他可以讓他的被子掀起陣陣漣漪，彷彿下方有大魚游過。有時候他會趁護理師在房間裡的時候做其中一件事，因為她們嚇到的反應很有趣。不過，這項新才能最多似乎就這樣了。他試過要打開懸掛在病床上方的電視但失敗了，也試過要打開套房衛浴的門但也失敗了。他能夠握住鍍鉻的手把，手指裹住手把時能感受到冰涼與堅硬，但門太重，他的無影手太虛弱，至少目前為止是如此。他心想要是持續訓練，那隻手或許就會變強壯。

我必須要醒來，他心想，就算只是為了能吃阿斯匹靈對付他媽的無止盡的頭痛，並且吃點真正的食物，就算是一盤醫院的卡士達醬也算犒賞。我很快就會醒來的，搞不好就明天。

但他沒有。因為隔天他發現，他從不知道去過哪裡的地方帶回來的新能力，不只念力。

經常在下午來幫他確認生命徵象以及晚上經常來幫他為睡覺做準備（他隨時都躺在床上實在很難說是就寢）的護理師，是名為珊迪・麥當勞的年輕女子。她有著深色頭髮，是清爽素顏的那種漂亮。布雷迪經常透過半闔的雙眼觀察她，一如他穿透從初次恢復意識後便待著的地下室工作區牆壁後，一直觀察著所有進來他病房的訪客。

她似乎會怕他，但他後來發現那並不是因為他特別，而是因為麥當勞護理師害怕所有人。她是那種走起路來比較像倉皇逃逸的人。要是有人在她值勤時走進二一七號病房，例如貝琪・罕明頓護理長，珊迪往往會瑟縮，化為背景。而且她極度畏懼巴比諾醫生，當她必須跟他待在同一間病房裡的時候，布雷迪幾乎能感覺到她的恐懼。

他後來發現這麼說可能一點也不誇張。

布雷迪想著卡士達醬睡著的隔天，珊迪．麥當勞在兩點四十五分走進二一七號病房，查看他床頭上方的螢幕，接著把數字寫在懸掛於床尾的手寫夾板上。然後她會查看點滴架上的瓶子，再去櫥櫃裡拿乾淨的枕頭。她會用單手撐起他的頭，她人很嬌小但雙臂相當有力，再用新枕頭換掉他的舊枕頭。其實那可能是護工的職責，但布雷迪猜想，麥當勞在醫院應該是等級最低的人。可以說是最無足輕重的人。

他本來決定要趁她剛換完枕頭時睜開眼睛對她說話，那個時候他們兩人的臉會最貼近。這樣會嚇死她，布雷迪喜歡嚇人。他的人生經歷了許多改變，但這一點始終沒變。搞不好她還會尖叫，某個護理師就在他讓被子掀起漣漪的時候尖叫。

不過，麥當勞在走去櫥櫃的途中分心來到窗邊。外面什麼都沒有，只有停車場，但她卻在那裡站了一分鐘……兩分鐘……三分鐘。為什麼？他媽的磚牆有什麼迷人之處？

不過，那不全是磚塊，布雷迪跟她一起望向窗外後發現。每一層都有長條開放空間，車子開上坡道時，陽光會短暫地在擋風玻璃上閃耀。

閃。又閃。又閃。

老天爺啊，布雷迪心想。我才應該是那個昏迷的人，不是嗎？感覺像是她剛癲……

但是，慢著。給我等一下。

跟她一起望向窗外？我躺在這張床上，怎麼可能跟著她一起望向窗外？

生鏽的貨卡經過。接著是捷豹轎車，可能是某個有錢醫生的車，然後布雷迪發現自己並不是跟她一起看，而是從她的裡面看出去。就像是別人在開車，乘客從副駕駛座上看風景。

還有，沒錯，珊迪．麥當勞確實癲癇發作，但是非常輕微以至於她可能都不知道自己癲癇發作。是光線造成的。行經車輛的擋風玻璃反射的光線。一旦坡道車流量減緩，或是一旦陽光角度有些微改變，她就會恢復正常並且繼續她的工作。連自己癲癇發作過都不知道便會恢復。

布雷迪很清楚。

他很清楚，因為他剛剛在她的腦子裡。

他進一步探索，發現可以看見她的思緒。非常神奇。他還真的看著她上上下下、有高有低的思緒，不時與某個墨綠色媒介交錯，那可能是她的核心意識，但他得要非常仔細思考才能確定。她最為根本的珊迪意識。他嘗試要更深入辨識那些思緒的魚，只是，老天哪，游得有夠快！不過……

有的跟她公寓家裡的馬芬有關。

有的跟她在寵物店櫥窗裡看到的貓有關：彷彿穿了白圍兜兜的黑貓。

有的跟……岩石有關？是岩石嗎？

有的跟她父親有關，那條魚是紅色的，憤怒的顏色，或是羞愧，或兩者皆是。

她從窗邊回過頭轉身朝櫥櫃走去時，布雷迪宛如摔了一跤感到暈眩。暈眩感消失後，他又回到自己的身體裡，從自己的雙眼看出去。她根本不知道他曾經存在她的腦海裡，就直接把他退出了。

當她抬起他的頭，要把換上剛洗過的枕頭套的兩顆泡棉枕頭塞在他頭下時，布雷迪保持直視半闔的眼神，終究沒有開口說話。

他真的該要好好想想這件事。

接下來四天，布雷迪好幾次都嘗試要進入其他病房訪客的腦海裡。只有一次勉強算成功，那是進來拖地的年輕護工。那小子不是蒙古症（他母親都是這麼稱呼唐氏症的），但也絕對不是天才。他低頭看著拖把在油氈上留下的潮濕線條，看著每一條的光線慢慢退去，讓布雷迪剛好有機可趁。這次造訪非常短暫無趣。那小子在想，當天晚上員工餐廳會不會供應墨西哥捲餅，真是無聊。

然後又是一陣暈眩，感覺像摔跤。那小子像吐西瓜籽那樣把他吐出去，從頭到尾都沒有停下宛如鐘擺來回晃動的拖把。

其他不時進入他病房的人，他則是一次都沒有成功，這種失敗的感覺比臉癢的時候無法抓癢還要讓他灰心。布雷迪檢視過自己，結果讓他很沮喪。他不停在痛的頭接在骷髏骨骼組成的身體上。他可以動，並沒有癱瘓，但他的肌肉已經萎縮到即使想要把大腿往這邊或那邊滑動個七、八公分，都得要費很大的力氣。不過，那次在麥當勞護理師的腦海裡，則感覺像是坐上魔毯。

但他能夠進去純粹是因為麥當勞經歷了某種癲癇發作。不嚴重，只剛好足以短暫把門打開。其他人則似乎天生能夠抵禦。他在那位護工體內根本連幾秒的時間都沒待滿，要是那個白癡是小矮人，他的名字一定叫糊塗蛋。

這讓他想起某個笑話。陌生人到了紐約，向一位披頭族問路：「請問我要怎麼到卡內基音樂廳？」披頭族回他：「要練習啊，老兄，要練習。」

我就是得要練習，布雷迪心想。練習然後變強壯。因為科米特．威廉．霍吉斯還活在世上某個角落，這個退休老警探認為他贏了。我不容許這種事情。我絕對不容許這種事情。

因此，二〇一一年十一月中，那個下著大雨的夜晚，布雷迪張開了眼睛，說他頭痛，然後說要找他母親。沒有人尖叫。當天晚上珊迪．麥當勞休假，輪班護理師是諾瑪．威莫，她可是堅強許多。儘管如此，她還是小小驚呼了一聲，然後跑去看巴比諾醫生是否還在醫生休息室裡。

布雷迪心想，我剩下的人生就要展開了。

布雷迪心想，要練習啊，老兄，要練習。

# 黑皮白骨

## 1

雖然霍吉斯已經正式讓荷莉成為「誰找到就是誰的」事務所的合夥人，還給了她一間專屬辦公室（不大，但看得到街景），她卻選擇窩在接待區。十點四十五分，霍吉斯進公司的時候，她就坐在接待區，盯著電腦螢幕看。雖然她快手快腳地把某個東西掃進桌下放腿的地方，但霍吉斯的嗅覺還是很靈敏（跟他身上某些壞掉的地方不同），他捕捉到了不可能聞錯的奶油夾心海綿蛋糕，還沒吃完。

「荷莉貝瑞，查到什麼？」

「你這是跟傑若米學的，你明知我不喜歡。再叫我荷莉貝瑞，我就去我媽那住一個禮拜。她一直叫我要去看她。」

霍吉斯心想：最好是啦。妳根本受不了她，而且妳就快查到什麼了，親愛的。妳就跟海洛因毒蟲一樣無法自拔啊。

「抱歉、抱歉。」他轉頭，看到一份二〇一四年的四月的《彭博商業雜誌》，斗大的標題印著**札皮栽了**。「沒錯，公司出了亂子，關門大吉了，我想說我昨天就跟妳提過了。」

「沒錯。我覺得有趣的是他們的存貨。」

「什麼意思？」

「幾千臺沒賣出去的札皮，可能有幾萬臺，我想知道東西的流向。」

「妳查到了嗎？」

「還沒。」

「也許他們把東西運去中國送給貧窮的孩子，順便也把我小時候不肯吃的蔬菜一起送去。」

「餓肚子的孩子一點也不好笑。」她一臉嚴肅地說。

「當然，不好笑。」

霍吉斯站直身子。他從史塔模斯的辦公室離開後，吞了一把處方止痛藥，藥效很強，但沒有未來會接管他身子的玩意兒厲害，至少他現在覺得自己幾乎沒事。他甚至感覺有點餓，這樣的改變也算不錯。「可能銷毀了吧！沒賣掉的平裝書下場不也是銷毀嗎？」

「這樣要銷毀的存貨太多了。」她說：「那些裝置都已經載好遊戲，還能使用，最高檔的札皮掌上機還能連結無線網路。好了，你檢查結果如何？快告訴我。」

霍吉斯希望自己擠出的是看起來穩重又開心的微笑。「事實上是個好消息，只是潰瘍而已，而且不嚴重。我只要吃一堆藥，飲食注意一點就好了。史塔模斯醫生說只要我乖乖的，潰瘍就會自己好轉。」

她對霍吉斯投以一個燦爛的微笑，讓他覺得這個謊言真是太不道德了，當然，也讓他有種在舊鞋裡踩到狗屎的感覺。

「謝天謝地！你會按照醫囑照顧自己，對不對？」

「還要妳說。」更多狗屎，天底下所有從攪拌機裡打出來的食物都治不好讓他難受的問題。

霍吉斯不是輕言放棄的人，在不同的狀況下，無論擊敗胰臟癌的機率有多低，他肯定此時就會出現在腸胃科專科醫生葉亨利的辦公室。不過，來自藍色雨傘網站的訊息卻改變了這一切。

「哇，那太好了，因為少了你，我真不知道該怎麼辦。老威，我真的不知道。」

「荷——」

「我其實知道。我會回家，但回家對我不好。」

霍吉斯心想：這句話說的是真的。我第一次見到妳的時候，妳來鎮上參加妳的阿姨伊莉莎白的葬禮，妳媽把妳跟繫著狗鍊的傻瓜一樣使來喚去，荷莉做這個、荷莉做那個，拜託千萬不要給我出糗。

「好了，告訴我。」她說：「跟我講點新鮮的事情，快說快說快點說！」

「給我十五分鐘，我就什麼都告訴妳。同時，妳去查查那些掌上機裝置後來怎麼了，可能不重要，但也說不定。」

「對啊。」

「好。老威，你的檢查結果真是個好消息。」

他走進自己的辦公室。荷莉旋轉椅子看著他離去的身影好一陣，因為他在公司的時候，很少會關上辦公室的門，不過這也不是頭一遭。她轉回自己的螢幕前面。

## 2

「他跟你之間還沒結束。」

荷莉低聲複誦。她把吃了一半的蔬食漢堡放在紙盤上。霍吉斯已經吃完了，邊講邊吃。他並沒有提到自己是痛醒的，在這個版本裡，他是因為睡不著、上網才發現訊息。

「沒錯，上頭就是這麼說的。」

「Z男孩捎來的訊息。」

「對，聽起來很像什麼超級英雄的小夥伴，對吧？『跟著Z大俠與Z男孩一起冒險，他們聯手讓高譚市街頭的犯罪絕跡！』」

「那是蝙蝠俠與羅賓，高譚市是他們管的。」

「我知道。在妳還沒出生前，我就在看蝙蝠俠漫畫了。我只是隨口說說。」

她拿起她的素食漢堡，抽出一塊生菜，然後又放下漢堡。「你最後一次去看布雷迪．哈特斯菲爾是什麼時候的事？」

霍吉斯欽佩地想：立刻深入重點，這才是我的荷莉。

「我在解決索伯斯一家的問題後曾去看過他，之後還有一次，差不多仲夏的時候。然後妳跟傑若米就圍著我，叫我不要再去。」

「我們是為了你好。」

「我知道，好了，荷莉，現在乖乖吃妳的三明治。」

她咬了一口，輕輕地把嘴角上的美乃滋擦掉，然後問他，最後一次見到哈特斯菲爾時，病人狀況如何？

「差不多……一樣吧。就坐在那裡，看著窗外的停車場。我開口，我問他問題，他什麼也沒說。他是金像獎認證的腦殘，這點無庸置疑，但外頭有些流言蜚語。說他有什麼念力，他能開關病房盥洗室的水龍頭，有時這樣會嚇到工作人員。我會說這是狗屁啦，但貝琪．罕明頓是護理長，她說她的確看到幾次異狀，百葉窗亂動、電視自己打開、他的點滴瓶前後搖動。我會說她算是可以信任的目擊證人。我知道實在很難相信——」

「沒那麼難。心靈傳動，有時也叫念力，這是文獻裡有記載的現象。你去看他的時候，都沒看到什麼類似的現象嗎？」

「這個嘛……」他停頓了一下，回想中。「我第二次也是最後一次去的時候的確有件事。他床邊桌子上有張照片，就是他跟他媽抱在一起，臉貼著臉的那張，在什麼地方度假的時候拍的。在榆樹街的房子裡有大張一點的版本，妳大概還記得。」

「我當然記得，我記得我們在那間房子裡看到的一切，包括他老媽在他電腦裡的清涼照。」她雙手懷抱在玲瓏的胸部，做出厭惡的噘嘴模樣。「他們母子關係很不正常。」

「還要妳說。真不曉得他們到底有沒有上過床——」

「嗯！」

「——但我猜他大概滿想的，至少老媽願意滿足他的幻想。總之，我拿起那張照片，講了一堆關於老媽的屁話，想要惹一惹他、想要讓他回應。荷莉，因為他在，我可以百分之百掛保證。我那時不太確定，但我現在非常篤定。他人坐在那裡，但內心還是那個在市中心殺人、想在冥果禮堂殺死更多人的那隻人類黃蜂。」

「而且別忘了，他還用黛比的藍傘跟你講話。」

「經過昨晚，要我忘也很難。」

「告訴我那天還發生什麼事。」

「他一度沒有繼續看窗外的停車場，他的眼珠子……在他眼眶裡打轉，然後他盯著我看。我後頸上的寒毛全豎了起來，空氣整個……我不曉得耶，好像觸電了一樣。」他逼著自己把後頭的事情講出來，感覺好像是在陡坡上推巨石上坡。「在我當差的日子裡，我逮捕過很多壞傢伙，真的很壞很壞的壞傢伙，其中有個媽媽，為了幾毛錢的保險金，殺害自己三歲的孩子，但只要逮捕這些人之後，我就不會在他們身邊感受到邪惡的存在。不過，荷莉，我那天感受到了，真的，我在布雷迪．哈特斯菲爾身上感受到了。」

「我相信你。」她的聲音好小，彷彿只是耳語。

「而且他還有臺札皮，這是我想搞清楚的連結。如果這真的是什麼連結，而不是巧合的話啦。醫院裡有位老兄，我不知道他姓什麼，大家都叫他艾爾圖書館。他會到處發送札皮、亞馬遜書店的電子書閱讀器跟平裝本書籍。我不曉得他是志工還是護工。見鬼了，他可能是清潔工，順便私下做點好事。我覺得我當下沒有立刻連結起來，是因為妳在艾樂頓家找到的札皮是粉紅色的，而布雷迪房裡那臺是藍色的。」

「珍妮絲．艾樂頓跟她女兒的狀況怎麼會跟布雷迪．哈特斯菲爾有關？除非……有沒有人舉報他房外曾有念力的現象？有沒有什麼謠言？」

「沒，但就在索伯斯一家的事情平息後，有位腦部外傷診所的護士自殺了。她在哈特斯菲爾病房盡頭的走廊廁所割腕自殺，她叫珊迪．麥當勞。」

「你是在想……」

她又拿起她的三明治，抽出生菜，擺到盤子上，等他開口。

「說啊，荷莉，我不想幫妳講話。」

「你覺得是布雷迪用某種方式說服她自殺的？我實在看不出這怎麼可能。」

「我也不懂，但我們很清楚布雷迪對自殺很著迷。」

「這個珊迪．麥當勞……她會不會剛好有臺這個札皮玩意兒？」

「鬼才曉得。」

「怎麼、怎麼可能……」

這次他接了話。「用她藏在手術服裡的手術刀自殺。這是我從法醫助理那裡問來的，我私下塞了張迪馬西歐義大利餐館的禮物卡給她。」

荷莉撕下更多生菜。她的盤子現在看起來越來越像愛爾蘭綠色小精靈綠紙片撒滿地的生日派對現場。這樣的舉動讓霍吉斯覺得有點毛躁，但他沒有阻止她。她是在醞釀開口的情緒，最後，她說：「你得去看哈特斯菲爾。」

「沒錯，我得跑一趟。」

「你覺得你真的能從他口裡問出什麼來嗎？你之前從沒成功過。」

「我現在更懂他了。」是嗎？他到底懂了什麼呢？他根本不確定自己到底懷疑什麼。不過，也許哈特斯菲爾不是人類黃蜂，也許他是蜘蛛，而腦空部二一七號病房就是這張蜘蛛網的中心地帶，這隻蜘蛛在此持續織網。

但也許一切可能都只是巧合，也許癌細胞已經開始侵蝕我的大腦，激發出一大堆偏激的想法。

這是彼得跟他新夥伴會有的想法，還會大聲說出來。霍吉斯一直把彼得的新夥伴想成「灰色電眼女郎」，現在這幾個字印在他腦袋裡了。

他站了起來。「擇期不如撞日。」

她把三明治扔在一疊破破爛爛的生菜上，這樣才好抓住他的手臂。「小心點。」

「我會的。」

「守衛你的思緒。我知道這話聽起來有多瘋狂，但我的確是個瘋子，至少某段時期我很瘋，所以我才可以講這種話。如果你有任何……呃……想要傷害你自己的念頭，你要打電話給我。立刻打電話給我。」

「好。」

她交叉雙臂，緊握住自己的肩膀，他最近比較少看到荷莉做出這個焦躁的動作。「真希望傑若米在這裡。」傑若米．羅賓森從大學休學了一個學期，跑去亞利桑那州，加入人道組織的營造團隊。之前，霍吉斯說參加這種活動能夠替傑若米的履歷加分，荷莉卻駁斥他，說傑若米加入，因為他是個好人。霍吉斯必須同意荷莉的話，傑若米的確是個好人。

「我會沒事的，可能根本什麼事也沒有。我們就跟擔心街角空屋鬧鬼的孩子一樣。如果我們跟彼得談這事，他可能會把我們抓起來。」

曾經遭到逮捕（兩次）的荷莉，相信某些空屋的確鬧鬼。她把擺在自己肩上那隻瘦小、沒有戴戒指的手伸長，再次拉住他的手，這次握著的是他大衣的袖子。「你到那邊就打電話給我，要走的時候也要打電話回來。別忘了，不然我會很擔心，我不能打電話給你，因為——」

「腦空部不能講手機，我知道。荷莉，我會打電話的。同時，我有兩個任務要交給妳。」他看著她的手朝筆記本移動，他搖搖頭。「不，這不用寫下來，簡單得很。第一，去ebay或妳買市面上絕版逸品的網站，訂一臺那個札皮掌上機回來。妳辦得到嗎？」

「簡單得很，第二件事呢？」

「日出方案公司買了札皮後就破產。肯定有人擔任破產管理人的角色，這位管理人會請律師、會計師跟清算人來想辦法從公司裡擠出最後的一分一毛。查出人名，我今天或明天會打電話問一問。我想搞清楚那些沒賣掉的札皮裝置都去哪兒了，因為有人在兩間公司還沒關門前，就給了珍妮絲．艾樂頓一臺。」

她開朗了起來。「這招好聰明！」

他心想：這不是聰明，這是警察的辦案方法。我也許癌症末期，但我還記得警察工作怎麼進行，真不簡單。

真是好棒棒的不簡單。

3

霍吉斯離開透納大樓，前往公車站的時候（相較起去拿他的 Prius，自己開車去醫院，五號公車是迅速且輕鬆跨越市區的方法），他是個心事重重的人。他在想自己該如何接近布雷迪，如何讓他開口。霍吉斯當警察的時候是偵訊室的王牌，所以肯定有方法。之前他去找布雷迪只是要刺激他，確認這傢伙的半僵直症狀態只是在演戲。現在，他是有真正的問題想問，所以他怎麼樣都肯定有方法能夠讓布雷迪開口回答。

他心想：我得戳一戳這隻蜘蛛。

一直打斷他努力策劃接下來的問話計畫想法的，是他剛得知的診斷結果，以及必然隨之而來的恐懼。恐懼他的生命？沒錯，但他也害怕自己接下來要受多少苦，以及他該如何告訴那些應該要知情的人。這個消息會撼動珂琳跟艾莉，但基本上不成大礙。羅賓森一家也差不多，雖然他曉得傑若米跟他的寶貝妹妹芭芭拉（現在已經不是小寶貝了，再過幾個月就滿十六歲囉）會很難接受這個消息。不過，他最擔心的還是荷莉。雖然她在辦公室講了那席話，但她並不瘋，她只是脆弱。非常脆弱。她之前曾經崩潰過兩次，一次是高中時，一次是她二十出頭的時候。她現在比較堅強了，但她過往幾年的主要支持都是來自他，以及他們一起合開的這間小公司。如果這兩個支持都不在了，她就會變得很危險。他實在不敢跟自己開這種玩笑。

霍吉斯心想：我不會讓她崩潰。他低頭行走，雙手插在口袋裡，吐出白煙。我不能讓這種事情發生。

他深陷在自己的思緒裡，沒有注意到過去兩天裡出現過三次的噴漆補釘雪佛蘭 Malibu。車子就停在街上，正對荷莉忙著尋找日出方案破產管理人資料的地方。站在車子旁邊人行道上的是一位年長男子，身穿用紙膠帶黏補的軍用連帽大外套。他看著霍吉斯登上公車，然後從外套口袋裡拿出手機，打了通電話。

4

荷莉看著她老闆，這個人碰巧也是她全世界最愛的人，走到轉角的公車站。他看起來好瘦小，看起來只是六年前她剛認識他時，他健壯體型之下的一抹陰影而已。他走路的時候，手還扶著身體左側。他最近很常做這個動作，而荷莉覺得他根本沒有意識到。

他說，只是潰瘍而已。荷莉很想相信，很想相信他，但她不確定自己辦得到。

公車來了，老威上車。荷莉站在窗邊看著車子開走，咬著指甲，希望能夠來上一根菸。她有很多尼古丁咀嚼錠，但有時，只有香菸能夠撫慰她。

她告訴自己：真是浪費時間。如果妳真的想要偷偷摸摸，擇期不如撞日啊。

於是，她進了他的辦公室。

他的電腦螢幕是黑的，但他除非晚上下班，不然不會關電腦，荷莉要做的就是喚醒他的螢幕。在她開螢幕之前，她的目光注意到鍵盤旁邊的黃色橫條筆記本。他總會放一本這種本子在手邊，通常上面會有筆記跟塗鴉，這是他思考的方式。

寫在最上面這張紙上方的是她很熟悉的一句歌詞，從她在電臺第一次聽到披頭四的這首歌後，她就覺得很有共鳴，這首歌叫做〈每個寂寞的人〉。他在這六個字下劃線，下面列出了幾個她認得的人名。

奧莉維亞·崔洛尼太太（寡）
馬丁·史多佛（未婚，管家叫她「老處女」）
珍妮絲·艾樂頓（寡）
南西·奧得森（寡）

還有其他人，當然了，她自己，她也是個老處女。彼得·杭特利離婚了，還有霍吉斯自己也離婚了。

單身者有兩倍自殺的機會，離婚者有四倍之高。

「布雷迪·哈特斯菲爾喜歡自殺。」她咕噥地說：「這是他的興趣。」

在這些人名下方，圈起來的是她不太能理解的幾個字：訪客名單。什麼訪客？

她隨手敲了敲老威的鍵盤，電腦亮了起來，顯示出一個堆滿檔案的混亂桌面。她曾唸過他好幾遍，告訴他，這樣等於是敞開家門，把值錢物品全擺在餐桌上，還掛上告示，寫著：「請自便」一樣，而他總說會改會改，但從來沒有。是說就算加密也不妨礙荷莉啦，因為她有他的密碼。他自己拱手奉上的。免得他有什麼不測，他是這麼說的。現在，她真的害怕他有什麼三長兩短。光看螢幕一眼，她就知道問題不是潰瘍這麼簡單。桌面上有一個新的資料夾，名稱很可怕。

荷莉點開，最上方斗大恐怖的哥德字體就已經證實這是科米特·威廉·霍吉斯的最終遺囑文件。她立刻關閉檔案，她完全不想研究他的遺囑。今天光是知道這份文件存在，且他最近開過，這樣就夠了。其實已經太超過了。

她站起身來，握著自己的肩膀，咬著嘴唇。下一步就會比偷偷摸摸更嚴重囉，也許是刺探，也許是盜竊。

但妳都走到這一步了，一不做、二不休吧。

「對，我別無選擇。」荷莉低聲地說，然後點開郵戳圖示，打開了他的電子郵件信箱，還告訴自己大概沒什麼。不過，這裡的確有什麼。最新的一封信差不多是在他們早上討論黛比的藍色雨傘時寄來的。寄件人是他去看的醫生，史塔模斯醫生。她打開信件，看見：謹附日前檢查報告結果，供存檔之用。

荷莉用電郵裡的密碼打開附件。她坐在霍吉斯的座位上，整個人向前靠，她的雙手緊緊握在大腿上。等到她將總共八頁的檔案捲到第二頁的時候，她的眼淚就掉了下來。

## 5

霍吉斯在五號公車後方的座位上，屁股還沒坐熱，他的外套口袋裡就傳來全壘打的男孩歡呼聲及棒球打碎歐萊利太太家客廳窗戶的聲音。一位身穿商務人士西裝的男子放下他的《華爾街日報》，不滿地從報紙上方看著霍吉斯。

「抱歉、抱歉。」霍吉斯說：「一直說要換。」

「這應該是你人生的首要任務。」生意人如是說，然後又拿起他的報紙。

簡訊來自他的昔日夥伴，又來了，感覺似曾相識。霍吉斯打電話過去。

「彼得。」他說：「動不動就傳訊息是怎樣？彷彿我的號碼不在你的快速鍵裡一樣。」

「想說荷莉大概替你設定手機，搞了什麼瘋狂的鈴聲。」彼得說：「這就是她心目中的歡樂玩笑。而且我猜你會把手機鈴聲開到最大聲，你這個耳背的混蛋。」

「訊息通知聲才是最大聲的。」霍吉斯說：「電話響的時候，我只感受得到大腿旁邊的微型高潮而已。」

「去改設定啦。」

幾個小時前，他才發現自己沒幾個月好活了，現在他居然在討論手機的音量。

「我會啦，現在告訴我，你打電話來幹啥？」

「從電腦鑑識部門找了個傢伙過來，他跟蒼蠅黏屎一樣貼在那裝置上。他愛死了，說這叫復古。你能相信嗎？五年前還在市場上流通的東西，現在就叫復古了？」

「世界加速運轉囉。」

「肯定如此。總之，札皮壞了。當我們的人插新電池的時候，裝置閃了六下藍色亮光，然後就黑了。」

「出了什麼事？」

「技術上來說是什麼病毒問題，那玩意兒應該有無線網路，所以才會下載到臭蟲，但專家說更可能是晶片有問題或線路燒掉了。重點在於，這根本沒什麼。艾樂頓根本不能用這東西。」

「那她為什麼還要把充電器插在女兒廁所的插座上？」

這話讓彼得無語一陣，然後，他說：「好吧，所以也許這東西還撐了一下，然後晶片才壞掉，還是什麼的。」

霍吉斯心想：功能是正常的，一切沒問題。她在廚房餐桌玩單人遊戲，種類繁多，好比說接龍、金字塔跟圖片猜謎。親愛的彼得，如果你肯去向南西．奧得森問話，你就會知道。這件事肯定還列在你這輩子的生命清單上。

「好吧。」霍吉斯說：「謝謝你告訴我。」

「科米特，這是我最後一次跟你提這個案子。在你離開警界後，我就換了一個合作愉快的夥伴，我希望她能來參加我的退休派對，而不是一個人坐在辦公室生悶氣，氣我怎麼最後還是比較喜歡你，沒把她放心上。」

霍吉斯可以繼續扯這個話題，但再兩站就到醫院了。而且，他發現自己這次想要從彼得、小莎及他的調查工作裡抽離出來。彼得龜龜毛毛，小莎也是心不甘、情不願的。不管霍吉斯的胰臟如何，他都想快速奔馳。

「聽到啦。」他說：「還是謝謝你。」

「結案啦？」

「進棺材啦。」

他朝左側翻了個白眼。

6

距離霍吉斯把手機放回外套口袋的十九個街區外是另一個世界，不是美好的世界。傑若米．羅賓森的妹妹在這裡，而且身陷麻煩之中。

身穿教堂山脊端莊俏麗的私校制服（灰色毛線外套、灰色裙子、白色及膝襪、脖子上還圍了一條紅色圍巾），芭芭拉走在馬丁．路德．金大道上，戴著手套的雙手握著一臺黃色的札皮掌上機。裝置上頭「洞洞釣魚樂」裡的魚游來躲去，儘管在大白天的冷冽天光裡，看不太清楚螢幕。

馬丁・路德・金大道是城市這區眾所皆知下城的主要兩條大路之一，人口多為黑人，芭芭拉自己也夠黑（不然至少也是咖啡牛奶），她卻從來沒有到過這裡，光是這個事實就讓她覺得自己愚蠢、一點用也沒有。這些人是她的族人，早在許久以前，就她所知，他們的祖先在同一塊棉花田上打包搬運，但她卻一次也沒有來過這裡。不只她的父母，就連她哥哥也警告過她，叫她不要涉足此地。

「下城是個人家喝完啤酒，還會把瓶子吃掉的地方。」哥哥有次告訴她：「那裡不適合妳這種女孩子。」

她心想：我這種女孩子。我這種乾乾淨淨的中上階級女孩，上的是貴族私立學校，有一群乾乾淨淨的白人姊妹淘，還有一大堆乾乾淨淨的筆挺衣服及零用錢。對啊，我甚至還有銀行卡，隨時可以去自動櫃員機領六十美金出來花用！是不是超棒！

她走路，彷彿她在夢裡，而一切也「感覺」有點像作夢，因為一切都好奇怪，她離家不到三公里，她家碰巧是舒適的鱈魚角兩車庫華房，貸款已經付清。她經過可以換錢領錢的小舖子，還有擺了吉他、收音機及閃亮珍珠握把的剃刀的當舖。她經過幾間酒吧，就算大門深鎖，抵禦一月的冷空氣，她還是聞得到啤酒的味道。她經過只有不怎麼起眼的幾間小餐廳，聞起來好油膩。有人賣散片的披薩，有人賣中國菜。其中一間餐廳立起的告示牌上寫著：「贏過你媽的玉米糰子配甘藍菜」。

芭芭拉心想：我媽可不會輸。我甚至不曉得甘藍菜是什麼？是菠菜還是捲心菜？

在街角，似乎是「每一個」街角，都有穿著及膝短褲或寬鬆牛仔褲的男孩在那裡晃來晃去，有時站在生鏽的點火大桶旁邊取暖，有時踢著沙包玩，有時踩在大大的球鞋上搖擺舞動。雖然天氣很冷，但他們的外套都沒有扣起來。他們對熟人喊著「呦」，有車經過就歡呼，車子如果停下來，他們就會從搖下的車窗遞小小的玻璃紙信封給對方。她在馬丁・路德・金大道走過一條又一條的街（九條、十條，也許十二條？她數不清了），而每個街角都是一個得來速，只是，這裡販賣的是毒品，不是漢堡或墨西哥玉米餅。

她經過幾名打著冷顫的女子，她們穿著熱褲、短短的假皮外套以及閃亮的靴子，頭上戴著五顏六色的亮眼假髮。她經過空蕩蕩的建築，窗戶用木板釘死。她經過一輛拆到只剩車軸的車子，上頭還畫滿幫派的符號。她經過一位一眼上蓋著骯髒繃帶的女人。女人還牽著一個尖叫不已的小小孩。她經過一個坐在毯子上的男人，這人喝著手裡的酒，還對她伸出灰色的舌頭。這裡又窮又絕望，但這裡一直都存在，她卻從來沒有任何作為，什麼也沒有做過，甚至連想都沒有想過這個地方。她只有乖乖做回家功課，晚上跟她的好姊妹傳訊息、講電話聊天。她做了什麼？更新臉書狀態，擔心自己氣色不好。她就是很基本的青少年寄生蟲，跟爸爸媽媽、兄弟姊妹去上好餐廳吃飯，而這裡，距離她華麗郊區住所不到三公里的地方，嗑藥跟酗酒抽乾了這些人悲慘的生命。她光滑及肩的秀髮讓她覺得難堪，她乾淨的長筒襪讓她覺得難堪，她的膚色也讓她覺得難堪，因為她的膚色跟他們的膚色是一樣的。

「嘿，黑皮白骨的！」對街有人大喊：「妳在這裡幹嘛？這裡沒妳的事啦！」

「黑皮白骨」。

就跟在演中上階級黑人故事的電視劇《喜新不厭舊》（Blackish）一樣，他們在家收看都會歡笑不斷，但這也是她的狀況。不是「裡外皆黑」，而是「黑皮白骨」。黑人住在白人社區，過著白人生活。她之所以能夠過這種生活是因為她爸媽收入很高，還在強調沒有偏見的社區裡買了一間房子，這裡的人就連聽到孩子互罵笨蛋，都會面露難色。她之所以能夠過上美好的白人生活，因為她完全不構成威脅，她不會對抗現狀與體制。她就乖乖當起她的小綿羊，跟朋友聊男孩與音樂、男孩與服裝、男孩與她們喜歡看的電視節目，以及她們看到哪個女孩跟某個男孩一起去逛樺丘購物中心。

她是「黑皮白骨」，這個字眼也意味著「一無是處」，她根本不值得活在這個世界上。

「也許妳該自行了結。讓這種舉動成為妳的宣言。」

這個念頭是個聲音，帶著天啟般的邏輯出現在她腦袋裡。艾彌莉．狄瑾蓀（Emily Dickinson）說她的詩作是她寫給世界的信，儘管世界從未回信給她。這是芭芭拉在學校讀到的，她自己是從來沒有寫過什麼信，倒是寫了不少愚蠢的論文跟讀書報告及電子郵件，但這些東西根本都不重要。

「也許現在是妳立下自己宣言的時候了。」

這不是她的聲音，這是一位朋友在講話。

她停在一間算命、算塔羅牌的商店外頭。從髒髒的窗戶上，她覺得她看到有個人影站在她身邊，一個面露微笑的白人，擁有男孩般的臉，金色頭髮披在額頭上。她轉過身，但身邊沒有別人。這只是她的想像。她又低頭看著遊戲機的螢幕。就在算命鋪的雨棚陰影下，游水的魚又變得清晰明亮。牠們前進後退，藍色的閃光偶爾出現抹去牠們的存在。芭芭拉轉頭回去看來的路，看到黑色的大卡車沿著大街朝她的方向開過來，速度很快，在巷子裡穿來穿去。這車裝了那種超大的輪胎，學校男生都說那叫「大腳」或「匪幫大咖」。

「如果妳真的想幹，現在就是個好機會。」

感覺好像真的有個人站在她身旁，真正明白狀況的人。因為聲音就在這裡。芭芭拉從來沒有考慮過自殺，但在這一刻，這個念頭似乎非常理智。

「妳連遺書都不用寫。」她的朋友如是說。她又在櫥窗上看到他的倒影，跟鬼一樣。「妳在這裡做出這種行為就是妳寫給世界的信。」

沒錯。

「妳太了解自己了，所以妳才沒辦法繼續苟活下去。」她的目光回到游動的魚上頭，她的朋友則指出這點：「妳知道的太多了，而這一切都很糟糕。」然後，又急忙加上這句：「但這不意味著妳是個爛人。」她心想，不，我不爛，只是一點用處也沒有。

黑皮白骨。

卡車開了過來，「匪幫大咖」。而就在傑若米．羅賓森的妹妹朝著人行道邊緣前進、準備要接觸這輛大車時，她臉上閃出急切的微笑。

## 7

菲利斯．巴比諾醫生穿了一件價值一千美金的西裝，外頭罩著白袍，他大步走在腦空部走廊時，白袍在他身後飛舞，但他現在實在很需要好好刮個鬍子，他通常優雅的白髮現在也亂七八糟的。他無視站在值班櫃檯低聲激動交談的一群護士。

威莫護士接近他，說：「巴比諾醫生，你有沒有聽說……」

他甚至連看也沒有看她一眼，而諾瑪必須立刻閃開，不然醫生會把她撞倒。她訝異地看著他離去的背影。

巴比諾拿出他隨身放在白袍口袋裡的「請勿打擾」紅色掛牌，掛在二一七號病房的門把上，然後走進。布雷迪．哈特斯菲爾並沒有抬頭。他的注意力都專注在他懷裡的遊戲機上頭，裝置裡的魚游來游去。沒有音樂，他開了靜音。

通常當菲利斯．巴比諾走進這間病房後，巴比諾就會消失，Z醫生會接管他的位置，但今天沒有。畢竟Z醫生只是另一個版本的布雷迪，一種投射，但今天布雷迪累到沒辦法投射。

他對於自己想在「這裡合唱團」於冥果禮堂舉行演唱會時放炸彈的記憶還是閃閃爍爍，但他醒來之後，有件事是肯定的，那就是在熄燈前，他看到的最後一張人臉，那是芭芭拉．羅賓森的臉，霍吉斯黑人除草小弟的妹妹。她基本上就坐在跟布雷迪距離一條走道的位置。現在呢？她在這裡，在他們共享的兩個小螢幕裡跟魚一起遨游。布雷迪搞定了史卡培利，那個虐待狂臭婊子居然捏他乳頭。現在，他要來搞定這個羅賓森小賤貨了。她的死會傷害她哥哥，但這不重要，她的死會成為插進那老警察心頭的一把匕首，這才是最重要的。

最美好的事。

他安慰她，說她不是個可怕的人，這樣的行為可以協助她前進。有個東西出現在馬丁．路德．金大道上，他不確定那是什麼，因為她內心深處還在抵抗他，但這玩意兒很大，大到足以完成任務。

「布雷迪，聽著，Z男孩來電。」Z男孩其實叫做布魯克斯，但布雷迪不肯這樣叫他。「他按照你的命令，去監視那個警察，退休警察，管他是什麼——」

「閉嘴。」他連頭也沒有抬一下，他的頭髮披在額頭上。在強烈的陽光下，他看起來比較像二十歲，不是三十歲。

一直以來習慣別人聽他說話的巴比諾還是不了解他現在的低等地位，他不聽布雷迪的話。

「霍吉斯昨天去山頂苑路，先去艾樂頓家，然後又去對街打探，然後——」

「我說閉嘴！」

「布魯克斯看到他搭上五號公車，這意味著他大概是要來這裡！要是他真的來了，他就已經知道了！」

布雷迪稍微看了他一眼，他面露兇光，然後又把注意力放回螢幕上。如果他現在抽身，讓這受過教育的白癡打斷他的專注——

但他不允許這種事發生。他想要傷害霍吉斯，他想要傷害那個黑人除草小弟，他主宰他們的命運，而這就是主宰的方法。這並不只是復仇而已，這個女孩是演唱會上的第一個實驗對象，而且她跟其他人不一樣，她比較棘手，但布雷迪正在控制她，只要再十秒鐘，現在他看見朝她駛來的是什麼了。一輛卡車，一輛黑色的大卡車。

布雷迪．哈特斯菲爾心想：嘿，親愛的，妳的車來啦。

8

芭芭拉站在路邊，看著卡車駛來，算好時間，但就在她彎起膝蓋，準備踏出去的時候，一隻手從後方抓住了她。

「嘿，妞兒，妳好嗎？」

她想掙脫，但握住她肩膀的手很強壯，卡車傳出震耳欲聾的鬼臉煞星（Ghostface Killah）音樂駛過。她轉過身來，從掌握中掙脫出來，她看到一位跟她年紀差不多的細瘦男孩，穿著陶杭特高中制服的字母外套。他很高，可能快兩百公分，所以芭芭拉必須抬頭看他。他的咖啡色鬈髮短短的，貼著頭皮，留了山羊鬍，脖子上還掛了一條細細的金鍊。他面露笑容，綠色的雙眼充滿歡樂。

「妳滿可愛的，這是事實，也是誇獎，但妳不是這裡人吧？這身打扮絕對不是。嘿，妳媽媽沒教妳不要隨便橫跨馬路嗎？」

「滾遠點！」她不害怕，她是氣憤。

他大笑起來。「還很兇悍！我就喜歡兇悍的妞兒。想去喝杯可樂還是果汁嗎？」

「我不想跟你有任何瓜葛！」

她的朋友離開了，大概很不齒她。她心想：這不是我的錯，都是這個男孩，這個遊手好閒的傢伙害的。

「遊手好閒」！這是「黑皮白骨」會用的字眼，如果天底下真的有這種詞彙分類，這種成語肯定上榜。她覺得自己的臉燙燙的，她低下頭看著札皮螢幕上的魚。魚會安慰她，一直如此。想想那個人第一次把遊戲機交給她的時候，她差點把這玩意兒扔掉！那時她還沒發現這些魚！魚的遊戲總能帶她離開當下，有時還會帶她的朋友出現。不過，她只看了一下，遊戲機就不見了。咻！不見了！那個遊手好閒的傢伙用細長的手指握著，入迷地看著螢幕。

「哇，這好老派！」

「那是我的！」芭芭拉大吼：「快還我！」

對街有個女人大笑起來，用醉醺醺的口氣大喊：「姊妹，還要妳說！快給這瘦竹竿一點顏色瞧瞧！」

芭芭拉想要一把抓住札皮。高高的男孩卻高舉遊戲機，對她嘻皮笑臉的。

「我說拿來！別這麼混蛋！」

現在圍觀的人越來越多了，高個子男孩娛樂起觀眾來。他往左閃，又以矯健的動作抬腿往右邊移動，這可能是他在籃球場上的招術，燦爛的笑容一直掛在臉上。他綠色的雙眼閃著光芒，也跟著舞動。陶杭特高中的女孩可能都愛死了這雙眼睛，而芭芭拉想的不再是自殺，也不是她到底是不是黑皮白骨，更不是她是不是個一無是處的無意識垃圾袋。她現在非常生氣，這男孩如此討人喜歡則讓她更是怒火中燒。她在教堂山脊是足球校隊，她現在朝著高高男孩的小腿內側來了一記「罰球」。

他痛得喊叫（但這叫聲聽起來也是很歡樂，這點讓她更是不爽，因為，她踢得這麼好，根本就浪費了啊），彎下身來握著發痛的部位。他因此變得跟芭芭拉差不多高，她一把搶走那珍貴的黃色塑膠方形物品。她轉身，裙襬飛揚，朝著大街上跑去。

「甜心，小心！」那個口氣聽起來醉醺醺的女人尖叫著說。

芭芭拉聽到尖銳的煞車聲，聞到炙熱的橡膠味。她朝左邊望去，看到一臺麵包車朝她急駛而來，車頭因為駕駛猛踩煞車而往左邊傾斜。在髒兮兮的擋風玻璃後面是一個男人，他滿臉錯愕，嘴巴都合不攏。她舉起雙手，札皮掉落。在這一刻，芭芭拉．羅賓森最不想死，結果呢？她在這裡，上了這條街，一切都太遲了。

她心想：我的車來了。

## 9

布雷迪闔上札皮，臉上掛著大大的微笑抬頭看巴比諾，說：「搞定她了。」他字正腔圓，一點也沒有口齒不清。「咱們等著看霍吉斯跟那個哈佛叢林兔崽子喜不喜歡這樣。」

巴比諾完全知道這個「她」是誰，他也應該要關心多問幾句，但他辦不到。他只在乎自己的安危。他怎麼會讓布雷迪將他拖進這蹚渾水之中？他是什麼時候開始別無選擇的？

「我是為了霍吉斯才來的。我相信他正要過來看你。」

「霍吉斯來過很多次。」布雷迪說，雖然這位上了年紀的退休員警已經好一陣子沒來了。「僵直症的演出他每次都上當。」

「他開始搞清楚狀況了。他不蠢，你自己也這樣講。他認識還是布魯克斯的Z男孩嗎？他來看你的時候肯定跟他打過照面。」

「不曉得。」布雷迪筋疲力竭，心滿意足。他現在只想好好品嘗羅賓森小妹的死，然後睡個午覺。未來還有很多事情要做，好事近了，但現在，他需要休息。

「他不能看到你這副模樣。」巴比諾說：「你臉色紅潤，渾身是汗，看起來就跟剛跑完城市馬拉松一樣。」

「那就別讓他進門，你辦得到的，你是堂堂一介醫生，他不過是另一個領退休金的半禿討厭鬼，現在他連替沒繳錢的路邊停車開罰單的權力也沒有。」布雷迪好奇黑人除草小弟會有什麼反應，他會哭嗎？他會兩腿一軟跪在地上嗎？他會扯爛自己的衣服、搥自己的胸口嗎？他會不會怪霍吉斯呢？不太可能，但真是這樣最好。這樣就太完美了。

「好吧。」巴比諾說：「沒錯，你說得對，我就可以處理。」他這話是講給他自己聽的，順便講給原本應該是他實驗對象白老鼠的男人聽的。結果真是諷刺，好笑吧？「至少這次我可以出手，但你知道，他肯定還是有認識的警察朋友。說不定很多哩。」

「我不怕他們，我也不怕他。我只是不想見他，至少現在不想。」布雷迪露出微笑。「等到他曉得那女孩的事之後我才想看看他的反應，現在你可以滾了。」

巴比諾到現在還是搞不清楚誰才是老大，他離開布雷迪的房間。就像平常一樣，能夠做回他自己讓他鬆了口氣。因為，每次他從Z醫師變回巴比諾的時候，原本的巴比諾好像就變得更少了一點。

# 10

譚雅．羅賓森在二十分鐘內打了四通電話給她女兒，四次都沒人接，轉進她女兒歡快的語音留言。

「別管我的其他留言。」譚雅在嗶一聲後說：「我還是生氣，但我現在實在擔心死了。打電話給我。我必須知道曉得妳沒事。」

她把手機放在辦公桌上，開始在辦公室的小空間裡踱步。她掙扎要不要打電話給她老公，又決定不要，還不要。想到芭芭拉蹺課他應該會氣炸，而且他肯定會假設芭芭拉是故意蹺課。教堂山脊負責學生出席的羅西老師打電話問芭芭拉今天是否生病請假的時候，譚雅也假設女兒今天蹺課。芭芭拉從來沒有蹺課過，但不良行為永遠都有第一次，青少年特別如此。只是她不可能自己單獨蹺課，在與羅西老師談過後，譚雅確定小芭的幾個好朋友今天都乖乖上學。

之後，她就往壞的地方想，其中一個畫面一直纏著她：跨城快速道路上的失蹤人口廣播告示牌上不斷出現芭芭拉．羅賓森的名字，文字不斷閃爍，彷彿是地獄般的電影院片檔牌。她的手機傳出〈歡樂頌〉的頭幾個音符，她連忙想要接起電話，心想：謝天謝地，噢，謝天謝地，我會禁足她，這整個冬——

只不過，出現在螢幕上的並不是她女兒的笑臉，而是顯示「市警局總部」的來電。恐懼在她腹部翻攪，她內臟都軟了。她一度無法接電話，因為她的拇指不肯動作。最後，她終於按下「通話」鍵，讓音樂停了下來。她辦公室裡的所有東西，特別是桌上的全家福相片忽然間都變得太刺眼明亮。手機似乎自己飄到她耳邊。

「喂？」

她聽著話筒。

「對，我就是。」

她仔細聆聽，空閒的那隻手舉起掩在嘴上，不讓任何聲音發出。她聽到自己問：「你確定那是我女兒嗎？芭芭拉．蘿絲琳．羅賓森？」

打電話來的警察說是，他很確定。他們在街上找到她的身分證，但他沒說出口的是他們必須把血抹掉，才看得見名字。

## 11

霍吉斯從金納紀念醫院通往湖區腦部外傷診所的天橋一出來，就覺得不太對勁，這裡的牆漆成柔和的粉紅色，白天晚上都播放輕音樂，但原本的節奏變得亂糟糟，許多工作似乎都沒有進行。午餐推車孤零零地停在一旁，上頭擺滿一盤盤裝著條狀物的東西，也許伙食部以為這叫中式料裡吧。護士聚在一起壓低聲音講話，其中一人顯然在哭。兩名實習護士在飲水機旁邊竊竊私語。一名護工正在講手機，這樣的行為基本上會引人注意，但霍吉斯心想他安全得很，因為根本沒有人留意到他。

至少露絲．史卡培利不在，這點提高了他見哈特斯菲爾的機率。在值班櫃檯的是諾瑪．威莫，還有貝琪．罕明頓。在霍吉斯持續造訪二一七號病房的歲月裡，諾瑪就是提供他布雷迪情報的人。不妙的是哈特斯菲爾的醫生也在值班櫃檯。霍吉斯費了好大一番力氣，就是沒辦法跟這位醫生相處融洽。

他從容走去飲水機旁邊，希望巴比諾沒有注意到他，然後快點去搞疋子掃描什麼的，不要糾纏威莫，這樣霍吉斯才好去找她。他喝了口水（面露難色，站直身子時，手還扶著身體左側），然後對兩名實習護士說：「出了什麼事嗎？氣氛好像不太對啊。」

他們猶豫地互看一眼。

「不能說。」實習生一號說。他臉上還有青春期帶來的粉刺，看起來差不多才十七歲。霍吉斯想到這麼年輕的人就參與比取出刺進大拇指尖銳物之外更困難的手術……還是連忙甩開這個念頭。

「病人出事了嗎？是哈特斯菲爾嗎？我會這樣問，因為我原本是名警察，他會在這裡，我多少有點責任。」

「霍吉斯？」實習護士二號問：「你就是霍吉斯嗎？」

「沒錯，正是本人。」

「是你把他抓進來的，對吧？」

霍吉斯馬上說對，不過，如果當年靠他，冥果禮堂的死傷肯定會比市中心慘案還多上幾倍。不，阻止布雷迪引爆他那大量塑膠炸彈的人是荷莉跟傑若米．羅賓森。

兩名實習護士又互看了一眼，一號說：「哈特斯菲爾跟平常一樣，傻呼呼的。是武則天護理長。」

實習生二號肘擊他一下，說：「混蛋，別說死人的不是。特別是你根本不知道聽話的人是不是什麼大嘴巴。」

霍吉斯立刻用拇指指腹刷了一下嘴唇，彷彿是在封住自己這張危險的大嘴巴。

實習護士一號看起來有點慌張，連忙改口：「我是說史卡培利護理長。她昨晚自殺了。」

霍吉斯腦子裡的燈泡通通亮了起來，這是他自從昨天開始，第一次忘記自己可能來日無多。

「你們確定嗎？」

「她割破手臂跟手腕，血都流乾了。」二號說：「我是聽說的。」

「她有留遺書嗎？」

他們不知道。

霍吉斯朝值班櫃檯前進，巴比諾還在，跟（看來顯然在動亂時刻得到升職的）威莫在核對資料，霍吉斯實在不能再等下去了。這是哈特斯菲爾幹的好事，他不曉得這種事是怎麼辦到的，但整件事上簽滿布雷迪的名字。他媽的自殺王子。

他差點就以名字稱呼威莫護士，但直覺讓他在最後一刻改口。「威莫護士，我是老威．霍吉斯。」這件事她清楚得很。「我之前負責調查市中心慘案跟冥果禮堂兩案，我必須見哈特斯菲爾。」

她才要開口，但巴比諾搶著說話：「不可能。檢察官規定他不能見客，而就算哈特斯菲爾先生現在允許訪客，他也不該見你。他需要平靜。你先前幾次不遵守規定的探訪都破壞了他的寧靜。」

「聽起來真新鮮。」霍吉斯和顏悅色地說：「我每次去看他，他就乖乖坐著。跟碗麥片粥一樣平靜。」

諾瑪．威莫的頭不斷來回轉動，彷彿是在看網球賽一樣。

「你走之後，看不見我們所看見的狀況。」巴比諾長滿鬍碴的臉脹紅了起來，眼睛下方還掛著兩個黑眼圈。霍吉斯想起主日學《與主共活》習作簿上頭的卡通插畫，那是史前時期的事了，那時的車子還有裝飾的「尾鰭」，女孩還穿到小腿的白襪子。布雷迪的醫生看起來就跟漫畫上的人物一樣，但霍吉斯懷疑他應該不是經常手淫的人才對。另一方面，他又想起貝琪跟他說過，腦神經醫生通常都比病人還要神經。

「所以那是怎樣？」霍吉斯說：「什麼靈魂的鬧脾氣？我走之後，有東西莫名其妙掉下來嗎？他病房的馬桶會自己沖水嗎？」

「荒謬至極。霍吉斯先生，你拋下的是一個心靈殘骸。他的大腦還沒有受傷到不曉得你對他有多著迷的程度。他清楚得很，因此傷害很大。我希望你走。我們這裡有場悲劇，許多病人都很難過。」

霍吉斯看到這話讓威莫稍微睜大了眼，他很清楚這些病人的心智能力（腦空部的許多病人沒有這項能力）可能根本不明白護理長自殺這件事。

「我只有幾個問題想要請教他。之後我就立刻閃人。」

巴比諾靠向前，金絲眼鏡後的雙眼帶著血絲。「霍吉斯先生，請你聽清楚了。一，哈特斯菲爾先生沒有辦法回答你的問題。如果他能回答，他現在就該為自己的罪行接受審判。二，你沒有任何公權力。三，如果你現在不走，我就請保全送你離開院區。」

霍吉斯說：「恕我冒昧一問，但你還好嗎？」

巴比諾退縮了一點，彷彿霍吉斯在他面前揮拳一樣。「出去！」

一小群醫護人員停止交談，轉頭看過來。

「了解。」霍吉斯說：「要閃人了，沒事。」

接近天橋入口處有個販賣零食的地方。實習護士二號靠在牆邊，手插在口袋裡，說：「噢，寶貝，臉丟大了。」

「假象而已。」霍吉斯看著販賣機上的東西。他曉得裡頭的食物都會讓他的肚子跟著火一樣，但沒關係，反正他不餓。

「年輕人。」他沒轉頭，直接說：「如果你想簡簡單單跑個腿就賺五十美金，過來找我。」看起來還要一陣子才會正式成為成年人的實習護士二號，跟著他走到販賣機旁邊。「跑什麼腿？」

霍吉斯從後方口袋拿出筆記本，這是他當高級警探時的習慣。他寫下四個字：「回電給我」，加上自己的手機號碼。「大惡龍史矛革張開翅膀飛走後，把這個交給諾瑪．威莫。」

實習護士二號接過紙條，摺好放進制服胸上的口袋裡，然後露出期待的神情。霍吉斯拿出皮夾。傳張紙條就要五十塊實在太多了，但他至少發現癌症末期帶來的一個優點，那就是，你完全不會在乎錢這件事了。

## 12

傑若米．羅賓森在炎熱的亞利桑那豔陽下將木條穩穩扛在肩上，此時，他的手機響了。頭兩間房子的骨架都已經搭好了，他們蓋的房子位於鳳凰城南部外郊一處收入不高卻名聲不錯的街坊。他把木頭橫放在手推車上頭，從腰帶上拿出手機，心想應該是工程組長海克特．阿隆佐打來的。今天早上一位工人（是個女生）絆到了腳，跌進鋼筋堆裡，鎖骨斷裂，臉也花了，很嚴重。阿隆佐帶她去聖路克醫院的急診室，指派傑若米在他不在時，暫時接下組長的工作。

他在小小的螢幕上看到的不是阿隆佐的名字，而是荷莉．吉卜尼的笑臉。這是他拍的照片，罕見捕捉到她的微笑。

「嘿，荷莉，妳好嗎？我得晚點回電話給妳，今天早上這裡有夠瘋的，但——」

「我需要你回來。」荷莉如是說。她的口氣很冷靜，但傑若米很了解她，光從這六個字，他就感覺到強烈壓抑的情緒。主要是恐懼。荷莉一直是一個很容易怕東怕西的人。傑若米的媽媽很愛她，有次卻說恐懼是荷莉的預設模式。

「回家？為什麼？怎麼了？」他也忽然恐懼了起來。「是我爸媽？我媽？還是小芭？」

「是老威。」她說：「他得了癌症，很嚴重。胰臟癌。如果他不治療，他會死掉，他大概遲早會死，但他可以擁有多點時間。他告訴我那只是小小的潰瘍，因為……因為……」她刺耳的呼吸聲讓傑若米面露難色。「因為那該死的布雷迪．哈特斯菲爾！」

傑若米不懂布雷迪．哈特斯菲爾跟老威的絕症有什麼關係，但他曉得攤在自己眼前的是什麼，就是「麻煩」。在建築基地遠處，兩名跟傑若米一樣是人道組織營建團隊的大學生，他們頭戴安全帽，正在給發出嗶嗶警示聲響、倒車的水泥大卡車下相互矛盾的指令。危機就在眼前。

「荷莉，給我五分鐘，我再打電話給妳。」

「但你會回來，對吧？快說你會回來。因為我覺得我實在沒辦法自己說服他現在就開始治療！」

「五分鐘。」他說，然後掛斷電話。他的思緒運轉飛快，他擔心摩擦力會讓他的大腦起火，而豔陽也只會火上加油而已。老威得癌症？一方面，他覺得不太可能，但另一方面，怎麼會不可能？老威在處理彼得．索伯斯一案時，狀態還很好，那次傑若米跟荷莉跟他一起調查，但他馬上就要七十歲了，而傑若米最後一次看到他，就是他十月要來亞利桑那的時候，老威看起來就不太妙了，太瘦、太蒼白。不過，在海克特回來前，傑若米哪兒也別想去，他一走，這裡就跟沒大人管的神經病院一樣了。他曉得鳳凰城的醫院有多可怕，急診室整天爆滿，他可能要在這裡待到收工了。

他向水泥車跑去，拉開嗓子大喊：「停下來！停下來！老天爺！」

他讓一頭霧水的志工停下他們亂下指令的水泥車，車子在距離新挖水溝旁不到十公分的地方停下來。當他彎下腰喘口氣時，他的手機又響了起來。

傑若米再次把手機從皮帶上取下來，心想：荷莉，我很愛妳，但妳有時真的會逼瘋我。

只不過，這次出現在螢幕上的不是荷莉的照片，而是他媽媽。

譚雅只有哭哭啼啼地說：「你必須回家。」這話就讓傑若米響起他的爺爺曾說過：「禍不單行」。

小芭出事了。

## 13

霍吉斯在醫院大廳，朝門口走去時，手機震動了起來，是諾瑪．威莫。

「他走啦？」霍吉斯問。

諾瑪根本不用問他說的是誰。「對，他現在去看他的頭號病人了，等等就可以輕鬆點去巡別的病房了。」

「史卡培利護士的事情我很遺憾。」此言不假，他雖然不喜歡她，但這話還是真心的。

「我也是。她把管理護理人員搞得跟皇家海軍中將布萊船長經營邦蒂號一樣，但我實在不想去想任何人……那樣結束生命。聽到消息，你的第一個反應是，不，不，怎麼會是她？不可能。這是驚嚇在說話。你的第二個反應是，噢，沒錯，完全說得通。沒結婚、沒親密的朋友，就我知道是沒有啦，什麼都沒有，只有這份工作，而同事每個人都討厭她。」

「每個寂寞的人。」霍吉斯一邊說，一邊走到冷風之中，轉向公車站。他用一隻手解開外套鈕釦，開始搓揉身體左側。

「對，寂寞的人很多。霍吉斯先生，我能為你做點什麼？」

「我有幾個問題，可以出來喝一杯聊聊嗎？」

停頓了好久，霍吉斯以為她會拒絕，但她說：「你的問題應該不會給巴比諾醫生帶來困擾吧？」

「諾瑪，什麼事都有可能。」

「那樣最好，但我猜這是我欠你的。沒讓醫生曉得我們從貝琪・罕明頓的時代就一直來往。崇敬街上有間酒吧，名字挺可愛的，叫做『黑羊咩咩』，大部分的護理人員都在醫院附近喝酒，不會去那裡。你找得到嗎？」

「可以。」

「我五點下班，我們約五點半，我喜歡冰的伏特加馬丁尼。」

「點好等妳。」

「別指望我讓你去看哈特斯菲爾，這樣會危害我的工作。巴比諾給人的壓力一直都很大，但他最近實在怪透了。我想跟他說史卡培利的事，他卻從我身邊飛快經過。是說就算他知道，他也不會關心啦。」

「他給妳挺多關愛的，對吧？」

她大笑起來。「就這句話，你要請我喝兩杯。」

「兩杯沒問題。」

他要把手機放回外套口袋的時候，手機又震了起來。他看到是譚雅・羅賓森來電，立刻想到人在亞利桑那營建工地的傑若米。工地裡很多事都會出錯。

他接起電話。譚雅哭哭啼啼的，他一開始還聽不太懂她在講什麼，只知道吉姆在匹茲堡，在她確定詳細狀況後，她才會通知他。霍吉斯站在路邊，用手掌貼著沒靠在電話上的那隻耳朵，想要阻絕車流噪音。

「譚雅，慢點，講慢點，是傑若米嗎？傑若米出事了嗎？」

「不，傑若米沒事，我剛剛打電話給他了。是芭芭拉，她在下城——」

「上學的日子，她跑去下城搞什麼？」

「我不知道！我只知道有個男孩在街上推了她一把，卡車撞到她！他們要把他送去金納紀念醫院。我正要趕過去！」

「妳在開車嗎？」

「對，這有什麼——」

「譚雅，掛電話，慢慢來，我現在人在醫院，我跟妳約在急診室見。」

他掛斷電話，回頭往醫院前進，以笨拙的小跑步加速。他心想：這鬼地方跟黑手黨一樣，每次我以為我逃出來了，他們又把我拖回去。

## 14

閃著警示燈的救護車才剛停進急診室下車處，霍吉斯就趕了上去，掏出他還擺在皮夾裡的警察識別證。隨車護理師跟急救員把擔架從後門抬出去，霍吉斯用拇指壓住紅色的「退休」印章。技術上來說，這樣是重罪，假冒執法人員，因此他很少亮出這招，但此時此刻，這招再適合不過。

芭芭拉用了藥，但意識清醒。她一看到霍吉斯，就緊緊抓住他的手。「老威？你怎麼這麼快就到了？我媽打電話給你的嗎？」

「對，妳還好嗎？」

「我還行，他們給我止痛藥了。我……他們說我腿斷了。我應該會錯過籃球比賽了，但我猜這不重要了，因為老媽會禁足我，直到我二十五歲吧。」淚水從她雙眼滴落。

他沒有多少時間，所以問她為什麼跑去馬丁．路德．金大道這種一週會有四起開車持槍掃射事件的地方就得緩一緩了。眼前還有更重要的問題。

「小芭，妳知道把妳推向卡車的男孩叫做什麼名字嗎？」

她睜大了眼睛。

「還是妳有看清楚他的長相嗎？妳描述得出來嗎？」

「推向卡車……？噢，不，老威！不對！」

「警官，我們必須走了。」隨車護理師說：「你可以晚點再問她。」

「等等！」芭芭拉大喊，想要坐起來。急救人員溫柔地將她按回床上，她痛得五官糾結，但她的慘叫聲卻讓霍吉斯振奮起來。她叫得強健有力。

「小芭，怎麼了？」

「他是在我跑向街上的時候才出手的。他是把我推開！我想他應該是救了我一命，我很感謝他。」她哭得很慘，但霍吉斯完全不相信這是因為她摔斷了腿。「畢竟，我根本不想死。我不曉得我有什麼毛病！」

「警長，我們必須送她去檢查室了。」隨車護理師說：「她要照X光。」

「別懲罰那個男孩！」芭芭拉大喊，救護車的人員則將她推進雙扉門裡。「他很高！眼睛是綠色的，有山羊鬍！他唸陶杭特——」

她走了，門扉在他身後前後甩上。霍吉斯走去室外，在這裡打手機才不會被罵，他先打電話給譚雅。「不曉得妳到哪兒了，但妳放慢速度，過來別闖紅燈。醫護人員帶她進醫院了，她很清醒，斷了條腿。」

「只有這樣？謝天謝地！她有內傷嗎？」

「這要等醫生檢查再說了，但她精神滿好的，我猜卡車只是擦撞到她而已。」

「我必須打電話給傑若米，我相信我把他嚇個半死，也要通知吉姆。」

「妳到這裡再打，現在可以掛電話了。」

「老威，你可以幫我通知他們。」

「不行，譚雅，我還有通電話要打。」

他站著吐出大量白煙，他的耳垂有點麻。他不希望跟彼得聯絡，因為現在彼得有點氣他，伊莎貝爾．傑恩斯應該更氣他。他考慮起其他選項，但只有一個：凱西．辛。在彼得度假及他無故請了六個禮拜事假時，霍吉斯都跟辛恩搭檔過。彼得請假是他離婚後沒多久的事情，霍吉斯猜他是去風流解放了，但從來沒有問明白，彼得也沒有解釋。

霍吉斯沒有凱西的手機號碼，所以他打電話到刑事組，請總機轉接，希望她不要出勤才好。運氣不錯，經過犯罪犬麥格拉夫不到十秒中的政令宣導，她就接起了電話。

「請問這是肉毒桿菌女王凱西．辛嗎？」

「老威．霍吉斯，你這老屁股，我以為你翹辮子了！」

他心想：快了，凱西，快了。

「親愛的，我很想繼續跟妳閒扯淡下去，但我需要請妳幫個忙。史崔克街分局還在吧？」

「已經編入行程，明年就要關門囉，完全說得通啊。下城犯罪事件？犯什麼罪啊？是不是？」

「就是，下城是城裡最安全的地方了。他們可能拘留了一個孩子，如果我的資訊沒錯，他值得一面獎牌。」

「有名字嗎？」

「沒有，但我知道他身高很高，綠色雙眼，還留山羊鬍。」他把芭芭拉的話重複一遍，然後加上：「他可能穿著陶杭特高中的外套。逮捕他的員警可能誤以為他把一個女孩推向卡車，但他其實是要把她推開，所以這女孩只有受到輕傷，而不是慘遭輾斃。」

「你確定這是事實嗎？」

「對。」雖然不盡然如此，但他相信芭芭拉。「查出他叫什麼名字，請當地警方留住他，好嗎？我想跟他談談。」

「我想沒問題。」

「謝了，凱西，欠妳一次。」

他掛斷電話，看看手錶。如果他想跟陶杭特男孩談完再回來找諾瑪，時間有點緊迫，不宜再搭公車於城裡繞圈了。

芭芭拉說的一句話一直縈繞在他心頭：畢竟，我根本不想死。我不曉得我有什麼毛病！

他打電話給荷莉。

## 15

她站在辦公室附近的便利商店外頭，一手拿著雲斯頓香菸，另一手正要扯開塑膠紙包裝。她已經快五個月沒抽過菸了，這是新紀錄，她還不想打破這個紀錄，但她在霍吉斯電腦上得知的消息讓她過去這五年來的人生破了一個洞。老威·霍吉斯是她的試金石，是她測量自己與世界互動的方法。換句話說，他也是她測量自己是否清醒的方式。想像她的生活裡少了他，就好像站在摩天大樓頂樓，盯著距離六十層樓的高度看著下方的人行道一樣。

就在她正要撕開包裝紙的當兒，她手機響了。她把香菸放進包包裡，是他。

荷莉沒有打招呼，她雖然告訴傑若米，她覺得自己沒辦法跟他說她在電腦裡看到了什麼，但她現在站在颳著大風的城市人行道上，穿著上好大外套，身子在衣服裡打冷顫，她也沒有選擇的餘地，她一口氣把話全部說了出來。「我去翻了你的電腦，我知道這樣是刺探，是很不好的行為，但我可不覺得抱歉。我必須這麼做，因為我覺得你說你只是潰瘍是在騙我，如果你要你可以開除我，我不在乎，只要你肯去治療你的問題就好。」

電話那一端是一陣靜默。她想問他是不是還在，但她的嘴巴冷冷麻麻的，她的心臟跳得好快，她全身都感受得到。

最後，他開口：「小荷，我覺得這個問題治不好了。」

「至少讓他們試試看！」

「我很愛妳。」他說。她聽到他聲音裡的沉重與無奈。「這點妳是知道的，對吧？」

「別傻了，我當然知道。」她開始哭。

「我當然會接受治療，但我需要幾天的時間才能住院。現在我需要妳，妳能過來接我嗎？」

「好。」她現在哭得更慘了，因為她知道，他說需要她，這件事的確是事實，而有人需要就是件好事，也許是最棒的事。「你在哪裡？」

他告訴她，然後說：「還有一件事。」

「什麼？」

「荷莉，我沒辦法開除妳。妳不是員工，妳是合夥人，記得這點好嗎？」

「老威？」

「怎？」

「我沒有要抽菸。」

「荷莉，這樣很棒。現在出門接我，我在大廳等，外面太冷了。」

「我會盡快趕去，但我還是會遵守公路限速。」她跑去她停車的轉角停車場。她在路上順手把沒打開的香菸扔進垃圾桶裡。

## 16

在前往史崔克街分局的路上，霍吉斯把他造訪腦空部的經過講給荷莉聽，以露絲．史卡培利做為開頭，以醫護人員將芭芭拉推走前，她所說的怪事做為結束。

「我知道你在想什麼。」荷莉說：「因為我也想到了。這一切都指向布雷迪．哈特斯菲爾。」

「自殺王子。」霍吉斯在等荷莉的時候又吞下兩顆止痛藥，現在他感覺還行。「我現在都這樣叫他，挺響亮的，妳說是吧？」

「我猜是啦，但你之前講過一句話。」她在Prius的駕駛座坐直身子，車子開進下城，她的目光開始到處掃射。她猛一轉彎，避開某人扔在街上的一臺購物推車。「你說巧合不等於陰謀。你記得你說過這種話嗎？」

「記得。」這是他的最愛之一，他還有很多這種金句。

「你說你可以永遠調查追蹤某個陰謀，但如果這個陰謀只是無數的巧合串在一起，到頭來只會什麼也查不到。如果你在接下來兩天什麼也查不出來，我是說我們什麼也查不出來，你就得放棄，開始接受治療。答應我。」

「可能需要久一點的時——」

她打斷他。「傑若米就要回來了，他會幫忙，就跟之前一樣。」

霍吉斯想到一部很老的推理小說書名《褚蘭特的最後一案》，臉上露出淺淺的微笑。荷莉的餘光注意到了，以為這是默許，便鬆了口氣，也投以微笑。

「四天。」他說。

「三天，不能再拖了。因為你每拖一天什麼也不做，治癒的機率就越來越低。現在也已經不是很高了。所以你不要在那邊討價還價，老威，這招你太會了。」

「好。」他說：「如果傑若米會幫忙，那就三天。」

荷莉說：「他會，那就改成兩天吧。」

## 17

史崔克街警局看起來很像是中世紀的城堡，國王殞落後的無政府狀態。窗戶都封住了，停車場用鎖鍊鐵絲網跟水泥柱圍起來，每個角度都有攝影機，每個死角都不放過，結果灰色的石牆建築物上還是噴滿了塗鴉，大門口掛著的燈泡也遭到打破。

霍吉斯跟荷莉清空口袋，荷莉把皮包裡的東西倒進塑膠籃裡，經過金屬探測器的時候，探測器對著霍吉斯的金屬手銬發出譴責的嗶嗶聲。荷莉坐在大廳的長椅上（也是多臺攝影機會拍到的地方），打開她的 iPad。霍吉斯走到櫃檯，說明來由，不一會兒，就見到一名高瘦灰髮的警探，看起來很像電視劇《火線重案組》裡的警察萊斯特．佛雷曼，只有這個警察電視劇霍吉斯看了不會想吐。

「我是傑克．席金斯。」警探一邊說一邊伸出手來。「就跟那個作者一樣，但我不是白人。」霍吉斯與他握手，介紹荷莉，她只有微微揮手，跟平常一樣咕噥了句「你好」，然後又把注意力放回 iPad 上。

「我覺得我好像記得你。」霍吉斯說：「你之前在萬寶路街分局，對吧？你還穿制服的時候？」

「好久以前的事囉，年少輕狂的時代。我也記得你，你逮到那個在麥卡隆公園殺害兩名女子的傢伙。」

「席金斯警探，那是團隊合作的結果。」

「叫我傑克吧。凱西．辛打電話來，我們把你要的人留在偵訊室，他叫杜利斯．奈瓦。」席金斯拼了一下他的名字。「總之，我們要放他走了。多位目擊證人證實了他的說詞，他在跟那女孩鬧著玩，她覺得很冒犯，就往街上跑。奈瓦看見卡車開過來，跑向那女孩，想把她推開，算是成功了啦。再說，現場每個人都認識這孩子。他是陶杭特高中籃球校隊的大明星，大概會得到美國國家大學體育協會第一級別的體育獎學金，成績優異，榮譽學生。」

「成績優異先生上學日怎麼在街上亂晃？」

「啊，學校讓他們提早放學。高中的暖氣又壞了，這個冬天第三次，現在才一月啊。市長總說下城這裡一切安好，工作機會很多，大家豐衣足食，幸福快樂。下次選舉的時候我們才會看到他，搭著他的防彈多功能休旅車經過。」

「這個奈瓦男孩有受傷嗎？」

「手掌擦傷，沒有其他大礙。根據對街的女士，她距離現場最近，她說，男孩推了女孩一把，這是引用她的話，她說，『然後飛奔過來，跟隻什麼大鳥一樣，擋在她身上』。」

「他知道他可以離開了嗎？」

「他知道，也願意留下來，他想知道那女孩是否沒事。來吧，你跟他聊一下，然後我們就可以放他走了。除非你有其他理由留住他。」

霍吉斯笑了笑。「我只是替羅賓森小姐跑跑腿。讓我問他幾個問題，然後我們就會離開你的視線啦。」

## 18

偵訊室窄小又很悶熱，上方的熱導管不斷發出聲響。不過，這裡大概是最好的空間了，因為裡頭有座小沙發，也沒有那種扣留嫌疑犯的桌子，桌面上還會有扣住手銬的裝置，看起來就跟不鏽鋼手指虎一樣。沙發多處以膠布貼補，霍吉斯因此想到南西．奧得森說她在山頂苑路看過一個男人，身穿貼膠帶的外套。

杜利斯．奈瓦坐在沙發上。他穿著斜紋棉褲還有白色的翻領反扣襯衫，看起來乾乾淨淨的，整整齊齊的。他的山羊鬍跟金鍊是唯一的時尚風格。他的制服外套折放在沙發扶手上。霍吉斯跟席金斯進去時，他站了起來，伸出看起來就是天生打籃球的手跟他們握手。掌心擦上了橘色的消毒藥水。

霍吉斯小心翼翼跟他握手，避開擦傷的地方，然後自我介紹。「奈瓦先生，你絕對沒有惹麻煩。事實上，芭芭拉．羅賓森請我過來向你道謝，確保你沒事。她跟她的家人是我長年的好朋友。」

「她沒事吧？」

「斷了條腿。」霍吉斯拉了把椅子，他的手默默爬上身體左側，壓在上頭。「原本可能會更嚴重。我敢說她要到明年才能回到足球場了。請坐、請坐。」

奈瓦男孩坐下的時候，他的膝蓋差不多都要頂到下巴了。「某種程度上來說，這件事是我不對。我不該鬧她，但她看起來真的很可愛。不過……我不是沒長眼睛。」他停頓了一下，糾正自己的口氣。「我看得出來。她嗑了什麼？你知道嗎？」

霍吉斯皺起眉頭。他的確沒有想過芭芭拉可能嗑了什麼東西，雖然這也不是沒有可能，畢竟她是名青少女，這種年紀充滿實驗精神。不過，他每個月會跟羅賓森一家人一起吃晚餐三、四次，他倒是沒注意到她在嗑藥。也許距離太近了？也許是他老了？

「你怎麼會覺得她嗑了什麼東西？」

「她一個人跑到這個地方來，這就是一個線索。她穿的是教堂山脊的制服，我看得出來，我們每年會跟他們比賽兩次。我們都電爆他們。而且她看起來恍恍惚惚的，站在『老星媽』算命舖門口的人行道上，看起來好像是要走進馬路上一樣。」他聳聳肩繼續說：「所以我跟她搭訕，開玩笑說她擅自跨越馬路。她就生氣了，跟《X戰警》裡的幻影貓一樣想要抓我。我覺得滿可愛的，所以呢……」他看了看席金斯，又把目光放回霍吉斯身上。「接下來就是我不對了，我先老實跟你們講這點，好嗎？」

「沒問題。」霍吉斯說。

「好吧，聽著，我搶走了她的遊戲機。你知道，我只是在開玩笑。把東西拿在頭上。我並不想搶她東西。總之她就踢了我一腳，這種小女生腳勁居然滿大的，然後她把東西搶回去。這個時候她看起來就很清醒了。」

「杜利斯，她看起來怎麼樣？」使用男孩的名字是很自動的反應。

「噢，老天，她氣死了！但也很害怕。好像她這個時候才曉得自己身在什麼地方，她這種穿著私校制服的女孩一個人站在馬丁．路德．金大道上？拜託，我是說，妞兒，拜託喔！」他靠向前，有著細長手指的雙手交握在大腿之間，露出誠懇的神情。「她不曉得我是在開玩笑，你懂我的意思嗎？她看起來非常恐慌，瞭嗎？」

「我懂。」霍吉斯如是說，雖然他的口氣聽起來還在對話裡（至少他希望如此），但他已經切換到自動導航模式裡好一會兒了，他持續想著奈瓦所說：「我搶走了她的遊戲機。」他一面想，這件事不可能跟艾樂頓、史多佛事件有關，但他又覺得肯定有關，非常吻合。「你一定很不好過。」

奈瓦向天花板兩手一攤，這是以哲學的方式表達「你還能怎麼辦呢？」的意思。他開口說：「是這個地方的問題，這裡是下城。她看起來沒有那麼喜孜孜的，她發現她在哪裡了。我呢？我會想辦法趕快離開這裡。趁我還有機會的時候。我要得到第一等級的體育獎學金，保持好成績，如果我不夠格，我是說沒辦法成為職業選手的話，功課夠好我才有可能找到好工作。然後我就要把家人帶走，我們家就我跟我媽還有兩個弟弟。我媽是我長到這麼大的唯一理由。她永遠都不讓我們碰毒品，死也不能。」他想了一下自己說的話，大笑起來，說：「她聽到我說死啊活的，肯定會要我好看。」

霍吉斯心想：這孩子真乖，乖到不像真的。不過，他的確是個真真切切的好孩子，這點霍吉斯挺確定的。他實在不想設想，如果今天杜利斯．奈瓦乖乖上學，傑若米的寶貝妹妹會是什麼下場。

席金斯說：「你是不該開那女孩玩笑，但我得說，你彌補回來了。如果你下次還有這種衝動，你會不會多考慮一下？」

「會的，先生，我肯定會。」

席金斯伸出手，奈瓦沒有跟他握手，反而輕拍了一下，臉上掛著諷刺的笑容。他是個好孩子，但這裡畢竟是下城，而席金斯是條子。

席金斯站了起來。「霍吉斯警探，我們可以結束了嗎？」

霍吉斯感謝對方用他昔日的頭銜稱呼他，但他還沒問完話。「快了，杜利斯，那是什麼樣的遊戲機？」

「很老派的東西。」沒有遲疑。「很像Game Boy，我小弟有一臺Game Boy，我媽在跳蚤市場還是什麼地方買的，誰知道該怎麼叫那些市集。那女孩的那臺遊戲機樣子不太一樣，是亮黃色的，這我很清楚。這不像是女生會拿的顏色。至少我認識的女生不會用這種顏色。」

「你有沒有碰巧看到螢幕的內容？」

「只看了一眼，有一堆魚游來游去。」

「謝了，杜利斯。你說她嗑了什麼東西，從一分到十分，十分是很肯定，你覺得你有幾分把握？」

「呃，我會說五分。我走到她身邊的時候，我會說十分，因為她看起來很像是要直接走到馬路上去，而路上有臺超級大卡車開過來，比後面開來撞到她的那臺麵包車還大得多。我講的不是古柯鹼、安非他命或搖頭丸，感覺是更輕鬆的東西，像是迷幻藥或大麻。」

「但當你開始鬧她的時候？你搶走她遊戲機的時候？」

杜利斯．奈瓦翻了個白眼。「老天，她清醒的速度很快。」

「好。」霍吉斯說：「都明白了，謝謝你。」

席金斯也表示謝意，然後跟霍吉斯往門口走去。

「霍吉斯警探。」奈瓦又站了起來，霍吉斯真的得抬頭看他。「你覺得如果我留下我的電話號碼，你可以幫我交給她嗎？」

霍吉斯想了想，從胸膛的口袋裡拿出筆，交給眼前這位可能救了芭芭拉．羅賓森的修長男孩。

## 19

荷莉開車回下萬寶路街。一路上，他把跟杜利斯．奈瓦的對話說給她聽。

他說完後，荷莉用作夢般的口氣說：「如果這是部電影，他們就會相愛了。」

「人生不如電影啊，荷……荷莉。」他在最後一刻忍住不叫她荷莉貝瑞。今天實在不適合開玩笑。

「我知道。」她說：「所以我才看電影。」

「我猜妳不知道札皮有出黃色的吧？」

跟平常一樣，荷莉都在指尖找到真相。「他們出了十個顏色，沒錯，其中包括黃色。」

「妳跟我想的一樣嗎？芭芭拉跟山頂苑路那些女人之間是有關係的？」

「我不知道我在想什麼。我希望我們能夠跟傑若米一起坐下來好好討論，就跟我們遇到彼得．索伯斯一案的時候一樣。」

「如果傑若米今晚回來，如果芭芭拉都沒事，也許我們明天就可以一起討論。」

「明天是你的第二天。」她一邊說，一邊把車子停在他們的停車場外面人行道上。「三天裡的第二天。」

「荷莉——」

「不行！」她兇狠地說：「你別開口！你答應過了！」她將車子打到停車檔位，轉頭面向他。「你相信哈特斯菲爾是在假裝，對不對？」

「對，也許不是從一開始他睜開眼睛找媽媽的時候就裝，但我覺得後來他就裝了一陣子。也許全程都在演戲。他假裝處在半僵直症的狀態，逃避審判。雖然妳覺得巴比諾應該會知道這種事情。他們一定做了很多實驗、腦部掃描跟什麼——」

「那不重要。如果他能思考，當他知道你因為他延誤治療，最後死掉了，他會作何感想？」

霍吉斯沒有回答，所以荷莉替他說。

「他會開心、開心、開心到飛上了天！他會樂到不行！」

「好啦。」霍吉斯說：「我聽見了。今天跟接下來兩天。但現在請忘記我的狀況一分鐘，如果他真的有方法能夠把觸手伸出醫院病房……這樣真的滿恐怖的。」

「我知道，而且不會有人相信我們。這點也很恐怖。不過，讓我覺得最恐怖的還是想到你就要死了。」

這話讓他想擁抱她，但她臉上掛著厭惡肢體接觸的神情，他只好看看錶。「我還有約，不想讓女士等太久。」

「我要去醫院。就算他們不讓我見芭芭拉，譚雅也會在場，她大概會想見見熟人的臉。」

「好主意，但妳走之前，我想了解一下日出方案破產管理人的資料。」

「他叫陶德．史奈德。他任職於名字很長的法律事務所，辦公室在紐約。我在你跟奈瓦先生談的時候查到的。」

「妳用 iPad 就找到這些？」

「對。」

「荷莉，妳真是個天才。」

「不，這只是電腦搜尋而已。你才是聰明人，一開始就想到了。你要的話，我可以打電話給他。」她臉上的表情顯示出她很不想做這件事。

「妳不用打電話給他。妳只要打去他的辦公室，看可不可以約個時間，安排讓我明天一大早跟他談談就好。」

她面露微笑。「好。」然後笑容退去，她指著他的腹部，問：「會痛嗎？」

「一點點。」至少現在這是實話。「心臟病更恐怖。」這也是實話，但也許很快就不是這樣了。

「如果妳能見到芭芭拉，幫我跟她打聲招呼。」

「我會的。」

荷莉看著他走向他的車子，注意到他在立起領子之後，把左手放在身體的左側。此情此景讓她想哭，也許還想憤怒大吼。生命真的很不公平。她從高中時期就明白這點，當時，她是大家嘲笑的對象，但生命持續給她驚喜。不該如此，但生命總是這樣。

## 20

霍吉斯開車穿過市區，順手轉換電臺，想找點硬派的搖滾樂來聽。他在「隆隆一百電臺」找到「小精靈樂團」（The Knack）演唱的〈我的夏洛娜〉，然後轉大音量。歌曲結束，主持人出現，聊到大風雪正要東移，離開落磯山脈。

霍吉斯沒仔細聽，他在想布雷迪，以及他第一次見到札皮遊戲機的時候，艾爾圖書館到處發送。艾爾姓什麼？他不記得，好像他原本曉得他姓什麼一樣。

當他抵達有著趣味店名的酒吧時，他看到諾瑪・威莫坐在後面的桌子旁，遠離吧檯邊嬉鬧的一群生意人，他們大聲說話，互相拍背，哄人喝酒。諾瑪脫下了護士制服，換上深綠色的褲裝跟低跟鞋。她面前已經有一杯酒了。

「我該請妳的。」霍吉斯在她對面坐了下來。

「別擔心。」她說：「我記帳，你付錢。」

「應該的。」

「如果有人看到我在這裡跟你交談，跑去跟巴比諾打小報告，他也沒辦法炒我魷魚，甚至連把我轉走都不行，但他能讓我的日子變得很難過。當然，我也能讓他沒好日子過。」

「是嗎？」

「是啊。我覺得他在對你的老朋友布雷迪・哈特斯菲爾進行人體實驗。給他吃一堆鬼才知道的什麼藥物，給他注射一堆東西，還說那是維生素。」

霍吉斯訝異地看著她。「這狀況持續多久了？」

「好幾年囉，這是貝琪・罕明頓轉走的原因。如果巴比諾給了他什麼不對勁的維生素，害死他的話，她可不想在原爆點當砲灰。」

女服務生走了過來，霍吉斯點了一杯加了櫻桃的可樂。

諾瑪不屑地說：「可樂？真的嗎？大男孩的褲子穿上了嗎？」

「說到酒，我吐出來的比妳喝進去的還多，甜心派。」霍吉斯又說：「巴比諾到底在搞什麼鬼？」

她聳聳肩。「不曉得，但他也不是第一個拿世界遺棄之人做實驗的醫生。聽說過塔斯基吉梅毒試驗嗎？美國政府把四百名男性黑人當成白老鼠，持續了四十年，就我所知，這些人裡可沒有人開車輾過一群手無寸鐵的百姓。」她對霍吉斯露出歪嘴一笑。「調查巴比諾，整死他。我諒你不敢。」

「我感興趣的是哈特斯菲爾，但根據妳的說法，如果巴比諾也有問題，我是不會太訝異啦。」

「也有問題，萬歲。」她講得口齒不清，霍吉斯猜測她喝了不只一杯。畢竟，他是經驗老到的調查人員嘛。

女服務生端來他的可樂時，諾瑪喝完杯中物，高舉杯子，說：「再一杯，而且既然這位紳士買單，請給我來杯雙份的。」女服務生收走她的杯子。諾瑪把注意力放回霍吉斯身上。「你說有問題要問我。趕快在我還能回答的時候問吧。我的嘴巴有點麻，很快就會更麻了。」

「布雷迪．哈特斯菲爾的訪客名單上有誰？」

諾瑪對他皺起眉頭。「訪客名單？開什麼玩笑？誰跟你說他有訪客名單？」

「已故的露絲．史卡培利。這是在她接下貝琪留下的護理長一職後的事。我提議給她五十美金，收買任何關於布雷迪的謠言，這是貝琪的價碼，但她搞得好像我在她鞋子上撒尿一樣。然後，她說，『你不在他的訪客名單裡。』」

「嗯哼。」

「然後，今天，巴比諾也說——」

「什麼關於檢察官辦公室的屁話。老威，我聽到了，我也在場。」

女服務生將諾瑪的飲料放在她面前，霍吉斯曉得自己得加快速度，不然諾瑪就會開始在他耳邊抱怨起這份沒人賞識的工作以及沒有空白的愛情生活。護士喝醉的時候，他們就會徹底爛醉，這點跟警察倒是滿像的。

「我開始來腦空部的時候，妳就在這裡工作了——」

「更久，十二連了。」十二「連」咧。她拿起酒杯，作勢要乾杯，然後喝下半杯。「現在，我終於升職當上護理長了，至少暫時如此。責任增加一倍，薪水維持不變。」

「最近有看到檢察官的人嗎？」

「沒。一開始有一堆提著手提公事包的人，還有一堆醫生跑來說他那混蛋還有行為能力，但當他們看著他流著口水想要拿起湯匙的模樣，後來就都鳥獸散了。之後還有回來幾次確認，每次回來的公事包男孩人數就變得更少，最近根本不來了。就他們所知，他徹頭徹尾是個白癡，腦袋空空，沒有東東。」

「所以他們不在乎了。」他們何必呢？除了偶爾在沒新聞時的回顧報導，大家對布雷迪・哈特斯菲爾已經興趣缺缺。反正永遠都撿得到新鮮的屍體。

「你知道他們不在乎。」一綹髮絲落到她眼前，她把頭髮吹起來。「在你去看他的時候，有人想要阻止你嗎？」

霍吉斯心想：沒有，但我已經一年半沒有來訪。「如果有訪客名單——」

「那也是巴比諾的名單，不是檢察官的。說到賓士殺手，檢察官就跟蜜獾一樣，根本沒放在眼裡，老威。」

「什麼？」

「沒事。」

「妳可以幫我查查這份名單是否存在嗎？妳現在已經是護理長了？」

她想了一下，然後說：「不可能在電腦裡，這樣太好查了，但史卡培利把兩個文件夾鎖在值班櫃檯的抽屜裡。她很會記錄誰調皮不乖，誰乖乖聽話。如果我查到什麼，可以算二十美金嗎？」

「如果妳明天就打電話跟我說，我給妳五十。」霍吉斯懷疑她明天根本就不會記得這場談話。

「時間緊迫。」

「如果這份名單真的存在，大概也只是人家展現權力地位的狗屁而已，你知道，巴比諾喜歡把哈特斯菲爾留給他自己。」

「但妳會查吧？」

「會啊，為什麼不查？我曉得她把鑰匙藏在她更衣間的什麼地方。見鬼，這層樓的護士差不多眾人皆知。實在很不習慣武則天老護士死了。」

霍吉斯點點頭。

「你知道，他可以不用接觸，就能移動東西。」諾瑪沒有看著他，她用杯底在桌面上蓋圈圈。看起來她是想要蓋出奧運的五環會徽。

「哈特斯菲爾？」

「我們在講誰？當然是。他是為了嚇護士。」她抬起頭，說：「我醉了，所以我可以講些清醒時不會說的話。我希望巴比諾殺了他，給他一些什麼厲害的東西毒死他，把他從我們醫院踢出去。因為他真的嚇到我了。」她停頓了一會兒，又說：「他嚇壞我們大家了。」

## 21

荷莉在陶德．史奈德的私人助理準備關門下班前聯絡上他。助理說史奈德先生明天早上八點半到九點之間有空，之後整天都有會議。

荷莉掛斷電話，在小小的盥洗室裡洗了把臉，噴了點體香劑，鎖上辦公室，然後在下班尖峰時刻開始之前，往金納紀念醫院前進。她抵達醫院時已經六點，天色完全黑了。詢問櫃檯的女子查了電腦，告訴荷莉，芭芭拉．羅賓森在B棟大樓的五二八號病房。

「那是加護病房嗎？」荷莉問。

「不，女士。」

「那就好。」荷莉如是說，然後起步，注意到她的低跟鞋發出的腳步聲。

電梯門在五樓打開，等著進電梯的是芭芭拉的父母。譚雅手裡握著手機，他們看到荷莉的表情彷彿看到異象了一樣。

吉姆．羅賓森說他真是見鬼。

荷莉縮了縮身子。「怎麼了？你們怎麼都這樣看我？出了什麼事？」

「沒事。」譚雅說：「只是我正要去打電話給妳——」

電梯門開始關上，吉姆伸出手臂擋門，門又開了。荷莉走了出來。

「——我們要去樓下大廳。」譚雅繼續說，比了比牆上的告示牌，上頭是一支被紅線劃掉的手機。

「我？為什麼？我以為她只是斷了腿。我是說，我知道斷腿也是很嚴重，當然很嚴重，但是——」

「她醒了，狀況還不錯。」吉姆說，但他跟譚雅互看了一眼，暗示這話不是全然的事實。「斷得滿整齊的，所以還好，但他們在她後腦發現一處撞傷，保險起見決定要讓她在醫院住一晚。治療她腿的醫生說，他有九成九的把握，她早上就可以回家。」

「他們做了毒物測試。」譚雅說：「她體內沒有毒品。我不訝異，但還是鬆了口氣。」

「那是什麼問題？」

「一切都不對勁。」譚雅四兩撥千斤地說。距離荷莉上次看到她，她好像老了十歲。「希爾妲·卡佛的媽媽載希爾妲跟芭芭拉一起上學，這禮拜輪到她，她說芭芭拉在路上很正常，話比平常少一點，但除此之外都沒什麼。芭芭拉告訴希爾妲，她要去廁所，之後希爾妲就再也沒有見到她。她說芭芭拉肯定是從體育館的側門離開的。孩子都說那裡叫『蹺課門』。」

「芭芭拉怎麼說？」

「她什麼都不肯告訴我們。」她的聲音開始顫抖，吉姆用手攬著她。「但她說她肯跟妳談。所以我才要去打電話給妳。她說天底下大概只有妳會懂。」

## 22

荷莉緩緩走在前往五二八號病房的走廊上，病房就在盡頭。她低著頭，用力思考，所以她差點撞到推著擺滿折頁平裝本小說及螢幕下方貼著「金納醫院財產」電子書閱讀器推車的人。

「抱歉。」荷莉對他說：「我走路沒看路。」

「沒關係。」艾爾圖書館如是說，然後繼續前進。她沒看到這個人停下腳步，也沒有轉頭看她。她正鼓起所有的勇氣面對接下來的對話，應該會激起很多情緒，而她最怕的就是情緒張力很大的場景。不過，她愛芭芭拉，這點倒是有點幫助。

而且，她很好奇。

她輕敲虛掩的門，沒人應門，她探頭進去。「芭芭拉？我是荷莉，可以進來嗎？」

芭芭拉露出蒼白的微笑，放下她正在看的小說「飢餓遊戲」系列第三集《自由幻夢》。荷莉心想：大概是從推車的人那裡拿來的。芭芭拉抬著腿躺在床上，身上穿的是粉紅色的睡衣，不是醫院的病患服。荷莉猜她媽肯定打包了睡衣，還有現在擺在芭芭拉床邊桌上的筆記型電腦。粉紅色的上衣讓芭芭拉的氣色稍微好了點，但她看起來還是很恍神。她頭上沒有纏繃帶，所以撞擊可能沒有那麼嚴重。荷莉心想，院方讓芭芭拉過夜是不是有其他理由。她只想得到一個，但她覺得這個理由太荒謬了，但她實在想不到別的。

「荷莉！妳怎麼這麼快就到了！」

「我本來就要來看妳。」荷莉進房，在身後帶上了門。「人家住院，如果是朋友，就應該要來探病。而我們是朋友無誤。我在電梯口遇到妳爸媽，他們說妳想跟我聊聊。」

「對。」

「芭芭拉，我能幫上什麼忙？」

「這個嘛……我可以問妳一些事嗎？很私人的事。」

「可以。」荷莉在床邊的椅子上坐了下來。她的動作小心翼翼，彷彿椅子通了電一樣。

「我知道妳有些日子不好過。妳知道，妳年輕的時候，妳還沒有跟老威一起工作的時候。」

「對。」荷莉說。大燈沒有開，只有床邊桌上的檯燈亮著。小小的燈光包圍著她們，提供她們所需的小空間。「有些日子真的很不好過。」

「妳有沒有試著自殺過？」芭芭拉發出緊張微弱的笑聲。「跟妳說很私人了。」

「兩次。」荷莉回答得毫不猶豫。她感覺到異常平靜。「第一次的時候，我差不多是在妳這年紀。因為學校同學對我很壞，他們會幫我取很難聽的綽號。我沒辦法接受，但我沒有努力尋死。我只是吃了一把阿斯匹靈跟解充血的藥。」

「第二次妳有更努力一點嗎？」

這個問題很難回答，荷莉仔細想了想。「可以說有，也可以說沒有。那是在我跟我老闆出問題之後，現在人家會說這叫性騷擾，那個時候還沒有這種說法。我當時二十多歲，我吃了藥效更強的藥，但還是不足以完成任務，這我心裡是明白的。我那時的心理狀況很不穩定，但我不蠢，而這個不蠢的部分想要繼續活下去。部分原因是我知道馬丁．史柯西斯會繼續拍電影，我想看他的電影。馬丁．史柯西斯是人世間最偉大的導演，他可以把長片拍得跟小說一樣，現在大多數的電影都是短篇故事。」

「妳的老闆，他算是襲擊妳嗎？」

「我不想談那個，而且那不重要。」荷莉也不想抬頭，但她提醒自己，眼前這人是芭芭拉，所以她逼自己抬頭。因為雖然荷莉有時怪裡怪氣，雖然荷莉有時毛躁不安，芭芭拉還跟她做朋友。而現在芭芭拉有麻煩了。「理由從來就不重要，因為自殺是違反所有人類本能的行為，所以才這麼瘋狂。」

她心想：但也許某些狀況例外，好比說某些病症末期的狀況，但老威還沒有到末期。我不會讓他走到這一天的。

「我懂妳的意思。」芭芭拉說。她在枕頭上扭了扭頭。在檯燈的燈光下，淚水在她臉上劃下亮亮的痕跡。「我懂。」

「所以妳才跑去下城嗎？自殺？」

芭芭拉閉上雙眼，淚水從睫毛之間流下。「我想不是，至少一開始不是這樣。我去那裡是因為有個聲音叫我去，我的朋友。」她停頓了一下，思考，又繼續說：「但那個男人不是我朋友。朋友不會叫我去死，對不對？」

荷莉握起芭芭拉的手，肢體碰觸對她來說不是常態，但今晚她可以。也許是因為荷莉覺得她們現在分享了共有的秘密，也許是因為這是芭芭拉，也許兩個原因都成立。「這位朋友是誰？」

芭芭拉說：「這個人跟魚一起出現，他在遊戲裡。」

## 23

將圖書館推車推進醫院大廳的人是艾爾．布魯克斯（經過在等荷莉的羅賓森夫妻身邊）。搭了一層電梯，前往通到腦部外傷診所天橋的人也是艾爾．布魯克斯。對著值班櫃檯的雷納護士打招呼，但這位資深護士小姐卻沒有抬頭看他，眼睛持續盯著螢幕看，這個人還是艾爾．布魯克斯。將推車推到走廊的人依舊是艾爾，但當他把推車留在走廊上，踏進二一七號病房時，艾爾．布魯克斯消失了，Z男孩取代了他的位置。

布雷迪坐在椅子上，札皮放在大腿上。他沒有從螢幕上抬頭。Z男孩從鬆垮灰色上衣的左邊口袋裡拿出自己那臺札皮，打開遊戲機。他點進「洞洞釣魚樂」的圖示，始啟畫面有魚游來游去，紅色的、黃色的、金色的魚，以及偶爾出現游得很快的粉紅色魚。音樂叮噹作響。而遊戲機時不時發出亮眼的閃光，照在他的臉頰上，將他的雙眼照成藍藍的一片。

他們維持這個動作差不多有五分鐘，一人坐著，一人站著，兩人都盯著魚兒游來游去，聽著叮噹作響的旋律。布雷迪窗戶的百葉窗不斷拍動，床罩掉下去又蓋回原處。Z男孩點了一、兩次頭，表示他明白。然後布雷迪兩手癱軟，放開了遊戲機。札皮掉到他那雙沒用的大腿上，然後從雙腿間滑下，喀噠一聲掉在地上。他張著大嘴，眼皮半開半闔，格子襯衫裡呼吸起伏變得非常細微平緩。

Z男孩撐直肩膀，搖晃了一下身子，關掉札皮，然後放回剛剛拿出來的口袋裡。他從右邊口袋裡拿出一支 iPhone，一個熟悉電腦技巧的人以最先進的技術調整過這部手機，還關掉了內建的定位系統。在聯絡人資料夾裡沒有人名，只有幾個名字的縮寫，Z男孩點下FL這個聯絡人。

電話響了兩聲，FL接起電話，用假裝的俄國口音說：「同志，偶四札皮特務，偶遵照尼的命令行事。」

「我不是付錢來聽爛玩笑的。」

對方停頓了一下，說：「好吧，不開玩笑了。」

「我們要繼續了。」

「收到錢我就繼續。」

「今晚就付錢，立刻行動。」

「聽到了，老大。」FL說：「下次給我困難一點的任務。」

Z男孩心想：只是沒有下次了。

「別搞砸了。」

「不會的，但沒看到錢我不會開工。」

「會付錢的。」

Z男孩掛斷電話，將手機放回口袋裡，然後離開布雷迪的病房。他經過值班櫃檯，雷納護士繼續盯著螢幕看。他把推車停在販賣機旁邊，穿過天橋。他走路的時候腳步輕盈，看起來年輕許多。

一、兩個小時之後，雷納或其他人才會發現布雷迪．哈特斯菲爾倒在椅子上或癱在地上，身子壓在他的札皮遊戲機上頭。大家不會多留意，他之前也曾經這樣不省人事過好幾次，但他最終會醒過來。

巴比諾醫生說這是他大腦重開機的部分過程，每次哈特斯菲爾清醒，他的狀態似乎都更加改善一點。巴比諾會說：我們的男孩狀況越來越好了。看著他，你可能很難相信，但他真的越來越好了。

現在霸占艾爾身體的心靈這樣想著：你根本什麼也不懂，啥屁也不懂，但巴比諾醫生，你現在開始慢慢明白了，對不對？

後知後覺總比不知不覺強啊。

## 24

「那個在街上對我大喊的男人錯了。」芭芭拉說：「但我相信他，因為這個聲音要我相信他，但那樣不對。」

荷莉想了解遊戲機裡的聲音，但芭芭拉可能還沒準備好要談這個。所以，她問起這個男人是誰，而他在喊什麼。

「他說我是『黑皮白骨』，就跟那部電視劇演的一樣。電視劇很好笑，但在街上感覺就不太舒服了，那是——」

「我知道那個節目，我曉得那是指什麼。」

「但我不是『黑皮白骨』，又或者說，在黑色的皮膚之下，每個人都有白色的骨頭。就算住在冬青街這種好地段的華房裡，我還是徹頭徹尾的黑人，我們全家都是。妳覺得我會不知道別人在學校是怎麼看我、怎麼說我的嗎？」

「妳當然懂。」荷莉如是說，她自己也常惹起別人側目、說閒話，她在高中時的外號叫做「嘰嚕嘰嚕」。

「老師在課堂上講性別平權、種族平等，學校對這種事情完全沒有任何討論的空間，學校是認真的，至少我猜大部分的教職員是這樣啦，但當下課換教室的時候，大家走在走廊上，黑人小孩、中國轉學生跟穆斯林女孩就會被其他學生挑起來。因為我們在學校的人數很少，我們就跟鹽罐裡的幾顆胡椒一樣顯眼。」

她現在比較有精神了，她的口氣充滿怒火與憤慨，但同時也很疲憊。

「我會受邀參加一些派對，但很多派對我是進不去的，而只有兩個男生約我出去過。其中一人是白人，我們走進電影院的時候，大家都盯著我們看，朝我們的後腦勺扔爆米花。我猜到了高三，燈一關，什麼種族平權通通不算數了吧。還有一次，我參加足球比賽。我沿著邊線運球，然後起腳射門，這時，一位穿著高爾夫球衫的白人老爸對他女兒說，『守住那個黑妞！』我只能假裝我沒聽見。那個女孩還露出不屑的笑容，我很想撞倒她，當著她老爸面前，但我沒有。我嚥了下去。還有一次，那年我高一，午餐時我把英文課本忘在露天看臺上，等到我回去拿的時候，有人在上面寫著『小木炭的青梅竹馬』。這口氣，我也吞了。也許好幾天、好幾個禮拜都好好的，然後就冒出這種我必須忍氣吞聲的事。我知道老爸老媽也遇過同樣的狀況，也許傑若米在哈佛會好一點，但我覺得他有時也會忍氣吞聲。」

荷莉捏了捏她的手，但沒有講話。

「我不是黑皮白骨，但那聲音說我是，因為我沒有出生在廉價公寓，爸爸不會家暴，媽媽不是毒蟲。因為我從來沒有吃過甘藍菜，甚至不曉得那是什麼。因為我說『豬排』而不是『豬扒』。因為他們在下城很窮，我們在冬青街過著還不錯的生活。我還有現金卡，我念很好的學校，傑若米念哈佛，但……但，荷莉，妳看得出來嗎？這一切、這一切——」

「這一切都不是妳主動選擇的。」荷莉說：「妳就在這裡出生，成長成這個模樣，就跟我一樣，就跟每個人一樣，真的。而妳才十六歲，除了改變服裝以外，妳根本不會要求要改變什麼。」

「沒錯！我知道我不該覺得丟臉，但那聲音讓我覺得好丟臉，讓我覺得自己很像是個一無是處的寄生蟲，而且那聲音並沒有完全消失。感覺很像它留了一層黏呼呼的足跡在我腦袋裡一樣。因為我之前從來沒有去過下城，到了那裡感覺很可怕，跟那邊的人比，我的確是黑皮白骨，而我很害怕那個聲音永遠不離開，而我的生命就這麼毀了。」

「妳必須扼殺這個聲音。」荷莉用冷淡、抽離的肯定口氣說話。

芭芭拉訝異地看著她。

荷莉點點頭。「妳必須掐死那個聲音才能放手，這是首要之務。如果妳不好好照顧自己，妳是不會好起來的。而如果妳不好起來，妳也不能改善其他的事情。」

芭芭拉說：「我不可能回去上課，假裝下城不存在。如果我要好好活下去，我就得做點什麼。不管我幾歲，我都要有所貢獻。」

「妳說的是某種志工工作嗎？」

「我不知道我在想什麼。我不曉得像我這樣的小孩能做什麼，但我會找到答案的。如果這意味著要回去下城，我爸媽可能會很不高興。荷莉，妳要幫我說服他們。我知道這對妳來說很困難，但求求妳。妳必須告訴他們，我得關閉那個聲音。就算我不能立刻殺死它，也許我至少能慢慢讓它安靜下來。」

「好吧。」荷莉雖然很害怕，但還是答應了。「我會說服他們。」一個念頭忽然出現，她開朗了起來。「妳該跟那個把妳從卡車前面推開的男孩談談。」

「我不曉得該怎麼聯絡他。」

「霍吉斯會幫妳的。」荷莉說：「現在跟我說說遊戲機的事。」

「壞了，卡車輾過它了。我看見它裂成碎片。我很慶幸。我每次閉上眼睛，就會看見那些魚，特別是那些有編號的粉紅色小魚兒，我還聽得見那首歌曲。」她哼了起來，但荷莉沒有印象。

一名護士推著藥品推車進來。她問芭芭拉從一分到十分，現在身體疼痛的感覺有多少。荷莉覺得很丟臉，因為她居然沒有一進來就問這個問題，她因此覺得自己很糟糕，一點也不貼心。

「不知道耶。」芭芭拉說：「大概五吧？」

護士打開塑膠藥盒，給芭芭拉一個小紙杯。裡頭有兩顆白色藥片。「這是替疼痛指數五量身訂做的藥丸。妳會睡得跟小寶寶一樣，至少在我來檢查妳的瞳孔之前，妳都會睡得很安穩。」

芭芭拉配著一小口水，吞下藥丸。護士告訴荷莉，她該離開了，讓「我們的女孩」好好休息。

「馬上就走。」荷莉說，護士前腳一走，她就靠上前，神情專注，眼睛圓亮地問：「那個遊戲，小芭，妳怎麼會有那臺遊戲機？」

「一個人給我的。我那時跟希爾妲．卡佛在逛樺丘購物中心。」

「這是什麼時候的事？」

「耶誕節之前，但沒有距離很遠。我還記得，因為我還沒替傑若米買耶誕禮物，我開始有點擔心。我看到香蕉共和國有一件很好看的西裝外套，但實在太貴了，而且他去蓋房子要蓋到五月。在工地沒裡由穿西裝外套吧？對不對？」

「我想也是。」

「總之呢，我跟希爾妲吃午餐的時候，這個人就走來跟我們搭訕。我們不該跟陌生人交談，但我們已經不是小孩子了，再說，我們當時是在周遭有很多人的美食廣場，而且他看起來人很好。」

荷莉心想：最糟糕的壞蛋看起來通常都是一副好人樣。

「他穿著看起來很昂貴的體面西裝，拿著一個公事包。他說他叫麥隆·札欽，在一間叫做日出方案的公司工作。他給我們名片，給我們看兩臺札皮遊戲機，他的公事包裡有好幾臺，他說如果我們填寫問卷且寄回去，我們就可以免費得到一臺，地址印在問卷跟名片上。」

「妳該不會剛好記得地址吧？」

「不記得，而且我把名片扔了。再說，那只是郵政信箱。」

「在紐約？」

芭芭拉想了一下，說：「不，在城裡。」

「所以妳拿了遊戲機？」

「對，我沒跟媽講，她肯定會唸我怎麼跟陌生人講話。我填完問卷，寄了回去。希爾妲沒有寄回去，因為她的札皮是壞的。只發出一次藍色閃光，就開不了機了。所以她把東西丟掉了。我記得她說，這就是期待別人送免費東西的下場。」芭芭拉咯咯笑了起來。「她這話聽起來好像她媽。」

「但妳的運作正常。」

「對，遊戲很老派，但有點……妳知道，有點好玩，蠢蠢的，至少一開始是這樣。我希望我的也故障，這樣我就不會聽到聲音。」她閉上雙眼，緩緩又睜開，面露微笑說：「哇！感覺我好像要飄走了。」

「先別飄走！妳能描述那人的外表嗎？」

「白人、白頭髮，老人。」

「很老很老，還是有點老？」

芭芭拉的雙眼開始呆滯。「比老爸老，但又沒有爺爺老。」

「六十幾歲？」

「對，我猜。差不多是老威的年紀。」她忽然睜大眼睛。「噢，妳猜怎麼著！我想起了一件事。希爾妲也覺得很怪。」

「什麼事？」

「他說他叫麥隆．札欽，他的名片也印麥隆．札欽（Myron Zakim），但他公事包上縮寫卻不是MZ。」

「妳記得是什麼嗎？」

「不……抱歉……」她又飄走了。

「小芭，妳明天起床第一件事，可以努力想一想嗎？妳的腦袋明早會比較清楚，這個名字可能很重要。」

「好……」

「希望希爾妲還沒把她的東西扔掉。」荷莉如是說。小芭沒有回應，荷莉也不期待她回話，荷莉常常自言自語。芭芭拉的呼吸放慢、變得深層。荷莉準備扣上外套走人。

「迪娜有一臺。」芭芭拉用飄渺、作夢般的聲音講話：「她的可以用。她會在上面玩『天天過馬路』、『植物大戰殭屍』……還下載了完整版的《分歧者》三部曲，但她說文字全部都是亂碼。」

荷莉沒有繼續扣鈕釦。她認識迪娜．史考特，在羅賓森家見過她很多次，玩桌遊、看電視，常常留下來吃晚餐。還會看著傑若米流口水，芭芭拉的朋友都這樣。

「是同一個男人給她的嗎？」

芭芭拉沒有說話。荷莉咬著嘴唇，不想施壓，但她必須這麼做。她搖了搖芭芭拉的肩膀，又問了一次。

「不。」芭芭拉用同樣飄渺作夢般的聲音說：「她從網站上拿的。」

「芭芭拉，那是什麼網站？」

她得到的唯一迴音是一聲打鼾，芭芭拉睡著了。

## 25

荷莉曉得羅賓森夫婦會在大廳等她，所以她快速躲進禮品店，躲在展示的一堆泰迪熊後面（荷莉躲人技巧絕佳），打電話給老威。她問他認不認識芭芭拉的朋友迪娜．史考特。

「當然。」他說：「她的朋友我都認識，至少常去他們家的我都見過。妳也是啊。」

「我覺得你該去找她。」

「妳是說今晚？」

「我是說現在。她有一臺札皮。」荷莉深呼吸。「這個遊戲機很危險。」她實在沒辦法說出她現在終於相信的事實，札皮遊戲機其實是自殺機器。

## 26

在二一七號病房裡，護工諾姆．理查跟凱利．佩爾漢在瑪薇絲．雷納的監督下，將布雷迪抬回床上。諾姆從地上撿起札皮遊戲機，盯著螢幕上游來游去的魚看。

「他為什麼不得個什麼肺炎死了算了？就跟其他腦子有問題的人一樣？」凱利問。

「禍害遺千年啊。」瑪薇絲如是說，然後注意到諾姆盯著魚看，眼睛睜得老大，嘴巴也開開的。

「帥哥，起床囉。」護士一把搶過遊戲機，按下電源鍵，順手擺進布雷迪床邊桌的第一格抽屜裡。「在咱們闔眼前還有好多事要做哩。」

「啥？」諾姆低頭看著雙手，好像期待札皮還握在手裡一樣。

凱利問雷納護士要不要幫布雷迪量血壓，他說：「血氧濃度好像有點低。」

瑪薇絲想了想，然後說：「管他去死。」

他們就離開了。

## 27

在城裡最高級的地段蜜糖高地，一輛有著噴漆補釘的老舊雪佛蘭 Malibu 緩緩開上丁香道的緊閉柵門。以鍛鐵扭曲拼出來的藝術字是芭芭拉．羅賓森想不起來的人名縮寫：ＦＢ。Ｚ男孩從駕駛座上下車，他的老舊連帽長版外套（背後跟左手袖子上各有裂痕，節儉地用膠帶貼補起來）在他身後被風吹到拍打起來。他在門口鍵盤上按下正確的密碼組合，柵門就開了。他回到車上，伸手去摸座位底下的兩個物品。一是一個塑膠汽水瓶，瓶蓋已經被切掉了，裡面塞了鋼絲絨。另一個東西則是一把口徑點三二的左輪手槍。Ｚ男孩將這個自製的滅音器裝在槍口上，這是布雷迪．哈特斯菲爾的另一項發明，然後把槍放在大腿上。他用空出來的手將車子開上平緩弧形的車道。

在他面前，自動偵測動態的陽臺天花板燈亮了起來。

在他身後，鍛鐵柵門靜靜關上。

要不了多久時間，布雷迪就曉得自己這副身體已經走到了盡頭。他出生時很呆，但他沒有一直呆下去，這句話也的確是這麼說的。

沒錯，醫院裡的確有物理治療，巴比諾醫生的命令，而布雷迪的確沒辦法抗議，但他能完成的療程實在有限。他終於能夠拖著腳步在某些病人稱為「酷刑公路」的走道上行走差不多十公尺的距離，但他只能在復健中心復健師烏蘇拉．哈柏的協助下走這麼遠，這個復健中心就是這位兇狠的男人婆納粹管的。

「來吧，哈特斯菲爾先生，再一步就好。」哈柏會不斷敦促他，當他好不容易又跨出了一步，這個婊子就會叫他再走一步、再走一步、再走一步。當她終於允許布雷迪癱坐在輪椅上的時候，他會渾身顫抖，汗流浹背，他想把沾了汽油的布塊塞進哈柏的臭屄裡，然後點火。

「幹得好！」她會高聲地說：「哈特斯菲爾先生，幹得非常好！」

如果他想辦法擠出什麼類似「謝謝」之類的聲音，她會轉過頭跟碰巧經過的任何人露出得意的微笑，彷彿是在說，你瞧瞧，我的寵物猴子會說話耶！

他會說話（講得之好，遠超過他們所了解的狀況），他可以在「酷刑公路」拖著腳步走一百公尺。在他狀況好的日子裡，他可以吃卡士達醬而不噴到自己的身上。不過，他沒辦法自己穿衣服，沒辦法綁鞋帶，沒辦法在拉屎後自行擦屁眼，甚至連電視遙控器都沒辦法用（讓他想起過往好日子裡的一號工具跟二號工具）。他握得住遙控器，但他的運動控制能力還不足以讓他操作小小的按鈕。就算他順利按下電源鍵，他通常只能看著一片空白的螢幕跟「尋找訊號中」的訊息。這個場景會讓他憤怒，在二〇一二年初，什麼事情都能讓他發怒，但他很謹慎，沒有表現出來。生氣的人都是有理由生氣的，但腦子壞掉的病人不該有理由做任何事情。

檢察官辦公室的律師有時會出現。巴比諾抗議他們來訪，說這些律師只會讓他退步，因此妨礙他們長期的利害關係，但他的抗議沒有什麼實質效果。

有時警察會跟檢察官的人一起出現，有一次，有位警察獨自探訪。他是個留平頭的肥條子混蛋，講話嘻嘻哈哈的。布雷迪那天坐在椅子上，這個肥油混蛋就坐在他床上。肥油混蛋告訴布雷迪，他的姪女也去看了「在這裡」合唱團的演唱會，他說：「她才十三歲，愛死了這個樂團。」他的笑容繼續掛在臉上，卡著他的肥肚，用力揍了揍布雷迪的蛋蛋。

「這是為我姪女打的。」肥油混蛋說：「你感覺得到嗎？老天，我希望你還有感覺。」

布雷迪的確感覺到了，但並沒有肥油混蛋期待的那麼強烈，因為他腰部以下到膝蓋以上的部位感受都不是很明顯。負責這個區域的大腦迴路應該是燒掉了，他想。通常這是個壞消息，但面對子孫袋所挨的這記右鉤拳，遲鈍一點也好。他坐著，面無表情，臉上有一點口水，但他記住了這個肥油混蛋的名字，莫瑞堤，這個名字編進他的名單之中。

而他的名單還真夠長的。

他一開始先微微控制珊迪．麥當勞，他是不小心獵遊進到她的大腦裡的（他進入那個白癡護工大腦的程度更深，但探索那人的腦就跟去下城度假的感覺差不多）。布雷迪好幾次慫恿她走到窗邊，也就是讓她癲癇第一次發作的地方。通常她都只看窗外一眼，然後繼續工作，這點讓布雷迪很氣餒，但在二〇一二年六月的某一天，她的癲癇又輕微發作。布雷迪發現自己又能透過她的雙眼看世界了，但這次，他不只想坐在副駕駛座上看風景，這次，他想開車。

珊迪伸手撫摸自己的胸部，還用力捏了捏，布雷迪感受到珊迪雙腿之間有些動靜。他讓她有點興奮。有意思，但沒什麼用。

他考慮要不要讓她轉身走出病房，從走廊前往飲水機喝水，讓珊迪成為他的有機人體輪椅。只不過，如果有人跟他講話怎麼辦？他該說什麼？或者，要是離開閃爍的陽光讓珊迪恢復意識，開始尖叫說哈特斯菲爾在她腦子裡怎麼辦？他們會覺得她瘋了，請她離職。如果這樣，布雷迪就不能繼續控制她了。

他反而深挖進她的腦袋裡，看著一條條思緒魚游來閃去。現在這些魚變得更清晰了，但都沒什麼好玩的。

不過，有一隻……紅色的……

他一想到，魚就立刻出現在眼前，因為他逼她想起這件事。

紅色的大魚。

爸爸魚。

布雷迪伸手抓住這條魚，輕輕鬆鬆，他的身體已經差不多沒用了，但在珊迪的腦袋裡，他的身手就跟芭蕾舞者一樣靈活。這條爸爸魚在他女兒六到十一歲間不斷猥褻她，最後還幹了她。珊迪跟學校老師講，她爸因此遭到逮捕。保釋期間，老爸就自殺了。

布雷迪一開始只是想找點樂子，他開始在珊迪．麥當勞的水族箱裡放出他的魚，這是一條有毒的小河豚，在她的安放思緒的意識與潛意識之間的模糊地帶裡，加入一些誇張的成分。

是她讓他有機可趁的。

她其實很享受他的關注。

她必須為他的死負責。

從這個角度來看，那根本不是自殺。從這個角度來看，是她殺了他。

珊迪的身子猛力搖晃起來，雙手不斷在腦側拍打，然後轉頭離開窗邊。布雷迪感受到一陣噁心，天旋地轉的，她的意識將他噴射出來。她看著他，臉色蒼白錯愕。

「我猜我可能昏了一、兩秒。」她說，然後發出不安的笑聲。「但你不會打小報告，對不對？布雷迪？」

當然不會，之後，他發現進入她的大腦變得越來越輕鬆了。她不再需要看著陽光照在下面車輛的擋風玻璃上，她現在只要進入病房，他就可以進入她的頭腦之中。她開始消瘦，原本還有的一絲姿色，現在蕩然無存。有時，她的制服髒髒的，有時，她的絲襪破洞。布雷迪不斷植入深水炸彈：是妳讓他有機可趁的，妳很享受，妳要為他的死負責，妳不配活著。

見鬼了，這個消遣還真不錯。

有時醫院會得到一些免費的東西，二〇一二年九月的時候，醫院收到好幾部札皮遊戲機，要麼就是製造商提供，要麼就是從什麼慈善機構送來的。管理人員將東西送到小小的圖書館，圖書館位於不限宗教教派的禮拜堂旁邊。有位護工會負責拆包、檢查，覺得這些東西過時又愚蠢，於是塞進圖書館後方的架子上。十一月的時候，艾爾圖書館．布魯克斯就是在這找到遊戲機，還拿了一臺走。

艾爾喜歡其中幾個遊戲，好比說你得讓哈里安然通過地上的裂口跟毒蛇，但他最喜歡的還是「洞洞釣魚樂」，這個遊戲本身非常愚蠢，但示範畫面很不錯。他覺得別人會覺得好笑，但這遊戲對艾爾來說可不是開玩笑的。當他心情不好的時候（他哥哥會對他吼，因為他又忘記在星期四早上把垃圾拿去倒，或跟人在奧克拉荷馬市的女兒在電話裡吵架），這些緩緩游動的小魚兒以及背景音樂總能撫平他的情緒。有時，時間就這樣過去了，真是太神奇了。

在二〇一二年底、快到一三年的一天晚上，艾爾靈光一閃。二一七號病房的哈特斯菲爾沒辦法閱讀，對書跟音樂都沒興趣。如果有人把耳機戴在他頭上，他會用手抓，直到把耳機抓掉，好像他覺得受到限制一樣。他也許沒辦法操作札皮螢幕下方的幾顆小按鈕，但他可以看「洞洞釣魚樂」的示範動畫。也許他會喜歡，也許他會喜歡其他遊戲的示範畫面。如果他喜歡，也許其他的病人也會喜歡（替艾爾加分，他從來不把這些人當成植物人），也許這會是功德一件，因為幾位腦空部裡大腦受傷的病人偶爾會有暴力行為。如果起始畫面能夠讓他們冷靜下來，醫生、護士、護工甚至是清潔工，大家的日子都會好過一點。

他甚至還想到加薪，大概不太可能，但作作夢總可以吧。

二〇一二年十二月的那天午後，哈特斯菲爾唯一經常來看他的訪客前腳剛走，艾爾就走進了二一七號病房。那位訪客是名為霍吉斯的退休警探，就是他逮到哈特斯菲爾，但不是他打傷他的頭，損傷他的大腦。

霍吉斯的來訪會讓哈特斯菲爾心情不好。他走之後，二一七號病房都會有些動靜，淋浴間的水開開關關、廁所忽然打開又關上。這些事情護士都看在眼裡，確定是哈特斯菲爾所為，但巴比諾醫生認為這些都是無稽之談，說只有某些女人才會有這種歇斯底里的想法（不過腦空部裡其實還有男護士）。艾爾曉得這些傳言都是真的，因為他自己就親眼目睹過好幾回，而他覺得自己不是什麼歇斯底里的人。

恰好相反呢。

他有次難忘的經驗，他經過時，聽到哈特斯菲爾房內有聲音。他一開門，看到窗戶的百葉窗扭動個不停。這時霍吉斯也才剛離開。持續了三十秒，百葉窗才恢復平靜。

雖然艾爾不想傷和氣，他對每個人都保持友善的態度，但他其實覺得老威．霍吉斯的行為很不妥當。這人對哈特斯菲爾的狀態似乎幸災樂禍，還陶醉在其中。艾爾曉得哈特斯菲爾是個殺害許多無辜民眾的壞蛋，但這個人現在根本已經不存在了，這一切又有什麼意義呢？現在的哈特斯菲爾只是一副臭皮囊而已。所以，就算他能扭動百葉窗、讓水開開關關，那又怎樣呢？這種小事情根本傷不了人啊。

「哈特斯菲爾先生，你好。」十二月的某一晚，艾爾說：「我帶了一個東西給你，希望你喜歡。」

他打開札皮，點擊螢幕，打開「洞洞釣魚樂」的起始畫面。魚開始游來游去，音樂也開始播放。一如往常，艾爾覺得很舒心，花了點時間沉浸在感官享受之中。在他能夠轉身讓哈特斯菲爾欣賞畫面前，他發現自己在A棟大樓推著他的圖書館推車前進，這是醫院的另一區。

札皮不在他身上。

這件事應該會讓他心情不好，但沒有，看起來一點事也沒有。他有點累，似乎沒辦法好好集中注意力，除此之外，他都很好，很開心。他低頭看著左手，發現上頭有一個大大的Z字，這是用他放在上衣口袋裡的筆寫的。

他心想：Z代表Z男孩。然後大笑起來。

布雷迪並沒有決定要跳上艾爾圖書館的身體，這怪老頭低頭看手裡遊戲機的瞬間，布雷迪就進去了。在這圖書館傢伙的腦袋裡，布雷迪也沒有覺得自己是不請自來的感覺。現在，這是布雷迪的身體了，就跟他選擇要開哪輛車子一樣。

圖書館老傢伙的核心意識還存在於某個地方，但那只是無害的運轉聲，很像冷天時地下室的暖氣爐。不過，他卻能進入艾爾文．布魯克斯的所有記憶及儲存知識。知識還真不少，因為他在五十八歲退休前，是一名全職電工，那時的他不是艾爾圖書館，而是閃電布魯克斯。如果布雷迪想要接電路，現在他可輕鬆完成，雖然他曉得這項能力在他回到自己體內後就不復存在。

想到他的身體讓他警覺了起來，他在倒地男子身旁彎腰查看。這人眼睛半閉，只有露出眼白。舌頭從嘴角吐出來。布雷迪把一隻粗糙的手放在布雷迪的胸膛上，感受到緩慢的起伏。這樣還活著，還好，但老天啊，他看起來真恐怖，根本就是皮包骨。這一切都是霍吉斯害的。

他離開病房，在醫院裡逛，感覺到無與倫比的愉快。他對每個人微笑，他就是忍不住。在珊迪．麥當勞體內時，他很怕出事，他還是怕，但沒有那麼怕了。這樣比較好。他把艾爾圖書館當成緊緊的手套一樣戴起來。當他經過A棟的清潔組長安娜．科瑞身邊時，他問她丈夫的放射線治療進行得如何？身體耐得住嗎？她告訴他，艾利斯很好，一切都很周詳，謝謝他關心。

到了大廳，他把推車停在男廁外頭，走了進去，坐在馬桶上，開始研究札皮遊戲機。他一看到游來游去的魚，他就明白剛剛發生了什麼事。研發這個遊戲的白癡也不小心打造出了催眠的效果。不是每個人都會受到影響，但布雷迪曉得不少人會受到影響，也不限制於好比說珊迪．麥當勞這種本來就有輕微癲癇的人。

在他的地下室控制中心裡，他曾讀到，某些電玩遊戲跟電子遊戲機會對正常人觸發癲癇，或輕微的催眠效果，因此製造商會在說明書上加上警語（但字很小）：請勿長時間觀看；請距離螢幕十公尺以上；若有癲癇病史，請勿使用本產品。

這樣的效果也不僅限於電玩遊戲。寶可夢卡通系列至少有一集被禁，因為上千名孩童抱怨看了以後頭痛、眼花、想吐，還有癲癇的狀況發生。大家相信是因為這集卡通裡有一幕，許多飛彈一起發射，因此引發的頻閃效應。游來游去的魚跟音樂的組合也有同樣效果，布雷迪很訝異這個製造札皮的公司沒有收到排山倒海來的客訴。他後來才曉得，的確有幾件客訴，但沒有很多。他相信原因有二，第一，愚蠢的「洞洞釣魚樂」遊戲本身沒有這個效果，第二，一開始會去買這種遊戲機的人就已經不多了。用科技業的行話來說，這遊戲機根本是磚頭啊。

「穿著」艾爾圖書館身體的人推著推車回到二一七號病房，把札皮放在床邊的桌子上，當然晚點要繼續研究、思考。然後，布雷迪（毫無懸念地）離開了艾爾．布魯克斯的身體。他感受到短暫的暈眩，然後他發現自己現在必須抬頭看，而不是低頭看。他很好奇接下來會發生什麼事。

首先，艾爾圖書館站在那邊，好像是件人形家具。布雷迪伸出他那隻看不見的左手，拍拍對方的臉。然後，他用自己心智接觸艾爾的心智，期待艾爾對他大吼大叫，就跟麥當勞護士離開神遊狀態的時候一樣。

但這扇門徹底敞開。

艾爾的核心意識回來了，但似乎沒有之前那麼飽滿。布雷迪懷疑自己的存在可能多少殘害了艾爾的意識，但那又怎樣？喝酒喝多的人也會殺死腦細胞啊，但人類有很多腦細胞，沒在怕的。對艾爾來說也是一樣，至少現在是這樣啦。

布雷迪看著他在艾爾手上寫下的Z字，沒有原因，只因為他辦得到，然後開口說話。

「欸，那個，Z男孩。你現在可以走了，出去了。去A棟。你不會講出去吧？」

「講什麼？」艾爾一臉茫然地問。

布雷迪做出點頭的動作，露出看似微笑的神情。他已經準備好再次成為艾爾了。艾爾的身體老歸老，但至少運作正常啊。

「這就對了。」他告訴Z男孩：「講什麼呢！」

二〇一二過去，二〇一三到來，布雷迪對增強念力肌肉變得興趣缺缺。沒必要啊，他現在有艾爾了。每次他進到艾爾體內，他的掌控就變得更強，他駕馭得更好。他控制艾爾就跟軍方用來監控阿富汗毛巾頭的無人機一樣精準……然後還要替老大朝活人扔炸彈。

太美了，超美的。

有次，他讓Z男孩給那退休警察看札皮，希望霍吉斯也迷上「洞洞釣魚樂」的起始畫面。能夠進入霍吉斯的大腦就太棒了。布雷迪認為進去第一件事就是拿鉛筆戳瞎退休警探的雙眼，但霍吉斯只有瞥了螢幕一眼，就把東西還給艾爾圖書館。

布雷迪後來又試了一次，這次的實驗對象是物理治療師丹妮絲·伍茲，她每週會來兩次，在他房裡活動他的四肢。Z男孩把遊戲機交給她，她看魚的時間稍微比霍吉斯長一點。有些改變，但不夠強烈。想要進入她的大腦有如推擠一片厚實的橡膠膜一樣，會屈服，足以讓他一窺她用炒蛋餵食坐在高腳椅上的小兒子，但後來，她的意識就把布雷迪給推了出去。

她把札皮還給Z男孩，說：「你說得沒錯，這些魚很漂亮。艾爾，現在你為什麼不去外面繼續發送書本呢？讓我跟布雷迪好好運動運動他無力的雙腿，好嗎？」

原來是這樣，他沒辦法跟進入艾爾一樣，立刻進入其他人的腦袋裡，稍微想一下，布雷迪就明白了。艾爾已經具備了「洞洞釣魚樂」示範畫面的認知，他在把札皮拿來給布雷迪之前，自己就已經看過很多遍。這就是結果不同的關鍵點，讓人失望透頂。布雷迪本來還幻想會有好幾臺無人機讓他自由選擇，不可能了，除非有辦法重新改造札皮，增強催眠效果。也許還是有辦法？

布雷迪，這個一輩子都在改造東西的人，譬如工具一號跟工具二號，他相信的確有辦法。札皮遊戲機本身有無線網路，無線網路是駭客的好朋友。好比說，他可以用程式加上什麼閃光進去？類似頻閃效應，類似那些小鬼暴露在寶可夢卡通施放飛彈那一幕，害人頭痛的效果？

頻閃效應也能達成其他目的。布雷迪在社區大學選了一堂「編算未來」的課（這是在他輟學之前的事），課堂上指派閱讀一篇很長的中情局報告，這是一九九五年出版的，在九一一事件後沒多久就取消機密等級的文件，標題是「潛意識感知的操作潛力」，裡頭解釋了電腦如何編寫程式，把訊息快速傳送到大腦，速度之快，大腦不會發現這是外來訊息，以為是原本的認知思維。假設他能將「好好睡覺」這種訊息內嵌在頻閃效應裡？舉例啦，或是很簡單的「放鬆」。布雷迪思考了一下，加上示範畫面原本具有的催眠效果，這樣的組合可能就很厲害了。當然他可能想錯了，但他願意拿自己那隻已經沒什麼屁用的右手來打賭。

他懷疑他沒有機會驗證這件事的可行性，因為現存兩個無法克服的問題。一、他必須讓對方看著示範畫面夠久，才會產生催眠效果。第二個問題比較基本，他該如何改造這些東西啦？他沒有電腦可以用，就算有，又有什麼用呢？他連他的屁鞋帶都綁不起來！他考慮要不要靠Z男孩，但他立刻刪掉這個選項。艾爾．布魯克斯跟他哥哥還有哥哥的家人住在一起，要是艾爾忽然出現進階的電腦知識與技巧，肯定會啟人疑竇。特別是，現在大家對艾爾已經充滿疑問了，他是健忘，不是奇怪啦。布雷迪猜測，大家會以為艾爾老年癡呆了，這點跟事實也相差不遠。

說到底，Z男孩額外的腦細胞似乎也要消耗完畢了。

布雷迪憂鬱了起來。他又抵達那個他很熟悉的心情，當他所有充滿創意的點子一頭栽進灰色的現實時，他就會抵達這個點。他的「倫拉吸塵器」、「電腦輔助倒車裝置」、「機動化程控電視遙控器」都讓他體驗過這種心情，這些東西原本應該要對居家保障產生革命性的進步。結果呢？他美好的靈感到頭來都是一場空。

不過，他還是有一臺人類無人機可以用，在一次霍吉斯讓他特別生氣的造訪後，布雷迪決定派出無人機讓自己開心一點。Z男孩受命出動，先去醫院附近的網咖，在電腦前坐了五分鐘後（能夠再次坐在螢幕前面讓布雷迪欣喜若狂），他查到安東尼．莫瑞堤住在哪裡，這傢伙就是揍人子孫袋的肥油混蛋。離開網咖後，布雷迪帶著Z男孩的身體，前往軍人用品店買了一把獵刀。

隔天，當安東尼．莫瑞堤出門時，他發現門口踩墊上有一條四肢伏地的死狗，喉嚨遭到劃開。在他車子擋風玻璃上，用狗血寫著的是：「下次就是你妻小」。

做這件事，或說能夠做這件事，讓布雷迪非常愉快。他心想：不是不報，我就是你的現世報。他偶爾會幻想派出Z男孩去找霍吉斯，朝他肚子開槍。能夠站在退休警探旁邊，看著他打顫、哀號，生命在他指尖流逝！

感覺一定超棒，但布雷迪會因此失去他的無人機，艾爾遭到逮捕以後，一定會把矛頭指向他。而且，還沒完呢，這點重要多了，這樣不夠啊。霍吉斯欠他的可不只打進肚皮裡的子彈跟受苦的十到十五分鐘而已，不只、不只！霍吉斯必須活下來，用在他頭上罩著灌滿內疚的毒氣，讓他慢慢呼吸有毒的氣體，逃也逃不了。直到他最後受不了，直到他自殺。

在美好的昔日裡，這是他原本的計畫。

布雷迪心想：沒輒，辦不到了。我有Z男孩，如果事情繼續往這個方向前進，Z男孩會是我活動棲身之所，而我也可以用我的幻肢攪動百葉窗，但就只能這樣了。

不過，就在二〇一三年的夏天，籠罩他的黑暗恐懼裡忽然透照出一線光明。他有訪客，真正的訪客，不是霍吉斯，也不是檢察官辦公室派來的西裝男，看看他是不是奇蹟似地改善，可以為多項重罪站上被告席，第一項需要討回正義的罪行會是市中心的八條人命，蓄意謀殺。

傳來一陣敷衍的敲門聲，貝琪．罕明頓探頭進來。「布雷迪，有位年輕小姐來看你。她說她之前跟你是同事，她帶了禮物來。想見她嗎？」

布雷迪只想得到一個人。他考慮拒絕，但他的好奇心跟怨恨一起高漲（也許是一樣的東西呢）。他懶懶地點了點頭，還努力把頭髮從眼睛前面撥開。

他的訪客怯生生地走了進來，彷彿地上埋了地雷一樣。她穿了一件洋裝。布雷迪從來沒有見過她穿洋裝過，甚至懷疑她有沒有這種衣服。不過，她的頭髮還是貼著頭皮的短髮，很像半吊子的平頭，他們在超值電器大賣場共事到府維修的業務時，她就是這副模樣，而她的胸部依舊平坦。他想到一個笑話：如果奶小是種強項，那卡麥蓉．迪亞茲就可以紅上一萬年。不過，這位訪客在她坑坑疤疤的臉上上了粉（神奇），甚至還擦了點口紅（更神奇）。她一隻手上拿著一個包裝起來的盒子。

「嘿，老兄。」佛萊迪．林克萊特用罕見的害羞口吻講話：「你好嗎？」

這句話啟開了各種可能性。

布雷迪努力露出最燦爛的笑容。

# 爛演唱會網站

## 1

珂拉．巴比諾用字母印花的毛巾擦了擦後頸，對著地下室健身房的監視器畫面皺起眉頭。她要在跑步機上跑十公里，現在只跑了六公里，她不喜歡別人打擾，而那個怪胎又回來了。

門鈴發出叮咚聲，她等著樓上傳來丈夫的腳步聲，但她什麼也沒聽見。螢幕上頭，那個穿著破爛大外套的人就站在那裡，看起來實在很像你會在十字路口見到的遊民，手上拿著紙板，寫著：「餓了，失業，退伍軍人，請幫幫我」。

「該死。」她咕噥著說，然後停下跑步機。她上了樓，打開通往房屋後方走道的門，大喊：「菲利斯！你的怪胎朋友艾爾來了！」

沒回應。他又在書房了，大概又看著他最近愛上的那個遊戲機。她在鄉村俱樂部跟朋友提到菲利斯的奇怪新嗜好的時候，她只覺得好笑，現在她卻笑不出來了。他六十三歲，這年紀玩小孩子的電動也太老了，但沒老到這麼健忘吧？她懷疑丈夫是不是得了什麼早發性的阿茲海默症。她也想到，菲利斯的怪胎朋友是不是什麼毒犯，但那傢伙年紀都這麼大了，還搞這套會不會有點說不過去？再說，如果她老公要嗑藥，他自己就有管道，根據他的說法，金納醫院的醫生至少一半都有藥癮。

叮咚，門鈴響了。

「真是要命的老天爺。」她說，然後自己走去應門，每走一步，火氣就上升一點。她是個高瘦的女人，健身到女人的體態蕩然無存。她打高爾夫球曬出來的黝黑皮膚到了深冬還看得見，只是轉變成黃色，讓人家以為她可能有長期肝病。

她打開家門，一月夜晚的冷風颳了進來，吹涼了她汗濕的臉頰與手臂。「我覺得我應該要知道你是哪位才對。」她說：「還有你跟我丈夫都在一起做什麼？這樣會要求太多嗎？」

「巴比諾太太，一點也不。」他說：「有時我是艾爾，有時我是Z男孩，但今晚我是布雷迪，而且啊而且，出來透透氣感覺實在太棒了，雖然今晚這麼冷。」

她低頭看著他的手，問：「那罐子裡是什麼？」

「結束妳問題的東西。」身穿貼膠帶大外套的男子如是說，然後是悶悶的「砰」一聲。汽水瓶的底部爆裂開來，還有鋼絲絨焦黑的碎屑，飄浮在空中的模樣好像毛茸茸的乳草種子。珂拉感覺到有東西重擊她袖珍的左胸，心想：這怪胎打了我一拳？她想要呼吸，卻吸不到氣。她的胸膛好奇怪，沒有起伏，溫暖的感覺從她運動服的彈性上衣上擴散開來。她一邊想要努力呼吸，一邊低頭看，看到藍色尼龍布料滲出液體的痕跡來。

她抬頭，看著門口的怪人。他拿著瓶子剩下的地方，好像是握著一份禮物一樣，這份禮物是為了彌補在晚上八點不請自來出現在別人家門口。從底部冒出來的鋼絲絨好像烤焦的胸花，她終於喘了一口氣，但她吸到的大都是液體。她咳嗽起來，也開始吐血。

身穿大外套的男人走進屋裡，在身後用力甩上大門。他扔下罐子，然後推了她一把。她往後跌，撞倒衣帽鉤旁邊桌上的裝飾花瓶，她倒在地上。花瓶跟炸彈一樣，在硬木地板上碎裂開來。她又吸了口滿是液體的氣，心想：我要淹死了，我要在自家門廳淹死了，然後又咳出一口紅色的血沫。

「珂拉？」巴比諾從自家深處喊道。他的口氣聽起來彷彿剛睡醒。「珂拉，妳還好嗎？」

布雷迪抬起艾爾圖書館的腳，小心翼翼用艾爾圖書館穿著厚重黑色工作鞋瞄準珂拉．巴比諾的乾瘦喉嚨的緊繃筋腱。她噴出更多血，她被陽光曬到變色的臉現在沾上了點點鮮血。他用力踏下去，傳來她體內某個東西斷掉的聲音。她的眼睛張得好大

……好大……然後呆滯了起來。

布雷迪用可以說是充滿感情的語氣說：「妳很堅強。」

門開了。穿著拖鞋的人跑了過來，巴比諾出現了。他穿了一件誇張的休．海夫納風格絲質睡衣袍。他通常都引以為傲的銀白色頭髮現在亂七八糟的，原本只是冒出頭的鬍碴，現在都快要長出鬍子來了。握在他手裡的是綠色的札皮遊戲機，持續傳出的是「洞洞釣魚樂」的音樂：在海邊，在海邊，在美麗的海邊。他低頭看到妻子倒在門口地上。

「她再也不用運動囉。」布雷迪用同樣充滿溫柔的口氣說話。

「你幹了什麼好事！」巴比諾尖叫起來，彷彿這樣還不夠明顯似的。他跑去珂拉身邊，想要跪下去，但布雷迪扣住他的腋下，把他向上拉。艾爾圖書館雖然不是健美先生，但這副身體還是比二一七號病房裡的廢皮囊強壯。

「沒時間搞這個了。」布雷迪說：「羅賓森小妞還活著，害得我們必須改變計畫了。」

巴比諾瞪著他，想要釐清頭緒，但他的頭腦很混亂。他那原本精明的腦袋現在是一團糨糊，而且都是這個人的錯。

「看看魚吧。」布雷迪說：「你看你的魚，我看我的魚。我們感覺都會好一點。」

「不。」巴比諾說，但他想看，他每一分、每一秒都想看，但他很怕。布雷迪想把自己的心

智當成什麼奇怪的液體，灌進巴比諾的腦袋裡，每次這種事發生之後，回到身體裡的巴比諾，他的核心心智就多耗損一點。

「對。」布雷迪說：「今晚你必須是Z醫生。」

「我拒絕！」

「你沒立場拒絕。問題馬上得解決。警察很快就會趕來，也許是霍吉斯，這樣更不妙。他不會宣讀你的權利，他只會用他那自製的襪子兇器揍你。因為他是個可惡的王八羔子。因為你說得沒錯，他的確知道了。」

「我不要……我不能……」巴比諾低頭看著妻子。噢，老天，她的眼睛，她的眼睛睜得好大。「警察才不會相信……我是受人景仰的醫生！我們結婚三十五年了！」

「霍吉斯會相信，而當霍吉斯牙齒一咬，他就會變身成他媽的超級執法悍將。他會讓羅賓森小姑娘看你的照片。她會看著你的照片說，噢，對，沒錯，這就是在大賣場給我札皮遊戲機的人。而你的確給了她一臺遊戲機，也許也拿了一臺送給珍妮絲．艾樂頓。哎呀，忘了，還有史卡培利！」

巴比諾愣看著，想要理解這場災難。

「還有你給我下的藥。霍吉斯可能已經知道囉，因為拿錢收買人心是他的強項啊，而腦空部裡幾乎每個護士都曉得你給我下藥。這是公開的秘密，因為你根本沒有掩飾。」布雷迪哀傷地搖搖艾爾的腦袋。「你太驕傲了。」

「那是維生素！」巴比諾只擠得出這句話。

「只要警察拿著傳票搜你的資料跟電腦，他們就不會相信你的說法了。」布雷迪低頭看著珂拉．巴比諾四肢攤開的屍體，說：「現在再加上你老婆。你要怎麼解釋啊？」

「真希望他們送你來醫院前，你就死了！」巴比諾如是說，他的音調提高了，聽起來像是哀號。「或死在手術臺上！你這個科學怪人！」

「還不是要怪一手打造科學怪人的人。」布雷迪說，儘管他並不覺得他現在的狀態能歸功於巴比諾的創生部門。巴比諾的實驗性藥物也許跟他發展出來的新能力有關，但讓他復原的可不是這些藥，他很確定他的復原全憑自己的意志力。「而且，我們還要出門拜訪某人，我們可不想遲到。」

「去找那個像男人的女人。」有個專門的詞在講這種人，但巴比諾現在忘記了，他本來知道的。就跟那個人的名字一樣，就跟他的晚餐內容一樣。每次布雷迪進入他的大腦，離開時也會帶走一部分的他，巴比諾的記憶、巴比諾的知識、巴比諾的自我。

「沒錯，那個像男人的女人，或用她的性偏好來說，學名是沒有小雞雞的男人。」

「不。」哀號成了氣若游絲的低語。「我要留在這裡。」

布雷迪舉起手槍，槍口從爆裂之後的自製滅音器裡露了出來。「如果你覺得我需要你，你真的是鑄下人生大錯。而且是最後一次犯錯。」

巴比諾沒有說話，這是場噩夢，他很快就可以醒來。

「快點，不然明天管家上工時，就會看到你死在你太太旁邊，入侵事件的不幸犧牲者。我寧可用Z醫生的身分結束這件事，你的身體比布魯克斯年輕十歲，體態也不錯，但我是不會手軟的。再說，讓你獨自面對科米特．霍吉斯，我也太過分了。他是個糟糕的人，菲利斯，你根本不懂他。」

巴比諾看著身穿黏補大外套的老人，卻從艾爾圖書館濕濕的藍色雙眼裡看到哈特斯菲爾。巴比諾嘴唇顫抖，口沫橫飛。淚水在他眼眶裡打轉。布雷迪看到醫生的白髮全豎了起來，看起來很像愛因斯坦跟他那張知名的吐舌照片一樣。

「我怎麼會捲進這場渾水？」他呻吟著說。

「就跟每個人參與所有的事情一樣。」布雷迪溫柔地說：「一次走一步。」

「你為什麼非得去弄那個女孩？」巴比諾崩潰地說。

「那是個錯誤。」布雷迪說。坦承比說出事實簡單，事實是，他實在迫不及待。他想在其他受害者出現、分散焦點前，先收拾黑人除草小弟的妹妹。「現在不要再鬼混了，快點看著小魚兒。你知道你好想看啊。」

他的確想看，這樣最糟糕。儘管巴比諾現在明白了一切，他就是想看。

他盯著魚兒悠游。

他聽著遊戲音樂。

不一會兒，他走進臥房穿衣服，從保險箱裡拿出鈔票。他離開前，又去了另一個地方。浴室醫藥櫃裡擺得滿滿的，無論是她那一側，還是他那一側都一樣。

他開走了巴比諾的ＢＭＷ，暫時留下老舊的 Malibu。他也拋下了躺在沙發上熟睡的艾爾圖書館。

## 2

就在珂拉．巴比諾這輩子最後一次打開自家大門的當兒，霍吉斯坐在史考特一家位於美善地的客廳裡，美善地跟羅賓森家所在的冬青街只距離一個街區。下車前，他吞了兩片止痛藥，說起來，他感覺還不差。

迪娜．史考特坐在沙發上，父母分別坐在她的左右兩側。她看起來年紀超過十五歲，因為她最近在北側高中進行話劇排練，戲劇社接下來會公演音樂劇《夢幻愛程》。安妲．史考特告訴霍吉斯，迪娜飾演的是路易莎，令人垂延三尺的角色（這話讓迪娜翻了個白眼）。霍吉斯坐在他們對面的La-Z-Boy休閒椅上，這張椅子跟他家客廳那張很像。從表皮磨損的狀況看來，他推測卡爾．史考特平常晚上都坐這張椅子。

擺在沙發前方茶几上的是一臺亮綠色的札皮遊戲機。迪娜快手快腳從房間把東西拿出來，霍吉斯進一步推測，遊戲機肯定沒有埋在她衣櫥的運動裝備之下，也沒有扔在床上積灰的兔寶寶玩偶之間，更沒有遺落在學校置物櫃裡。不，遊戲機就擺在她順手可以取得的地方。這意味著無論這東西老派與否，她還是會玩。

「我是應芭芭拉．羅賓森的要求來的。」他告訴他們：「她今天被卡車撞了——」

「我滴天啊。」迪娜說，一隻手蓋在嘴上。

「她沒事。」霍吉斯說：「只斷了條腿。他們請她住院一晚觀察，但明天就可以回家，差不多下禮拜就可以回去上課了。如果現在小孩還來這招的話，妳可以在她的石膏上簽名。」

安妲用手攬著女兒的肩膀，問：「這跟迪娜的遊戲機有什麼關係？」

「這個嘛，芭芭拉也有一臺，這東西電到她了。」根據霍吉斯在路上聽荷莉解釋的狀況，這種說法與事實相差不遠。「她當時正要過馬路，忽然就失去方向，車子開了過來。有個男孩把她推開，不然結果可能更糟。」

「老天。」卡爾說。

霍吉斯靠向前來，面對迪娜。「我不曉得還有多少故障的裝置，但從芭芭拉還有其他幾件我們所掌握到的案子，我們得知有些機器的確有問題。」

「好好學一課。」卡爾對他女兒說：「下次有人告訴妳什麼東西是免費的，妳最好小心點。」

這話也引發了青少年的白眼，風格跟之前的白眼不太一樣。

「我很好奇。」霍吉斯說：「妳一開始是在哪裡得到遊戲機的？有點神秘，因為札皮公司沒有賣出多少臺。他們垮臺的時候，另一間公司買下他們，但這間公司也在兩年前的四月時宣告破產。你們可能會想，他們扣住札皮遊戲機重新上市，換點現金來——」

「或直接銷毀。」卡爾說：「你知道，賣不出去的平裝本小說都是這個下場。」

「這點我的確注意到了。」霍吉斯說：「請告訴我，迪娜，妳是怎麼得到遊戲機的？」

「我在網路上得到的。」她說：「我不會惹麻煩，對不對？我是說，我不知道，但爹地說無知不是犯法的藉口。」

「妳完全沒有惹麻煩。」霍吉斯向她保證。「那是什麼網站？」

「那個網站叫『爛演唱會』。我排戲的時候，接到老媽的電話說你要來，我就先上網看一下，但那網站已經撤掉了。我猜他們已經發完了所有的遊戲機。」

「或者他們曉得遊戲機有問題，偷偷捲舖蓋閃人了。」安姬．史考特看起來很陰鬱。

「不過這個觸電的狀況有多嚴重？」卡爾說：「娜娜從她房裡把東西拿出來之後，我拆開來看了一下，後面有四顆三號充電電池而已。」

「那玩意兒我不懂。」霍吉斯如是說。雖然吃了止痛藥，但他的肚子又痛了起來。問題不在他的肚子，而是肚子左側那個只有十五公分長的器官在鬧脾氣。在他與諾瑪．威莫見面後，他花了點時間查詢胰臟癌病人的存活機率，其中只有百分之六的人能夠撐到五年。這實在不是什麼令人開心的消息。「我到現在還搞不定重新設定我的 iPhone 訊息通知聲，所以沒事就會嚇到無辜的路人。」

「我可以幫你設定。」迪娜說：「簡單得很，我用的是『起笑蛙』的歌。」

「先跟我說說那網站的事。」

「有則推文，好唄？學校有人跟我說的，在很多社交媒體網站上都有人轉，臉書……Pinterest……Google Plus……你知道那些東西的。」

霍吉斯不懂，但他還是點點頭。

「我不記得實際的推文寫了什麼，但差不多是這樣。因為他們只能寫一百四十個字元，這你瞭吧？」

「當然。」霍吉斯如是說，但他根本不瞭「推文」是什麼。他的左手默默爬上發疼的腹部左側，把手壓在痛點上面。

「這個推文說……」迪娜閉上眼睛。這招真的很有戲劇效果，但當然啦，她才剛從話劇社的彩排回家嘛。「壞消息，某個瘋子害『在這裡』的演唱會取消了。想聽點好消息嗎？順便得到免費贈品？快來『爛演唱會網站』。」她睜開眼睛。「不是一模一樣，但你懂差不多是這意思。」

「我的確懂。」他在筆記本上寫下這個網站的名字。「所以妳去這個網站……」

「對，很多人都上這個網站，還滿好玩的。上頭有一個『在這裡』前幾年表演他們暢銷歌曲《遊樂園之吻》的影片，唱了二十秒以後，會有爆炸聲，跟一個很難聽的聲音說，『噢，可惡，演唱會取消了』。」

「我不覺得這好玩。」安姬說：「妳可能會死掉。」

「肯定不只這樣吧。」霍吉斯說。

「沒錯，網站上說那次演唱會有兩千人，很多小孩都是第一次看演唱會，他們一輩子的人生經驗就這麼毀了。不過呢，他們用的不是『毀了』這種字眼。」

「親愛的，意思有傳達到就好。」

「然後他們說『在這裡』的贊助商收到很多札皮遊戲機，他們想要免費贈送，你知道，有點像是補償演唱會取消。」

「就算演唱會是快六年前的事？」安姬露出不可置信的神情。

「對，仔細想想還真夠怪的。」

「但妳想都沒動腦。」卡爾說。

迪娜聳聳肩，露出任性的神情。「我有動腦，但看起來沒什麼問題。」

「這話真適合當遺言。」她老爸說。

「所以妳就……怎樣？」霍吉斯問：「把妳的姓名住址寫在電子郵件裡傳過去？」他指著札皮。

「這裡有點複雜。」迪娜說：「你必須，有點像是，能證明你真的在場。所以我去找小芭她媽，你知道，譚雅。」

「為什麼？」

「寄信過去？」

「跟她要照片。我知道我有拍，但就是找不到。」

「她那個房間啊。」安姬如是說，這次換老媽翻白眼。

霍吉斯的左側開始緩慢規律地抽痛。「迪娜，那是什麼照片？」

「噢，就是譚雅，她不介意我們這樣叫她，她幫我們拍的照片，在演唱會上，懂嗎？有我、小芭、希爾妲．卡佛還有貝西。」

「貝西是……？」

「貝西．德惠特。」安姬說：「那次的協議是，抽籤輸了的母親帶她們去看演唱會。譚雅輸了，她開吉妮．卡佛的休旅車出門，因為那是最大臺的車。」

霍吉斯點點頭，表示明白。

「所以，總之，我們到了。」迪娜說：「譚雅替我們拍照。我們一定要拍照，聽起來很蠢，我猜啦，但因為我們只是小孩子。我現在喜歡『門多薩底線』（Mendoza Line）跟丹麥獨立搖滾樂團『芮文奈特』（Raveonettes），但那個時候，『在這裡』真的是我們的心頭好。特別是主唱坎姆。譚雅用我們的手機拍照，還是用她的？我記不得了，但她確保我們每個人都有照片可以留念。只是我找不到我的照片。」

「妳必須傳照片去那個網站，證明妳有去演唱會。」

「對，傳電郵去。我原本擔心那個照片只有拍到我們站在卡佛太太的車子前面，這樣不算，但後面還有兩張，背景有拍到冥果禮堂，大家都排排站。我以為這樣也不行，因為沒有拍到樂團的名字，但他們接受，一個禮拜後我就收到寄來的札皮遊戲機。裝在一個好大的鼓鼓信封裡。」

「寄件人地址是在哪裡？」

「嗯哼，我記不得郵政信箱的號碼，但寄件人是日出方案。我猜他們可能是演唱會的贊助商。」

霍吉斯心想：是有這個可能，那時日出方案還沒破產，但他抱持懷疑的態度。「是從城裡寄出來的嗎？」

「我不記得了。」

「我記得很清楚的確是從城裡寄的。」安姬說：「我在地上撿到信封，拿去丟。你知道，我是這個家的法國女傭。」她瞪了女兒一眼。

「歹勢啦。」迪娜說。

霍吉斯在筆記本上寫下「日出方案在紐約，但包裹從城裡寄出」。

「迪娜，這是什麼時候的事？」

「我是去年聽說這個網站、上去看的。我不記得確切的時間點，但我知道是在感恩節假期之前。我說過了，東西很快就來了。我還滿訝異的。」

「所以妳差不多已經玩了兩個月了？」

「對。」

「沒有觸電？」

「沒有，沒有那種狀況。」

「妳在玩……好比說，這個『洞洞釣魚樂』的時候有沒有什麼不舒服的狀況。妳會不會不小心就迷失了，沒注意到時間？」

史考特夫婦對於這個問題緊張了起來，但迪娜對霍吉斯露出燦爛的微笑。「你是說像被催眠嗎？天靈靈、地靈靈，眼睛花花，眼角鏘鏘？」

「我不懂這是什麼意思，但假設就是妳說的這樣。」

「沒有。」迪娜愉快地說：「再說『洞洞釣魚樂』滿蠢的，是給小孩子玩的。你要用數字鍵旁邊的『樂樂釣魚棒』操作這個漁夫小喬的魚網，懂嗎？抓到魚就會有分數，但這也太簡單了。我開這個遊戲只是為了找上面有數字的粉紅色魚。」

「數字？」

「對，有封信跟遊戲機一起寄來，我把信釘在我的公告欄上，因為我真的很想贏得那輛車。想看嗎？」

「當然。」

當她跳上樓去拿信的時候，霍吉斯借用了洗手間。一進去，他就解開襯衫鈕釦，看著左側疼痛顫動的身體，好像有點腫，摸起來有點燙，但他覺得這可能是他的幻想。他沖了馬桶，又吞了兩顆止痛藥。他問自己腫痛的左側腹部：可以了嗎？你可以乖乖等我結束手邊的事情嗎？可以嗎？

迪娜把臉上大部分的舞臺妝都擦掉了，現在霍吉斯才比較好想像她跟其他三個女孩九歲、十歲的時候，因為要去看人生的第一場演唱會，跟微波爐裡的墨西哥跳豆一樣興奮地跳個不停。她把跟著遊戲機一起寄來的信交給霍吉斯。

文件上方有一個東升的旭日，還有「日出方案」的字樣以弧形的方式呈現，跟想像相差不遠，只是看起來不像任何霍吉斯見過的公司商標。看起來很怪，很不專業，好像一開始這個商標是手畫的一樣。這是制式信，插入女孩的名字，看起來比較親密。是說這年頭還有誰會上當？霍吉斯心想，就連保險公司大量寄發的信件跟專門承攬車禍官司的律師現在都能給人親密感了。

親愛的迪娜．史考特：

恭喜！希望你喜歡札皮遊戲機，內建六十五種有趣、具有挑戰性的遊戲。還能連結無線網路，讓你造訪你最愛的網站，歡迎加入「日出讀者圈」，下載書籍閱讀！為了補償取消的演唱會，這是**免費贈品**，希望你能多跟朋友分享你美好的札皮經驗。還沒完喔！記得欣賞「洞洞釣魚樂」的示範動畫，持續點擊粉紅色的魚，因為誰知道哪天你會按到牠們變成數字！如果點擊的魚組合成以下數字，你就能**贏得大獎**！但數字只會短暫出現，所以**持續觀賞**！記得造訪「Z代表結束」網站，跟同好在「札皮俱樂部」一起交流，如果你運氣夠好，你就能在網站上領到大獎！日出方案全體員工及札皮團隊再次感謝！

接著是一個看不清楚在簽什麼的簽名，根本鬼畫符。下面印著：

迪娜．史考特的幸運號碼：

一〇三四：大尺碼服飾購物網的二十五美金消費額度

一七八一：電玩遊戲網四十美金禮物卡

一九四六：卡麥克連鎖院線電影院五十美金消費額度

七四五九：流線五十CC的摩托車（最大獎）

「妳還真的相信這狗屁？」卡爾．史考特問。

雖然他問話時臉上掛著笑容，但迪娜淚眼汪汪。「對，我就是笨，快罵我啊。」

卡爾抱了她一下，吻了吻她的太陽穴，說：「妳知道嗎？我在妳這年紀可能也會上當。」

「妳看過『釣魚洞洞樂』嗎？」霍吉斯問。

「有，一天看一、兩次。追粉紅色的魚比遊戲本身還難，因為牠們速度很快。必須要專心看。」

霍吉斯心想：當然啦。他越來越不喜歡這一切了。「但沒看到數字？」

「目前還沒。」

「我可以帶走嗎？」霍吉斯指了指札皮。他考慮要不要告訴她，之後會還她，但他懷疑大概沒有這一天了。「還有信件？」

「一個條件。」她說。

疼痛稍微減輕了，霍吉斯露出微笑。「孩子，說吧。」

「持續點粉紅色的魚，如果我的號碼出現，獎品歸我。」

「就這麼說定。」霍吉斯說，心想：迪娜，我相信有人要送妳一份禮物，但我很懷疑那禮物會是什麼輕型摩托車或電影院額度。他拿了札皮跟信件，隨後起身。「我非常感謝各位撥冗相談。」

「歡迎。」卡爾說：「等你搞清楚這是怎麼回事之後，可以再跟我們說一聲嗎？」

「沒問題。」霍吉斯說：「迪娜，最後一個問題。如果我聽起來很蠢，請記住我已經快七十歲了。」

她面露微笑，說：「在學校，莫頓老師說，所謂的蠢問題——」

「就是沒問出口的問題，沒錯，我也是這樣想的，所以我要問了。北側高中的學生都曉得這件事，對不對？免費遊戲機、『釣魚洞洞樂』，還有獎品？」

「不只是我們學校，所有的學校都知道。推特、臉書、Pinterest、Yik Yak……他們就是這樣操作的。」

「只要能夠證明出席演唱會，就有資格得到這個遊戲機。」

「嗯哼。」

「那貝西．德惠特呢？她有拿到嗎？」

迪娜皺起眉頭。「沒有，說來有點好笑，因為她還有那晚的照片，她寄了一張去那個網站，但因為她動作太慢，她真的很會拖拖拉拉，所以可能就送完了。如果動作太慢，就來不及之類的。」

霍吉斯再次感謝史考特一家人，也祝福迪娜演出順利，然後走回車上。當他經過車尾時，氣溫已經冷到他都能看到自己的氣息。疼痛感又出現了，四次重重的陣痛。他等著痛楚過去，咬緊牙關，想要告訴自己，新鮮、銳利的疼痛只是心理影響生理，因為他現在曉得自己有什麼毛病了，但這念頭並沒有帶來什麼安慰。再過兩天開始治療，現在感覺這兩天非常遙遠，但他會撐過去。不得不，因為他腦袋裡浮現了一個可怕的想法。彼得．杭特利不會相信，伊莎貝爾．傑恩斯大概會覺得需要快馬加鞭的救護車把他扔去最近的瘋人院。霍吉斯自己都不敢相信，但證據逐一浮上檯面，且雖然浮現的狀況很瘋狂，但同時卻存在著某種詭異的邏輯。

他發動 Prius，準備開車回家，到家後，他要打電話請荷莉查日出方案有沒有贊助過「在這裡」演唱會。之後，他會看看電視，等到他沒辦法假裝自己對節目感興趣之後，他就會上床，睜著眼睛躺到早上。

只不過，他對這臺綠色的札皮非常好奇。

太好奇了，實在等不及。在美善地及哈波路中間，他把車子開進購物商店街，停在晚上不開門的乾洗店前面，然後打開遊戲機。遊戲機閃了閃光，然後紅色的Z字出現，越來越近、越來越大，直到整個Z的顏色讓整個螢幕都變成紅色。不一會兒，又閃了道白光，然後訊息出現：「歡迎光臨**札皮**！我們就愛玩玩玩！點擊任何按鈕或滑一下螢幕開始。」

霍吉斯滑了一下螢幕，遊戲圖示整齊一排排出現。有些是他在艾莉小時候，曾在購物中心看她玩的遊戲，現在成為遊戲機的版本：太空侵略者、大金剛、小精靈，還有黃色小精靈的女朋友──小精靈小姐。裡頭還有幾個珍妮絲．艾樂頓迷上的紙牌遊戲，以及一堆霍吉斯連聽都沒聽過的玩意兒。他又掃了一下螢幕，有了，就在「字謎遊戲」跟「芭比娃娃時裝秀」之間就是「洞洞釣魚樂」。他深呼吸，然後點下圖示。

螢幕建議：「想著洞洞釣魚樂」。一個令人擔憂的圓圈轉了大概十秒鐘（感覺更久），然後示範畫面出現。魚兒前後游來游去，或起身轉圈跳水，或以對角線衝來衝去。牠們嘴邊跟搖擺的尾鰭旁出現泡泡。上方的水是類似綠色的顏色，一路延伸到有點藍藍的。一首曲子響起來，但霍吉斯沒聽過。他看著畫面，等著感受到什麼，看來比較像是想睡覺。

魚有紅色、綠色、藍色、金色跟黃色，大概是什麼熱帶魚，但畫面並沒有霍吉斯在電視上看Xbox 或 PlayStation 廣告的那種真實感。這些魚基本上就是卡通，還很老派的那種。他心想：難怪札皮撐不下去，但，好吧，這些魚移動的樣子的確有些微的催眠效果，有時一條自己游，有時兩條一起游，偶爾會出現六條各種顏色的魚一起行動。

中獎了！粉紅色的魚出現了。他點了點粉紅色的魚，但小傢伙速度太快，他沒點到。霍吉斯低聲咒罵「見鬼」，他抬起頭，看著黑黑的乾洗店櫥窗好一會兒，因為他的確覺得有點想睡，然後他用沒握著遊戲機的右手先後輕輕拍打自己左右臉頰，又低頭看。現在又出現了更多魚，游來游去形成更複雜的隊形。

又一條粉紅色的！這次他成功在小魚兒從螢幕左邊游出去前點到。魚兒眨了眨眼（彷彿是在說，好啦，老威，這次你逮到我了），但沒有出現什麼數字。他盯著看，另一隻粉紅色的魚又出現，他再次成功點擊，還是沒有數字，只是條在真實世界裡不存在的魚。

音樂似乎變大聲了，同時好像也變慢了。霍吉斯心想：這遊戲還真的有種效果，很微弱，大概只是個意外，但真的有，真的。

他按下電源鍵，螢幕閃過「謝謝你來玩，晚點見」的字樣，然後刷黑。他看著儀表板上的時鐘，訝異發現他花了十分多鐘坐在這裡盯著這個札皮看。感覺不過兩、三分鐘，頂多五分鐘吧。迪娜並沒有說盯著「洞洞釣魚樂」的示範畫面看會讓時間過得這麼快，但他也沒問，不是嗎？再說，他吞了兩顆藥效很強的止痛藥，也許某種程度也有影響。如果真的會有什麼催眠效果，應該就是這個了。

不過還是沒有數字。

粉紅色的魚就只是粉紅色的魚而已。

霍吉斯把札皮放進外套口袋裡，跟手機放在一起，然後開車回家。

## 3

在世人還沒有發現布雷迪．哈特斯菲爾是頭禽獸之前，曾跟他一起修電腦的同事佛萊迪．林克萊特現在坐在廚房餐桌旁，用一隻手指轉著銀色的隨身酒瓶，等著提著高級公事包的男人到來。

他自稱為Z醫生，但佛萊迪可不是笨蛋。她認得公事包上的縮寫，代表菲利斯．巴比諾，金納紀念醫院的腦神經首席醫師。

醫生知道她曉得這點嗎？她猜他知道，但不在乎。可是這樣很怪，真的很怪。他都六十好幾了，可以說是老牌金曲那麼老，但他卻讓佛萊迪想起某個年輕人。這個人事實上就是巴比諾醫生的最有名（應該說惡名昭彰）的病人。

酒瓶轉來轉去，瓶身側面刻著「GH＋FL直到永遠」，哎，這個永遠不過撐了兩年，而名字縮寫為GH的葛洛莉雅．哈利斯已經閃人好一陣子了。巴比諾，或說名號聽起來像漫畫書裡壞人的Z醫生本人則要負上一點責任。

「他很怪耶。」葛洛莉雅說：「還有那個老傢伙。那錢也很怪，真是太多了。佛萊迪，我不曉得他們到底把妳攪和進什麼鳥事裡，但妳看著遲早出事，到時我可不想一起遭殃。」

當然啦，葛洛莉雅認識了別人，稍微比佛萊迪好看一點的人，身材結實強壯，下巴飽滿，臉上坑坑疤疤，但佛萊迪不想談這件事，噢，真的免了。

酒瓶轉來轉去。

一開始看起來很輕鬆，她怎麼能拒絕這筆錢？她在超值電器大賣場擔任網路巡邏隊的時候沒有存多少錢，電器行關門後，她後來找的獨立資訊工程師工作也讓她入不敷出，無處棲身。如果她有她暱稱假掰阿東的前老闆安東尼．佛畢雪所謂的「待人處事」技巧，狀況可能會有所不同，但那從來就不是她的強項。當那個自稱Z男孩的老傢伙報價的時候（老天，真的有夠像漫畫人物的名字），根本就是天上掉下來的禮物。她原本住在南側一處破爛公寓裡，那個人稱「嗑藥天堂」的地區，雖然老頭給了她一疊錢，但她還是欠了一個月的房租。她能怎麼辦？拒絕五千美金嗎？實際點好不好？

酒瓶轉來轉去。

他遲到了，也許他不會來了，這樣最好。

她還記得老傢伙打量她那兩房小公寓，她的東西大多擺在有提把的紙袋裡（完全可以想像她攬著這些袋子睡在跨城快速道路下方的通道裡）。他說：「妳需要大一點的地方。」

「對，加州的農夫需要雨水哩。」她記得自己探進他給她的信封袋裡，想起一疊五十元紙鈔發出「唰」地一聲，這聲音多麼撫慰人心。「這錢不少，但等到我把欠債還清後，也不剩多少了。」她是可以欠錢不還啦，但這老傢伙用不著知道這點。

「後面還有更多合作機會，我老大會想辦法給妳弄間公寓，妳可能會在那裡收到一些東西。」

這話讓佛萊迪警戒起來。「如果你們是要搞什麼毒品的，我看就算了。」她把塞滿紙鈔的信封拿給他，光是這個舉動就讓人心痛。

他把信封推回去，臉上露出不屑的神情。「不是毒品。我們沒有要妳做任何違法的事情。」

好吧，於是她就住進了這間位於湖岸附近的套房，是說才六樓，看不見什麼湖景啦，而這裡也不是什麼皇宮，差多囉，特別是冬天。你只能從比較新穎的摩天大樓之間瞥見一點水景，但風照樣颳過來，感恩喔，正值一月，風有夠冷的。她把不中用的恆溫器扭到十三度，還是穿了三件襯衫跟厚內搭褲，外頭再套了一件鬆垮的直筒工人牛仔褲。不過，嗑藥天堂已經是過去式了，這算是前進了很大一步，但眼前的問題在於，這樣夠了嗎？

銀色的酒瓶轉來轉去。「GH＋FL直到永遠」，只是天底下沒有什麼能夠直到永遠。

大廳門鈴響了，害她嚇了一跳。她拿起酒瓶，這是「葛洛莉雅光輝歲月」的紀念品，然後走去對講機旁邊。她壓抑住想要再次裝出俄羅斯間諜口音的欲望。無論他自稱為巴比諾醫生還是Z醫生，這傢伙都有點可怕。不是嗑藥天堂結晶甲安藥癮藥頭的可怕，不一樣。最好乖乖配合演出，趕快結束，然後跟老天爺祈禱，如果出了什麼事，她不要惹上太多麻煩就好。

「請問是鼎鼎大名的Z醫生嗎？」

「當然。」

「你遲到了。」

「佛萊迪，我有耽誤妳什麼要緊事嗎？」

沒，沒什麼要緊的事情，她最近做的事情都不是特別重要。

「錢帶了嗎？」

「當然。」口氣不耐煩。一開始把她拖進這詭異鳥事的老頭也有同樣的不耐語氣。他跟Z醫生長得完全不一樣，但口吻一模一樣，足以讓她懷疑他們是不是兄弟。只不過，這口氣也讓她想起另一個人，她曾共事過的老同事，也就是後來成為賓士先生的那個人。

佛萊迪不想再想那個人，她更不想思考自己以Z醫生之名幹了多少駭客工作。她按下對講機旁邊的按鈕。

她走去門邊等他上來，同時又喝了一口威士忌壯膽。她把酒瓶塞進中間那件襯衫的胸部口袋裡，然後把手伸進最裡面的襯衫口袋，她把口氣清新薄荷錠放在那裡。她相信Z醫生根本不管她的鼻息是不是充滿酒氣，但她在超值電器大賣場工作時，總會嚼上一顆，舊習難改啊。她從最外面的襯衫口袋裡拿出萬寶路香菸，點了一根。菸味會蓋過酒氣，讓她稍微冷靜一點，如果他不喜歡吸二手菸，那就不好意思啦。

葛洛莉雅還在的時候說：「這傢伙讓妳住進這漂亮可愛的公寓，還在八個月左右的時間，付了妳將近三萬美金的錢。根據妳的說法，他要妳做的是任何駭客睡夢中都能辦到的事情，這樣報酬會不會太高？為什麼找妳？為什麼花這麼多錢？」

佛萊迪也不想思考這件事。

一切都是從布雷迪與他娘那張合照開始的。她在超值電器大賣場的雜物間裡找到那張照片，那時老闆剛宣布樺丘購物中心的營業點準備關門大吉。他們的老闆假掰阿東，不，安東尼．佛畢雪肯定是在布雷迪賓士先生的身分曝光後，從他的工作區挖出這張照片，後來扔進雜物間的。佛萊迪對布雷迪沒有什麼愛（不過他們曾經對於性別認同有過幾次深刻的對話）。把照片包起來，送去醫院純粹只是衝動而已。之後，她又去看了他幾次，但也只是出於好奇，加上一點得意洋洋的心情，因為布雷迪對她有反應，他會笑。

在某次佛萊迪探病後，新來的史卡培利護理長說：「他會回應妳，這很少見。」

等到貝琪．罕明頓接任史卡培利的工作後，佛萊迪曉得出錢給她的Z醫生就是菲利斯．巴比諾醫生。她也沒有多思考這點，或用UPS從印第安納州西部的特雷霍特送來的紙箱，或駭客工作。她成了不動大腦的專家，因為，一旦她開始思考，某些連結就會變得很明顯。而一切，都是從那張該死的照片開始的。佛萊迪現在希望她能按捺住衝動，但她老媽總說：「早知道總是愛遲到。」

她聽著踏在走廊上的腳步聲。她在他按電鈴前開門，也在她的腦子搞清楚狀況前，這個問題就脫口而出。

「Z醫生，跟我說實話，你是布雷迪嗎？」

4

霍吉斯剛進屋，還在脫外套，手機就響了。「嘿，荷莉。」

「你還好嗎？」

他想像得到她打來N通電話，開頭都是這句。欸，這句總比「媽的，趕快去死」好吧。「好，我很好。」

「還有一天，然後你就要開始治療。一旦開始，你就不准停下來。不管醫生怎麼說，你都持續治療。」

「別擔心了，說定了就說定了。」

「等你全好我才不擔心。」

他心想：荷莉，別這樣。然後閉上雙眼，強忍突如其來的淚水刺癢。別這樣，別這樣。

「傑若米今天就會回來，他從機場打電話問芭芭拉的狀況，我把她告訴我的都跟她哥講了。

傑若米十一點就會到。他回來得正是時候，因為暴風雨要來了，應該很嚴重，就跟你出城的時候一樣，我問他要不要幫他租車，現在租車很簡單，因為有公司的帳戶——」

「妳說服到我屈服的，相信我，我知道。」

「但他不需要車。他爸會去接他。他們明天早上八點會去看芭芭拉，而且如果醫生允許的話，他們就會帶她回家了。傑若米說，如果沒問題的話，他十點以前可以到辦公室。」

「聽起來不錯。」霍吉斯說抹抹眼睛。他並不曉得傑若米能幫上什麼忙，但他曉得見到他會很愉快。「而且他能多問他妹一些關於那個該死遊戲機的事情——」

「我已經跟他說了。你有拿到迪娜的遊戲機嗎？」

「有，還試了一下。的確那個『洞洞釣魚樂』的示範畫面的確有些詭異，如果盯著看太久，會讓人昏昏欲睡。我覺得只是個意外，我覺得一般的孩子不會受影響，因為他們只想直接玩遊戲。」

他把剩下從迪娜口中問來的狀況通通告訴荷莉。

荷莉說：「所以迪娜領到札皮的方法跟芭芭拉、艾樂頓不一樣。」

「對。」

「別忘了希爾妲‧卡佛。那個自稱麥隆‧札欽的傢伙也送了她一臺。只不過她的機器故障了。小芭說那臺發出了一次藍色閃光就壞了。你有看到藍色閃光嗎？」

「沒。」霍吉斯看著空空如也的冰箱，尋找肚子可以接受的食物，最後鎖定一盒香蕉口味優格。「的確有粉紅色的魚，但我成功點到兩條，話說還真難點，總之就是沒數字。」

「我猜在艾樂頓太太的遊戲機上也沒有出現數字。」

霍吉斯也這麼覺得，現在下結論還太早，但他開始覺得有數字的魚只出現在由公事包男麥隆．札欽發送出去的札皮上頭。霍吉斯心想，有人在玩Z這個字母的文字遊戲，還有對於自殺的變態興趣，這是布雷迪．哈特斯菲爾其中一種作案手法。只不過布雷迪現在還待在金納紀念醫院的病房啊，真他媽該死。霍吉斯不斷想到違背現實狀況的情形，布雷迪．哈特斯菲爾是不是還有傀儡在搞這些鬼事？天底下怎麼會有人想要幫他做事啊？

「荷莉，我要妳打開電腦，查點東西。不難，只是要刪除一個可能。」

「說吧。」

「我想知道日出方案有沒有在二〇一〇年贊助過『在這裡』合唱團的演唱會，就是哈特斯菲爾想炸毀冥果禮堂的那次，或任何一場『在這裡』的演唱會。」

「我可以查。你吃晚餐了嗎？」

「正在弄。」

「好，你吃什麼？」

「牛排、馬鈴薯脆絲，還有一份沙拉。」霍吉斯邊說邊以反感及無奈的神情看著他那盒優格。「還有之前剩下的蘋果塔當甜點。」

「用微波爐加熱一下，加一球香草冰淇淋，好好吃！」

「我會考慮一下。」

五分鐘後，荷莉帶著他想知道的訊息回電，他不該驚訝，因為荷莉就是這樣，但他還是覺得驚豔。「老天，荷莉，查好了？」

荷莉不曉得自己跟佛萊迪．林克萊特講了一樣的話：「下次給我困難一點的任務。你也許會想知道『在這裡』二〇一三年時解散了。這些男孩團體似乎都撐不了太久。」

「是啊。」霍吉斯說：「當他們開始要刮鬍子的時候，小女孩就不愛了。」

「這我不知道。」荷莉說：「我一直都是比利．喬還有麥克．波頓的歌迷。」

噢，荷莉，霍吉斯在心底吶喊。這可不是第一次。

「在二〇〇七跟二〇一二年之間，這個團體進行了六次全美巡迴，第一次巡迴是由夏普玉米片贊助，他們還在演唱會上發送試吃包。最後兩場，包括冥果禮堂那次則是由百事公司贊助。」

「沒有日出方案。」

「沒有。」

「謝了，荷莉。咱們明天見。」

「好，你開始吃晚餐了嗎？」

「剛坐下來要吃。」

「好，盡量在你開始治療前去看看芭芭拉，她需要看看朋友替她打氣的臉，因為無論糾纏她的問題是什麼，都沒有徹底消失。她說那東西好像留了一條黏液在她腦子裡。」

「我會去看看她的。」霍吉斯說，但這是他沒辦法守住的承諾。

## 5

你是布雷迪嗎？

偶爾自稱麥隆．札欽，偶爾自稱Z醫生的菲利斯．巴比諾對這個問題露出微笑。這問題讓他沒刮鬍子的臉頰露出詭異的笑容。今晚，他戴了一頂蓬蓬的蘇聯毛帽，而不是平常的紳士帽，而帽子邊緣把他的白髮都壓出來了。佛萊迪希望自己沒問這個問題，希望自己不用讓他進屋，希望自己從沒聽說過這個人。如果他真的是布雷迪，這個人就是一座移動式鬼屋。

「不要問我問題，我就不會說謊。」他說。

她想就此打住這個話題，但她辦不到。「因為你的口氣聽起來很像他。而另一個人在包裹抵達後進行的駭客技巧……如果我真的親眼看見，那就是布雷迪的手法，根本是他的招牌。」

「布雷迪．哈特斯菲爾現在處在半僵直狀態，根本不能走動，更別說替過時的遊戲機寫什麼駭客指令了。某些遊戲機根本是壞了。那些日出方案的混蛋不會給我錢，這點讓我氣到最高點。」

「氣到最高點」，這話在過往網路巡邏隊的日子裡，她常聽布雷迪說，通常都是在罵他們的老闆，或哪個白癡客人把抹茶拿鐵噴進主機板裡。

「佛萊迪，我們付妳很多錢，妳也快完成了。我們為什麼不保持這樣就好？」

他沒有等她回應就穿過她身邊，把公事包放在桌上，然後打開。他拿出上面寫有她名字縮寫FL的信封。字母有點往後斜，她在超值電器大賣場擔任網路巡邏隊的日子裡，她在工作單上看過好幾次類似往後斜的筆跡。都是出自布雷迪之手。

「一萬美金。」Z醫生說。「尾款。現在快去做事。」

佛萊迪伸手去拿信封。「如果你不想，你可以不用待在這裡。剩下的都很簡單，就跟調鬧鐘一樣。」

她心想：而且如果你是布雷迪，你自己就能完成。這東西我很行，但你更強。

他讓她的手指碰觸到信封，然後將信封抽回來。「我會留下來，並不是因為我不信任妳。」

佛萊迪心想：對，最好是啦。

他的臉頰又露出那個讓人心神不寧的扭曲笑容。「而且誰曉得呢？說不定我們運氣夠好，可以看到第一個上鉤的人。」

「我敢打賭拿到這些札皮的人都已經把遊戲機扔掉了，根本就是個玩具，你自己也說，某些遊戲機根本就是壞的。」

「這讓我來操心就好。」Z醫生如是說，他的臉頰又浮起皺紋，然後消失。他雙眼泛紅，彷彿剛嗑完古柯鹼一樣。她想問他，我們到底在做什麼？我們想要得到什麼效果？……但她已經大致有了些想法，她真的想要聽確切的答案嗎？再說，如果這人真的就是布雷迪，那又有什麼關係？他腦子裡有幾百個點子，通通都是不切實際的狂想。

呃。

大部分是啦。

她帶路走進原本應該是空臥房的空間，現在這裡改裝成她的工作站，也就是她一直夢想但負擔不起的電子避風港，也就是面貌姣好、帶著具有感染力笑聲的葛洛莉雅以及「待人接物」技巧都無法參透的藏身之處。這裡的地板暖氣根本沒有運作，溫度低於公寓其他空間五度，但電腦不介意，它們就喜歡涼涼的。

「去。」他說：「做事吧。」

她坐在規格最高級的Mac桌機二十七吋大螢幕前面，喚醒螢幕，然後輸入密碼，一長串數字。有個檔案名稱為Z的資料夾，她又輸入另一條密碼，打開檔案。裡面有著名為*Z-1*跟*Z-2*的檔案。她用第三組號碼打開*Z-2*，然後迅速在鍵盤上敲擊。Z醫生站在她的左肩旁。他一開始是一個讓人分心的負面存在，但她後來迷失在手邊的工作中，她總是如此。

工作時間不長，Z醫生給了她一個程式，要執行就跟扮家家酒一樣簡單。在她電腦右邊，擺在檯子上的是一臺摩托摩拉訊號中繼器。當她最後按下COMMAND鍵跟Z鍵後，中繼器活了起來。黃色的小點組成「搜尋中」字樣，閃爍的模樣彷彿廢棄十字路口的交通號誌。

他們靜待，佛萊迪發現自己屏住了呼吸。她大聲吐出空氣，讓她沒肉的臉頰暫時凹了進去。

她打算起身，但Z醫生用手壓在她的肩膀上，說：「再等一會兒。」

他們等了整整五分鐘，唯一的聲音就是設備的嗡嗡運作聲，以及從結凍湖面颳進來的風聲。

「搜尋中」持續閃爍。

「好吧。」他終於開口：「我知道這樣要求太高了，佛萊迪，好事情都要講時機的。咱們去外面，我給妳最後的尾款，然後我就閃——」

「搜尋中」的黃燈忽然轉回綠色，顯示「已尋獲」。

「有了！」他高聲大喊，害她嚇了一跳。「有了！佛萊迪！第一個！」

她原本的懷疑通通一掃而空，她確定了。只要這一聲歡呼就夠了，這人的確是布雷迪沒錯。頭上戴著蘇聯毛帽，他的確成為活生生的俄羅斯娃娃。望向巴比諾體內，出現的是Z醫生，望向Z醫生裡面，層層疊疊，就是布雷迪．哈特斯菲爾。鬼才曉得怎麼可能，但事實就在眼前。

「已尋獲」的綠色現在變成紅色的「載入中」。幾秒後，「載入中」又變成「任務完成」，之後中繼器又再次搜尋起來。

「好。」他說：「我滿意了。我該走了。今晚事很多，我還沒忙完。」

她跟著他走進客廳，在身後關上她電子避風港的門。她終於作出了遲來的決定。他前腳一走，她就要關掉中繼器，刪掉最後的程式。完成後，她就會打包躲進汽車旅館裡。明天她就會逃離這個城市，往南邊的佛羅里達前進。她已經受夠Z醫生、他的男孩跟班，以及中西部的冬天了。

Z醫生穿上外套，卻走去窗邊，而不是往門口移動。「這裡沒什麼景色，太多高樓了。」

「對，高樓有夠爛的。」

「不過，還是比我好。」他沒轉身，繼續說：「過去五年半，我只能看到外頭的停車場。」

忽然間，她受夠了。如果這個人還要跟她同處在同一個屋簷下六十秒，她就會崩潰。「錢拿來，然後快滾。我們結束了。」

他轉過身，握在手裡的是他用來殺害巴比諾妻子的短管手槍。「沒錯，佛萊迪，我們結束了。」

她立刻反應，從他手裡敲下手槍，踹他的鼠蹊部，在他彎下腰時，跟劉玉玲一樣用空手道劈他，然後尖叫、從大門跑走。她站在原地，跟生了根一樣，但這腦中電影卻以全彩播放，搭配杜比環繞音響。手槍發出巨響，她向後退了兩步，跌在她平常看電視的安樂椅上，翻了過去，跌在地上，頭部先著地。世界開始變黑，慢慢消失。她最後的感覺是自己在流血，而膀胱也棄守了。

遠方傳來的聲音說：「如先前承諾，這是最後的款項。」

黑暗吞沒了整個世界，佛萊迪墜入黑暗之中。

## 6

布雷迪站在原地，一動也不動，看著血從她身體下方滲出。他聽著有沒有人來敲她的房門，問她怎麼了？他覺得不會有人過來，但小心一點總是比較好。

差不多過了九十秒，他才把手槍放回大外套的口袋裡的札皮遊戲機旁邊。他實在忍不住，在離開前，又跑去電腦室看了一眼。中繼器的訊號持續永無止境地自動搜尋。雖然機率不高，但他還是完成了一趟令人讚嘆的旅程。實在沒有辦法預測最後的結果，但他肯定會有一些收穫。而且這些收穫會跟強酸一樣腐蝕那老退休警察的內心。遲來的復仇總是美好。

他搭了電梯下樓。大廳還室空蕩蕩的。他走到角落，立起巴比諾昂貴的大外套領子，抵禦冷風，用遙控鎖打開巴比諾的ＢＭＷ車門。他上了車，發動起來，但只是為了要開暖氣。在他前往下一站前，有件事必須先處理。他實在不想這麼做，因為無論巴比諾做為一個人，充滿多少缺點，他的腦子還是很聰明的，而且他的腦部還有很大一部分都完好無缺。破壞這樣的心智就跟那些ISIS的迷信混蛋破壞獨一無二的藝術品及文化珍寶一樣。不過這事不得不做，不能冒險，因為這副身體也是一部珍寶。沒錯，巴比諾雖然有點高血壓，這幾年來聽力也持續走下坡，但網球跟每個禮拜兩次造訪醫院健身房讓他的肌肉還是很強健。他的心臟每分鐘可以跳動七十下，一次也沒落拍。他沒有坐骨神經痛、痛風、白內障，或其他同齡人會有的身體狀況。

再說，這位好醫師是他唯一的選擇，至少現在如此。

想到這裡，布雷迪往內探，找到菲利斯·巴比諾剩餘的核心意識，也就是腦中之腦，因為布雷迪一再地占據，這個區塊也傷痕累累、遭到蹂躪，但意識還在，還是巴比諾，（理論上來說）還是能夠重新掌握身體的大權。雖然這個心智毫無防備，就跟某些帶殼的動物少了硬殼一樣。並不是閃光，巴比諾的核心自我還是層層包織起來的金屬光絲。

布雷迪一點後悔也沒有，便用他的幻肢一把抓住這團東西，撕個粉碎。

## 7

霍吉斯這天晚上配著氣象頻道慢慢吃他的優格，氣象頻道的小工蜂稱為「尤金妮」的暴風雪正要過來，明天稍晚會襲擊城市。

「現在還沒有辦法確定狀況。」開始禿頭的四眼工蜂對令人印象深刻的紅洋裝金髮工蜂如是說。「這個暴風對走走停停這四個字賦予了新的意義。」

令人印象深刻的工蜂笑了起來，彷彿她的氣象夥伴說了什麼超有趣的話一樣，霍吉斯用遙控器關掉電視。

他看著遙控器，想到遙控器也是「札」地一聲開關電視，你仔細停下來思考，就會覺得這是個很了不起的發明。光用遙控器，你就能收看幾百個頻道，連站起來都免了。彷彿你不是坐在椅子上，而是待在電視裡一樣，或者，也許你的確同時身處於這兩個地方。真的是個奇蹟吧。

他走進浴室正要刷牙，手機卻震動了起來。他看著螢幕，不得不大笑起來，雖然笑讓他很痛。現在他一個人待在家裡，他的全壘打簡訊聲吵不到任何人，結果他的昔日夥伴卻選擇打電話來。

「嘿，彼得，很高興你還記得我的手機號碼。」

彼得沒時間跟他開玩笑。「科米特，我要跟你講一件事，如果你決定繼續追查下去，我會跟老牌電視劇《霍根英雄》（Hogan's Heroes）裡的蕭茲警官一樣，還記得他嗎？」

「當然。」霍吉斯覺得肚子現在不是痛到糾結，而是興奮到糾結。這兩種感覺好像，真夠怪了。

「他的名言是『我什麼都不知道』。」

「很好，必須這樣，因為就局裡來說，馬丁．史多佛跟她母親的自殺案已經正式結案了。我們絕對不會因為什麼巧合重新偵辦這個案子，這是上頭的指示。這樣夠清楚嗎？」

「跟玻璃一樣清楚。」霍吉斯說：「什麼巧合？」

「金納腦創傷診所的護理長露絲．史卡培利昨晚自殺了。」

「我聽說了。」

「我猜是你去拜見可人的哈特斯菲爾先生時聽說的。」

「對。」沒必要告訴彼得他根本沒有見到可人的哈特斯菲爾先生。

「史卡培利也有一臺那個遊戲機，札皮。她顯然在流血身亡前，把東西丟進垃圾桶裡。我們的鑑識人員找到的。」

「嗯。」霍吉斯走回客廳，坐了下來，彎下身體時，他面露難色。「你覺得這只是巧合？」

「不是我這麼覺得。」彼得沉重地說。

「但是？」

「但是我只是想好好退休，他媽的！如果要接招，小莎可得接手。」

「但小莎可不想接這臭烘烘的燙手山芋。」

「不想，隊長跟局長也不想接。」

霍吉斯聽到這裡，稍微對他這個做事有頭沒尾的昔日夥伴稍微改觀。「你真的跟他們講了？想讓他們持續關注這個案子？」

「跟隊長提了，噢，是在不顧小莎．傑恩斯的強烈抗議下提的。隊長跟局長報告，後來傍晚的時候我就得到命令必須結案，你也知道為什麼。」

「對，因為這兩件事都跟布雷迪有關。馬丁．史多佛是市中心的受害者，史卡培利是他的護士。溫和開朗的記者要花六分鐘報導這種事情，然後用這恐怖鬼故事引起大眾恐慌。派特森隊長是這麼說的嗎？」

「我聽到的就是這樣，警界高層沒有人想把焦點擺回哈特斯菲爾身上，他現在根本沒辦法替自己辯護，更沒辦法接受審判。見鬼了，市政府裡沒人想搞成這樣。」

霍吉斯沒有說話，他認真思考起來，也許這輩子都不曾這麼用力地思考過。他在高中時學到「破釜沉舟」這個成語，用不著布雷利老師解釋，他也曉得這是指作出不能挽回的決定。他後來才沉痛明白，某些「破釜沉舟」的決定是在毫無心理準備的狀態下做的。如果他告訴彼得，芭芭拉．羅賓森也有一臺札皮，在她蹺課跑去下城時，也滿腦子想著自殺，彼得就得回去找派特森隊長。兩起跟札皮有關的自殺可能可以當成巧合，但三起呢？不過呢，好吧，芭芭拉並沒有自殺成功，真是謝天謝地，但她還是跟布雷迪有關。她參加了那場「在這裡」的演唱會，還有希爾妲・卡佛跟也收到遊戲機的迪娜・史考特，只不過，警方會相信他開始相信的事實嗎？這是個很重要的問題，因為霍吉斯很愛芭芭拉・羅賓森，他不想在沒有確切結果下，眼睜睜看著外人侵害她的隱私。

「科米特，你還在嗎？」

「在，只是在想史卡培利昨晚有沒有訪客？」

「不能告訴你，因為我們還沒向鄰居問話。這是自殺，不是謀殺。」

「奧莉維亞・崔洛尼也是自殺的。」霍吉斯說：「還記得嗎？」

這次換彼得沉默，他當然記得，他也記得那是起教唆自殺案。哈特斯菲爾在她的電腦上安裝了惡意軟體，讓她以為死在市中心的年輕母親鬼魂糾纏著她。再加上市中心的受害者大多相信奧莉維亞・崔洛尼把車鑰匙留在鎖孔上，才會造成大屠殺，因此這些人命她也得負點責任。

「布雷迪一直很喜歡——」

「我知道布雷迪喜歡什麼。」彼得說：「用不著浪費口水。如果你想聽的話，還有另一件事。」

「來吧。」

「下午五點的時候，我跟南西・奧得森談過了。」

霍吉斯心想：彼得，你真不錯，退休前幾個禮拜不只是敲鐘倒數而已。

「她說艾樂頓太太替她女兒買了臺新電腦，要讓她在網路上上課用的。她藏在地下室樓梯後面，還裝在箱子裡。馬丁下個月生日，這是艾樂頓給她準備的生日禮物。」

「換言之，對未來還有計畫。不像是自殺者的行為，對吧？」

「對，我也這麼想。科米特，我得掛了。現在山芋滾去你那邊了，接起來或讓它去，都看你了。」

「謝了，彼得。謝謝你先跟我說一聲。」

「真希望能跟以前一樣。」彼得說：「我們肯定會緊咬這個案子，追查到底。」

「但現在是現在。」霍吉斯又揉了揉身體左側。

「對，現在是現在。你好好照顧自己，吃胖一點吧。」

「我會努力的。」霍吉斯說，但沒有人聽到這句話，彼得已經掛斷了。

他刷了牙，吃了一顆止痛藥，緩緩換上睡衣。然後他爬上床，盯著上方的黑暗看，等待睡意或早晨，看誰先來到。

## 8

布雷迪在穿上巴比諾的衣服後，小心翼翼地將醫生的識別證從辦公桌上拿走，因為後頭的磁條是沒有限制的門禁卡。這天晚上十點半的時候，霍吉斯差不多看飽了一肚子的氣象頻道，布雷迪則首度使用識別證進入位於主要醫院建築後方的員工停車場管制區。停車場白天停滿了車，但在這種時候，他愛停哪就停哪。他選了一個弧形照明燈無孔不入的光線照不太到的地方。他把巴比諾昂貴愛車的座椅向後躺下去，然後熄火。

他墜入眠覺之中，發現自己遊走在片段記憶的薄霧之中，這些是僅剩的菲利斯．巴比諾所記得的一切。他嘗到跟他初吻的女孩瑪嬌莉．派特森的薄荷唇膏味，那是他就讀密蘇里州賈普林東區初中時的事。他看到上頭印著褪色黑色廠牌名稱的籃球。他也感受到他在外婆家的沙發後面塗鴉時，溫溫的液體從他的褲子流下，他在褪色的綠色絲絨上畫了一隻大恐龍。

兒時記憶似乎最後才會消失。

兩點多一點，他從鮮明的記憶中醒來，這個記憶是因為他在閣樓裡玩火柴，而遭到父親摑巴掌。他緊抓著ＢＭＷ的座椅慢慢清醒。那個回憶最鮮明的片段停留了一下下，那是他父親脹紅脖子上的一條跳動血管，剛好就是父親Izod藍色高爾夫球衫領口的位置。

然後，他又是布雷迪了，穿的是巴比諾這件人皮大衣。

## 9

大多時間受限在二一七號病房以及那副已經無法作用的身體裡，布雷迪有好幾個月的時間計畫、修改計畫、修改修改後的計畫。一路走來，他犯下幾個錯誤（好比說，他希望他從來沒有用Ｚ男孩在藍色雨傘網站發訊息給霍吉斯，他該等到他解決完芭芭拉・羅賓森以後再說），但他努力不懈，然後，這一天終於到來，成功就在眼前了。

他已經在心裡演練過這部分好多次，現在他充滿自信，邁著大步前進。巴比諾的卡一刷，讓他進入標示為「維修部Ａ」的空間。樓上的機器運轉聲在醫院裡聽起來像是低低的背景，如果有人真的聽得到的話。在這裡，聽起來跟穩定的雷聲一樣，而瓷磚走道非常悶熱。不過，這裡跟他設想的一樣空無一人。市區的醫院從來不會陷入真正的熟睡，但在天亮前的幾個小時，醫院卻會閉上眼睛，打個瞌睡。

維修人員的休息室也空無一人，後方是淋浴間跟更衣室。某些儲物櫃上有掛鎖，但大部分的櫃子都是開的。他一個一個打開，查看裡頭的衣服尺寸，直到他找到一件差不多是巴比諾尺寸的灰色襯衫及工作褲。他脫下巴比諾的衣服，穿上維修人員的工作服，但沒忘記將他在巴比諾家浴室找到的一瓶藥錠拿過來。這是男女主人醫藥櫃的強力結晶。在淋浴間旁邊的一個掛鉤上，他看到了最後的神來一筆，一頂有紅有藍的土撥鼠隊鴨舌帽。他戴了上去，調整後方的塑膠黏條，帽簷壓得低低的，確保巴比諾的白髮沒有露出來。

他沿著維修部A走，然後向右轉，走進醫院洗衣間，這裡又熱又濕。在兩排巨大的烘衣機前面，有兩名家事工坐在塑膠流線椅上。兩人都睡著了，其中一人的綠色尼龍裙子上還有一包撒出來的動物形狀小餅乾。繼續走下去，經過好幾臺洗衣機，這裡有兩臺靠著煤渣磚的推車。其中一個放滿醫院的病人服，另一個則高高堆著剛洗好的床單。布雷迪拿了幾件病人服放在整齊折好的床單上，然後把推車推向走廊。

前往腦空部要先換電梯，然後走天橋，一路上他只看到四個人。兩名護士在醫藥補給櫃前低語交談，還有兩個實習護士在醫師休息區，對著筆記型電腦上頭的東西壓低聲音笑了起來。他們都沒有注意到上晚班的維修人員低著頭推著裝了滿滿床單的推車過來。

人家最有可能注意且認出他來的地點是腦空部中央的護理站，但一位護士在電腦上玩接龍遊戲，另一個用手撐著腦袋，在寫筆記。這位護士餘光注意到有動靜，卻也沒有抬頭，就問對方今晚好嗎。

「啊，不錯。」布雷迪說：「不過好冷。」

「嗯哼。聽說暴風雪要來了。」她打了個哈欠，繼續寫她的東西。

布雷迪把車子推到走廊上，短暫駐足在二一七號病房外頭。腦空部的其中一個小秘密是，這裡的病房有兩個門，一個有標示，一個沒有。沒有標示的門直接通到衣櫥，可以讓工作人員在晚上補充床單及其他必需品，而不打擾病人的休息，或該說不打擾他們不怎麼正常的心智。布雷迪抓了幾件病人服，迅速東張西望，確保沒人注意到他，然後他穿過那扇沒有標記的門。不一會兒，他就低頭望著自己。這幾年來，他騙過多少人，讓大家以為布雷迪．哈特斯菲爾是工作人員（私底下）所謂的腦殘、洞洞腦，或人在腦不在。現在他還真的是人在腦不在。

他彎下腰緩緩輕撫冒了鬍碴的臉頰。用拇指指腹蓋在閉起的眼皮上，感受到底下弧形的眼球。他將一隻手翻過來，掌心向上，擺在被單上。他從借來的灰色工作服口袋裡拿出一罐藥。他將六顆藥錠擺在向上的掌心裡。他心想：拿去吃吧。又想起聖經裡的句子：這是我的身體，為你而捨。

他最後一次進入這即將捨棄的身體。他現在無須使用札皮也辦得到，他甚至不用擔心巴比諾會忽然重新控制他的身體，然後跟薑餅人一樣逃跑去也。少了布雷迪的心智，巴比諾才是洞洞腦。除了老爸的高爾夫球衫，其他什麼記憶也沒留下。

布雷迪在自己的腦子裡東張西望，彷彿是個即將退住久居飯店的人，最後一次檢查房裡有無東西遺下。衣櫃裡有東西嗎？牙膏是不是忘在浴室？也許在床底下有副手銬？

不，東西都打包好了，房間空空如也。他握起掌心，怨恨他的手指很不靈活，彷彿關節裡滿是爛泥一樣。他張開嘴，握著藥片倒入口中。他嚼了嚼，嚐起來苦苦的。同一時間，巴比諾無力地倒在地上。布雷迪嚥了一次，嚥了兩次。好啦，大功告成。他閉上雙眼，等到他再度睜開眼睛時，他就低頭望著床上那雙自己再也不會穿上的布雷迪．哈特斯菲爾舊拖鞋。

他踏上巴比諾的步伐，緩緩離開，出門前還不忘看看那副承載他將近三十年的軀體。當他的腦袋在冥果禮堂遭到第二下重擊時，這副身體就已經停止運作，那時他還來不及引爆綁在輪椅下的塑膠炸彈。他曾擔心這極端的手段會帶來反效果，他的意識跟他的偉大計畫會跟著他的身體一起死去。不擔心了。臍帶已經斬斷，他已經打破那個大釜，沉了那艘舟了。

他心想：布雷迪，永別了，真高興認識你。

這次，他推著推車經過護理站的時候，原本在打電動的護士不在位子上，可能去上廁所了吧。另一名護士則趴在筆記上睡著了。

## 10

但現在是凌晨三點四十五分，還有好多事要做。

布雷迪換回巴比諾的衣服，以進來時同樣的方式離開了醫院，開車朝蜜糖高地前進。因為Z男孩的自製滅音器已經報銷了，而沒有掩蓋的槍聲很可能在城市最高檔的地段引人注意（再說威警保全公司的警衛就在一、兩條街外），他把車子開到必經的廣場谷購物中心。他確定空蕩蕩的停車場沒有警車，也沒有看見任何人，然後他把車子開到超值居家裝潢公司的裝卸貨區。

老天，出來放封實在太爽了，真他媽的爽斃了！

他走到ＢＭＷ車頭，深深吸了幾口冬天冷冽的空氣，然後用巴比諾昂貴的大外套袖子纏在點三二短徑手槍的槍口上，這樣也行。袖子的效果當然沒有Z男孩的滅音器好，他也曉得這是步險棋，但不是真的很危險。只是一槍而已。他先抬起頭，想要看看星星，但雲蓋住了天空。噢，好吧，反正還有其他夜晚，多得很，可能有幾千個夜晚吧。畢竟，他又不受限在巴比諾的身體裡。

他瞄準開槍。ＢＭＷ的擋風玻璃上出現一個小小的圓孔。現在又有另一個風險，前往蜜糖高地的最後一哩路，開著擋風玻璃上有個彈孔的車子，彈孔直對方向盤，但夜晚的這個時候，郊區街道空無一人，連警察都打起瞌睡來，特別是派駐在治安良好社區的警察。

一路上往來的頭燈照了他兩次，他都屏住呼吸，而這兩次，來車都沒有減速就行經他對面。

一月的冷風從彈孔吹進來，發出低低的颼颼聲。他平安抵達巴比諾的假豪宅。這次沒必要輸入密碼，他只要用遙控鎖開門就可以了。他把車子開到車道最上方的時候，將車轉向開到積雪的草坪上，鏟起一大片硬硬的雪，迅速掠過灌木，他這才停車。

到家啦，到家啦，叮叮噹噹。

唯一的問題是他忘記帶刀子了。他可以進屋去拿，反正他還有事必須進屋處裡，但他不想跑兩趟。在他進入夢鄉前，他還有一段路要趕，他焦慮要趕快出發。他打開車子排檔旁邊的中央製物小櫃，東翻西找了起來，巴比諾這種注重外表的人肯定會擺上什麼修容器具吧，就算是指甲刀也行……但他沒找到。他又去翻副駕駛座前方的置物箱，只有在文件夾裡找到ＢＭＷ的行車文件（皮裝的，當然），他找到一張塑膠壓製的全美車險卡，這個也行。畢竟這間保險公司講究的就是好好照顧你嘛。

布雷迪拉起巴比諾羊毛大外套的袖子，捲起裡面的襯衫，然後用塑膠卡片的一角戳進自己皮膚裡，只留下淺淺的紅線。他又試了一次，這次更用力，他面露難色。這次，皮膚劃破了，開始流血。他高舉手臂下車，然後伸手進來。他先把血滴在座椅上，然後是下半部的方向盤。沒多少血，但也不需要太多。反正擋風玻璃上已經有彈孔了。

他走跳在陽臺的階梯上，輕盈的每一步都跟一次小小的高潮一樣。珂拉還躺在門廳衣帽鉤下方，跟剛剛一樣死透了。艾爾圖書館也還在沙發上睡覺。布雷迪搖了搖他，卻只換來悶悶的幾聲，於是他抓著艾爾的兩邊肩膀，把他拖到地上。艾爾這才緩緩開眼。

「哼？啥？」

眼神很朦朧，但不是完全空白。在那顆遭到掠奪的腦袋裡大概不剩多少艾爾．布魯克斯，但裡面還是保存了一點布雷迪創造出來的另一個人格。

夠用了。

「嘿，Z男孩。」布雷迪蹲了下來。

「嘿。」Z男孩用沙啞的嗓音說話，掙扎想要起身。「你好啊，Z醫生。我聽你的話，盯著那個房子看。那個女人，還能走動的那個，她一直在用札皮。我從對街的車庫看的。」

「你不用再監視她了。」

「不用嗎？這個是說，我們在哪啊？」

「我家。」布雷迪說：「你殺了我老婆。」

Z男孩盯著身穿大外套的白髮男子看，他張大了嘴。他的口氣很難聞，但布雷迪沒有抽開身子。Z男孩的五官開始糾結，彷彿看到慢動作的車禍上演。「殺她……沒有！」

「有。」

「不！不可能！」

「就是可能，不過是我叫你動手的。」

「你確定嗎？我不記得了。」

布雷迪握了握他的肩膀，說：「那不是你的錯，你被催眠了。」

Z男孩的臉開朗了起來。「因為『洞洞釣魚樂』！」

「對，『洞洞釣魚樂』催眠你，你被催眠的時候，我叫你殺死巴比諾太太。」

Z男孩用質疑且哀痛的目光看著他。「如果我殺死她，那也不是我的錯，我被催眠了，根本不記得。」

「拿去。」

布雷迪把手槍交給Z男孩。Z男孩拿著槍，皺起眉頭，彷彿這是什麼奇特的文物一樣。

「放進口袋裡，然後把車鑰匙給我。」

Z男孩心不在焉地把點三二手槍擺進褲子口袋裡，布雷迪畏縮了一下，期待槍枝走火，在那可憐蟲的腿上打進一顆子彈。然後，Z男孩拿出車鑰匙。布雷迪把鑰匙放進口袋，站起身來，穿過客廳。

「Z醫生，你要去哪裡？」

「馬上回來。在我不在的時候，你為什麼不坐在沙發上呢？」

「我會坐在沙發上等著你回來。」Z男孩說。

「好主意。」

布雷迪走進巴比諾的書房。裡頭有面牆，展示的全是裱框的自大狂照片，包括年輕一點的菲利斯．巴比諾與第二任布希總統的合照，這兩個人都笑得跟白癡一樣。布雷迪無視照片，他已經看過這些照片很多次了，在他學習如何駕馭別人身體的歲月裡，他現在覺得那段時期叫做新手上路期。他對桌上型電腦也興趣缺缺，他要的是矮櫃上的那臺 MacBook Air。他打開電腦，按下電源鍵，輸入巴比諾的密碼，碰巧是「腦靈敏」。

「你的爛藥一點屁用也沒有。」布雷迪一邊說，一邊看著桌面出現。他其實不太確定藥物到底有沒有用，但這是他選擇相信的事實。

他的手指以熟練的速度敲擊鍵盤，這是巴比諾辦不到的，然後點開一個隱藏程式，這是上次布雷迪進入這位好醫生腦袋裡安裝的東西。上頭標示著「洞洞釣魚樂」。他又按了幾下鍵盤，然後這個程式連線到藏在佛萊迪．林克萊特電腦上的中繼器。

筆電螢幕顯示：「作業中」，然後出現：「尋獲三臺」。

尋獲三臺！已經三臺了！

布雷迪很開心，雖然現在是死寂的清晨，但他毫不訝異。任何族群裡都有人失眠，而任何族群包括在「爛演唱會」網站收到免費札皮遊戲機的族群。在天亮前的失眠時分還有什麼好方法能夠打發時間呢？當然是玩一玩一臺順手的遊戲機啊。而在栽進紙牌遊戲或「憤怒鳥」之前，為什麼不看看「洞洞釣魚樂」的示範畫面呢？看看點著粉紅色小魚兒的時候，它們終於變成數字？正確的數字可以贏得大獎喔，但在凌晨四點，獎品可能不是最主要的動機。凌晨四點可不是什麼開心的時刻，這個時候不愉快的想法跟消極的念頭通通冒了上來，而示範畫面很療癒，也讓人上癮。在艾爾文·布魯克斯還沒有變身成Z男孩前，他就曉得這點了，布雷迪是看到艾爾才知道這件事，只是個幸運的巧合而已，但布雷迪後續的作為、他的準備，可不是什麼巧合。那是長時間監禁在醫院病房及那報廢身體裡的精心策劃成果。

他闔上電腦，夾在腋下，準備離開書房。在門口時，他起了一個念頭，又轉身走回巴比諾的書桌旁。他打開書桌中間的抽屜，不用翻找，就看到他要的東西。鴻運當頭，想擋都擋不住啊。

布雷迪回到客廳。Z男孩坐在沙發上，低著頭，垂著肩，雙手垂放在大腿間。他看起來很累。

「我要走了。」布雷迪說。

「去哪？」

「不關你的事。」

「不關我的事。」

「沒錯，你該回去睡覺。」

「在這個沙發上？」

「或去樓上臥房也行，但你得先做一件事。」他把他在巴比諾書桌裡找到的簽字筆交給Z男孩，說：「Z男孩，簽你的名，就跟你在艾樂頓太太家一樣。」

「我從車庫看著她們的時候，她們還活著，這我曉得，但她們現在可能死了。」

「有可能，沒錯。」

「我沒有殺她們，對不對？因為我好像最後在浴室裡，畫了一個Z。」

「不，不，沒有那種——」

「我聽你的話，找那臺札皮，我很確定。我找得很認真，但我到處都找不到。我覺得她可能把東西丟掉了。」

「那現在不重要了。在這裡簽你的名就好，好嗎？至少簽十個。」他忽然想到，便問：「數到十，你還會嗎？」

「一……二……三……」

布雷迪看了巴比諾的勞力士手錶一眼，四點十五分。腦空部早班五點開始，時間過得真快。

「很好，至少簽十個名字。然後你就可以回去睡覺。」

「好，至少簽十個名字，然後我就可以回去睡覺，然後我會開車去那個你要我看著的房子。還是我不用去了，因為她們死了？」

「我想你可以不用去了。咱們複習一遍，我老婆是誰殺的？」

「我殺的，但那不是我的錯。我被催眠了，而我甚至不記得了。」Z男孩開始哭。「Z醫生，你會回來嗎？」

布雷迪笑了笑，露出巴比諾昂貴的牙科傑作。「當然。」但他講話時，雙眼向上看，又往左飄。他看著老傢伙拖著腳步走到牆邊那臺「老天我超有錢」的電視機旁邊，在螢幕上畫了大大的Z字。Z字到處出現在命案現場是不必要的，但布雷迪覺得這個點綴挺不錯，特別是當警方詢問昔日的艾爾圖書館先生，他叫什麼名字時，他說他叫Z男孩的時候。這只是做工精細珠寶上額外的花邊裝飾而已。

布雷迪往大門走去，途中又經過珂拉的屍體。他踏著舞步輕快跳下陽臺階梯，彈著手指，在底下擺出跳舞的姿勢。彈指讓他覺得手有點痛，可能有些初期的關節炎症狀了，但那又怎樣？布雷迪曉得真正的痛是什麼滋味，而指骨上的幾下刺痛根本不算什麼。

他朝艾爾的 Malibu 跑去。跟已故巴比諾醫師的ＢＭＷ相比，這車根本是團廢鐵，但至少能夠載他去他要去的地方。他發動引擎，對著儀表板音響傳出來的古典樂皺眉。他轉到「隆隆一百電臺」，找到黑色安息日樂團的歌，那時主唱奧茲．奧斯朋還很屌。他看著歪斜停在草皮上的ＢＭＷ最後一眼，然後出發。

在他進入夢鄉前，他還有一段路要趕，然後就是最後的裝飾，聖代上的櫻桃。他不需要佛萊迪．林克萊特來擺這顆櫻桃，只要有巴比諾醫生的筆電就夠了。他現在毫無束縛。

他自由了。

## 11

差不多就在Ｚ男孩證明他還能數到十的時候，佛萊迪．林克萊特沾著結塊血跡的睫毛從她沾著結塊血跡的臉頰上打開來。她發現自己盯著一隻睜大的棕色眼睛看。她花了一點時間才發現那不是什麼眼睛，而是一個木板上的漩渦，看起來像眼睛。她躺在地上，經歷了此身最痛苦的宿醉，就連她二十一歲生日，把結晶甲安跟蘭姆酒摻在一起感覺都沒這麼糟。她後來心想，自己撐得過那次小實驗真是幸運。現在她卻希望她沒撐下來，因為現在更痛苦。痛得不只是她的腦袋，連她的胸部都感覺彷彿被橄欖球選手當成假人練習擒抱過一樣。

她要自己的雙手動起來，但手不聽使喚。她把手撐在地上，做出伏地挺身的姿勢，然後向上推。她是起來了，但她最外面那件襯衫黏在地上一攤看起來像血，聞起來卻像威士忌的東西上。原來她剛剛是喝了這個，然後蠢到跌倒，撞到了頭，但親愛的上帝啊，她是喝了多少？

她心想：不是這樣，有人來，而妳曉得這個人是誰。

這不是什麼困難的歸納法。最近她只有兩位訪客，那兩個名字由Ｚ開頭的傢伙，而那穿著破爛大外套的老頭兒已經很久沒來了。

她想起身，但一開始卻站不起來。她也只能淺淺地呼吸，深呼吸會讓她左胸下方發痛，感覺好像有什麼東西在裡頭亂螫一樣。

我的隨身酒瓶？

我等著他出現時，我在轉酒瓶。等著我最後的款項，等著離開這個生活。

「對我開槍。」她用沙啞的嗓音說：「他媽的Ｚ醫生對我開槍。」

她搖搖晃晃走進浴室，不敢相信她在鏡子裡看到的失事現場。她的左臉沾滿鮮血，左邊太陽穴的深長傷口腫了一個紫色的大包，但這還不是最慘的。她的藍色條紋襯衫上也沾滿了血，她希望大多來自頭上的傷口，頭上的傷口流血不止啊。而她的左胸口袋上有一個圓形的小黑洞。對，他對她開槍。現在她想起來，自己暈過去前的槍聲跟火藥味。

她伸出顫抖的手，朝胸部口袋挖進去，還是只能淺淺地呼吸，她拿出那包萬寶路淡菸。商標第一個字上有個彈孔。她把香菸扔進洗手臺，解開襯衫的鈕釦，讓衣服掉落在地板上。現在威士忌的味道聞起來比較濃烈了。第二件襯衫是卡其布襯衫，有大大的襟翼口袋。當她想要把酒瓶從左邊口袋拔出來時，她發出了低沉的痛苦哀鳴，這是她在不深呼吸的狀況下，所能發出來的哀號聲。當她拔出來後，她胸部的疼痛終於舒緩了一點。子彈打穿了酒瓶，而最靠近她皮膚的酒瓶裂口旁邊有血。她把破裂的酒瓶放在香菸上方，然後解開卡其襯衫的鈕釦。這次花的時間比較長，但襯衫終於也落到地板上。最裡面是一件美國巨人的T恤，衣服上也有個洞。T恤沒有鈕釦，所以她用小指頭伸進彈孔裡，用力扯了起來。T恤破了，她終於看到自己的皮膚，鮮血斑斑。

她扁扁的胸部開始隆起的地方有個洞，她看到裡頭有個黑色的東西，很像一隻死蟲。她把衣服扯得更開，現在用了三根手指頭，然後伸手進去，捏這隻蟲。她把那蟲當成要掉不掉的牙齒，開始轉動。

「嗚……噢……呼……幹……」

下來了，但那才不是什麼蟲，那是子彈。她看著這小東西，然後跟其他東西一樣扔進水槽裡。雖然佛萊迪頭很痛，胸口抽痛，她卻曉得自己的運氣好得荒謬。那只是把小手槍，但距離這麼進，就算小手槍也能完成任務。肯定的，感謝這千萬分之一的好運氣。一開始先穿過香菸，然後打進真正抵擋住子彈的酒瓶，然後穿過薄荷錠的金屬小盒，才打到她。距離她的心臟有多近？兩公分？更近？

她的胃翻攪起來，想吐。她不能吐，不能吐。她胸膛上的傷口會開始流血，但這不是重點。重點是她的頭會爆炸，這才是重點。

她現在把爆裂開花（但救了她一命）的酒瓶拿出來，呼吸比較輕鬆了。她緩緩走回客廳，看著地上那攤血跟威士忌。如果他為了確保不失手，在她後腦又用滅音器開了一槍……

佛萊迪閉上雙眼，克制住暈眩的襲擊及湧上的反胃感，保持清醒。當她感覺好一點後，她走到椅子旁邊，以非常緩慢的速度坐下去。她心想：跟個背痛的老太婆一樣。她看著天花板，現在怎麼辦？

她考慮報警，叫救護車過來，送她去醫院，但她能怎麼說？有個人自稱是摩門教徒還是耶和華見證人的跑來敲門，她開門後，那人就對她開槍？為什麼開槍？為了什麼？而她，這位小姐，為什麼要在晚上十點半替陌生人開門？

還沒完呢，警察會來。她臥房裡有三十克的大麻跟四克左右的古柯鹼。她可以把毒品處理掉，但她電腦室裡的玩意兒怎麼辦？她正在進行六項非法的駭客工作，更別說一堆她根本沒花錢買的昂貴設備。條子會很好奇，林克萊特小姐，那個對妳開槍的人也許跟這些電子設備有關？也許妳因此欠他錢？也許妳替他做事，盜取信用卡號碼跟其他個人資料？而他們肯定不會錯過中繼器，在那邊閃啊閃的，透過無線網路發送無止盡的訊號，就跟拉斯維加斯的吃角子老虎機一樣，只要找到一臺活躍的札皮遊戲機，就會由客製化的惡意軟體傳送訊號回來。

林克萊特小姐，這是什麼？到底是做什麼用的？

而她要怎麼告訴他們？

她東張西望，希望可以在沙發或地上看到那個裝滿紙鈔的信封，但他肯定帶走了。前提是裡面有錢啦，不是什麼修剪過的一疊報紙。她還活著，她遭到槍擊，她腦震盪（拜託不要骨折），而且口袋空空。她能怎麼辦？

先關了中繼器，這是首要任務。布雷迪．哈特斯菲爾躲在Z醫生體內，而布雷迪不是個好傢伙。無論中繼器在執行什麼任務，都不會是好事。反正她本來就打算關掉中繼器，不是嗎？記憶有點模糊，但這不就是她原本的計畫嗎？關了中繼器，下臺一鞠躬？她沒有原本可以資助她買機票的尾款，但雖然她花錢如流水，卻還是存了幾千塊在銀行裡，穀物信託銀行九點開門，而且她還有提款卡。所以快點中斷中繼器，在那個詭異的「Z代表結束」網站還沒搞起來之前，提前關閉，把臉上的血洗一洗，然後閃人。不要搭飛機，最近機場保全都搞得跟捕獸陷阱一樣，但她可以搭巴士跟火車前往黃金西岸。這個主意是不是超棒？

她爬起身來，拖著腳步朝電腦室的房門前進，此時，這的確不是最棒選項的明顯理由默默浮現。布雷迪走了，但他如果沒辦法遠端遙控，特別是中繼器，他肯定不會走，而遠端遙控是全世界最簡單的事情。他很了解電腦，雖然佛萊迪不想承認，但他其實精通電腦，他肯定在她的裝置裡留了後門。若真是如此，他就能隨時查看狀況，只要一臺筆記型電腦就夠了。如果她關閉了他的鬼玩意兒，他會知道，他也會曉得她還活著。

他會回來。

「所以我該怎麼辦？」佛萊迪低聲地說。她吃力地走到窗邊，渾身顫抖（冬天的時候，這座公寓真他媽的有夠冷），然後看著窗外黑暗的景色。

「我現在該怎麼辦？」

## 12

霍吉斯夢到了包澤，這是他小時候養的兇惡雜種狗。在老包澤把送報男孩咬到必須縫針後，霍吉斯的老爸不顧兒子哭哭啼啼地抗議，把包澤拖去獸醫診所接受安樂死。在這個夢裡，包澤在咬他，咬著他的身體左側。就算年紀輕輕的小威．霍吉斯給牠零食袋裡最好吃的零食，牠也不放嘴，而他實在痛苦難熬。門鈴響了，他心想：是送報的男孩，去咬他，你要咬的是他才對！

只不過，當他從夢裡驚醒過來，回到真實世界時，他才發現那不是門鈴，而是床邊的電話，市內電話。他摸索話筒，沒拿好掉了，又從被毯上拿起，然後口齒不清發出類似「喂」的聲音。

「想說你應該把手機調成勿擾模式了。」彼得．杭特利說。他的聲音聽起來很清醒，還滿愉快的，真怪。霍吉斯瞇著眼睛看著床邊的時鐘，卻看不清楚。他那已經吃掉半瓶的止痛藥擋住了數字。老天，他昨天吃了幾顆？

「那個我也不會設。」霍吉斯掙扎坐起身來。他不敢相信痛楚惡化得這麼迅速，彷彿癌細胞就等著遭到指認，然後火力全開，展開攻擊。

「科米特，你需要找到你的人生重點。」

他心想：現在說這話有點遲囉，然後他把腿盪到床邊。

「早上……」他把藥瓶移開。「早上六點四十分，你打電話來幹嘛？」

「迫不及待要跟你分享這個好消息。」彼得說：「布雷迪．哈特斯菲爾死了，護士早上巡房的時候發現他的屍體。」

霍吉斯猛然站起身來，幾乎沒有感覺到銳利的刺痛。「什麼？怎麼會？」

「晚點驗屍報告會出來，但相驗的醫生傾向是自殺。他舌頭跟牙床上有東西殘留，值班醫生已經取樣，法醫辦公室的工作人員在我們講電話的當兒又採了一次樣本。他們會加快分析速度，畢竟哈特斯菲爾是個大明星。」

「自殺。」霍吉斯如是說，用手梳過亂糟糟的頭髮。這個消息夠簡單了，但他似乎還是沒辦法消化。「自殺？」

「他一直很迷自殺。」彼得說：「我相信你也講過，不止一次。」

「對，但……」

但什麼？彼得說得沒錯，布雷迪的確很迷自殺，而不是其他的死法。要不是事與願違，他早在二〇〇九年的市中心求職博覽會時準備赴死，一年後，他推著輪椅抵達冥果禮堂時，屁股下還綁了一公斤的塑膠炸藥。肯定會炸得他屁股開花。只不過，此一時，彼一時啊，狀況不一樣了，對不對？

「但什麼但？」

「不知道。」霍吉斯說。

「我可是清楚得很。他終於找到方法自殺了，就這麼簡單。如果你認為哈特斯菲爾參與了艾樂頓、史多佛跟史卡培利的命案，我就會把我對這一切的想法告訴你，那就是，你可以不用再擔心了。他是煮熟的鴨子，烤焦的火雞，煎熟的禿鷹，我們終於可以歡呼了。」

「彼得，我需要一點時間消化。」

「肯定的。」彼得說：「你跟他之間有段歷史。此時，我該打電話給小莎了，讓她今天一早就聽到好消息。」

「他吞了什麼的報告出來後，你會跟我說嗎？」

「我肯定會打電話通知你。同一時間，賓士先生，慢走不送，對吧？」

「對、對。」

霍吉斯掛斷電話，走去廚房，煮起咖啡來。他該喝茶，咖啡會把他那已經不太對勁的內臟灼得亂七八糟，但他現在不在乎。他也不吃止痛藥了，至少一會兒，他需要保持頭腦的清醒。

他從充電器上把手機拿下來，打電話給荷莉。電話才響一聲，她就接了起來，他稍微好奇她都幾點起床？五點？更早？也許有些問題還是不要知道答案比較好。他把彼得的話轉述給她聽，這是荷莉．吉卜尼生平第一次口無遮攔說髒話。

「你他媽的一定是在開玩笑吧！」

「除非彼得是在開玩笑，我覺得他是認真的。他要到下午三點才會試著開玩笑，但他也不太在行。」

荷莉沉默了好一會兒，然後問：「你相信嗎？」

「相信他死了？我信。不可能認錯人。他自殺嗎？就我看來……」他尋找正確的字眼，找不到，只好把五分鐘前他跟昔日夥伴說的話再說一遍。「不知道。」

「結束了嗎？」

「可能還沒。」

「我也是這麼想的。我們必須搞清楚在公司破產後剩下的札皮遊戲機流向。我不懂布雷迪．哈特斯菲爾是怎麼跟那些東西扯上干係的，但所有的關聯都指向他，還有他打算炸毀的那場演唱會。」

「我明白。」霍吉斯又想到蜘蛛網中央的黑色蜘蛛，又黑又大，充滿毒液，只不過現在這隻蜘蛛死了。

他心想：然後我們終於可以歡呼了。

「荷莉，妳可以趁羅賓森一家人去醫院接芭芭拉的時候，去醫院一趟嗎？」

「可以。」停頓了一會兒，她說：「我也想去。我會先打電話問譚雅這樣妥不妥當，但我相信應該沒問題。怎麼了？」

「我要妳給小芭看六張犯人照，都是上了年紀的西裝白人，加上菲利斯．巴比諾醫生。」

「你懷疑麥隆．札欽就是哈特斯菲爾的醫生？是他把遊戲機送給芭芭拉跟希爾妲？」

「現在這只是一個想法。」

真是客氣了，其實不只如此。巴比諾在霍吉斯打算進去看布雷迪時，扯了一個荒謬的說法，然後在霍吉斯問他還好嗎的時後忽然爆炸。而諾瑪．威莫則說醫生對布雷迪進行了沒有授權的人體實驗。諾瑪在「黑羊咩咩」酒吧的時候說：「調查巴比諾，整死他，我諒你不敢。」身為一個大概只剩幾個月好活的人來說，實在沒有什麼好不敢的。

「好，我尊重你的想法，老威。我相信我可以在醫院總會舉辦的慈善活動上找到巴比諾醫生社交的照片。」

「很好，現在提醒我那個破產信託人叫什麼名字。」

「陶德．史奈德。你要在八點半打電話給他。如果我跟羅賓森一家在一起，可能就會晚點進去。我會帶傑若米過去。」

「對，好。妳有史奈德的電話嗎？」

「已經用電郵傳給你了。你還記得怎麼登入信箱吧？」

「荷莉，我是得癌症，不是阿茲罕默。」

「今天是你的最後一天，你也要記得這點。」

他怎麼忘得了呢？他們會把他送進布雷迪喪命的醫院，就這樣啦，霍吉斯的最後一役無法結案。他不喜歡這個念頭，但也沒辦法，病情惡化得太快了。

「吃點早餐。」

「我會的。」

他掛斷電話，用渴望的眼神看了剛煮好的咖啡，香氣實在迷人。他把咖啡整壺倒進水槽，然後穿上衣服。他不吃早餐的。

## 13

荷莉不在她門口接待櫃檯的位子上，「誰找到就是誰的」辦公室看起來空蕩蕩的，但至少透納大樓的七樓是安靜的，走廊另一端嘈雜的旅行社人員至少還要一個小時才會上班。

霍吉斯在黃色橫條筆記本上塗鴉時，是他思考的時刻，他會寫下所有出現的想法，試著解開這相連畫面上的所有連結。他當警察時，他就是這樣辦案的，而他多數時候能夠找出連結。那些日子他受到許多表揚，但他把那些讚美隨手藏進衣櫥裡，沒有掛在牆上。那些東西對他來說一點也不重要。他想要的獎賞是乍現靈感的案情關聯。他發現自己放不下，因此才選擇了事務所，而不是安然退休。

這天早上，他寫不出筆記，只有塗鴉，火柴人爬山、龍捲風跟飛碟。他很確定現在所有的謎題都攤在桌面上，他要做的只是把這些東西串在一起，但現在布雷迪．哈特斯菲爾的死就跟個人資訊公路上產生的連環車禍一樣，堵住了所有的車流。他每次望向手錶，五分鐘就過去，很快他就必須打電話給史奈德。等到他掛電話的時候，嘈雜的旅行社人員就會上班了，之後，荷莉跟傑若米就會抵達，安靜思考的機會就沒了。

荷莉說：想想關聯，所有的關聯都指向他，還有他打算炸毀的那場演唱會。

對，是這樣沒錯。因為要收到免費札皮遊戲機的方法就是那些人，主要是年輕女孩，現在都是青少女了，證實自己參加了「在這裡」的演唱會，結果現在那網站已經掛了。就跟布雷迪一樣，「爛演唱會」網站是煮熟的鴨子，烤焦的火雞，煎熟的禿鷲，我們終於可以歡呼了。

他終於在塗鴉之間寫下兩個詞，用圈圈劃起來，一是「演唱會」，另一個是「殘餘物」。

他打電話去金納紀念醫院，轉接到腦空部。對，諾瑪．威莫在這裡，但她很忙，沒辦法接電話。霍吉斯猜今天早上她的確很忙，希望她的宿醉不會太嚴重才好。他留了口訊，請她一有空就立刻回電，還強調這是急事。

他繼續塗鴉塗到八點二十五分（他現在畫的是札皮遊戲機，大概是因為迪娜．史考特的遊戲機還在他的外套口袋裡。），然後，他打電話給陶德．史奈德。史奈德親自接電話。

霍吉斯自稱是消費者的志工律師，跟商業改進局合作，有人請他調查最近出現在城市裡的一批札皮遊戲機。他的語氣很輕鬆，可以說是無害。「這沒什麼，特別是那些遊戲機都是免費贈送的，但似乎有些收到東西的人會從一個叫做『日出讀者圈』的地方下載書籍，他們覺得很奇怪。」

「日出讀者圈？」史奈德的口氣聽起來很感興趣。感覺他還沒有要舉起法律行話的盾牌，霍吉斯就想這樣。「跟日出方案公司有關？」

「呃，對，大家都這麼想。根據我手邊的資料，日出方案在買下札皮公司以後就破產了。」

「沒錯，但我這裡有很多日出方案的文件，不記得有什麼『日出讀者圈』。有的話也會非常引人注意。日出公司基本上就是莫名其妙爬起來的小電子公司，想要找到一次就能翻身的機會。不幸的是，這個機會一直沒有出現。」

「那札皮俱樂部呢？有聽說過嗎？」

「還真的沒有。」

「還是一個叫做『Z代表結束』的網站呢？」他問這個問題的當兒，著實拍了自己額頭一記。他剛剛該上一下這個網站，而不是在那邊畫整頁的蠢塗鴉。

「沒，也沒聽過。」現在他開始搬弄法律術語了。「這是消費者詐欺案件嗎？因為破產法對於這個主題有很清楚的規範，而且——」

「不是那樣。」霍吉斯哄他說：「我們之所以介入是因為莫名其妙的下載。而且至少有一臺札皮遊戲機抵達時就壞了。收到的人想要寄回去，也許能夠換臺新的。」

「如果是札皮公司最後一批貨，那就不奇怪了。」史奈德說：「那批貨的良率很低，最後一批可能有三成都有問題。」

「這只是出於我個人的好奇，但最後一批貨有多少量？」

「我得查一下比較確定，但我想應該有四萬臺。札皮告他們的製造商，雖然告中國公司基本上沒什麼用，但他們那時是什麼浮木都想攀。我告訴你這點是因為這整件事已經徹底結束了。」

「了解。」

「這個製造商叫做義成電子，他們的反應火藥味十足，也許不是擔心賺不到錢，而是擔心公司的聲譽。實在不能怪他們，對吧？」

「對。」霍吉斯實在沒辦法繼續忍著不吃止痛藥了。他拿出藥瓶，倒了兩顆出來，然後心不甘、情不願地放了一顆回容器裡。他把藥片擺在舌頭下面溶化，希望這樣可以快點發揮藥效。「我猜是情有可原。」

「義成聲稱東西是在運輸途中受損的，應該是海運。他們說如果是軟體問題，所有的遊戲機都應該會有問題。我聽起來是挺合理的，但我可不是電子產品天才。總之，札皮中箭落馬，而日出方案決定不要進行訴訟。他們當時有更大的危機。債權人追上門來，投資人紛紛跳船。」

「最後一批貨怎麼了？」

「這個嘛，那些東西當然算是資產，但不是很有價值，因為故障的關係。東西扣留在我這裡一陣子，我們在業界向專門販售折扣商品的零售商宣傳。有些連鎖店，像是一元店鋪跟實惠高手這種，你曉得這些商店嗎？」

「知道。」霍吉斯在附近的一元商店買過一雙工廠外流的樂福鞋。價錢超過一美金，但沒高到哪裡去，還滿實穿的。

「當然，我們必須先講清楚，上述強調的那批貨是札皮掌上機，每十臺裡可能有三臺故障，這意味著這些東西必須經過檢查。這樣整批東西都沒辦法出貨，一臺一臺人工檢查太耗人力了。」

「嗯哼。」

「所以，身為破產信託人，我決定整批銷毀，進行稅收抵免，可能還能換點錢回來……呃，還滿多的，當然以通用汽車的標準來說當然沒什麼，但也有六位數。結清戶頭，你懂的。」

「對，合理。」

「但在我銷毀前，我接到一通來自『遊戲札誌』公司的來電，來自你的城市。不是雜誌，是『札』誌，手札的札。這人自稱執行長，大概是兩房或車庫、三人小公司的執行長吧。」史奈德露出紐約大生意人的笑聲。「反正電腦革命還在上演，這些小公司就跟雨後春筍一樣冒出來，不過我還沒有聽過有公司會免費贈送商品的。好像有點詐騙的感覺，你不覺得嗎？」

「對。」霍吉斯如是說。溶化的藥片非常苦，但減緩痛楚的滋味卻很甜美。他覺得生活裡很多事情都能這麼說。根本是會出現在《讀者文摘》上的文字，儘管如此，這話還是說得很對啊。

「真的很像詐騙。」

法律術語的盾牌扔一邊去了，現在史奈德講起他的故事，整個很生動。「這傢伙打算以一臺八十美金購買八百臺札皮，比建議售價差不多便宜了一百塊。我們最後決定以一百元成交。」

「一臺。」

「對。」

「總共需要八萬美金。」霍吉斯如是說，想起布雷迪，鬼才曉得他身上背了多少民事訴訟，總共金額可能高達幾百萬美金。如果霍吉斯的印象沒錯，布雷迪銀行裡應該有一萬一千美金的存款。「而他們開支票給你？」

他不確定對方會不會回答這個問題，很多律師都會在這時住口，但史奈德還是說了。大概是因為日出方案的破產一案已經綁上了美美的法務蝴蝶結。對史奈德來說，現在就像賽後訪問。

「對，遊戲札誌公司帳戶開的票。」

「有兌現嗎？」

陶德．史奈德發出他那大生意人的笑聲。「如果沒有，那八百臺札皮遊戲機就會扔進回收系統，跟其他零件一起做成新的電腦產品了。」

霍吉斯在他的塗鴉筆記本上算了一下數學，如果八百臺遊戲機裡有三成是壞的，那能用的至少還有五百六十臺，也許沒那麼多。希爾妲．卡佛的機器應該就是要銷毀的，到底為什麼要給她呢？但根據芭芭拉的說法，希爾妲的遊戲機發出藍色閃光之後就打不開了。

「所以東西就出去了。」

「對，從印第安納州西部的特雷霍特的倉庫寄出。算是小小的補償，但還是貼補了一點破產。霍吉斯先生，能為客戶服務，我們都會盡量去做。」

「我相信如此。」霍吉斯心想：而我們終於可以歡呼了。「你記得那八百臺遊戲機寄到哪裡去嗎？」

「不記得，但肯定有文件。給我你的電子信箱，我樂意傳給你看，條件是你要告訴我，這個『札誌』的人到底在幹什麼。」

「史奈德先生，樂意之至。」霍吉斯心想：肯定只是郵政信箱，而登記的人早就跑了。不過，還是必須查一查。荷莉可以做這件事，而他會躺在病床上，治療那根本沒藥救的毛病。「史奈德先生，你真是幫了我一個大忙，再請教你一件事，我就掛電話。你是否還記得遊戲札誌執行長的名字？」

「噢，記得。」史奈德說：「我想說那就是為什麼那個公司叫『札誌』不是『雜誌』的原因。」

「聽不懂。」

「那個執行長叫麥隆．札欽。」

# 14

霍吉斯掛上電話，打開 Firefox 瀏覽器。他鍵入「Z代表結束」這個網址，發現自己正看著一個卡通人物，揮舞著他的卡通鶴嘴鋤。一團一團的泥土飛濺出來，不斷形成一句話。

**抱歉，我們還在施工中。**

**持續回來關注我們！**

**「我們持續努力，才曉得自己是誰。」作家托拜厄斯．沃爾夫**

霍吉斯心想：又一句《讀者文摘》金句，然後走去窗邊。下萬寶路街的晨間車流迅速移動。他帶著驚喜與感恩的心情發現身體左側的痛楚完全消失了，這是這幾天來的頭一遭。他幾乎可以相信自己什麼毛病也沒有，但他嘴裡的苦味跟他唱起反調來。

他心想：嘴裡苦苦的殘餘藥物。

他的手機響了起來，是諾瑪．威莫，她的聲音壓得很低，他必須仔細聽。「如果這是跟所謂的訪客名單有關，我還沒有機會去找。這裡滿是警察跟檢察官辦公室的廉價西裝男。不說人家還以為哈特斯菲爾是逃走，不是死了。」

「跟名單無關，但我還是需要知道，如果妳今天能夠找到，就能現賺五十美金，中午前告訴我，就算一百。」

「老天，那是什麼重要的東西！我問了喬琪亞．菲德烈克，她這十年在腦空部跟整形外科來回輪調，她說，除了你以外，還會來看哈特斯菲爾的人是個看起來髒兮兮的女孩，身上有刺青，頭髮是海軍陸戰隊的那種平頭。」

霍吉斯不曉得這在說誰，但他好像印象裡有這麼一個人。他不相信自己的印象，他急著想把一切拼湊在一起，這意味著他必須步步為營。

「老威，你想怎樣？我躲在他媽的床單櫃裡，熱死了，我頭好痛。」

「我之前的警隊夥伴打電話告訴我，布雷迪吞藥自盡。就我的理解，他這些日子肯定藏了足夠的藥，這點可能嗎？」

「可能啊，我也可能在見鬼的波音七六七上巧遇機組員全死於食物中毒，但這兩件事實在不太可能發生。我告訴你我是怎麼跟警察還有檢察官辦公室那兩個跟哈巴狗一樣的傢伙講的。布雷迪復健的時候會吃安鈉百鎮錠，飯前一顆，如果他開口，晚點會再給他一顆，但他很少開這個口。安鈉百鎮錠在止痛上並沒有非處方藥安舒疼管用。他的處方上也有泰諾強效錠，但他偶爾才會要求。」

「檢察官那邊的人有什麼動作？」

「現在他們接受他吞了一把安鈉百鎮錠。」

「但妳不相信？」

「我當然不信！他能把藥藏在哪裡？塞進他臥床的瘦巴巴屁眼裡嗎？我得掛了。我晚點再跟你說訪客名單的事情，如果真的存在，我就跟你聯絡。」

「諾瑪，謝謝妳，頭痛就吃點安鈉百鎮錠吧。」

「去你的，老威。」但她邊說邊笑。

# 15

傑若米一走進來，霍吉斯的第一個想法就是：見鬼了，小子，你長大了！

傑若米．羅賓森一開始替他除草，後來又成了全能維修工，最後當上了科技天使，替霍吉斯解決電腦問題。那時傑若米只是個弱不禁風的青少年，一百七十二公分高，六十多公斤。門口這位小巨人少說也有一八八，至少快九十公斤。他原本就很帥，但他現在長滿肌肉，看起來跟電影明星一樣迷人。

目光的焦點露出微笑，快步穿過辦公室，走來擁抱霍吉斯。他用力抱了一下，但看到霍吉斯面露難色，連忙放開，說：「老天，抱歉。」

「你沒傷到我。我的朋友，我是很高興見到你。」他的視線有點模糊，他用掌心抹抹雙眼。「見到你真好。」

「我也是。你感覺如何？」

「現在很好。我吃了止痛藥，但你更有效。」

荷莉站在門口，樸素的冬天外套沒有拉拉鍊，小小的雙手交握在腰際。她用哀傷的微笑看著他們。霍吉斯不相信天底下有「哀傷的微笑」這種表情，但顯然就是有。

「荷莉，過來吧。」他說：「不用團體擁抱，我保證。妳跟傑若米解釋事情的來龍去脈了嗎？」

「他曉得芭芭拉的事情，但我想其他的應該由你告訴他。」

傑若米用一隻溫暖的大手握著霍吉斯的脖子。「荷莉說，你明天就要住院進行檢查跟治療計畫。如果你討價還價，我應該要叫你閉上你的狗嘴。」

「什麼狗嘴。」荷莉嚴厲地看著傑若米。「我才不會這樣講話。」

傑若米笑了笑，說：「你該閉嘴，順便閉上你那雙狗眼。」

「傻瓜。」她說，但那抹哀傷的笑容又出現。霍吉斯心想：高興我們又湊在一起了，但又因為齊聚一堂的原因感到難過。他打破這詭異的對比反差氣氛，問起芭芭拉狀況如何。

「還行。脛骨跟腓骨中段骨折，在足球場或滑雪小丘上也可能會受這種傷。應該會完全好。她打了石膏，開始抱怨底下皮膚很癢。老媽去幫她張羅拐杖什麼的了。」

「荷莉，妳有給她看嫌犯照片嗎？」

「有，她指出了巴比諾醫生，一點遲疑也沒有。」

霍吉斯心想：醫生啊醫生，我有幾個問題想要請教你，在我過完自由的最後一天前，我會逼問出答案來。如果我必須掐著你，讓你的眼睛暴凸出來，那也只是剛好而已。

傑若米靠在霍吉斯辦公桌的角落，他以往都站在這裡。「從頭跟我講一遍，我也許能夠看出一些新的東西。」

霍吉斯解釋了大部分，荷莉走去窗邊，看著下萬寶路街，雙臂抱胸，手握在自己的肩膀上。她時不時補充說明，但大多在聽霍吉斯講。

霍吉斯說完了，傑若米問：「這個精神勝過物質的層面你有多少把握？」

霍吉斯想了一下，說：「八成，可能更多，聽起來很瘋狂，但流言實在太多了，不能小看。」

「如果他真的擁有超能力，那都是我的錯。」荷莉沒有從窗邊轉頭回來。「老威，我用你的甩甩樂打他的時候肯定重啟了他的大腦，讓他能夠使用剩下九成一般人無法使用的灰物質。」

「也許吧。」霍吉斯說：「但如果妳不打暈他，妳跟傑若米都會死掉。」

「還有很多人也會一起陪葬。」傑若米說：「而且說不定不是頭部受創造成的。不管巴比諾餵他什麼，都讓他清醒過來了。實驗性質的藥物有時會帶來難以預料的效果，你知道的。」

「或者，可能是兩者的加乘。」霍吉斯說。他實在不敢相信他們居然在討論這種事情，但不討論又會讓警方辦案的第一條規矩打臉：線索指向哪裡，跟去就對了。

「老威，他恨你。」傑若米說：「他沒能讓你自殺，這原本是他的如意算盤，還引得你去追捕他。」

「還用他的武器對付他。」荷莉補充道，她還是沒有轉過身來，依舊抱著自己的身子。「你用黛比的藍色雨傘逼他現身。兩天前，傳訊息給你的就是他，我知道是他。布雷迪．哈特斯菲爾自稱Z男孩。」現在她終於轉身。「這點再明顯不過。你在冥果禮堂阻止了他……」

「不，我心臟病發，人在樓下。荷莉，是妳阻止他的。」

她猛力搖搖頭。「他不曉得啊，他又沒看見我。你覺得我忘得了那晚的狀況嗎？我永遠也忘不了。芭芭拉坐在走道對面的前幾排，他看著芭芭拉，沒有看我。我對他喊了些什麼，他一轉頭，我就開始打他的頭，然後又打了一下。噢，老天，我下手也太重了一點。」

傑若米朝她走去，但她示意要他停下。與人互看對她來說很困難，但她現在正直直盯著霍吉斯看，雙眼認真嚴厲。

「你刺激他，讓他現身，猜出他密碼、讓我們搞清楚他有什麼打算的人也是你。他總把責任推到你身上，我滿清楚。然後你不斷跑去他的病房，坐在那裡跟他講話。」

「而妳覺得就是因為這樣，他才做這一切的嗎？誰曉得這一切是什麼。」

「不！」她近乎尖叫。「他做這一切，只因為他是個神經病！」她停頓了一下，然後怯生生地為她提高音量而道歉。

「荷莉貝瑞，用不著道歉。」傑若米說：「妳鬧脾氣的時候會讓我跟著激動。」

她嚴肅地看著他。傑若米忍俊不住笑了出來，問霍吉斯：迪娜．史考特的札皮遊戲機在不在這裡，他想看看。

「在我外套口袋裡。」霍吉斯說：「但小心那個『洞洞釣魚樂』的示範畫面。」

傑若米在霍吉斯的口袋裡翻找，找到一條薄荷嚼錠跟常常出現的偵探筆記本，然後才拿到迪娜的綠色札皮遊戲機。「真見鬼，我以為這種東西跟錄影帶還有撥接數據機一起退休了哩。」

「是這樣差不多。」荷莉說：「價格也沒有幫助。我查過了，二〇一二年的時候，一臺的零售價是一百八十九美金，真是太荒謬了。」

傑若米在雙手把玩這臺遊戲機，面色凝重，看起來很累。霍吉斯心想：哎，好吧，他昨天還在亞利桑那州蓋房子，今天卻因為他平常很開朗的妹妹鬧自殺而不得不趕回家。

也許傑若米看穿了霍吉斯的表情，說：「小芭的腿會沒事的，我有點擔心她的心智。她提到藍色的閃光，還聽得見聲音。從遊戲機來的。」

「她說那個聲音還在她的腦海裡。」荷莉補充說道：「好像餘音繞耳的音樂。現在她的遊戲機壞掉了，印象也許會慢慢淡掉，但其他還有遊戲機的人怎麼辦？」

「『爛演唱會』的網站上不去，這樣還有辦法曉得到底有多少人拿到遊戲機嗎？」

荷莉跟傑若米互看了一眼，做出一致的搖頭動作。

「可惡。」霍吉斯說：「我是說我其實沒有那麼訝異啦，但還是……可惡。」

「這臺有發出藍色閃光嗎？」傑若米還沒有打開遊戲機，只是持續在手上翻來覆去。

「沒，而粉紅色的魚也沒有變成數字。你自己試試看吧。」

傑若米沒有直接開機，反而翻到背後，掀開電池蓋。「一般的三號電池。」他說：「可以充電。沒有什麼魔法，但『洞洞釣魚樂』的示範畫面讓你昏昏欲睡？」

「我是。」霍吉斯說。他並沒有強調當時他吃了可以飄上雲端的止痛藥。「現在，我對巴比諾更感興趣。他也有份。我不明白這段合作關係到底是怎樣，但只要他還活著，他就會告訴我們。肯定還有其他人參與其中。」

「管家看到的男人。」荷莉說：「那個開著補漆舊車的人。你知道我怎麼想嗎？」

「說吧。」

「他們之中，可能是巴比諾醫生，可能是舊車男，去找露絲·史卡培利。哈特斯菲爾肯定有她的把柄。」

「他怎麼能差遣任何人？」傑若米問，他把電池蓋裝回去，發出喀答一聲。「心靈控制？老威，根據你的說法，他用那個什麼鬼念力打開浴室水龍頭，光是要我接受這點我都覺得很困難。可能只是謠言亂傳而已，他只是醫院的傳說，不是都市傳說。」

「一定是這個遊戲機。」霍吉斯思索著說：「他在遊戲上動了手腳。加強了什麼功能之類的。」

「在醫院病房裡弄的？」傑若米看他的眼神彷彿是在說「認真點好不好」。

「我知道這很不合理，就算把念力加進來也說不通，但遊戲肯定有問題，肯定的。」

「巴比諾知情。」荷莉說。

「她是位詩人，但她渾然不知。」傑若米陰沉地說。他還在把遊戲機翻來覆去。霍吉斯覺得他是在克制住自己想把東西扔在地上、一腳踩爛的衝動，這也合情合理啦。畢竟，這種機器差點要了他妹妹的命。

霍吉斯心想：不，不是這樣。迪娜札皮的「洞洞釣魚樂」的示範畫面產生了些許的催眠效果，但只有這樣而已，大概只是……

他忽然坐直身子，引發身體左側一陣刺痛。「荷莉，妳有沒有在網路上搜尋『洞洞釣魚樂』過？」

「沒有。」她說：「我沒想過要查。」

「妳現在可以搜尋看看嗎？我想知道——」

「網路上有沒有示範畫面的討論。我早該想到了。我這就去查。」她連忙跑去外面的辦公桌。

「有一點我不懂。」霍吉斯說：「為什麼布雷迪要在能夠看到成果之前自殺。」

「你是說，在看到他能害死多少孩子之前自殺。」傑若米說：「去看那場要命演唱會的孩子，因為我們一直在說的就是這個，對不對？」

「對。」霍吉斯說：「傑若米，整件事充滿太多空白，太多了。如果他真的自殺，我甚至不懂他是怎麼動手的。」

傑若米用掌心壓在兩邊太陽穴上，好像是要讓頭不要暈眩一樣。「別告訴我，你覺得他還活著。」

「不，他的確死了，彼得不會搞錯這點。我說的是也許有人謀殺了他。根據我們掌握的資訊，巴比諾可能就是頭號嫌疑犯。」

「真他喵的見鬼！」荷莉從另一間辦公室大喊起來。

她講話的時候，霍吉斯跟傑若米碰巧對看，結果有這麼神聖的一瞬間，他們兩個人都強忍笑意。

「怎麼了？」霍吉斯大喊，這是他在不要爆笑出聲的情況下所能擠出來的三個字，他曉得他一笑，他的身體左側會痛，也會傷了荷莉的心。

「我找到一個網站，叫做『洞洞釣魚樂催眠效果』！首頁就警告家長不要讓小孩長時間看示範畫面！第一次警告的對象是二〇〇五年大型機臺的版本！Game Boy修復了這個問題，但札皮……等等……札皮聲稱改善了，但其實沒有！這篇串文超長的！」

霍吉斯看了看傑若米。

「她是指網路上的討論串。」傑若米說。

「一個孩子在愛荷華州的狄蒙因暈倒了，頭撞到桌角，頭骨碎裂！」她的口氣聽起來非常興奮，她跑過來找他們。她臉頰泛紅。「可能會有官司！我敢說這就是為什麼札皮公司最後收掉的原因！我敢說這就是為什麼日出方案會——」

她桌上的電話響了起來。

「噢，討厭。」她說，轉身去接。

「跟對方說我們今天不上班。」

但在荷莉說完「你好，這裡是『誰找到就是誰的』事務所」後，她聽著話筒好一會兒，然後她轉身，拿著話筒。

「是彼得．杭特利，他說他要立刻跟你講話，他聽起來……怪怪的，好像他很難過，很生氣，還是怎麼了。」

霍吉斯走去外頭的辦公室，看看彼得到底為什麼聽起來好像很難過，很生氣，還是怎麼了。

在他身後的傑若米終於打開迪娜．史考特的札皮遊戲機。而在佛萊迪．林克萊特的電腦窩裡（佛萊迪本人吃了四顆強效止痛藥，在臥房睡著了），「尋獲四十四臺」變成了「尋獲四十五臺」，中繼器閃著「載入中」。

然後出現「任務完成」。

彼得沒有打招呼，他說的是：「科米特，接招，通通接過去，在真相消失前，查個水落石出。房子裡的婊子跟兩個州探在一起，我在後面不曉得什麼地方，我猜是園藝工作室，這裡冷得要死。」

霍吉斯一開始訝異到說不出話來，不是因為那兩個州探出現在彼得工作的場合，這是市中心警察對州立犯罪調查部門探員的暱稱。他訝異（基本上是大吃一驚）的原因是他跟彼得共事這麼多年，只聽彼得用過這個ㄅ開頭的字眼講活生生的女性一次。那次是在講他岳母，因為岳母鼓吹女兒離開彼得，還讓她跟孩子一起住回娘家，而她真的離開了。他現在指的婊子只可能是在說他的夥伴，又名灰色電眼女郎。

「科米特，你還在嗎？」

「我在。」霍吉斯說：「你人在哪？」

「蜜糖高地。菲利斯．巴比諾醫生位於丁香道的家，見鬼，根本他媽的豪宅。你知道巴比諾是誰，我曉得你知道。天底下沒有人比你更熟布雷迪．哈特斯菲爾，他一度還是你唯一的嗜好。」

「你在說誰，我瞭，你在說什麼，我不瞭。」

「夥伴，整件事都要爆炸囉，爆炸的時候，小莎不想被碎片攻擊。她有野心，瞭嗎？十年內幹到刑事組組長，也許十五年就能升到局長。我瞭，但不代表我喜歡這樣。她背著我，打電話給霍爾根局長，霍爾根找了州探來。如果這個案子現在還沒有正式歸他們，很快就是他們的了，中午之前。他們有他們的理論，但這鳥事很不對勁。我很清楚，小莎也很清楚，但她就是不在乎。」

「彼得，你得講慢點，告訴我發生了什麼事。」

荷莉焦急地盤旋在一旁，霍吉斯聳聳肩，舉起一隻手指，要她等等。

「管家七點半過來，好嗎？名叫諾拉．艾佛利。車子開上車道，她看到巴比諾的ＢＭＷ停在草坪上，擋風玻璃上有個彈孔。她看了看車內，發現方向盤跟座位上有血，就打電話報警。在五分鐘車程外就有一輛警車，在蜜糖高地都這樣，總之警察抵達時，艾佛利坐在車上，車門鎖得緊緊的，跟枚快掉的葉子一樣瑟縮發抖。警方要她留守車內，然後去開門。門沒鎖。巴比諾太太，也就是珂拉，倒在門廳，死了，我相信法醫從她身上挖出來的子彈跟鑑識人員從ＢＭＷ上找到的子彈是同一款。你準備好了嗎？她額頭上有一個黑色墨水寫的Ｚ字，整個一樓，包括電視螢幕上都寫了Ｚ，就跟艾樂頓家的狀況一模一樣，我覺得就是這個時候，我的夥伴決定她不想跟這鬼事扯上任何關係。」

霍吉斯說：「對，大概吧。」只是為了要讓彼得繼續講話。他拿起荷莉電腦旁的筆記本，用粗體的大字寫下「巴比諾太太遭人謀殺」，好像報紙頭條。荷莉用手蓋在嘴上。

「一名員警打電話回分局的時候，另一個聽到樓上傳來的打呼聲，他說聽起來就跟空轉的電鋸一樣。所以他們拔槍上樓，樓上有三間客房，一、二、三，沒聽錯，三間，這地方超大的，他們在其中一間房間裡發現一個老傢伙在睡覺。他們叫醒他，他說他叫艾爾文．布魯克斯。」

「艾爾圖書館！」霍吉斯大喊：「醫院的人！我第一次看到札皮就是他給我看的！」

「對，就是那傢伙。他襯衫口袋裡有金納紀念醫院的識別證。沒逼問他，他就自招，是他殺死巴比諾太太的，還自稱遭到催眠。所以他們給他上了銬，帶他下樓，讓他坐在沙發上。大概半小時後，我跟小莎發現這件事，抵達犯案現場。我不曉得這傢伙有什麼毛病，可能是神經崩潰什麼的，但他老兄腦子不太正常。他東拉西扯，講了一堆怪東西。」

霍吉斯回想起自己最後一次探訪布雷迪時的情景，差不多是在二〇一四年勞工節週末前後，說：「你看不見，從來沒這麼好過。」

「對。」彼得聽起來很訝異。「類似這種。當小莎問他是誰催眠他的時候，他說是魚，在美麗海邊的魚。」

對霍吉斯來說，這話完全合理。

「我進一步繼續問話，此時小莎肯定在廚房，忙著背著我甩掉這個案子。這是老傢伙實際的用字，他說『Z醫生要他簽名』，還要簽十次，加上死者額頭上的Z，剛好十個。我問他，Z醫生是巴比諾醫生嗎？他說不是，Z醫生是布雷迪．哈特斯菲爾。看，夠瘋了吧？」

「真的。」霍吉斯說。

「我問他，他是不是也朝巴比諾開槍。他搖搖頭，只說想回去睡覺。就在這個時候，小莎從廚房回來，說霍爾根局長找了州探，因為巴比諾醫生是有名望的人，這個案子會備受矚目，再說，剛好有兩名州探來城裡開庭作證，有沒有這麼方便。她講話時不肯看著我，言詞閃爍，這時我開始指著所有的Z字，問她是否看起來很眼熟，她就沒講話。」

霍吉斯從來沒有在昔日夥伴嘴裡聽到這麼多憤怒與無奈過。

「所以呢，我手機響了……你還記得我早上打電話給你的時候，跟你說有位醫生從哈特斯菲爾嘴裡取樣，對吧？那時法醫的人還沒到。」

「記得。」

「好，這通電話就是那位西蒙森醫生打來的。法醫的人最快也要兩天後才會有結果，但西蒙森立刻化驗了。哈特斯菲爾嘴裡的東西有止痛藥維柯汀跟安眠藥史蒂諾斯。院方根本沒有開這兩種藥給哈特斯菲爾，他更不可能跳舞轉圈圈去最近的藥櫃自己搜刮，對吧？」

已經曉得布雷迪吃什麼止痛藥的霍吉斯同意實在不可能。

「現在小莎在屋內，大概跟著那兩個州警屁股後面跑，嘴巴閉得緊緊的，看著他們盤問這個布魯克斯老傢伙，若不逼他，他連自己的名字都想不起來。不然就說自己是Z男孩，活脫是威漫漫畫裡的人物。」

霍吉斯握在手裡的筆都快折成兩截了，他又在筆記本上寫下另一個標題，一邊寫，荷莉一邊低頭看：「在黛比藍雨傘留訊給我的人是艾爾圖書館」。

荷莉睜大眼睛看著他。

「就在州探抵達前，老天，他們速度真快，總之我問布魯克斯，他是不是也殺了布雷迪・哈特斯菲爾。結果小莎叫他不要回答這個問題！」

「她說什麼！」霍吉斯驚呼。他現在實在沒腦容量擔心彼得跟他夥伴惡化的關係，但他還是覺得很驚訝。畢竟，她是警探，不是艾爾圖書館的辯護律師啊。

「你聽到了，然後她看著我，說我還沒宣讀他的權利。於是我轉身問制服員警，『你們向這位先生宣讀米蘭達警告了嗎？』，他們當然說讀了。我看著小莎，她的臉從來沒有這麼紅過，但她不肯退讓，她說『如果我們搞砸這件事，矛頭不會指向你，你再兩個星期就要退休了，但責任會落在我肩上，重重落下。』」

「所以州探就出現了……」

「對，現在我在已故巴比諾太太的園藝工作室，誰管這裡是幹嘛用的，我他媽的快冷死了。科米特，城裡最昂貴的地段，結果我在一個比挖井工人皮帶頭還要冷的破棚子裡。我敢說小莎也知道我打電話給你，跟親愛的科米特阿叔打小報告。」

彼得大概說得沒錯，但如果灰色電眼女郎跟彼得說的一樣，決定平步青雲往上爬，她用的字眼就會難聽得多，好比說「洩密」。

「這個布魯克斯老傢伙小小的腦子不太好使，等到這事鬧上媒體，他就會成為最顯眼的兇手。你知道他們會怎麼說嗎？」

霍吉斯曉得，但還是讓彼得說。

「布魯克斯的小腦袋瓜裡以為他是什麼正義復仇者，叫做Z男孩。他跑來這裡，在巴比諾太太應門時殺了她，然後又在醫生他本人打算駕車逃命時槍殺他。然後布魯克斯開車去醫院，把他從醫生私人藥櫃裡的東西塞進哈特斯菲爾嘴裡。這點我不質疑，因為他們家醫藥櫃看起來他媽的藥房一樣華麗。而且他肯定能夠自由進出腦部外傷診所，他有識別證，而且過去六、七年，他都固定在醫院活動，但為什麼？而且巴比諾的屍體呢？因為屍體不在這裡。」

「好問題。」

彼得繼續說：「他們說布魯克斯把屍體裝進自己的車子裡，然後把車開到什麼涵洞或深谷裡，可能是在他餵食哈特斯菲爾藥物之後幹的，但太太的屍體還躺在門口，他幹嘛對醫生的屍體動手腳？而且他幹嘛回來？」

「他們會說——」

「對，說他瘋了！肯定會這麼說！遇到什麼說不通的事，這個答案最完美！如果艾樂頓跟史多佛起死回生，我看是不太可能啦，但她們也會說布魯克斯就是殺害她們的兇手！」

霍吉斯心想：如果她們真的從墳墓裡跳起來作證，南西．奧德森也會支持她們的說法，至少某種程度上支持。因為南西在山頂苑路房子裡看到的男人無庸置疑就是艾爾圖書館。

「他們會把布魯克斯推出來示眾，面對媒體，然後說一切就此結束，但科米特，事情沒這麼簡單，肯定沒有。如果你有任何消息，哪怕是一個小小的線索，你都要緊追不放，追！你要保證繼續追查下去。」

霍吉斯心想：我手邊的線索可不只一條哩，但巴比諾是關鍵，而巴比諾失蹤了。

「彼得，車上有多少血？」

「不多，但鑑識人員已經證實符合巴比諾的血型，還沒確定是他，但……該死。我得掛了，小莎跟一個州探來後門找我。」

「好。」

「如果你需要我用權限幫你查什麼，盡量跟我說。」

「會的。」

霍吉斯掛斷電話，抬起頭來，想要把一切告訴荷莉，但她卻不在他身邊。

「老威。」她的聲音壓得低低的，說：「來這裡。」

他不解地走進自己的辦公室，他停在門口。傑若米坐在辦公桌前霍吉斯的旋轉椅上。他長長的雙腿伸展開來，盯著迪娜．史考特的札皮遊戲機看。他的雙眼睜得很大，卻很空洞。嘴巴也張得開開的，下唇有好幾滴唾沫。遊戲機小小的喇叭傳來輕快的音樂，但聽起來跟昨晚不太一樣，這點霍吉斯很確定。

「傑若米？」他向前走了一步，但在他繼續前進前，荷莉拉住他的腰帶，手勁之大，令人訝異。

「不。」她用同樣低低的聲音說：「他在這種狀態的時候，你不該嚇著他。」

「那怎麼辦？」

「我三十幾歲的時候，學過一年催眠療法。我那時跟某人有些問題……這個某人是誰不重要。總之讓我試試看。」

「妳確定嗎？」

她看著霍吉斯，臉色刷白，雙眼充滿恐懼。「不確定，但我們不能讓他繼續這樣下去。特別是在芭芭拉出事以後。」

傑若米無力的雙手裡的遊戲機發出一陣亮藍色閃光，他沒有反應，眼睛連眨都沒眨一下，就繼續聽著音樂，看著螢幕。

荷莉向前走了一步，說：「傑若米？」

沒反應。

「傑若米，聽得到嗎？」

「聽得到。」傑若米的目光持續停留在螢幕上。

「傑若米，你在哪裡？」

傑若米說：「在我的葬禮上，大家都來了。好美。」

## 17

布雷迪在十二歲的時候開始對自殺產生興趣，當時他在讀《渡鴉》這本講述圭亞那瓊斯鎮集體自殺事件的犯罪實紀作品。鎮上超過九百人（三分之一是孩童）都在飲用摻了氰化物的果汁後死去。除了令人驚駭的死亡人數外，讓布雷迪最感興趣的是最後高潮前的準備階段。早在大家一起服毒的前一天，護士（正牌的護士！）已經先朝著哭啼嬰孩的喉嚨用注射器灌入死亡液體，吉姆．瓊斯以激烈的演說及「白夜演練」向信徒灌輸完美的理想。他先讓他們偏執妄想，然後用死亡的美好催眠他們。

高三的時候，布雷迪在一堂名為「美國生活」的半吊子社會學課程裡寫了一篇得到優等的報告。報告名稱是「美國人的死亡儀式：全美自殺研究概論」。他在報告裡引用了一九九九年的統計數字，這是當時最新的可用數據。每年有超過四萬人自殺身亡，通常是用槍（最可靠的自殺工具），但也有人吞藥，這是緊接在後的第二名。還有人上吊、投水、割腕、把頭塞進烤箱裡、點火自焚，或開車撞橋墩。有個很有創意的死法，有個傢伙把兩百二伏特的電接到自己的直腸上，把自己電死（但布雷迪沒有把這個死法寫進報告裡，那個時候他很小心，不讓自己貼上「怪人」的標籤）。一九九九年的時候，自殺排進全美十大死因之中，如果加上那些被視為意外或「自然」死亡的案件，自殺肯定能夠晉身心臟病、癌症、車禍之列。可能還是排在後面啦，但不會距離太遠。

布雷迪引用了法國小說家卡繆之言：「天底下只有一個真正嚴肅的哲學問題，那就是自殺。」他也引用了知名心理醫師雷蒙．卡茲斷然的說法：「每個人天生帶有自殺基因」，但他沒有加上後半段：「多數人，這種基因保持休眠狀態。」他覺得這樣會減少戲劇效果。

從高中畢業到讓他殘廢的冥果禮堂事件之間總共十年，他都沒有忘懷他對自殺的著迷（包括他自己的自殺，肯定要成為最了不起、最偉大的歷史事件），這份癡迷持續延伸下去。

這顆種子現在排除萬難，終於綻放開花了。

他將會成為二十一世紀的吉姆．瓊斯。

## 18

距離城市北邊六十五公里的地方，布雷迪已經迫不及待。他把車子停在四十七號州際公路的休息區，替Z男孩的 Malibu 熄了火，打開巴比諾的筆記型電腦。這裡沒有無線網路訊號，某些休息區就是這樣，但感謝「大媽威訊」，不到六點五公里的地方就有一處行動通信基地臺，高高聳立在團團雲層之間。有了巴比諾的MacBook Air，他想去哪裡都能去，也可以不用離開這個空無一人的停車場。他心想（這不是他第一次這麼想）：念力根本比不上網路的力量啊。他相信有幾千起自殺事件正在社交網站這鍋大雜燴裡醞釀著，網路就是個妖怪到處跑、霸凌層出不窮的地方。這才是真正的物質意識。

他沒辦法打字打得很快，暴風雪帶來的濕冷空氣讓巴比諾指頭的關節炎更嚴重了，但這臺筆電終於配對得上佛萊迪．林克萊特電腦房裡的高檔設備了。配對不用太久。他點下之前造訪巴比諾腦袋時，隱藏在電腦裡的檔案。

**啟動Z代表結束網站？**

**Y　N**

他把游標瞄準在Y鍵上，按下倒退鍵，然後等待。令人憂心的圓圈不斷打轉、打轉、打轉。就在他懷疑是不是出了什麼問題時，筆電出現了他等待已久的訊息：

**Z代表結束網站現已啟動**

很好，「Z代表結束」網站只是蛋糕上的糖霜。他送出的札皮實在有限，更別說好幾臺都是瑕疵品，真是的，但青少年是群居動物，而群居動物在心理及情緒上都是同步的。這就是為什麼魚會一大群一起行動，蜜蜂會一窩蜂住在一起的原因。這也是為什麼，燕子每年都會回到卡皮斯特拉諾。從人類的行為來解釋，這也是為什麼在足球場或籃球比賽時，會出現「波浪舞」的原因，以及為什麼每個人在人群裡都會迷失自己，簡單來說，只因為人潮存在罷了。

青少年男孩習慣穿同樣的鬆垮短褲，留同樣的鬍子，免得被群體排擠。青少女則喜歡同樣風格的洋裝，迷戀同樣的音樂偶像，今年是「鄰家兄弟」，不久前是「在這裡」跟「一世代」，更早之前是「街頭頑童」。潮流跟痲疹一樣橫掃青少年之間，偶爾，其中一種潮流是自殺。在南威爾斯，二〇〇七到二〇〇九年之間，十幾名青少年上吊自殺，他們在社交網站上留下的訊息更是火上加油，就連道別也充滿網路用語：「Me2 and CU L8er」（我也閃啦晚點見）。

星星之火可以燎原，只要在乾燥的灌木上扔下一根火柴，野火就能蔓延好幾英畝。布雷迪透過人類無人機發送的札皮遊戲機就是幾百根火柴。不是所有的火柴都點得著，有些也不會亮太久，布雷迪很清楚，但他現在有了「Z代表結束」網站做為補強及觸媒。會成功嗎？他實在不能確定，但時間緊迫，實在來不及進行縝密的實驗。

如果成功會怎樣？

全美青少年自殺事件頻傳，也許聚焦在中西部。幾百甚至幾千起。退休警探霍吉斯先生，你喜歡這樣嗎？你的退休生活會因此改善嗎？你這個愛管閒事的死老屁股。

他把巴比諾的筆電放去一旁，拿起Z男孩的遊戲機。現在比較適合用這臺。他覺得這臺是「札皮零號」，因為這是他接觸的第一臺札皮，就是那天，艾爾文．布魯克斯送去病房，覺得布雷迪會喜歡的機器。噢，他喜歡，超喜歡的。

額外的程式、有數字的魚還有潛意識暗示訊息都沒有裝在這臺上，因為布雷迪不需要。這些東西是專門給他的目標的。他看著魚兒前後游來游去，用牠們來放鬆，同時集中焦點，然後閉上眼睛。一開始，他只看到一片黑暗，但一會兒後，紅色的亮光開始出現，現在超過五十個了。看起來就跟電腦地圖上的地點一樣，只不過這些點不是停滯不動的。它們也游來游去，從左到右，從上到下，交叉來去。他隨機鎖定一個點，緊閉的雙眼在眼皮後往上翻，而他跟著這個點前進。這個點開始放慢速度，好慢，好慢。停住了，開始變大，就跟花朵一樣綻放開來。

他在一間臥房裡。有個女孩低頭盯著札皮遊戲機上的魚看，這是她從「爛演唱會」網站上免費收到的。她在床上，今天沒有上學，也許她說她病了。

「妳叫什麼名字？」布雷迪問。

有時，他們會從遊戲機裡聽到聲音，但那些敏感的孩子卻能實際看到他，彷彿他是電玩遊戲裡的人物一樣。這個女孩屬於後者，第一個對象就挑到這種人，真是個好兆頭。不過，他們對自己的名字比較有反應，所以他會持續叫他們的名字。她一點也不訝異，看著坐在她床邊的年輕男子。她臉色蒼白，眼神看起來很恍惚。

「我是艾倫。我在找正確的數字。」

他心想：當然啦，然後進入她腦中。她位於他所在位置以南六十五公里之處，但只要示範畫面打開了，距離就不成問題了。他可以控制她，把她當成他的無人機，但經過趁著某個暗夜潛入崔洛尼太太家、劃開她的喉嚨後，他就不想繼續這麼做了。因為謀殺不是控制，謀殺就只是謀殺而已。

自殺才是控制。

「艾倫，妳快樂嗎？」

「我以前很快樂。」她說：「如果我找到正確的數字，我就可以重拾快樂。」

布雷迪對她露出一個哀傷也迷人的微笑。「對，但數字就跟人生一樣。」他說：「怎樣都不如意，艾倫，是這樣嗎？」

「嗯哼。」

「艾倫，告訴我，妳在擔心什麼呢？」他可以自己探索，但讓她自己開口總是比較好。他曉得她肯定有些煩惱，因為每個人都會煩惱，而青少年煩惱最多了。

「現在嗎？現在是ＳＡＴ測驗。」

他心想：啊哈，惡名昭彰的學術水準測驗考試，也就是學術畜牧部分辨綿羊與山羊的地方。

「我數學超爛。」她說：「超爛。」

「對數字不在行啊。」他同情地點點頭。

「我最少要考到六百五十分，不然就進不了好學校了。」

「妳要運氣夠好才會有四百吧？」他說：「是不是這樣啊，艾倫？」

「對。」她眼眶泛淚，淚水開始從臉龐流下。

「然後妳的英文也會搞砸。」布雷迪說。他正在拆解這個女孩，這是過程的精華，彷彿是在一頭動物訝異但還沒斷氣前，就伸手把牠的內臟挖出來。「妳會怯場。」

「我大概會考壞。」艾倫說，她的啜泣現在變大聲了。布雷迪查看她的短期記憶，發現她的父母上班去了，她弟弟則在學校。所以哭沒關係，讓這小賤貨想哭多大聲，就哭吧。

「不是大概，妳肯定會考壞，艾倫。因為妳沒辦法面對壓力。」

她又哭哭啼啼了起來。

「說啊，艾倫。」

「我沒辦法面對壓力，我會考壞，而如果我沒考上好學校，我爸會很失望，我媽會很生氣。」

「要是妳一所學校也進不了怎麼辦？要是妳最後只能找家事工或在洗衣店裡替人折衣服的工

作怎麼辦？」

「我媽會討厭我！」

「她已經討厭妳了，是不是啊，艾倫？」

「我不……我不覺得……」

「對，她已經討厭妳了。說吧，艾倫，說『我媽媽討厭我』。」

「我媽媽討厭我。噢，老天，我好害怕，我的人生好悲慘！」

這天大的禮物來自灌了催眠效果的札皮及布雷迪本身侵入人腦的能力，只要這些人進入這開放、接受暗示的境界，一切就好辦了。一般的恐懼，在這種孩子的生命裡只像不愉快的背景噪音，但現在卻能變成貪婪的怪獸。原本小小的質疑氣球可以不斷脹大，最後成了梅西百貨感恩節遊行的那種超大氣球。

「妳可以不再害怕。」布雷迪說：「而妳可以讓妳媽媽非常、非常遺憾。」

艾倫滿臉淚水地笑了起來。

「妳可以拋下這一切。」

「我可以，我可以拋下這一切。」

「妳可以得到平靜。」

「平靜。」她說，然後嘆了口氣。

這次真的太棒了。他花了好幾個禮拜在馬丁．史多佛她媽身上，因為她媽都不看示範畫面，直接去玩那該死的接龍遊戲，對付芭芭拉．羅賓森也花了他好幾天的時間。可是露絲．史卡培利跟眼前這個長滿痘痘、哭哭啼啼，還有個小姑娘粉紅色房間的妞兒卻只要幾分鐘的時間就夠，但是呢，布雷迪心想：我總是學得很快啊。

「艾倫，妳的手機在這裡嗎？」

「這。」她從裝飾用的抱枕底下拿出同樣是小姑娘粉紅色的手機。

「妳該在臉書跟推特上貼文，這樣妳朋友才會看見。」

「我要貼什麼？」

「說『我現在平靜了，你也可以。就在Z代表結束網站。』」

她乖乖照辦，但速度慢得很誇張。他們在這種狀態的時候，好像是在水裡一樣。布雷迪提醒自己，進行得很順利，不要沒耐心。當她終於打好、發出訊息後，又有更多火柴劃到乾燥的火種上了，他建議她走去窗邊。「我覺得妳需要一點新鮮空氣，讓妳的頭腦清楚一點。」

「我需要一點新鮮空氣。」她說，然後掀開被子，光光的雙腳跨下床。

「別忘了妳的札皮。」他說。

她拿著札皮走到窗邊。

「在妳開窗前，先回到首頁，都是圖示那邊。做得到嗎？艾倫？」

「可以……」漫長的停頓。這小賤貨的反應速度比冷掉的糖漿還慢。「好，我看到圖示了。」

「很好，現在去找『擦擦字』，圖示是一個黑板跟一個板擦。」

「看到了。」

「艾倫，點兩下。」

她點了兩下，札皮發出屈服的藍色閃光。如果有人想要再次啟動這臺遊戲機，它就會發出藍色閃光然後報銷。

「妳現在可以開窗了。」

冷空氣吹了進來，把她的頭髮往後吹。她動搖了，似乎快要清醒了，布雷迪一度感受到她離開了。就算他們處於催眠的狀態，距離這麼遠，全面控制還是有些難度，但他相信自己會把技巧磨練到爐火純青。練習才能造就完美啊。

「跳。」布雷迪低聲地說：「跳了，妳就不用考SAT。跳了，妳媽就不會討厭妳，她會遺憾。跳了，所有的數字就對了，妳會得到最大獎，獎品是好好睡一覺。」

「獎品是好好睡一覺。」艾倫同意。

布雷迪閉著眼睛，在艾爾．布魯克斯的破爛老車駕駛座上咕噥地說：「現在就跳。」

位於六十五公里以南的地方，艾倫從臥室窗戶跳下來。高度並不高，屋子周邊還有積得高高的雪。積雪雖然好一陣，很像硬殼，但某種程度還是成為她的軟墊，所以她沒死，她只摔斷了鎖骨跟三根肋骨。她痛苦地放聲大叫，把布雷迪從她的腦袋裡彈了出去，彷彿他是綁在轟炸戰鬥機彈射座椅上的飛行員一樣。

「該死！」他高聲地說，然後拍打方向盤。巴比諾的關節炎一路痛到手臂來，害他更怒不可遏。「該死、該死、該死！」

## 19

在布藍森公園附近的高檔社區裡，艾倫．墨菲掙扎起身。她記得的最後一件事是她跟媽媽說她生病了，不能去上學，這個謊言讓她能夠待在家裡，繼續點擊讓人舒心、上癮的「洞洞釣魚樂」示範畫面上那些粉紅色的魚，進而得到大獎。現在她的遊戲機躺在旁邊，螢幕碎裂。她再也不覺得有趣了。她把遊戲機留在原地，開始光著腳，拖著蹣跚的步伐朝大門走去。每走一步，她的身體一側就如刀割一樣。

她心想：但我還活著，至少我還活著。我在想什麼啊？老天爺，我到底在想什麼？

布雷迪的聲音還在她的腦海裡，黏黏的感覺彷彿她吞了什麼活體生物一樣。

## 20

「傑若米？」荷莉說：「你還聽得到我講話嗎？」

「聽得到。」

「我要你關掉遊戲機，放在老威的桌子上。」然後，因為她是個講究多重備案的人，她又說：「螢幕朝下。」

他粗寬的眉毛皺了起來，問：「一定要嗎？」

「對，現在就做。然後不要再看那該死的遊戲機了。」

在傑若米能夠依照指令關機前，霍吉斯看了一眼游來游去的魚，然後又是一次藍色的閃光。他忽然覺得稍微暈眩了一下，也許是因為他吃了止痛藥，也許不是這個原因。然後，傑若米按下遊戲機上方的按鈕，魚就消失了。

霍吉斯感覺的倒不是鬆了口氣，而是失望。也許他發瘋了，但就他現在的藥物狀況看來，也許沒有。他之前看過幾次以催眠協助目擊證人回想案發狀況的情景，但他從來沒有見識過催眠實際的效用，直到現在。他有個想法，也許現在聽起來很冒犯，但也許札皮小魚兒消除疼痛的效果遠超過史塔模斯醫生開的藥。

荷莉說：「傑若米，我會從十倒數到一，每次你聽到一個數字，你就會更清醒一點，好嗎？」

好幾秒的時間，傑若米都沒有說話。他平靜地坐在原地，遊歷在另一個世界，可能考慮永遠待在那裡。而荷莉則跟熱鍋上的螞蟻一樣，霍吉斯感覺到自己緊握雙拳的指甲都插進掌心裡了。

傑若米終於開口：「我覺得應該可以吧。因為開口的是妳啊，荷莉貝瑞。」

「開始了，十……九……八……你要醒過來了……七……六……五……慢慢清醒……」

傑若米抬起頭。他的目光停留在霍吉斯身上，但霍吉斯不太確定男孩到底有沒有看見他。

「四……三……快到囉……二……一……醒過來！」她拍了一下手。

傑若米猛一驚醒，一手推開迪娜的札皮遊戲機，將其撥到地上。傑若米用誇張訝異的神情看著荷莉，如果是在其他狀況下，這個表情實在很好笑。

「剛剛發生什麼事？我睡著了嗎？」

荷莉一屁股癱坐在客人專屬的椅子上。她喘了口大氣，抹抹臉頰，她的臉上都是汗。

「某種程度算啦。」霍吉斯說：「你被遊戲催眠了，就跟你妹一樣。」

「你確定？」傑若米問，然後看看手錶。「我想你說得沒錯。我失去了十五分鐘。」

「比較像是二十分鐘。你還記得什麼？」

「點擊粉紅色的魚，讓牠們變成數字。有夠難點，真令人訝異。你必須全神貫注，真的專心，而藍色的閃光一點幫助也沒有。」

霍吉斯從地上撿起遊戲機。

「我不會打開那個。」荷莉斬釘截鐵地說。

「沒打算，但我昨晚看的時候，我很確定沒有藍色閃光，粉紅色的魚讓你點到手痠都不會變成數字。而且，現在音樂聽起來也不太一樣，沒有差很多，但些許不同。」

荷莉的音調完全正確，她唱道：「『在海邊，在海邊，在美麗的海邊，你和我，你和我，噢，我們會有多麼快樂！』小時候我媽會唱給我聽。」（By the sea, by the sea, by the beautiful sea, you and me, you and me, oh how happy we'll be!)

傑若米用非常專注的神情看著她，她驚慌地把目光移開，問：「怎樣？怎麼了？」

「歌詞。」他說：「歌詞不一樣。」

霍吉斯沒有聽到歌詞，他只有聽到曲調，但他沒有提出這點。荷莉問傑若米記不記得內容。他的音準沒有荷莉那麼準確，但還是聽得出來是他們剛剛聽到的那首歌。「乖乖睡，乖乖睡，你可以好好睡上一覺……」（You can sleep, you can sleep, it's a beautiful sleep ...）他停了下來，說：「如果這不是我編的，那我印象裡就是這樣。」

荷莉說：「現在我們能夠確定了，的確有人對『洞洞釣魚樂』的示範畫面動了手腳。」

「這些魚跟打了類固醇一樣。」傑若米補充道。

「這話是什麼意思？」霍吉斯問。

傑若米對荷莉點點頭，她說：「有人在原本就有點催眠效果的示範畫面裡偷偷載入了一個程式。遊戲機在迪娜手裡的時候，這個程式還沒有啟動，老威，你昨天看的時候也沒有，這是你運氣好，但之後就有人啟動了。」

「巴比諾嗎？」

「如果警方是對的，而巴比諾死了，就可能是他或別人。」

「啟動可能是預設的。」傑若米對荷莉說，然後又看著霍吉斯：「你知道，就跟鬧鐘一樣。」

「讓我搞清楚一下。」霍吉斯說：「程式一直都在，只是今天才在迪娜的遊戲機上啟動了？」

「對。」荷莉說：「可能有臺中繼器在運作，傑若米，你不覺得嗎？」

「對，電腦程式可以持續更新，等傻瓜上鉤，這次傻瓜是我，我打開遊戲機連上無線網路。」

「所有的遊戲機都可能這樣？」

「如果程式都暗中安裝上去，當然可能。」傑若米說：「這是布雷迪布的局。」霍吉斯開始踱步，一手按在身體左側，好像是要忍住疼痛一樣。「布雷迪他媽的哈特斯菲爾。」

「怎麼辦得到？」荷莉問。

「我不知道，但只有這樣說得通。他當初想要炸毀冥果的演唱會，我們阻止了他，當年還是小女孩的觀眾因此獲救。」

「都是因為妳，荷莉。」傑若米說。

「傑若米，閉嘴，讓他說。」荷莉的目光說明了她曉得霍吉斯打算說什麼。

「六年過去了，現在二〇一〇年，當年那些還在讀小學、國中的小姑娘現在上了高中，呃，甚至大學，他們會喜歡上別種音樂，但現在卻得到一份無法拒絕的禮物，免費的電玩遊戲機。他們要做的只是要證明那天晚上，他們參加了『在這裡』的演唱會。對他們來說，這種遊戲機大概看起來跟黑白電視一樣老，但有什麼關係，反正是免費的。」

「對！」荷莉說：「布雷迪還是想向他們下手。這是他的報仇，但他不只向他們報仇，也是在向你報仇。」

霍吉斯陰鬱地想：這樣我又有責任了，但我還能怎麼辦呢？我們每個人又能夠怎麼辦？他那時想要炸掉整個場地啊。

「巴比諾用麥隆．札欽這個名字買了八百臺遊戲機，肯定是他，只有他有錢。布雷迪口袋空空，我懷疑艾爾圖書館的退休金湊不湊得出兩萬塊來。遊戲機現在發送出去了，如果上頭都安裝了這種加強的程式，一旦啟動……」

「等等，回去。」傑若米說：「你是在說受人景仰的神經外科醫生也參與這鬼事兒？」

「我就是這麼說的，沒錯。你妹指認出他來了，我們已經曉得這位受人景仰的神經外科醫生把布雷迪．哈特斯菲爾當成實驗白老鼠。」

「但現在哈特斯菲爾死了。」荷莉說：「就只剩巴比諾，但他可能也死了。」

「難說。」霍吉斯說：「他車上有血，但沒有屍體。這可能是新手想要佯裝死亡的手法。」

「我要去電腦上查個東西。」荷莉說：「如果這些免費札皮都在今天啟動了新程式，說不定……」她連忙出去。

傑若米開口：「我真不懂這一切怎麼可能，但——」

「巴比諾會跟我們解釋的。」霍吉斯說：「如果他還沒死的話。」

「對，但等一下，小芭說她聽到一個聲音，跟她說各種可怕的話。我什麼聲音都沒聽見，我確定我不會想自殺。」

「也許你免疫。」

「我沒有。老威，我也被那個畫面迷住了，我是說，我被催眠了。我在音樂裡聽到歌詞，我覺得那些歌詞也在藍色閃光裡。就跟潛意識訊息一樣，但……沒有聲音。」

霍吉斯心想：原因可能有很多，而傑若米沒聽見催促人自殺的聲音，不代表其他收到免費遊戲機的孩子聽不到。

「那麼假設這個中繼器裝置是在十四個小時內啟動的。」霍吉斯說：「我們曉得不可能更早，因為我用迪娜的札皮時還沒有，不然我就會看到粉紅色魚身上的數字跟藍色閃光。所以問題來了，如果遊戲機沒有開機，示範畫面還能強化嗎？」

「不可能。」傑若米說：「必須開機，但一旦他們——」

「上線了！」荷莉大喊：「那啥鬼的『Z代表結束』網站上線了！」

傑若米跑向她外頭的辦公室，霍吉斯緩步跟在後頭。

荷莉打開電腦的音量，音樂充斥在事務所辦公室裡，這次不是《在海邊》，而是搖滾樂團「藍牡蠣」的《別怕死神》。音樂唱到「每天有四萬人……每天還有四萬人一起離開……」，霍吉斯看到點著蠟燭的葬禮儀式，堆滿鮮花的棺材。上頭有面帶微笑的年輕男女來來去去，從這邊走去那邊，交錯著走，慢慢消失，最後又出現。有人揮手，有人比出和平的手勢。在棺材下面有慢慢向上捲的文字，對比很強烈，有如緩慢跳動的心臟。

**終結痛苦**

**終結恐懼**

**不再憤怒**

**不再質疑**

**不用再掙扎**

**平靜**

**平靜**

**平靜**

然後閃了好幾下藍色閃光，裡面有文字。霍吉斯心想：這不是文字，這是一滴一滴的毒液。

「荷莉，關掉。」霍吉斯不喜歡她盯著螢幕看的眼神，眼睛睜得老大，就跟幾分鐘前的傑若米一樣。

她動作太慢，傑若米不滿，直接從她身旁伸手關掉電腦電源。

「你不該這樣。」她責備地說：「我可能會遺失資料。」

「這混蛋網站要的就是這樣。」傑若米說：「讓人遺失資料，讓人遺失自己。老威，我看到最後一句話，在藍色閃光裡，它寫著『現在就動手』。」

荷莉點點頭，說：「還有另一句，『告訴你的朋友』。」

「所以札皮會引導他們來……這個網站？」霍吉斯問。

「不用札皮。」傑若米說：「因為那些造訪過這個網站的孩子，很多人都會看到這個網站，包括沒有收到遊戲機的人，他們都會在臉書等社群網站散布消息。」

「他想搞傳染型自殺。」荷莉說：「他似乎啟動了整場行動，然後他自殺了。」

「可能是想搶先在所有人前面自殺。」傑若米說：「然後在門口迎接其他人。」

霍吉斯說：「我該要相信一首搖滾歌曲跟一個葬禮的畫面就能讓那些孩子自殺嗎？札皮辦得到，我接受，我見識過它的功力，但這個？」

荷莉跟傑若米相互使了個眼色，霍吉斯輕鬆解讀，意思是：我們該怎麼跟他解釋？你該怎麼跟沒有看過鳥的人，解釋知更鳥是什麼？光是這個眼神就足以說服他。

「青少年對這種東西的抵抗力很弱。」荷莉說：「不是每個人都這樣，但很多人都很脆弱。我十七歲的時候就會上當。」

「而且很具感染性。」傑若米說：「只要開始了……如果開始了……」他以聳肩結束這句話。

「我們必須找到那個中繼器裝置，關掉。」霍吉斯說：「減少傷害。」

「東西也許在巴比諾家。」荷莉說：「打電話給彼得，請他看看屋子裡有沒有電腦設備。如果有，請他把所有的插頭都拔掉。」

「如果他跟小莎在一起，可能就沒辦法接電話了。」霍吉斯說，但他還是撥了電話。才響一聲，彼得就接起來。他告訴霍吉斯，小莎跟州探回局裡等第一件鑑識報告了。艾爾．布魯克斯也走了，一開始逮捕他的員警把他帶走了，抓到人犯，員警也有部分功勞。

彼得的口氣聽起來很疲憊。

「我們大吵一架，我跟小莎，吵得很嚴重。我想把我們剛開始合作時，你跟我說的話告訴她，也就是案子是老大，證據指向哪裡，我們就追蹤到哪裡，不要閃躲，不能拱手讓人，接了，就跟著紅線一路回家。她站在那裡，雙手抱胸，時不時點頭。我真的以為她聽進去了。然後你知道她問我什麼嗎？她問我上次城裡什麼時候有高階女警官過。我說我不知道，她說那是因為高階女警官根本沒存在過，而她會是第一位。老天，我以為我懂她。」彼得發出霍吉斯聽過最不好笑的笑聲。「我還以為她是好警察。」

霍吉斯如果晚點有機會，他會表示同情，但現在時間緊迫。他立刻問起電腦裝置的事情。

「我們只有找到一臺沒電的 iPad。」彼得說：「管家艾佛利說書房裡原本有臺全新的筆記型電腦，但現在不見了。」

「就跟巴比諾一樣。」霍吉斯說：「也許電腦跟他在一起。」

「也許吧，記住，科米特，如果有什麼我能幫忙的地方——」

「我會跟你聯絡的，放心。」

現在任何援助他都不會放過。

## 21

艾倫女孩的事讓他火冒三丈，就跟羅賓森小婊子一樣，歷史重演，但最後，布雷迪還是冷靜了下來。奏效了，他必須專注在這點上頭。跌得不夠深，加上積雪那麼厚只是運氣差了點。還有很多人。眼前還有很多工作，很多火柴要點，但只要火光開始燃燒，他就可以坐看好戲。火會燒起來，火會自行燃燒下去。

他發動Z男孩的車，把車駛出休息站。就在他快要開進四十七號州際公路零星的車流之中時，第一朵雪花從白色的天空飄了下來，落在Malibu的擋風玻璃上。布雷迪加速。Z男孩的爛車沒有因應暴風雪的裝備，他只要一離開高速公路，路況就會變得更糟。他需要打敗壞天氣。

布雷迪心想：噢，我會贏的，好嗎？然後笑了起來，因為一個美好的念頭閃過。說不定艾倫脖子以下癱瘓，就跟插在竹籤上的腦袋一樣，就跟史多佛婊子一樣，實在不太可能，但難說啊，這是消磨長程路途的愉快白日夢。

他扭開收音機，轉到英國重金屬樂團「猶太祭司」的歌，把音量調大。他跟霍吉斯一樣，口味都很重。

# 自殺王子

布雷迪在二一七號病房成就了許多勝利，但這些成功都只能藏在心底，他從要死不活的昏迷狀態裡活了回來；發現他只要用意念就能移動東西（可能是因為巴比諾開給他的藥，也可能是他的腦波起了什麼變化，也許是兩者的加乘效果）；進入艾爾圖書館的大腦，在他內心創造出第二個人格——Z男孩。別忘了，還有那個趁他毫無防備時，揍他蛋蛋的肥警察，他也向對方報仇了。不過，最棒的，最最最棒的，還是慫恿珊迪．麥當勞自殺。這才是力量的展現。

他想再來一次。

這樣的欲望開啟了一個很簡單的問題：下一個是誰？讓艾爾文．布魯克斯從天橋上跳下去或喝水管清潔劑根本不難，但Z男孩會跟他一起走，而少了Z男孩，布雷迪就會困在二一七號病房，這裡基本上就是個有停車場景色的牢房罷了。不，他需要布魯克斯完完好好待在原地。

更重要的問題是，該怎麼處置害他進來這鬼地方的混蛋呢？負責管復健科的納粹婆娘烏蘇拉．哈柏說，復健病人需要建立「成長目標」。好啊，他的確還在成長，而向霍吉斯復仇是個值得的目標，但該怎麼達成呢？就算有辦法誘騙霍吉斯自殺也不成，他之前已經跟霍吉斯玩過這個遊戲了，而他輸了。

當佛萊迪．林克萊特帶著他跟他媽的照片出現時，距離布雷迪想清楚要怎麼處置霍吉斯還有一年半的時間，但見到布雷迪給了他所需要的輔助啟動力量。不過，他必須小心，非常、非常小心。

半夜睡不著覺的時候，他清醒地躺在床上告訴自己，一次走一步，一次只要走一步就好。我有很多阻礙，但我也有絕佳的利器。

第一步要艾爾文．布魯克斯將醫院圖書館裡剩下的札皮遊戲機移走。他帶回他哥哥的家，他就住在車庫樓上。這很簡單，因為反正誰也不想要這些遊戲機。布雷迪把機器想成彈藥，他最終會找到一把可以裝上這些子彈的槍枝。

布雷迪在膚淺但很好用的Z男孩性格裡注入的指令（思緒魚）讓布魯克斯將札皮占為己有。他進出布魯克斯的時候會變得小心，而不完全掌控他，因為老傢伙的腦子消耗得太快。他必須計算全面掌控的次數配給，還要妥善使用。真是可惜，他喜歡去醫院外頭透透氣，但其他人已經開始注意到艾爾圖書館在樓上有時會有點傻傻的。如果他傻得太嚴重，他可能就沒辦法繼續他的志工服務。更糟的是，霍吉斯可能會發現，這樣就不好了。讓那退休員警聽說那些念力的傳言吧，布雷迪覺得沒差，但他可不想讓霍吉斯想到他到底有什麼打算。雖然冒著喪失心智的風險，但布雷迪還是在二〇一三年年底全面控制了布魯克斯，因為他需要使用圖書館的電腦。只是瀏覽不用全面控制，但操作就是另一回事了。況且，只去一下下而已。他只是想去設定Google快訊通知，關鍵字是「札皮」跟「洞洞釣魚樂」。

每隔兩、三天，他會派Z男孩去查看通知，回報狀況。他的指令是，如果有人經過，Z男孩就立刻將網頁轉到體育頻道的網站（但機會不多，圖書館基本上只是個比衣櫥大一點的空間，偶爾出現的訪客通常是在找隔壁的禮拜堂）。

快訊通知很有趣，也提供了許多資訊。似乎很多人在看了「洞洞釣魚樂」的示範畫面後產生類似的半催眠經驗，還有人看太久而引發癲癇。效果遠超過布雷迪相信的狀況。《紐約時報》商業版上甚至還有一篇文章報導札皮公司因此惹上麻煩。

不必要的麻煩，因為札皮公司已經搖搖欲墜。不是天才（布雷迪相信他是）也曉得札皮公司馬上就要破產或由其他大公司併吞。布雷迪猜想應該是破產。天底下怎麼會有一間公司蠢到將所有資源投注在製作已經過時又貴得要命的遊戲機上？而且其中一個遊戲還帶有危險的缺陷？

同時，另一個問題是，他該如何使用手邊的札皮（東西堆在Z男孩公寓的衣櫥裡，但布雷迪覺得那是他的），讓別人能夠長時間觀看。佛萊迪到訪的時候，他還在思索這個難題。她前腳剛走，她的善良基督徒義務完成（是說佛萊芮卡．畢茉．林克萊特從來就不是什麼基督徒啦），布雷迪就開始漫長、認真的思考。

然後，在二〇一三年八月底，就在退休警探讓人特別憤怒的造訪之後，布雷迪派Z男孩去她住的地方。

佛萊迪點了點鈔票，然後仔細端詳出現在她家勉強算是客廳中央地帶，這位穿著綠色工作褲、雙肩下垂的老傢伙。這錢是從艾爾．布魯克斯的中西部聯邦銀行戶頭裡領出來的，從他微薄存款裡領出來的第一筆錢，但可不是最後一筆。

「回答幾個問題就可以賺兩百美金？行，我可以，但如果你的目的是口交的話，你必須去找別人，老兄，我是女同志，我是T。」

「只有幾個問題。」Z男孩把札皮遊戲機拿給她，要她看看「洞洞釣魚樂」的示範畫面。「但妳不要看超過三十秒，這東西有點，呃，奇怪。」

「奇怪，是吧？」她對他露出燦爛的微笑，然後將注意力放在游水的魚上頭。三十秒變成四十秒，根據布雷迪派他出任務時的指令，四十秒還可以接受（布雷迪總會用任務這種字眼，因為他發現布魯克斯會把這個詞跟英雄主義聯想在一起）。

不過，四十五秒後，他就把機器拿了回去。

佛萊迪抬起頭，眨了眨眼。「哇，這玩意兒會搞亂你的腦袋，對吧？」

「對，算是。」

「我在《玩家程式》上讀過，『碎擊星星』這款遊戲的大型電玩版本也有類似效果，但你必須打上，好像要半小時，才會產生效果。這個快多了，民眾曉得這點嗎？」

Z男孩沒有搭理這個問題。「我的老闆想知道妳會怎麼修改這個程式，讓別人花更長的時間看示範畫面，而不進到遊戲裡。遊戲本身沒有同樣的效果。」

這是佛萊迪第一次裝出俄羅斯口音。「Z難捱，這位天不怕地不怕的領袖似誰？你四個好傢伙，快跟只飛官X說。」

Z男孩皺起眉頭。「啥？」

佛萊迪嘆了口氣，問：「帥哥，你老闆是誰？」

「Z醫生。」布雷迪早料到這個問題，他認識佛萊迪很久了，而這是Z男孩的另一個指令。布雷迪對菲利斯．巴比諾有些打算，但這個時候還沒有成形。他還在摸索當中，就著飛行說明前進。

「Z醫生與他的手下Z男孩。」她點起香菸。「朝著前往統治世界的道路前進，老天啊，老天，那我不就成了Z女孩？」

這也不在他的指令裡，所以他保持沉默。

「算了，我瞭。」她深吸了口菸。「你老闆想要一個能夠捕捉目光的陷阱。做法就是把示範畫面也變成一個遊戲，但最好簡單點。不然會卡在複雜的程式裡。」她把現在關機的札皮拿起來看，說：「這東西實在很蠢。」

「哪種遊戲？」

「老兄，別問我，那是創意發想的問題，不是我強項。請你老闆自己想。總之，只要這玩意兒開機了，收得到無線網路訊號，你所需要的就是安裝一個看似軟體工具組的惡意程式進去。要我把這個寫下來嗎？」

「不用。」布雷迪分派了一些艾爾．布魯克斯逐漸減少的記憶儲存空間來進行這次任務。再說，要完成這些工作也是由佛萊迪來執行。

「只要工具組裝進去，另一臺電腦就能下載原始碼。」她又裝出俄羅斯口音。「傳到位於北極冰層底下的秘密札札基地。」

「我要跟他提這個嗎？」

「不，只要跟他說工具組跟原始碼就好，瞭嗎？」

「懂。」

「還有什麼事嗎？」

「布雷迪．哈特斯菲爾希望妳再去看他。」

佛萊迪的眉毛都揚到她那短短平頭的髮際了。「他跟你講的？」

「對，一開始很難聽懂，但後來就比較清楚了。」

佛萊迪望向她的客廳，陰暗、擁擠、聞起來還有昨夜外帶的中式食物氣味，但她忽然對客廳充滿興趣。她發現這場對話越來越詭異了。

「老兄，不知道耶。我已經做了好事了，我也從來不是什麼女童軍。」

「他會付錢。」Z男孩說：「不多，但……」

「多少？」

Z男孩不曉得答案，但在二〇一三年的時候，還在自己額頭裡的艾爾・布魯克斯心智存量還有不少，這個部分的他曉得答案。「我猜……因為妳是他生命的一部分吧。妳知道，你們會一起去修人家的電腦，以前的時候。」

「為什麼？」

「看一次五十美金？」

布雷迪憎恨巴比諾的程度沒有他對霍吉斯那麼深，但這不代表巴比諾醫生不在他的復仇名單裡。巴比諾把他當成實驗室白老鼠，這樣很糟。醫生的實驗藥物對布雷迪似乎不起作用的時候，醫生便對他沒了興趣，這樣更糟。最糟糕的莫過於，他繼續施打讓布雷迪恢復意識的藥物，誰曉得這種藥還有什麼作用？他可能會因此死掉，但身於一個不斷與自己的死亡共舞的人，這點不會讓他晚上輾轉難眠。讓他難以入睡的是這種藥物可能會干擾他的新能力，雖然巴比諾對外宣稱布雷迪的念力只是無稽之談，布雷迪很小心，雖然醫生不斷慫恿催促，但他從不在醫生面前展現能力，醫生其實相信這種能力是存在的。他相信所有的念力也是他所謂「腦靈敏」這種藥物所帶來的效果。

電腦斷層跟核磁共振也顯示出呼應的結果。在二〇一三年秋天的時候，進行掃描過後，巴比諾對他說：「你根本就是世界第八大奇蹟。」他走在布雷迪旁邊講話，一位護工推著布雷迪回到二一七號病房。「目前的治療不但止住了你大腦細胞的損傷，還刺激新細胞再生，出現更多茁壯的細胞。你曉得這有多驚人嗎？」

布雷迪心想：還要你說，混蛋。所以你就把掃描結果藏起來，好吧？如果檢察官那邊有人知道，我麻煩就大了。

巴比諾拍拍布雷迪的肩膀，布雷迪很討厭這種宣示主權的肢體接觸，彷彿他是醫生養的狗一樣。「人腦差不多由一千億個腦細胞組成，你位於布若卡氏區的細胞遭到嚴重損傷，但現在已經恢復了。事實上，它們形成了我前所未見的神經元。未來不久，你就會因為救人出名，而不是因為殺人而惡名昭彰了。」

布雷迪心想：如果這樣，你肯定看不到這一天。

等著看吧，智障。

佛萊迪告訴Z男孩，創意不是她的強項，這點沒錯，但設計一直是布雷迪的強項，在二〇一三年前進到二〇一四的時候，他有很多時間可以思考該怎麼在「洞洞釣魚樂」的示範畫面裡加料，將其轉變成佛萊迪所謂「捕捉目光的陷阱」。不過這些想法看起來都不太對。

在她探病時，他們沒有提到札皮效應，主要都在回憶當年他們在網路巡邏隊的日子（當然是佛萊迪負責說話），談到他們出去外面工作時遇到的瘋子，還有他們的混蛋老闆，人稱假掰阿東的安東尼．佛畢雪。佛萊迪很常提到他，把她當著老闆的面「該說」的話變成她「說過」的話。

佛萊迪的來訪很無趣，卻也很舒心。當布雷迪晚上絕望地覺得自己的餘生都要在二一七號病房度過，要看巴比諾醫生的良心跟他的「維生素」注射時，佛萊迪的話語卻讓他覺得平靜了一點。

布雷迪心想：我必須阻止醫生，我必須控制他。

為了辦到這點，加強版的示範畫面就必須改到完美。如果他搞砸了第一次進入巴比諾腦袋的機會，也許就沒有第二次了。

二一七號病房的電視每天至少會開四個小時。這是巴比諾的官方命令，他清楚指示罕明頓護理長，要持續讓哈特斯菲爾先生「暴露」在外在刺激之中。

哈特斯菲爾先生並不介意收看午間新聞（反正世界上永遠都有令人興奮的爆炸案或傷亡慘重的悲劇事件），但其他節目，好比說烹飪節目、談話節目、連續劇、賣藥節目都讓他覺得很蠢。不過，有一天，他坐在窗邊椅子上收看「驚喜得大獎」的時候（或該說他朝著電視的方向看而已），他忽然有了一個靈感。節目參賽者要撐過額外回合，才能贏得搭乘私人飛機前往加勒比海阿魯巴島的機會。這位女性參賽者面前有一臺超大的電腦螢幕，大型的彩色圓點到處亂竄。她的工作就是點擊到五個紅點，這些紅點會變成數字。只要她碰觸到的數字，加起來在九十五到一百零五之間，她就贏了。

布雷迪看著她睜大眼睛左顧右盼望著螢幕，他曉得他找到自己一直在尋找的東西了。他心想：粉紅色的魚。牠們游得最快，再說，紅色是憤怒的顏色，粉紅色……粉紅色是什麼？那個詞怎麼說？出現了，他露出微笑，這個笑容好燦爛，讓他看起來有如十九歲。

粉紅色是撫慰人心的顏色。

佛萊迪來訪時，偶爾Z男孩會把他的圖書館推車停在走廊上，加入他們的行列。在二〇一四年夏天的時候，他把一張電腦指令交給佛萊迪，這是用圖書館電腦印的，也是現在布雷迪鮮少不只下指令，還坐進駕駛座完全接手的時候寫的。他必須這麼做，因為這樣才能做到最好，現在沒有失誤的空間。

佛萊迪瀏覽了一下，覺得很有意思，然後仔細看了看，說：「是說這個寫得很不錯，加進去的潛意識暗示很酷，很糟糕，但很酷。這是神秘的Z醫生想到的嗎？」

「對。」Z男孩說。

佛萊迪把焦點放到布雷迪身上，問：「你曉得這個Z醫生是誰嗎？」

布雷迪緩緩搖頭。

「你確定不是你嗎？因為這看起來滿像你的手法。」

布雷迪用空洞的大眼睛望著她，直到她移開目光。他不讓霍吉斯、護理人員或復健人員看到這麼深層的他，但他也不想讓她看透自己。至少不是現在，她有機會說溜嘴。再說，他這個時候還是不曉得自己該怎麼做。有句話是這麼說的，發明厲害的捕鼠器，世界就會替你開扇門，有個一招半式就可以走很遠，但他現在還不曉得這臺捕鼠器抓不抓得到老鼠，所以還是低調點好。再說，Z醫生還沒出現啊。

但他會出現的。

在佛萊迪收到那張叫她如何處理「洞洞釣魚樂」示範畫面的電腦指令不久之後的某天下午，Z男孩去菲利斯．巴比諾的辦公室找他。醫生在醫院的時候，大多會有一個小時泡在這裡，喝喝咖啡、看看報紙。窗邊還有一塊室內高爾夫球綠地（巴比諾的窗外景色可不是停車場），他會在這裡練習他的短桿。這個時候，Z男孩沒有敲門就進來了。

巴比諾冷眼看著他，問：「有什麼事嗎？你迷路了嗎？」

Z男孩拿出「札皮零號」，（在用艾爾．布魯克斯縮水迅速的戶頭存款買了幾個零件後）佛萊迪已經升級完成了。「看這個。」他說：「我會告訴你該做什麼。」

「你得走了。」巴比諾說：「我不曉得你吃錯了什麼藥，但這裡是我的私人空間，現在是我的私人時間。還是你要我叫保全來？」

「看一眼，不然你就會發現自己登上晚間新聞。『醫生以未經核准的南美藥物對涉嫌進行大屠殺的兇嫌布雷迪．哈特斯菲爾進行實驗』。」

巴比諾張著大嘴看著他，這時的神情很像布雷迪開始消耗他的核心意識之後的表情。「我不曉得你在講什麼。」

「我在講『腦靈敏』，早在食品藥物管理局核准之前，現在核准了嗎？我進入你的檔案，用手機拍了十幾張照片，我也拍下你藏私的腦部掃描。醫生，你犯了很多法啊。看看這個遊戲，我就不說出去。拒絕，你的醫師生涯就畫下句點。我給你五秒鐘決定。」

巴比諾拿著遊戲機，看了一眼游來游去的魚兒，小小聲的音樂播放著。還有藍色閃光偶爾出現。

「醫生，開始點擊粉紅色的魚，牠們會變成數字，然後在你腦袋裡把數字加在一起。」

「這個我要搞多久？」

「你會知道的。」

「你瘋了嗎？」

「你不在的時候會把辦公室上鎖，這點很聰明，但這裡有很多暢行無阻的保全卡，而你電腦都不關，就我看來這點比較瘋。看著那些魚，點粉紅色的，把數字加起來。你要做的就是這樣，之後我就不煩你了。」

「這是恐嚇。」

「不，恐嚇討的是錢，這只是一個小小的利益交換。看著魚，我不會再講一遍。」

巴比諾看著魚兒，伸手點了一條粉紅色的魚，沒點中，他又點了一次，再次落空，他壓低聲音罵了聲：「媽的！」實際動作比看起來還難，但他開始感興趣了。藍色閃光應該讓他覺得討厭，但沒有，閃光似乎還能協助他專注。這個老頭子所帶來的擔憂開始消退，融入他思緒的背景之中。

他成功地在一條粉紅色的小魚溜進螢幕左側消失前點擊到，得到了一個九，這樣很好，是個好的開始。他忘記自己為什麼要做這件事，逮到粉紅色的魚才是最重要的。

音樂持續播放。

位於二層樓之上的二一七號病房，布雷迪盯著他的札皮看，感覺到自己的呼吸變慢了。他閉上眼睛，看到了一顆紅點，這是Z男孩。他等待……等待……然後，在他開始覺得自己的目標是否免疫的時候，第二顆紅點出現。一開始很模糊，但漸漸地變得明亮清晰。

布雷迪心想：就跟看著玫瑰花綻放一樣。

這二個紅點開始充滿趣味地前後游動。他把注意力放在巴比諾這點上，這顆點速度慢了下來，最後終於停住了。

布雷迪心想：逮到你了。

但他得小心一點，這個任務必須鬼鬼祟祟的。

他睜開的是巴比諾的雙眼。醫生持續盯著魚兒看，但他已經沒辦法伸手點擊。他成了……他們是怎麼說的？洞洞腦，他成了洞洞腦。

布雷迪第一次沒有停留太久，但他用不著多久就曉得自己進入了神奇的世界。艾爾文．布魯克斯只是小豬撲滿，菲利斯．巴比諾則是保險箱。布雷迪進入他的記憶、他儲存的知識、摸清楚他的能力。在艾爾腦袋裡，他可以重新裝配電路；在巴比諾腦袋裡，他可以進行顱骨切開術，重新裝配人腦的線路。而且，他現在證明了他原本的理論，那就是：他可以遠距離附在其他人身上。只需要利用札皮遊戲機帶來的催眠效果「打開」他的對象就可以了。佛萊迪改裝過後的札皮的確成了容易捕捉目光的陷阱，而且，老天爺啊，速度真快。

他實在迫不及待用在霍吉斯身上。

離開之前，布雷迪在巴比諾的腦子裡放了幾條思緒魚，但只有幾條而已。他決定對醫生要格外小心。巴比諾必須全然習慣面對螢幕，對於專業催眠人士而言，這臺遊戲機現在已經是催眠裝置了，這時，布雷迪還沒有這麼想。這天，其中一條思緒魚是讓醫生覺得布雷迪的電腦斷層掃描結果毫無進展，應該要停止檢查他，而「腦靈敏」也該停藥了。

因為布雷迪並沒有展現出足夠的進展，因為我卡關了，而且我可能會被揭穿。

「被人發現可不妙。」巴比諾咕噥地說。

「對。」Z男孩說：「被人發現對我們都不好。」

巴比諾手裡的球桿落下，Z男孩將球桿放回他的手上。

就在炎熱的夏天轉變成冷冽、下雨的秋日時，布雷迪延長了他對巴比諾的掌控。他小心翼翼地釋放思緒魚，就跟野生動物管理員在池塘裡謹慎放出鱒魚一樣。巴比諾現在已經冒著受到性騷擾投訴的風險，想要對幾名年輕護士毛手毛腳了。巴比諾偶爾會在腦空部的行動醫藥站裡偷止痛藥，用的就是假醫生的識別證，這是布雷迪在佛萊迪．林克萊特協助下的產物。巴比諾曉得自己遲早被逮到，而他明明就有其他比較安全能夠取得藥物的方法，但他持續冒險。他甚至有天從腦神經休息室裡偷了一只勞力士手錶（雖然他自己也有一只），還把東西放在辦公桌最底下的抽屜裡，然後他就忘記了。幾乎無法自己行動的布雷迪．哈特斯菲爾一點一滴占有了這位原本應該掌控他的醫生，還讓他陷入緊咬不放的良心不安陷阱之中。如果醫生幹了什麼蠢事，好比說告訴別人發生了什麼事，陷阱就會猛力闔上。

同時，布雷迪開始形塑Z醫生的性格，這次他比面對艾爾圖書館時更謹慎。因為呢，他現在技巧更純熟了，更是因為他現在有更細緻的素材可以使用。同年十月的時候，已經有幾百條思緒魚在巴比諾的腦袋裡自在遨遊，布雷迪除了霸占醫生的心智外，也想對他的身體下手，於是他展開一場又一場路途越來越遙遠的旅程。有次他開著巴比諾的ＢＭＷ一路抵達俄亥俄州的州際，為的只是看看他的掌控會不會因為距離而減弱。看來是沒有，彷彿只要進去了，就進去了，跟距離無關。這一趟旅程非常愉快，他在路邊餐廳稍作停留，狼吞虎嚥地吃了一份洋蔥圈。

超美味的！

隨著二〇一四年底的新年假期到來，布雷迪發現自己處在年幼時期後就沒有體驗過的狀態，感覺實在太陌生了，一直要到耶誕節裝飾拆掉，情人節抵達前，他才曉得那是什麼。

他覺得滿足。

他內心有點抗拒這種感覺，將其貼上「部分死亡」的標籤，但剩下的他卻想要接受這樣的自己，甚至擁抱，有何不可呢？他又不是困在二一七號病房裡，甚至不受限於他的身體之中。只要他想離開，他隨時可以離開，要當乘客還是駕駛都行。他只要當心不要太長、花太多時間待在駕駛座上就好了。看來核心意識是一種有限的資源，耗盡之後就無法復原了。

可惜啊。

要是霍吉斯持續探訪，布雷迪也許就會有另一個成長目標，那就是讓退休警探在病房裡觀看札皮，進入他腦內，釋放幾條具有自殺意識的思緒魚。這就跟使用黛比的藍色雨傘一樣，只是這次的暗示會更強烈。不對，不是暗示，是指令。

唯一的問題在於霍吉斯不再來訪了。勞工節之後他還有來，繼續他的滿嘴狗屁——布雷迪，我曉得你在這裡；布雷迪，我希望你受苦；布雷迪，你能不碰這些東西，就移動它們嗎；布雷迪，如果你可以，快點表演給我看……但之後就再也沒來過。布雷迪猜想，霍吉斯從他的生命裡消失也許是造成這罕見又不怎麼受人歡迎的滿足感覺主因。霍吉斯一直煩他、激怒他，逼他大躍進。現在這個刺激不見了，只要他想他就可以悠哉放鬆。

他算是悠哉了一陣。

布雷迪能夠輕易進入巴比諾的銀行帳戶及投資組合，就跟他能自由進出醫生的腦袋一樣，他在電腦上花了一堆錢。醫生提錢、下訂單，Z男孩把東西送到佛萊迪·林克萊特那堆滿垃圾食物的破小公寓去。

布雷迪心想：她住的地方需要升級，我該想點辦法。

Z男孩把他從圖書館偷出去的札皮遊戲機都送去給她了，而佛萊迪都加強了「洞洞釣魚樂」的示範畫面……有算錢的，當然。而雖然價格不便宜，布雷迪花錢花得很大方，反正是醫生的錢。至於布雷迪要拿這些加強過後的遊戲機做什麼，他還不太清楚。他猜也許到頭來他還會想要一、兩臺無人機可以操作，但他覺得現在還不急著找新對象。他開始了解這份滿足的感覺到底是什麼了，這是某種情緒上的副熱帶高氣壓，所有的風都消失了，而人只能飄浮。

當一個人不再擁有成長目標以後，隨之而來的就是這種感覺。

這種感覺一直延續到二〇一五年二月十三日，午間新聞的一則報導捕捉了布雷迪的注意力。原本看著譁眾取寵的貓熊寶寶哈哈大笑的兩位播報員，在背後的螢幕從貓熊的照片換成心碎的圖像時，臉上出現了「噢，糟糕，這則新聞實在很慘」的表情。

「在史威克利的郊區，今年情人節會非常難過。」演雙簧的女主播如是說。

「沒錯，貝蒂。」男主播說：「兩位是市中心大屠殺的倖存者，二十六歲的克莉絲塔·康翠曼及二十四歲的齊斯·費亞士一起在女方住所了結生命。」

輪到貝蒂了。「肯，雙方驚嚇的家長表示，這對情侶預計在今年五月結婚，他們在布雷迪·

哈特斯菲爾策劃的犯罪事件中受到重傷，顯然身體與心靈持續的傷痛對他們而言實在太沉重。以下為法蘭克．丹頓的深度報導。」

布雷迪現在繃緊神經，努力在他的椅子上坐直身子，雙眼發亮。這兩條人命可以算他的嗎？他覺得可以，這代表他在市中心大屠殺的分數從八分變成十分，雖然距離十二分還有點距離，但，嘿，很不錯了。

連線記者法蘭克．丹頓也掛著他「噢，糟糕」的表情，東拉西扯了一堆，然後畫面切換到康翠曼小妞可憐的老爹身上，他唸起這對戀人留下的遺書。他唸得哭哭啼啼的，但布雷迪抓到了重點。他們對來生有美麗的憧憬，他們的傷會痊癒，痛苦完全消失，他們會在恩主耶穌基督的見證下，身體健全地結為連理。

「老天，也太慘了。」男主播在報導結束後說：「真的很慘。」

「沒錯，肯。」貝蒂說，然後他們身後的螢幕切換到另一張照片，畫面上有一群身著禮服的白癡站在游泳池畔。女主播哀傷臉消失，恢復成開心的神情。「但這則新聞肯定能讓各位高興起來。二十對新人決定在克里夫蘭的游泳池舉辦婚禮，當地氣溫是零下六度！」

「希望他們熱情如火！」肯如是說，做得完美整齊的假牙露出微笑。「燒燒燒！派蒂．紐菲爾在現場報導。」

布雷迪思索：還有幾條命可以算在我頭上？他整個人很激動。我還有九臺改裝好的札皮，兩臺無人機以及我抽屜裡的那臺，誰說我跟那些找工作的混蛋之間結束了？

誰說我的分數不能繼續往上加？

之後的一段時間裡，布雷迪持續關注札皮公司的動向，他每個禮拜會派Z男孩查看快訊通知

一、兩次。原本對於「洞洞釣魚樂」（及效果沒那麼強的「哨哨鳥」）示範畫面催眠效果的討論慢慢降溫，取而代之的是關於札皮公司什麼時候會關門大吉的猜測，這已經不是「會不會」的問題了。當日出方案買下札皮的時候，一位自稱「電子旋風」的部落客寫道：「哇！這種行為根本就是兩名只剩六週壽命的癌症病患決定一起私奔。」

巴比諾的陰影人格已經建立完成，開始替布雷迪著手調查市中心大屠殺倖存者的工作落到了Z醫生頭上，他製作出一張名單，列出傷勢最慘重的人，這種人最抗拒不了自殺的念頭。有兩個人，丹尼爾・史達跟茱蒂斯・洛瑪還要坐輪椅。洛瑪大概有一天能夠站起來，史達則無望了，然後還有馬丁・史多佛，脖子以下癱瘓，跟老媽一起住在嶺谷。

布雷迪心想：我這是在做功德，真的是功德。

他覺得史多佛的媽咪是個好起點。他第一個想到的是派Z男孩把一臺札皮寄給她（「送妳的免費禮物！」），但他不確定她會不會把遊戲機扔掉。他只有九臺，不能冒險浪費。升級這些東西已經花了他（呃，巴比諾）不少錢，還是派巴比諾親自跑一趟比較保險。穿上他的訂做西裝，繫條簡單的深色領帶，看起來比穿著縐縐綠色工作褲的Z男孩可靠多了，而且醫生的外表也是史多佛他媽那種年紀的人會心軟的對象。布雷迪要的就是編出一個唬得住人的故事，也許跟什麼測試市場有關？還是什麼讀書俱樂部？比賽獎品？

他還在篩選狀況，反正不急，同時，他的快訊通知宣告了等待已久的死訊：日出方案也掰掰了。當時是四月初，有位受命販售資產的信託人，還有一份「實質商品」名單，很快就會出現在一般的販售網站上。對那些迫不及待的人，日出方案沒辦法販售的垃圾都在破產文件裡。布雷迪覺得這些文件很有趣，但不足以讓Z醫生一一檢視這些資產。其中大概會有很多札皮遊戲機，但他已經有九臺了，他相信這樣的數量足夠他發揮了。

一個月後，他就改變主意了。

午間新聞的一個熱門單元叫做「傑克相談室」。傑克．歐麥利是個老古董，大概從黑白電視的年代開始播報生涯，他會在新聞結束前差不多五分鐘的時候出現，想到什麼就講什麼。他戴著一副黑框大眼鏡，講話的時候，臉頰兩側下垂的肉會跟果凍一樣抖動。平常的時候，布雷迪覺得他很有娛樂效果，有點誇張，讓人看了放鬆，但今天的「傑克相談室」一點也不有趣，反而打開了新的視野。

「不久前發生的悲劇造成今天克莉絲塔．康翠曼及齊斯．費亞士家人收到各界的問候。」傑克用老牌時事評論員安迪．魯尼的不平口氣講話：「當他們沒有辦法繼續帶著永無止境且毫無起色的傷痛繼續活下去時，他們選擇結束生命，這樣的舉動因此重燃自殺的道德論戰。不幸的是，這件事也讓我們想起引發這永無止境且毫無起色傷痛的禽獸，這頭禽獸叫做布雷迪．威爾森．哈特斯菲爾。」

布雷迪開心地想：在講我呢。當他們連你的中間名都說對的時候，你知道你就成了貨真價實邪惡壞蛋了。

「如果真的有來生。」傑克說（失控的安迪．魯尼眉頭糾結，臉頰兩邊的肉抖啊抖的）：「布雷迪．威爾森．哈特斯菲爾會在死後為他的罪行付出代價。同時，讓我們在這片烏雲之中捕捉一點透照進來的陽光，因為光明的確存在。」

「布雷迪．威爾森．哈特斯菲爾在他於市中心懦夫般的殺戮遊戲上演一年之後，他又打算犯下駭人聽聞的犯罪事件。他在冥果禮堂舉行演唱會時，偷偷攜帶大量塑膠炸彈入場，打算炸死幾千名開心看演唱會的青少年，所幸退休員警威廉．霍吉斯及一位英勇的女性荷莉．吉卜尼阻止了他，吉卜尼在這名窩囊殺人狂能夠引爆炸藥前，重傷了他的頭部……」

聽到這裡，布雷迪愣住了。一個叫做荷莉．吉卜尼的女人重傷了他的腦袋，差點殺了他？這個荷莉．吉卜尼是哪根蔥啊？為什麼在她傷害他、害他抵達這間病房的這五年裡，都沒有人告訴過他這件事？怎麼會這樣？

他心想：簡單得很，當新聞報得滿城風雲的時候，他處在昏迷狀態。之後，他就一直以為動手的是霍吉斯或他的黑人除草小弟。

等到有機會，他會在網路上好好查一查這個吉卜尼，但這不重要。她是過去的一部分，對他而言，未來就像是他一直以來最棒的發明一樣，是個閃閃發光的好主意，徹底也完整，只要過程再微調一下，一切就會變得很完美。

他打開自己的札皮，找到Z男孩（在婦產科，向候診病患發送雜誌），派他去用圖書館的電腦。他一坐在電腦螢幕前，布雷迪就把他從駕駛座上推開，開始控制，瞇起艾爾文．布魯克斯那雙近視的眼睛，駝背看著螢幕。在一個叫做「二〇一五年破產資產」的網站上，他找到日出方案拋下的資產列表，其中有很多間公司留下來的垃圾，按照字母排列。札皮遊戲機排在最後面，但不代表這個東西不重要，對布雷迪來說，札皮非常重要。列表最上方指出資產還有四萬五千八百七十二臺札皮掌上機，建議零售價為一百八十九點九九美金，現在以四百、八百、一千兩百臺的數量成批出售。下方的紅字強調部分貨品故障，「但大多狀況良好，可正常使用」。

布雷迪的興奮讓艾爾圖書館的心臟跳得很吃力，他的手離開鍵盤，握成拳頭。幹掉更多市中心倖存者跟他現在腦中的想法相比，真是遜色不少，他的偉大計畫是要完成那晚在冥果禮堂的事業。他想像自己在藍色雨傘傳訊息給那個人：你以為你能阻止我？再想清楚吧。

這樣該有多棒！

他確定巴比諾有錢替出席演唱會的人都買一臺札皮，但因為他得一次接觸一個目標，還是不要買太多好了。

他讓Z男孩帶巴比諾過來。巴比諾並不想來，他現在會怕布雷迪了，布雷迪覺得很樂。

「你要去買點東西。」布雷迪說。

「買點東西。」乖乖的，現在已經不怕了。巴比諾進了二一七號病房，但現在無精打采站在布雷迪椅子前面的人卻是Z醫生。

「對，你要把錢放進新帳戶裡。我覺得我們會把這間公司叫做『遊戲札誌』，札皮的札。」

「跟我一樣，跟札皮有關。」金納紀念醫院神經外科的主任擠出一個淺淺的空虛微笑。

「很好，咱們抓個十五萬美金。你也要替佛萊迪．林克萊特找間大一點的公寓，這樣她才有空間收你買的東西，然後改裝。她會是個忙碌的女孩。」

「我會幫她找間大一點的公寓，這樣──」

「閉上你的嘴，聽我講就好了，她也會需要更多設備。」

布雷迪靠向前來，他看到未來在眼前閃閃發亮，在這樣的未來裡，退休警探以為遊戲結束了，但布雷迪．威爾森．哈特斯菲爾卻在這凱旋的一年得到他的皇冠。

「最重要的一個裝置叫做中繼器。」

# 獸首與毛皮

## 1

讓佛萊迪醒來的不是疼痛，而是她的膀胱，感覺都快炸了，下床是個艱辛的過程。她的頭好痛，而且她感覺自己胸口上好像打了一層石膏，是沒那麼痛了，但感覺僵硬又沉重，每次呼吸都好像是在舉重一樣。

廁所看起來跟噴血恐怖片的場景沒兩樣，她一坐上馬桶就閉上雙眼，這樣她就不用看著斑斑的血跡。她一邊想著，活下來真是太幸運了，一邊撒出感覺有十加侖那麼多的尿。真他媽的走運，我為什麼會攪和進這一團糟裡？因為我拿了那張照片給他。我媽是對的，好心沒好報。

不過，如果真的有什麼該好好思考的時刻，那肯定是現在了，她必須坦承，把那張照片拿去給布雷迪，並不是讓她陷入這種田地的原因，坐在血淋淋的廁所裡，頭痛得要死，胸膛還有槍傷。惹來這一切是因為她持續回去，而她回去看他是因為有錢可拿，一次五十美金。她心想：這樣搞得我好像是收錢辦事的應召女一樣。

妳一直都曉得這是怎麼回事，只要看一眼Z醫生帶來的隨身碟，妳就知道了，這個隨身碟會啟動那個詭異的網站，但妳早就知道了，早在妳替那些札皮遊戲機安裝升級的時候，妳就知道了，對不對？一條不起眼的組裝線，一天升級四十或五十臺，直到那些沒壞的遊戲機都成為準備引爆的地雷，超過五百臺。妳一直都知道這跟布雷迪有關，而布雷迪·哈特斯菲爾是個瘋子。

她穿上褲子，沖了水，離開浴室。從客廳窗戶照進微弱的陽光，但對她來說還是太刺眼了。她瞇起雙眼，發現已經開始下雪了，然後拖著腳步走進廚房，一邊走，一邊用力呼吸。她的冰箱裡擺滿沒吃完的外帶中國菜，但門架上有兩瓶紅牛能量飲料。她抓了一瓶，一口氣喝掉一半，感覺好一點了，可能只是心理作用，但她接受。

我該怎麼辦？老天爺啊，有沒有辦法從這渾水裡脫身？

她走進電腦房，這次腳步比較快，她喚醒螢幕，從Google搜尋到「Z代表結束」網站，希望自己會看到一個卡通人物揮舞著卡通鶴嘴鋤，結果她卻看到螢幕上出現一個點著蠟燭的喪禮儀式，她的心都涼了。她在製作隨身碟檔案時，也看過這個起始畫面，不過，她如同指令所言，看完就拋諸腦後了，那首愚蠢的「藍牡蠣」樂團歌曲也唱個不停。

她把頁面拉到棺材底下的訊息，每句話都跟緩慢的心跳一樣放大、消失（終結痛苦、終結恐懼），然後點進「留下訊息」的欄位。佛萊迪不曉得這份電子毒藥是幾時上線的，但時間已經長到足以激幾百條留言了。

**黑一點七十七：這個網站有膽說出實話！**

**一直都是愛莉絲四〇一：真希望我有這個膽，現在家裡的狀況實在好糟。**

**范寶納猴：各位，撐下去，自殺很沒種！！！**

**綠眼貓貓：不，自殺就沒痛苦了，一切都不一樣了。**

提出反對看法的人不只范寶納猴，但佛萊迪不用看完所有的留言也曉得這傢伙是少數中的少數。她心想：自殺風潮要跟流行性感冒一樣擴散囉。

不，更像伊波拉病毒吧。

她抬頭看中繼器，碰巧看到「尋獲一百七十一臺」跳到「尋獲一百七十二臺」。那小魚兒的數字增長得很快，到了今晚，應該所有不當改裝過的札皮都會啟動。示範畫面會催眠他們，讓他們接收，接收什麼？好，接收到該造訪「Z代表結束」網站，這算一個功能。還是說這些收到札皮的人根本不用上這個網站？也許他們會受到暗示？這些人會聽從催眠的指令自殺嗎？肯定不會吧，對不對？

對不對？

佛萊迪不敢冒險切斷中繼器，免得布雷迪回來找她，但關閉網站呢？

「你要下線囉，媽的混蛋。」她一邊說，一邊飛快打起鍵盤。

不到三十秒的時間，她就以不可置信的目光看著螢幕顯示著「無法存取這項指令」。她伸手，打算再試一次，卻停下了動作。就她所知，再試一次可能會危害她所有的資料，不只是她的電腦設備，還有她的信用卡、銀行帳戶、手機，甚至連她那該死的駕照都會出問題。如果有人曉得該怎麼設計這該死的駭客程式，那肯定是布雷迪。

見鬼，我得快點閃人。

她會把一些衣服塞進行李箱，叫輛計程車，前往銀行，把所有的錢領出來，差不多有四千美金（在她心底，她曉得只剩三千多）。然後從銀行前往客運站，窗外紛飛的風雪預告了接下來的暴風雪，也許她沒辦法快速脫身，但如果她必須在車站耗上幾個小時，她也沒關係。見鬼，如果她得在車站過夜，她也沒問題。這一切都是布雷迪搞的鬼，他精心設計了一個瑗斯鎮的程序，動手腳的札皮只是一小部分，而且是在她的協助之下完成的。佛萊迪不曉得到底會不會成功，她也不想守在原地等著看結果。對於那些被札皮吸引住的人，以及因為「Z代表結束」網站，原本只是想想，結果真的動手的人，她覺得很抱歉，但她必須考慮到自己的安危，沒有其他人了。

佛萊迪以最快的速度回到臥房，從衣櫥裡拿出老舊的新秀麗行李箱，而淺淺的呼吸跟太過激動讓她缺氧，她整個人腿軟。她爬到床邊，坐了下去，然後倒下。

她心想：冷靜點，慢慢呼吸，一次吸一口。

只不過，感謝她愚蠢地想要關掉那個網站，她不曉得自己現在還有多少時間，而當〈布吉伍吉軍號男孩〉在她的櫃子上方響起的時候，她發出了小小的尖叫聲。佛萊迪不想接電話，但還是爬起身來。

有時搞清楚狀況還是比較好。

## 2

在布雷迪抵達州際公路的七號出口前，雪還不大，但在七十九號國道時（他現在已經抵達樹林），雪開始下大了。柏油路坑坑疤疤，還很泥濘，但雪馬上就會積起來了。距離他打算躲起來忙碌幹活兒的目的地還有六十五公里。

他心想：查爾斯湖，好玩的一切都從這裡開始。

這個時候，巴比諾的筆記型電腦亮了起來，發出叮叮叮三聲，這是布雷迪設定的警告，因為小心駛得萬年船啊。他實在沒有時間停車，他還忙著跟暴風雪賽跑，但他不得不停。前方右手邊有一棟窗戶都釘上木板的建築，屋頂上有兩個女孩穿著生鏽的金屬比基尼，手裡拿著一個告示牌，上頭寫著：「A片皇宮」、「限制級」跟「超敢脫」的字樣。現在地上已經開始撒滿白雪，在停車場中央有個「出售」的牌子。

布雷迪把車開了進去，停在停車場，然後打開筆記型電腦，打壞他好心情的是螢幕上的一條訊息：

**早上十一點〇四分：不明第三方試圖更動／取消Z代表結束網站**

**存取失敗**

**網站啟動**

他打開副駕駛座上的置物櫃，艾爾．布魯克斯的破手機放在裡面，東西一直放在這裡。真是支好手機，因為他忘了拿巴比諾的手機出門。

他心想：告我啊，誰記得住這麼多事，我這麼忙。

他不用去通訊錄裡面找，直接憑著印象撥打佛萊迪的號碼，超值電器大賣場之後的歲月，她都沒有換過號碼。

**3**

當霍吉斯藉故前往洗手間的時候，傑若米等他出了辦公室大門，才走去找荷莉。她站在窗邊，看著落下的白雪。現在城裡的風雪還不大，雪花在空中飄舞，似乎是要對抗地心引力。荷莉又雙手交叉在胸前，緊握著自己的肩膀。

「他的狀況有多糟？」傑若米壓低聲音問：「因為他看起來氣色很差。」

「傑若米，他得了胰臟癌。誰得了胰臟癌會氣色好？」

「妳覺得他撐得過今天嗎？因為他想撐過去，而我真的覺得他必須藉此結束。」

「結束他跟哈特斯菲爾之間的一切，你是這個意思吧。可惡的布雷迪．哈特斯菲爾，就算他已經死了還這樣。」

「對，我就是這個意思。」

「我覺得他狀況很糟。」她轉身面對傑若米，逼著自己直視他的雙眼，注視別人的雙眼總會讓她覺得自己渾身赤裸。「你有沒有注意到他一直用手扶著左側身體？」

傑若米點點頭。

「他已經這樣好幾個禮拜了，說只是消化不良，在我不斷叨唸後，他才去看醫生。查出病因後，他還想說謊隱瞞。」

「妳沒有回答我的問題，他撐得過今天嗎？」

「我覺得可以，我希望可以，因為你說得對，他需要結束這一切。只不過我們必須陪著他，你跟我。」她一手放開肩膀，緊握著他的手腕，說：「傑若米，答應我，別因為男孩們想要自己在樹屋上玩，就叫瘦小的女孩回家，好嗎？」

他掙脫荷莉的掌握，反而緊握她的手，說：「荷莉貝瑞，別擔心，沒有人要拆散這個樂團。」

## 4

「喂？Z醫生是你嗎？」

布雷迪沒時間跟她玩遊戲。隨著時間一分一秒過去，積雪都越來越厚，而Z男孩的破車沒有加裝雪地輪胎，里程表已經跑了十六萬公里，在風雪真正下大之後，肯定無法與其抗衡。如果在其他狀況下，他會想知道她為什麼還活著，但因為他根本不想掉頭回去修正現況，這個問題根本沒有意義。

「妳曉得我是誰，我知道妳想幹什麼，再試一次我就叫外面監視妳家的那些人上去。佛萊迪，活著是妳運氣好，我不會再挑戰命運一次。」

「我很抱歉。」她低聲地說，這不是當年在網路巡邏隊裡那個「去你的順便去你老母」的那個躁動小妞。不過，她還沒有完全崩潰，如果她崩潰了，她就不會想去亂搞電腦設備了。

「妳有跟別人講嗎？」

「沒有！」這個問題讓她的口氣變得非常驚恐，驚恐是好事。

「妳會講出去嗎？」

「不會！」

「這是正確答案，因為如果妳說溜嘴，我會知道。佛萊迪，有人在監視妳，記著這點。」

他沒等她回話就掛斷電話，氣她沒死，而不是她打算關掉網站。她真的會相信就算在她死後他還派了神秘人士監視她的住所嗎？他覺得她會信。她跟Z醫生及Z男孩打過交道，誰曉得外面還有多少布雷迪的無人機候他差遣？

不管怎麼說，他現在都束手無策。長久以來，布雷迪都習慣把他的問題推到別人身上，現在，他則責怪佛萊迪沒有在該死的時候死掉。

他把排檔打到行駛檔。輪胎在薄薄積雪的廢棄A片皇宮停車場空轉，但等車子開到國道後，輪胎就正常行駛了。原本咖啡色的柔軟泥土路肩現在已經變成白色，布雷迪放慢速度，以九十五公里的時速前進。隨著天氣變化，這樣的速度馬上就會變得過快，但他會努力繃緊神經前進。

# 5

「誰找到就是誰的」事務所跟旅行社共用七樓的洗手間，但現在男廁只有霍吉斯一個人，真是謝天謝地。他站在洗手臺旁邊彎著腰，右手緊握洗手臺邊緣，左手則壓在身體上。他的褲腰帶還沒扣回去，褲子因為口袋裡的一堆東西（零錢、鑰匙、皮夾、手機）而沉重地拖在屁股上。

他是來拉屎的，這樣的排泄行為他已經進行了一輩子，結果在他準備用力的時候，他的腹部左側忽然核爆。相較之下，之前的疼痛只像演唱會的暖場，而現在真正的表演才正式開始。而如果現在就這麼痛，他實在不敢想接下來會怎麼樣。

他心想：不，不是「不敢想」，「害怕」才是正確的用字。這是我這輩子第一次害怕未來，因為我看到我現在及過往所代表的一切都沉在水中，然後一抹勾銷。如果痛楚本身辦不到這種效果，他們開給我的止痛藥也辦得到。

他現在明白為什麼人家說胰臟癌是隱形的癌症，也明白為什麼胰臟癌的治癒率極低。癌細胞暗中出現，集結部隊，向肺、淋巴結、骨頭跟大腦發送密探。然後展開閃電攻擊，卻不明白它們愚蠢蹂躪過後的勝利只會造成它們自己的死亡。

霍吉斯心想：除非這就是胰臟癌想要的，也許厭恨自己，也許癌細胞本來只想殺死它們自己，而不是宿主。因此，癌細胞才是真正的自殺王子。

他發出一陣漫長的響嗝，因此覺得舒服了一點，鬼才曉得為什麼。舒緩的感覺不會維持太久，但只要能夠好過一點，他肯定不會放過。他倒出三顆止痛藥（他已經開始覺得這是一種用空氣槍射擊狂奔大象的行為），用水龍頭的自來水配著吞掉。然後他潑了點冷水到臉上，想讓自己看起來有點血色，沒有用，他只好迅速在自己左右臉頰上各打兩下。荷莉跟傑若米不能知道狀況到底有多嚴重，這是承諾的最後一天，他打算好好把握到每一分每一秒，必要的話，他會一路撐到午夜。

他離開洗手間，提醒自己站直身子，不要再扶身體左側，此時，他手機響了。他心想：彼得又要來講那個婊子的事囉，結果不是，是諾瑪．威莫。

「我找到那份文件了。」她說：「那個已故的露絲．史卡培利——」

「對。」他說：「訪客名單。上頭有誰？」

「沒有名單。」

他靠上牆壁，閉上雙眼，說：「啊，該——」

「但有張備忘，寫在巴比諾的私人信紙上。上頭是這麼寫的，『佛萊芮卡．林克萊特可以在探病及非探病時間探訪病人。她有助於布雷迪．哈特斯菲爾的病情』。這樣有幫助嗎？」

霍吉斯心想：留著海軍陸戰隊平頭的女孩，身上有一堆刺青，看起來髒兮兮的。上次聽到這樣敘述的時候，他只有淺淺的印象，現在他曉得原因了。二〇一〇年，他曾在超值電器大賣場與這個瘦瘦的平頭女孩見過面，當時他、傑若米跟荷莉正在追蹤布雷迪。就算六年過去，他也還記得這女孩是怎麼說她這位網路巡邏隊同事：「一定跟他媽有關。只要提到他媽，他都怪怪的。」

「你還在嗎？」諾瑪的口氣聽起來很不耐。

「在，但我得掛了。」

「你還記得你說在中午前通知，會加錢——」

「對，我會處理的，諾瑪。」他掛斷電話。

止痛藥正在作用，他才得以用中等速度走回辦公室。荷莉跟傑若米站在窗邊俯瞰下萬寶路街，從他們的表情看來，他曉得在他們聽到開門聲前，正在討論他的事，但現在實在沒時間想這個，或思索這件事，他滿腦子都是那些遭人動過手腳的札皮。當他們開始將矛頭指向布雷迪的時候，唯一的問題在於，布雷迪困在醫院病房裡，連話都不能說，怎麼有辦法改裝那些遊戲機。霍吉斯曉得肯定是有個懂這些東西的人在幫他，對不對？某個之前跟他一起共事的人，某個去腦空部看過他的人，還有巴比諾親筆寫的探訪同意書。一個身上有很多刺青、看起來很不好惹、態度很差的女孩。

「布雷迪的訪客，只有這一個，是個叫做佛萊芮卡．林克萊特的女人，她——」

「網路巡邏隊！」荷莉近乎尖叫：「他們是同事！」

「對，我記得還有第三個人，他們的老闆。你們記得他的名字嗎？」

荷莉跟傑若米互看一眼，然後搖搖頭。

「老威，那是很久以前的事了。」傑若米說：「而且我們那時的焦點在哈特斯菲爾身上。」

「對，我會記得林克萊特，因為她讓人滿難忘的。」

「我可以用你的電腦嗎？」傑若米問：「也許在荷莉查那女孩的地址時，我可以搜一下這傢伙？」

「當然，別客氣。」

荷莉已經坐直身子在電腦前面，迅速用滑鼠點來點去。她跟平常一樣，認真做事時就會自言自語。「可惡，人名搜尋的白頁網站上沒有她的資料。算了，早就知道沒望，很多單身女子都不會……等等，別掛電話……我找到她的臉書頁面……」

「我對她夏天度假的照片或她有多少朋友不感興趣。」霍吉斯說。

「你確定嗎？因為她只有六個朋友，其中一人叫做安東尼．佛畢雪。我很確定這就是——」

「佛畢雪！」傑若米從霍吉斯的辦公室裡大喊：「安東尼．佛畢雪是第三名網路巡邏隊隊員！」

「我贏了，傑若米。」荷莉看起來很得意。「又贏你了。」

## 6

安東尼．佛畢雪跟佛萊芮卡．林克萊特不一樣，他及「你的電腦大師」都有出現在人口查詢網頁上，留的電話是同一支，霍吉斯心想應該是他的手機。他把傑若米從他的辦公室座椅上請走，自己坐回去，動作緩慢且小心，剛剛蹲馬桶的爆炸痛感對他來說還是記憶猶新。

電話響了一聲就有人接了起來。「我是電腦大師安東尼．佛畢雪，請問有什麼事嗎？」

「佛畢雪先生，我是老威．霍吉斯。你大概不記得我了，但——」

「噢，我記得你，記得很清楚。」佛畢雪的口氣變得謹慎。「你想幹嘛？如果是跟哈特斯菲爾有關——」

「事關佛萊芮卡．林克萊特。你有她最近的地址嗎？」

「佛萊迪？我為什麼會有她的地址？自從超值電器大賣場關門後，我就沒見過她了。」

「是嗎？根據她的臉書頁面，你跟她是朋友。」

佛畢雪發出不可置信的笑聲。「她臉書朋友還有誰？金正恩？殺人魔查爾斯．曼森？聽著，霍吉斯先生，那個耍嘴皮子的小婊子一個朋友也沒有，她最接近朋友的人就是哈特斯菲爾，而我剛剛在手機上收到新聞通知說他死了。」

霍吉斯不曉得新聞通知是什麼，也不想知道。他謝過佛畢雪，掛上電話。他猜佛萊迪．林克萊特那六位臉書朋友都不是真的朋友，加這些人當朋友是她覺得自己還是社會上一分子的方法。

荷莉也許也會做一樣的事，曾經啦，現在她有真正的朋友了。她幸運，她的朋友也很幸運。於是問題又來了，他該怎麼找佛萊迪．林克萊特？

他跟荷莉開的這間事務所做「誰找到就是誰的」可不是叫假的，但他們擅長的搜尋引擎都是在尋找交了壞朋友的壞蛋、案底很長的對象以及通緝犯專用的。他是找得到她，在這個什麼都電腦化的年代，只有少數幾個人會成為漏網之魚，但他必須快點找到她。隨著時間過去，又有一個孩子打開免費的札皮，載入那粉紅色的魚跟藍色閃光，根據傑若米的經驗，啟動的還有潛意識訊息，然後要他們造訪「Z代表結束」網站。

你是警探，雖然得了癌症，沒錯，但還是警探。所以不要管這些有的沒的，快點用警察的腦子思考。

不過很難，想到那些孩子（那些布雷迪上次想要在「在這裡」演唱會害死卻失敗的孩子）擋在他的腦袋裡，傑若米的妹妹也是其中一員，多虧杜利斯．奈瓦，芭芭拉沒死，只是一腿打石膏。也許她的遊戲機只是測試版？也許艾樂頓拿到的也是？這樣滿合理的。不過，現在還有很多札皮，多得很，最後肯定都會送到某人手裡，該死。

最後一個念頭讓他靈光乍現。

「荷莉！我需要一個電話號碼！」

## 7

陶德．史奈德在電話的另一端，口氣友善。「霍吉斯先生，我聽說暴風雪馬上就會襲擊你們那裡了。」

「他們是這麼說的。」

「追查那些故障的遊戲機，運氣還好嗎？」

「這就是我致電的原因。請問你有那些札皮掌上機包裹收件人的地址嗎？」

「當然，我可以晚點回電給你嗎？」

「我在線上等，好嗎？有點急。」

「緊急消費者權益保護案件？」史奈德聽起來很困惑。「聽起來很不像是在美國發生的事情。讓我查查看。」

喀啦一聲，霍吉斯進入電話保留狀態，舒心的音樂播放起來，只是沒辦法讓他舒心。荷莉跟傑若米現在也在辦公室，擠在辦公桌旁邊，霍吉斯很努力不要伸手去碰左側身子。幾秒鐘變成了一分鐘，然後兩分鐘過去了。霍吉斯心想：他要麼就是去講別的電話，忘記我了，要麼就是找不到。

音樂消失。「霍吉斯先生？還在嗎？」

「還在。」

「我查到地址了，遊戲札誌，札是札皮的札，還記得吧？沿海道四百四十二號，收件人是一位佛萊芮卡·林克萊特。這樣有幫助嗎？」

「的確，謝謝你，史奈德先生。」霍吉斯掛上電話，看著兩位同事，一個纖瘦、臉白得跟冬天一樣；另一個因為在亞利桑那州蓋房子，健壯許多。加上他現在住在國土另一邊的女兒艾莉，這三個人就是在他生命結束前，他最愛的三個人。

他說：「兩位小朋友，咱們要出門兜風了。」

8

布雷迪駛離七十九號州際公路，經過溪谷路的「瑟斯頓車行」，幾個當地鏟雪換錢的男孩在此替卡車加油，將加鹽的袋沙搬上車，也有人走來走去，喝咖啡聊是非。布雷迪忽然想要開進去，看看他能不能替艾爾圖書館的破車換有小釘的雪胎，但暴風雪帶來的人潮實在不少，可能要耗上整個下午。他已經距離目的地不遠了，決定放手一搏。如果他抵達後，風雪才大起來，那誰還在乎啊？他可不在乎。他已經來過營地兩次了，主要是來探查地形，但第二次他也載了一些設備過來。

溪谷路上已經積了八公分的雪，開始打滑，車子打滑了好幾次，有次差點滑到水溝裡去。他渾身冒汗，巴比諾那犯了關節炎的手指也在布雷迪死命抓著方向盤時疼痛起來。

終於，他看到高聳的紅色欄杆指出了他最終的地標。布雷迪踩下煞車，用走路的速度轉彎。最後三公里的路途是一條沒有名字、只容得下一輛車的營區小路，但多虧兩旁包圍的大樹，在這裡開車比上一個小時還要輕鬆。道路的某些地方還沒有雪，但等到暴風雪的主體抵達後，就不一樣了。根據廣播，暴風雪會在今晚八點左右正式抵達。

他抵達一個岔路，老老的冷杉樹上釘了一個告示牌，指向右邊的寫著「大伯獵熊營」，指向左邊的牌子則寫著「獸首與毛皮」。在兩個箭頭上方三公尺處，是已經積了一層薄雪、往下俯視的監視攝影機。

布雷迪往左轉，他的手終於可以放鬆了。快到了啊。

## 9

城裡，風雪還是不大。街上沒什麼雪，交通路況也很順暢，但坐在傑若米藍哥吉普的人還是慢慢前進，安全為重。沿海道四百四十二號原來是在放克流行樂流行的一九八〇年代，於南岸湖邊如雨後春筍般冒出來的套房公寓。當時，這些房子炙手可熱，現在一半是空屋。傑若米在大廳看到六樓之一的門牌寫著「林克萊特」。他伸手要按對講機，卻被霍吉斯阻止。

「怎樣？」傑若米問。

荷莉一臉正經地說：「傑若米，看著，好好學。我們是這樣做事的。」

霍吉斯開始胡亂按門鈴，等到試了第四間，才有個男人回應。「誰？」

「聯邦快遞。」霍吉斯說。

「誰寄聯邦快遞給我？」那人聽起來很困惑。

「老兄，沒辦法回答你。我只是播報員，新聞不是我變出來的。」

大廳的門發出壞脾氣的喀啦聲，霍吉斯推開，替其他兩位拉著門。大樓有兩座電梯，一臺掛著「故障」的牌子，另一臺沒故障的電梯則貼了一張紙條，上頭寫著「四樓讓狗亂叫的人，我會找到你」。

「看起來好可怕。」傑若米說。

電梯開門，他們走進去，荷莉開始在包包裡翻找，她找到她的尼古丁咀嚼錠，把一顆放進嘴裡。電梯門在六樓打開的時候，霍吉斯說：「如果她在，讓我開口。」

六樓之一就在電梯對面，霍吉斯敲敲門，沒有人應。他又迅速敲了敲，還是沒有回應，他則用拳頭側邊用力擊門。

「走開啦。」門另一邊傳來一個虛弱的聲音。霍吉斯心想：聽起來真像得了流感的小女孩。

他又捶門，說：「林克萊特小姐，開門。」

「你是警察嗎？」

他可以說是，這也不是這位退休員警第一次偽裝成警察，但直覺要他這次別這麼說。

「不，我是老威．霍吉斯。我們之前在二〇一〇年短暫見過一次，當時妳還在——」

「對，我記得。」

兩道門鎖轉開，門鍊落下，門開了，強烈的大麻味飄進走廊。門口女人的左手拇指跟食指間捏著一根抽了一半的粗粗大麻菸，她好瘦，已經到了憔悴的境界，臉跟牛奶一樣白。她穿了一件有帶子的T恤，衣服正面印著「壞小子保釋公司，佛羅里達州布雷登頓」，下方是這間公司的座右銘：「坐牢？我們保！」但這個部分看不太清楚，因為上頭都是血跡。

「我該打電話給你。」佛萊迪說，她雖然看著霍吉斯，但霍吉斯曉得她這話是講給她自己聽的。「如果我有想到，我就會打給你了。你之前阻止過他，對不對？」

「老天，小姐，發生了什麼事？」傑若米問。

「我大概打包太多東西了。」佛萊迪指著身後客廳裡兩只不成對的行李箱。「我真該聽我媽的話，她總說要輕便旅行。」

「我覺得壞小子不是在講行李箱。」霍吉斯用拇指比了比佛萊迪T恤上的鮮血。他走上前，傑若米和荷莉跟了進去。荷莉在身後帶上了門。

「我知道他在說什麼。」佛萊迪說：「那個混蛋對我開槍，當我把行李箱從臥房拖出來的時候，血又開始流。」

「讓我看看。」霍吉斯說，但當他走過去時，佛萊迪就後退，將雙手環抱著胸口，這個荷莉會做的姿勢讓霍吉斯心軟。

「我沒有穿胸罩，太痛了。」

荷莉經過霍吉斯身邊。「帶我去廁所，我看看。」霍吉斯覺得她的口氣聽起來還可以，很平靜，但她已經快把那顆尼古丁咀嚼錠咬爛了。

佛萊迪牽著荷莉的手腕，但她走過兩個行李箱旁邊時，停下來抽了口大麻。她一邊吐出團團白煙，一邊說：「裝置都在你們右手邊的空房裡，好好研究看看吧。」然後，她又回到原本的脈絡裡：「如果我沒有打包這麼多東西，我早就閃人了。」

霍吉斯很懷疑這點，他覺得她會在電梯裡暈倒。

## 10

「獸首與毛皮」並沒有巴比諾在蜜糖高地的假豪宅那麼大，但也差不了多少。建築物呈狹長形，看起來不高，雜草叢生。後方是積雪的斜坡，一路延伸到查爾斯湖去，上次布雷迪造訪後，這座湖已經結冰了。

他將車子停在前方，小心翼翼地往西側走去，巴比諾昂貴的樂福鞋在積雪上打滑好幾次。打獵的營地在一片曠野之中，周遭會有很多雪落下來。他的腳踝好冰，真希望他記得帶雙靴子出門，但他又提醒自己，你真的沒辦法面面俱到。

他從金屬電箱裡拿出發電機棚的鑰匙，又去棚屋裡把房子的鑰匙拿出來。這臺發電機是最高檔的「電力守護者」，現在沒有聲音，但晚點應該會運轉起來。在這窮鄉僻壤，幾乎每次暴風雪來襲，都會跳電。

布雷迪回到車上，拿了巴比諾的筆記型電腦。這個營區備有無線網路，繼續他現在的計畫跟接下來的發展，只要靠這臺電腦即可，當然，還要加上札皮遊戲機。

可靠的好夥伴札皮零號。

屋子裡又黑又冷，他進屋後的一連串動作就跟每個久久不回家的返家者一樣漫長瑣碎：他開了燈，啟動溫度調節器。客廳很大，牆壁是松木板，點亮的是以北美馴鹿骨頭磨亮、製作而成的吊燈，很久以前，這裡還有馴鹿的時候做的。粗石壁爐很大，根本可以在裡面烤犀牛。上方是交錯的粗大樑柱，壁爐長年的煙把它們燻成深色。倚著一面牆的是跟整個空間差不多長的櫻桃木矮櫃，至少有五十瓶烈酒擺在上頭，有幾瓶都快空了，幾瓶還沒開過。家具老舊，不成對，還有膨膨的、椅墊很深的安樂椅，大大的沙發，不曉得有多少胸大無腦的女人在這裡被人家幹過。除了打獵跟釣魚，這裡還上演過不少婚外性行為。壁爐前面的熊皮是艾爾頓·瑪欽醫生獵到的，這位醫生現在已經抵達天上的豪華手術室，掛著的獸首與魚類標本都是其他十幾位醫生過去跟現在的戰利品。有一頭成年雄鹿的首級是巴比諾還是真正的巴比諾時獵到的，不是在狩獵季節獵的，但誰在乎。

布雷迪在空間一角的古董活動蓋板辦公桌放下筆電，脫外套前先開電腦。先看看中繼器，開新發現上頭顯示「尋獲兩百四十三臺」。

他以為他明白目光陷阱的威力，他在遊戲還沒加料前，就見識過示範畫面的上癮效果，但這眼前的成功遠超過他的預期，遠遠超過。「Z代表結束」網站也沒有傳回新的警告訊息，但他還是上去看看狀況如何。狀況再次超乎他的想像，目前已經有七千名訪客了，七千名，而他一邊看，計數器的數字持續緩慢成長。

他放下外套，靈巧地在熊皮地毯上跳起舞來。他很快就累了，下次換身體的時候，他會選擇

二、三十歲的年輕肉體，但舞動讓他的身體暖和了起來。

他在矮櫃上找到電視遙控器，然後朝著大大的平板電視按了按，這是營地裡少數幾個二十一世紀的點綴物品。衛星天線不曉得接收了幾百個頻道，還能以高畫質顯示播送，但布雷迪今天只對當地頻道感興趣。他按下遙控器上的「訊號源」鍵，直到他看到營地通往外頭的道路。他不期待有人過來，但他接下來會有忙碌的兩、三天，是他這輩子最重要、最有產值的時光，如果有人想要打擾他，他會希望能夠事先知道。

只要走過去就是槍櫃了，一片有深色結點的松木牆壁上有一把把來福槍，用木釘固定的是手槍。布雷迪覺得，在這片雜亂的東西裡，最優秀的就是比利時槍械公司為了滿足美國特種作戰司令部需求，所生產的特種部隊戰鬥突擊重型步槍，還有槍機握把。這把槍一分鐘可以射擊六百五十發子彈，還由一位直腸科醫生非法改裝成全自動步槍，這位醫生碰巧是個槍枝迷。這把槍是重型槍枝界的勞斯萊斯。布雷迪拿了這把步槍、額外的彈匣，還有好幾盒沉甸甸的點三〇八溫徹斯特彈，把步槍立在壁爐旁邊的牆邊。他考慮要生個火，壁爐裡已經擺好風乾的木柴，但他還有件事得先做。他造訪城市突發新聞網站，迅速瀏覽一下，尋找自殺消息，沒找到，但他可以改變這個事實。

「就叫札皮殉道者吧。」他笑了笑，然後打開遊戲機。他在一張安樂椅上舒適坐下，開始追逐粉紅色的魚兒。他閉上眼睛的時候，魚都還在，至少一開始是這樣，然後牠們變成在黑色背景下移動的紅點。

布雷迪隨機挑了一個紅點，開始工作。

## 11

霍吉斯跟傑若米看著數位顯示跳到「尋獲兩百四十四臺」，此時，荷莉帶著佛萊迪走來電腦室。

「她沒事。」荷莉對霍吉斯低聲地說：「她應該更嚴重，但她沒事。她胸口有個傷口，看起來像——」

「像我說的那樣。」佛萊迪的口氣現在聽起來比較有力量了，她眼睛紅紅的，但大概是因為她剛剛抽的大麻。「他對我開槍。」

「她有護墊，所以我用護墊幫她包紮傷口。」荷莉說：「傷口太大了，OK繃黏不住。」

她皺皺鼻子，反感地「嗚」了一聲。

「那混蛋對我開槍。」彷彿佛萊迪還在釐清動手的是誰一樣。

「這是哪個混蛋？」霍吉斯問：「菲利斯．巴比諾？」

「對，就是他。媽的Z醫生。只不過他其實是布雷迪，還有另一個，Z男孩也是。」

「Z男孩？」傑若米問：「Z男孩是哪號人物？」

「老老的？」霍吉斯問：「比巴比諾還老？白髮亂糟糟？開著一輛上頭有補漆的破車？可能還穿了一件貼膠帶的大外套？」

「我跟他的車不熟，但我看過那件外套。」佛萊迪說：「這就是我的好孩子Z男孩。」她坐在蘋果桌機前面，螢幕正顯示不規則碎片的螢幕保護程式。她抽完最後一口大麻菸，然後將其在裝滿萬寶路菸屁股的菸灰缸裡捻熄。她還是很蒼白，但霍吉斯記憶裡那種「去你的」的態度稍微恢復了一點。「Z醫師跟他忠實的小跟班Z男孩，只不過他們兩個都是布雷迪，跟什麼該死的俄羅斯娃娃一樣。」

「林克萊特小姐？」荷莉問。

「噢，別客氣，叫我佛萊迪。哪個妞兒只要見過我那兩個又名奶子的小茶杯，都可以叫我佛萊迪。」

荷莉臉紅，但繼續講下去，她追線索的時候就是這樣，始終如一。「布雷迪．哈特斯菲爾死了。可能是昨晚或今天凌晨的事，死因是藥物過量。」

「貓王大大離開建築了？」佛萊迪想了想，然後搖搖頭。「如果這是真的該有多好。」

霍吉斯心想：如果我相信她腦子壞了該有多好。

傑若米指著超大螢幕上的記數，現在閃成「尋獲兩百四十七臺」，「這東西是在搜尋還是下載？」

「都有。」佛萊迪壓了壓襯衫底下湊和使用的繃帶，這個不自覺的動作讓霍吉斯想到他自己。「這是中繼器。我可以關掉它，至少我覺得我可以，但你們必須保證會保護我的安全，有人在監視這棟建築，網站的話……就不妙了。我有IP位置跟密碼，但我還是沒辦法侵入伺服器。」

霍吉斯有一千個疑問，但隨著「尋獲兩百四十七臺」跳成「尋獲兩百四十八臺」，最重要的問題只有兩個。「它在搜尋什麼？又在下載什麼？」

「你們要先答應會保護我的安全，帶我去安全的地方，證人保護計畫什麼的。」

「他什麼都不用答應，因為我已經懂了。」荷莉說。她的口氣裡一絲惡意也沒有，如果真有什麼口氣，可能是安慰？「老威，它在搜尋札皮。每次只要有人打開一臺遊戲機，中繼器就會尋獲，更新『洞洞釣魚樂』的示範畫面。」

「將粉紅色的魚變成數字，還加上藍色閃光。」傑若米強調。他看著佛萊迪：「這東西的作用就是這樣，對不對？」

現在她把手壓在血跡乾涸的額頭紫色腫塊上，手指摸到的時候，她痛到面露難色，把手抽開。

「對，送到這裡的八百臺札皮裡有兩百八十臺故障，要麼就是開機時卡住，要麼就是在打開遊戲時閃一下就壞了，剩下的都可以正常使用。我替每一臺安裝了惡意程式，手續很多，很無聊，就跟生產線上手動安裝零件的女工一樣。」

「這代表還有五百二十臺可以用。」霍吉斯說。

「這位老兄會減法，給他拍拍手。」霍吉斯看了看顯示的數字。「現在已經更新了一半。」她笑了一聲，聽起來一點也不歡樂。「布雷迪也許是個瘋子，但他的手法挺不錯的，不覺得嗎？」

霍吉斯說：「關掉。」

「行，但你要保證會保護我。」

跟札皮有過近距離交手經驗的傑若米曉得遊戲機的力量，以及這玩意兒會在人心中植入多麼不愉快的想法，他在佛萊迪忙著跟老威討價還價時，枯站在一旁。他在亞利桑那州時掛在褲腰帶上的瑞士刀現在擺在他口袋裡。他拉出最大的刀片，把中繼器從架子上扯下來，鋸斷連結佛萊迪電腦的電線。中繼器掉到地上，發出不大不小的喀答聲，桌子底下的電腦主機發出警告聲響。荷莉彎腰，按了什麼，警報聲就停了。

「白癡，有開關好不好！」佛萊迪沒好氣地說：「你根本不用這樣！」

「猜猜怎麼著？我就是幹了。」傑若米說：「有臺該死的札皮差點要了我妹的命。」他走向她，佛萊迪往後縮。「妳知道妳在做什麼嗎？妳曉不曉得這是怎麼回事？我覺得妳懂。妳看起來很茫，但不蠢。」

佛萊迪開始哭哭啼啼地說：「我發誓我不知道，因為我也不想這樣。」

霍吉斯深呼吸，這個舉動喚起了他的疼痛。「佛萊迪，從頭開始說一遍給我們聽。」

「但是盡量講快點。」荷莉補充道。

## 12

傑米．溫特斯九歲的時候跟母親一起去冥果禮堂看「在這裡」的演唱會。當晚這種年紀的男孩人數不多，跟他年齡差不多的男孩都會說這是「女生的東西」，不過呢，傑米就是喜歡女生的東西。九歲的時候，他還不確定自己是同性戀（甚至不懂這三個字代表什麼意思）。他只知道，當他看著「在這裡」的主唱坎姆．諾利斯時，他會覺得心底小鹿亂撞。

現在，他已經要十六歲了，很清楚自己的本質。留字條給學校裡某幾個男同學的時候，他會故意把自己的名字「傑米」寫成「潔咪」，因為他希望這些男孩覺得他是「潔咪」。他的父親卻很清楚他的狀況，覺得他是什麼怪胎。如果真有「男人中的真男人」這種說法，藍尼．溫特斯肯定就是這種男人，他是成功建設公司的老闆，但因為即將到來的暴風雪，溫特斯營造公司目前的四座工地都關閉了。藍尼待在家裡的辦公室，忙著處理文件資料，查閱電腦螢幕上的試算表。

「爸！」

「你想怎樣？」藍尼沒好氣地說，頭也沒有抬一下。「你為什麼沒上學？今天不用上學嗎？」

「爸！」

這次藍尼抬起頭來，看到他有時（以為傑米沒聽見時）稱為「家裡那個小娘娘」的男孩。他第一眼注意到的是他兒子擦了口紅、腮紅跟眼影，第二眼發現他穿了藍尼太太的洋裝，藍尼認得這件洋裝。這孩子太高了，裙襬落在他大腿一半的位置。

「搞什麼！」

傑米笑得喜氣洋洋。「我想這樣入土！」

「你在——」藍尼起身速度太快，椅子都翻了。此時，他看到男孩手裡握著槍，他肯定是從主臥房藍尼那側櫃子裡找到的。

「老爸，看著！」他臉上依舊掛著笑容，彷彿他要示範什麼超厲害的魔術一樣。他拿起手槍，將槍手對準自己的右側太陽穴，手指扣在扳機上，指甲精心塗上亮片指甲油。

「放下，兒子，放下那把——」

傑米（或潔咪，他在短短的遺書上用的是這個名字）扣下扳機。這是把口徑點三七五的槍，槍聲震耳欲聾，鮮血與腦部組織以扇形噴飛，俗豔地點綴在門框上。塗上母親化妝品、身著她洋裝的男孩往前跌下，臉部左側跟氣球一樣扁扁變形。

藍尼．溫特斯發出了一連串顫抖的尖叫聲，叫得跟女孩子一樣。

## 13

布雷迪在傑米．溫特斯把槍口壓在自己腦袋上時，布雷迪就脫離男孩的身體了，他擔心，應該說害怕如果他持續待在裡面，子彈穿過被他玩弄的男孩腦袋時，他自己也會跟著發生什麼意外。他會跟果實的籽一樣被吐出來，就跟他在二一七號病房時，進入那個拖地的呆瓜時一樣，還是，他會跟那孩子一起死掉？

他一度以為自己太晚抽身，還聽到每個人離開生命時都會聽到的叮叮聲，然後他就回到「獸首與毛皮」的客廳，皮膚鬆弛的手握著札皮遊戲機，巴比諾的筆記型電腦擺在面前。叮叮聲是從電腦發出來的。他看了看螢幕，兩個訊息，第一個顯示：「尋獲兩百四十八臺」，這是好消息，第二個則是個壞消息：

**中繼器離線**

他心想：佛萊迪，我真的沒料到妳這麼有種，真是沒料到。妳這個臭婊子。

他的左手在辦公桌上隨便摸索，拿到一個裝滿筆跟鉛筆的陶瓷頭骨筆筒。他拿在手裡，準備要砸向螢幕，摧毀這令人憤怒的訊息。一個念頭卻讓他停了下來，一個很有可能、卻也很可怕的念頭。

也許她的確沒種，也許有人幫她關掉了中繼器。而這個人會是誰呢？當然是他的死對頭，那個死退休警探霍吉斯啊。

布雷迪曉得自己腦子不太正常，他好幾年前就知道了，這個念頭很可能只是他自己胡思亂想，不過某種程度上又滿合理的。差不多在一年半前，霍吉斯就沒有幸災樂禍地跑去二一七號病房探病，但根據巴比諾的說法，他昨天又在醫院到處打聽。

布雷迪心想：而他一直都知道我在演戲。他自己都這麼說過好多遍：布雷迪，我知道你在。檢察官辦公室的幾個西裝男也講過同樣的話，但他們講就只是期待而已，他們想讓他受審，趕快結束他的問題。霍吉斯就……

「他講得很有自信。」布雷迪說。

也許這不是什麼壞消息，畢竟，半數佛萊迪改裝、巴比諾發出去的札皮都已經上線了，這意味著這些人跟他剛剛收拾的小娘砲一樣，都無法抵擋他進入他們的身體裡了。再說還有網站啊，一旦札皮玩家開始自殺（當然需要布雷迪．威爾森．哈特斯菲爾的一臂之力），這個網站也會順便推其他人一把，有樣學樣啊。雖然一開始只會有遊戲機玩家身邊的對象跟隨，但只要開了先河，後面就會有人跟隨，到時候就會越來越多。他們會跟潰逃的水牛一樣，一頭接著一頭自己跳下懸崖。

但是呢。

霍吉斯啊。

布雷迪想起自己小時候房裡掛著一張海報，上頭印著：「生命給你檸檬，做成檸檬茶吧！」這是終生適用的至理名言啊，尤其是當你想著，要做檸檬茶的唯一方式就是要擠爆那些檸檬的時候。

他拿出Z男孩老舊但還是可以用的掀蓋式手機，再次憑著印象撥打佛萊迪的號碼。

## 14

當〈布吉伍吉軍號男孩〉從公寓某處響起的時候，佛萊迪發出了小小的尖叫聲。荷莉溫柔地將一手搭在她肩上，對霍吉斯露出疑惑的眼神。他點點頭，開始尋找起聲音的來源，傑若米跟在他身後。佛萊迪的手機在她的化妝臺上，桌面上有亂七八糟的護手霜、唧喳牌捲菸紙、菸屁股專用夾，以及不只一包，而是兩包很大袋的大麻。

來電顯示寫著「Z男孩」，但這位Z男孩，也就是原本的艾爾圖書館，布魯克斯先生，正在警方拘留室裡，不可能打什麼電話。

「喂？」霍吉斯說：「是你嗎？巴比諾醫生？」

沒有聲音……幾乎沒有聲音，霍吉斯聽到了呼吸聲。

「還是我該稱你Z醫生？」

沒有回應。

「布雷迪怎麼樣？叫你布雷迪好嗎？」雖然佛萊迪解釋了一堆，他還是無法相信這一切，但他相信巴比諾精神分裂，以為自己是布雷迪。「是你嗎？混蛋東西？」

呼吸聲又持續了一、兩秒，然後消失了。電話掛斷了。

## 15

「你知道，這是有可能的。」荷莉如是說，她現在也擠進佛萊迪亂七八糟的臥室。「我是說，那個人可能真的是布雷迪。人格投射有很多資料文獻，事實上，這是第二常見的惡魔附身成因，最常見的是又名精神分裂的思覺失調症，我讀過相關的研究文章──」

「不。」霍吉斯說：「不可能，不。」

「別不相信眼前所看到的事實，別跟灰色電眼女郎一樣。」

「這話什麼意思？」噢，老天，現在疼痛一路延伸到他的睪丸去了。

「你不該因為證據帶領你到不想去的地方，就轉頭跑掉。你知道布雷迪恢復意識以後就變得不一樣了，他帶回了大部分人都沒有的能力，念力可能只是其中一種而已。」

「我從來沒有看過他實際移動東西。」

「但你相信那些護士的話，對吧？」

霍吉斯沒有說話，低頭思考。

「回答問題。」傑若米說，他的口氣很溫和，但霍吉斯還是感覺到背後的不耐。

「對，至少幾個人的話我是相信的，腦子清楚的幾個，好比說貝琪．罕明頓。他們的故事之間關聯太多，不可能是捏造的。」

「老威，看著我。」

荷莉．吉卜尼提出這個請求，不，這個要求，實在很罕見，他因此抬起頭來。

「你真的相信巴比諾對那些遊戲機動手腳，還設計了那個網站嗎？」

「我用不著相信，他有佛萊迪執行這些事情。」

「網站不是我弄的喔。」一個虛弱的聲音說。

他們轉過頭，佛萊迪站在門口。

「如果是我架設的網站，我就可以關掉了。我從Z醫生那收到一個隨身碟，裡面都是網站的素材，我只負責插上電腦、上傳。不過，他離開之後，我有稍微研究一下。」

「從DNS查詢開始，對吧？」荷莉說。

佛萊迪點點頭。「這位姑娘還懂一些。」

荷莉對霍吉斯說：「DNS代表網域名稱系統（Domain Name System），這個查詢會從一個伺服器跳到下一個伺服器，就跟跳石頭上渡河一樣，不斷詢問『你知道這個網站嗎』？它會不斷跳來跳去，不斷詢問，直到它找到正確的伺服器為止。」然後，對佛萊迪說：「但就算妳找到IP位置，妳還是進不去，對嗎？」

「對。」

荷莉說：「我相信巴比諾對人腦很有研究，但我懷疑他有沒有這種電腦天分能夠這樣封鎖網站。」

「我只是收錢做事而已。」佛萊迪說：「是Z男孩把程式送來讓我改裝遊戲機，寫得跟什麼配咖啡的蛋糕食譜一樣。我敢跟你們賭一千塊，如果Z男孩找得到電腦的電源鍵，他大概也只會開電腦，上他最喜歡的色情網站而已。」

這點霍吉斯倒是挺相信她的。他不太確定當警方最後終於跟上來的時候，他們會不會相信，但霍吉斯是信了，而且……別跟灰色電眼女郎一樣。

這話真刺，真的很傷人。

「而且。」佛萊迪說：「每一條程式指令後面都有兩個點點，布雷迪以前也會加這個，我覺得這是他在高中電腦課學到的。」

荷莉握著霍吉斯的手腕，她一隻手上有血，這是替佛萊迪包紮時沾到的。先不說荷莉的其他特質，她的潔癖很嚴重，如果她沒有把手上的血跡洗掉，這就意味著她參與這整件事的程度非常深入。

「巴比諾給哈特斯菲爾進行藥物實驗，雖然不道德，但他也沒有做什麼其他壞事，他只有對喚醒布雷迪感興趣而已。」

「妳怎麼能確定？」霍吉斯說。

她依舊鎖定他，但主要是用目光鎖定，不是用手死命拉著她。因為他平常都不喜歡與人對看，實在很容易忘記當她把音量轉到最大，然後把音量旋鈕猛一拔掉的時候，她的目光會有多滾燙。

「其實只有一個問題。」荷莉說：「在這個故事裡的自殺王子是誰？是菲利斯．巴比諾，還是布雷迪．哈特斯菲爾？」

佛萊迪用作夢般的高聲說話：「有時Z醫生只是Z醫生，有時Z男孩就只是Z男孩，但這種時候，他們都很像嗑藥了一樣。不過，當他們徹底清醒的時候，他們都不是他們，是布雷迪躲在他們體內。愛信不信隨你，但真的是他，不只是程式後面的點點，也不是歪斜的字體，而是一切都跟他有關。我跟那個討厭的混帳東西共事過，我清楚得很。」

她走進房裡。

「現在呢，如果各位業餘偵探不介意，我要再捲一根大麻菸了。」

## 16

布雷迪踩著巴比諾的腳步在「獸首與毛皮」的寬敞客廳裡踱步，憤怒地思索。他想回到札皮的世界，想要尋找新目標，再次重複逼著某人跳進裂口之中，但他現在不夠平靜、沉穩，沒辦法執行這項任務，他一點也不平靜、沉穩。

霍吉斯。

霍吉斯在佛萊迪的公寓。

而佛萊迪會把來龍去脈都說出來嗎？各位先生、各位女士，太陽打西邊出來啦！

布雷迪看到兩個問題，一、霍吉斯能不能讓網站下線？二、霍吉斯會找到這鳥不生蛋的鬼地方來嗎？

布雷迪覺得這兩個問題的答案都是肯定的，但同時，他引發越多自殺，霍吉斯就會越煎熬。當他這樣想的時候，他覺得霍吉斯找到這個地方來可能是件好事。布雷迪可以因此捏爆檸檬做檸檬茶。不管怎麼說，他都還有時間。他在距離城市以北很遙遠的地方，而且「尤金妮」這場暴風雪也站在他這邊。

布雷迪回到筆記型電腦前面，確認「Z代表結束」網站持續運作。他看了看訪客計數器，現在已經超過九千人次了，當中許多人（但不代表全部）都是對自殺感興趣的青少年。這種興趣會在一、二月的時候達到巔峰，因為天黑得太早，而春天好像永遠不會來到。再說，他還有「札皮零號」，有了這臺遊戲機，他就能面對面接觸許多孩子。有了「札皮零號」，接近這些孩子就跟朝著水缸裡的魚開槍一樣簡單。

他心想，還是粉紅色的魚，然後竊笑起來。

他現在想到該怎麼處置這個上了年紀的退休警探，他該跟約翰·韋恩西部電影最後一盤膠卷出現的騎兵部隊一樣出現，布雷迪拿起札皮，打開電源。就在他盯著魚兒看的時候，高中讀過的艾略特詩句忽然浮現在他的腦海裡，他大聲朗誦出來。

「噢，別問那是什麼，咱們一同去探訪吧。」

他閉上雙眼，迅速移動的粉紅色魚兒變成紅點，每一個都是過往參加演唱會的人，此時此刻正盯著自己的免費的札皮遊戲機，希望能夠贏得大獎。

布雷迪挑了一個紅點，讓其停下來，然後看著紅點跟玫瑰一樣綻放開來。

## 17

「當然，警察當然有電腦鑑識小組。」霍吉斯回答荷莉的問題。「如果妳把三個兼差的傢伙當成一個小組，那就是了。不過不成，他們不會聽我的，我現在只是一介平民。」這還不是最糟的，他是曾經當過警察的平民，當退休條子打算插手警察辦案的時候，他會被封上「阿叔」的封號，這可不是什麼尊稱。

「那打給彼得，叫他開口。」荷莉說：「因為那可惡的自殺網站必須關閉。」

這兩個人在佛萊迪．林克萊特的「控制中心」裡，傑若米跟佛萊迪在客廳，霍吉斯是覺得她不會逃跑啦，她很擔心建築外頭有什麼虛構的人物在監視她，但毒蟲的行為很難預料，除了他們通常想要嗑得更茫以外。

「打電話給彼得，請他讓電腦人員打電話給我，隨隨便便哪個腦袋不清楚的阿狗阿貓都可以進行洪水攻擊，推掉這個網站。」

「洪水攻擊？」

「對，又稱阻斷服務攻擊，這個人需要連線到殭屍網路，然後……」她看到霍吉斯不解的神情。「不重要，概念是用伺服器驅需求不斷轟炸這個網站，幾千幾萬幾百萬這樣，讓它窒息、讓伺服器當機。」

「妳辦得到？」

「我辦不到，佛萊迪也辦不到，但警察局裡的科技宅能夠開發足夠的編算資源。如果他沒辦法在警局裡處理，他就得去跟國土安全局聯絡，請他們執行。因為這是安全問題，對不對？人命岌岌可危。」

的確，霍吉斯撥了電話，但彼得的手機直接轉進語音信箱。接著，他又試了他的老朋友凱西．辛，但接電話的值班員警說，凱西她媽忽然出了什麼糖尿病意外，凱西帶她去看醫生了。

沒有選項了，只能找伊莎貝爾了。

「小莎，我是老威．霍吉斯。我想打電話給彼得，但──」

「彼得走了，結束了，掰掰了。」

霍吉斯一度尷尬地以為她說他死了。

「留了張便條在我桌上，說他要回家，關掉手機，拔掉市內電話，然後睡上二十四小時。他還說今天是他當差的最後一天。他的確可以這樣，他一堆休假都沒用，超多的。他有很多假期可以一路休到退休那天。我想你最好把他的退休派對從你的日曆上劃掉，你跟你的怪胎合夥人那天晚上可以去電影。」

「妳這是在怪我？」

「你跟你對布雷迪．哈特斯菲爾的癡迷，彼得受你影響了。」

「不，他只是想繼續追這個案子，妳卻想扔開這個燙手山芋，跳進最近的隱蔽處裡。我必須說，關於這種事情，我想站在彼得這一邊。」

「你看看、你看看！我說的就是這種態度。霍吉斯，醒醒吧，這是真實世界，我這是最後一遍告訴你，不要再插手管不干你──」

「這也是我最後一遍告訴妳，如果妳他媽想升職，妳就得把妳的腦袋從屁眼裡端出來，好好聽我說。」

他還沒辦法思考，話語就脫口而出了。他擔心她會掛電話，如果她掛電話，他還能找誰？但他只聽到訝異的靜默。

「自殺，妳從蜜糖高地回來以後，有沒有什麼自殺報案？」

「我不知──」

「查一查！現在就查！」

他聽到她打鍵盤的微弱聲響，大概聽了五秒鐘吧。然後她說：「有一起剛剛進來，有個住在湖木區的孩子開槍自盡，當著他爸的面，是爸爸報警的，有多歇斯底里，你大該猜得到。這件事跟──」

「告訴現場的員警，去找札皮遊戲機，就跟荷莉在艾樂頓家找到的一樣機型。」

「又是那個？你是跳針——」

「他們會找到的，然後在今天結束前妳會有更多起札皮自殺事件，很多、很多。」

荷莉用嘴型提醒他：「網站，跟她說網站的事！」

「還有，有個叫做『Z代表結束』的自殺網站，今天才上線，必須立刻下線。」

她嘆了口氣，用跟小孩講話的語氣說話。「網路上有各式各樣的自殺網站。我們去年才從少年法庭部門那邊收到備忘，這種網站就跟雨後春筍一樣一口氣冒了出來，架站的通常是穿黑T恤的小鬼，沒事就窩在房間裡。這種網站上會有一堆寫得很差的詩，還有該怎麼下手比較不痛的討論，當然還會抱怨老爸老媽不懂他們之類的。」

「這個網站不一樣，這個網站會引發雪崩式的自殺，上頭有潛意識暗示訊息，請電腦鑑識小組的人跟荷莉．吉卜尼聯絡，快點。」

「這樣是在程序外做事。」她冷冷地說：「我得先查一查，然後按照程序來。」

「五分鐘內，叫你們外包的電腦宅男跟荷莉聯絡，不然等等自殺事件開始滾雪球，我向妳保證肯定會，我就會跟肯聽我講話的人說，我去找妳，然後妳用官僚程序做為藉口。我的聽眾會有每日新聞報還有八點現場電視臺。警局在這些媒體裡都沒有朋友，特別是因為去年夏天的時候，兩名制服員警在馬丁．路德．金大道擊斃一名手無寸鐵的黑人孩子。」

靜默，然後是比較柔軟的口氣，可能覺得受傷？她說：「老威，你應該跟我們同一陣線，你為什麼要這樣？」

他心想：因為荷莉沒看錯妳這個人。

結果他說：「因為時間緊迫。」

18

客廳裡，佛萊迪又捲了一根大麻菸，她抬頭看看傑若米，舔著把菸紙黏在一起。「你是個大傢伙，對不對？」

傑若米沒有回話。

「你多重？九十五、一百公斤？」

為此傑若米也無言以對。

她不以為意，點起大麻菸，吸了一口，拿給他，傑若米搖搖頭。

「大男孩，你的損失呦。這玩意兒挺不錯的，聞起來像狗尿，我知道，但還是好東西呦。」

傑若米沒有答腔。

「貓咬了你的舌頭嗎？」

「不，我在想我高三時上的一堂社會學。我們對自殺設計了一個四週的模型，有個統計數字我一直無法忘懷。每一起出現在社群媒體上的青少年自殺案件都會激起七起仿效事件，五起只是做做樣子，兩件是真的不想活了，也許妳該先思考這點，而不是裝出一副強悍女孩的模樣。」

佛萊迪的下唇顫抖。「我不知道，真的。」

「妳當然知道。」

她把目光移到大麻菸上，這次換她無言。

「我妹聽到一個聲音。」

這話讓佛萊迪抬起頭。「什麼聲音？」

「從遊戲機傳出來的聲音，跟她講了一堆難聽的話，什麼她想過白人生活，她否認她的種族之類的，還有她是個一文不值的爛人。」

「這些話有讓你想起誰嗎？」

「有。」傑若米想起在奧莉維亞．崔洛尼不幸身故許久之後，他跟荷莉在她電腦裡聽到控訴的尖叫聲。尖叫的程式是布雷迪．哈特斯菲爾設定的，就是要把崔洛尼跟走向屠宰場坡道的牛隻一樣推向自殺的道路。「的確有。」

「布雷迪很迷自殺。」佛萊迪說：「他很愛在網路上讀自殺的東西，你知道，他原本打算在那個演唱會上帶著其他人一起自殺。」

傑若米知道，當晚他也在場。「妳覺得他是不是用心電感應接觸我妹？用那個札皮當作……某種管道？」

「如果他能占據巴比諾跟另一個傢伙的身體，無論你信不信，他的確這麼幹了，那麼我覺得可以，他可以用心電感應接觸你妹。」

「那些擁有升級版札皮的人呢？總共有兩百四十幾個人，都可以嗎？」

佛萊迪只有透過煙氣看著他。

「就算我們搞掉那個網站……這些人呢？如果那個聲音開始跟他們講他們是世界這隻鞋踩到的狗屎，唯一的解答就是自殺，那怎麼辦？」

在佛萊迪能夠回答前，霍吉斯替她開口：「我們會阻止這個聲音，也就是說，我們會阻止他。走吧，傑若米，回辦公室了。」

「那我呢？」佛萊迪哀怨地說。

「一起走，還有，佛萊迪？」

「怎樣？」

「大麻可以止痛，對嗎？」

「你可以說見仁見智啦，這個狗屁國家的法律搞成這樣，我只能告訴你，對我有用，大麻讓我每個月特別敏感的時候沒那麼敏感。」

「一起帶走。」霍吉斯說：「還有捲菸紙。」

## 19

他們開著傑若米的吉普車回到事務所，後座有一堆傑若米的雜物，所以佛萊迪得坐在某人大腿上，但這人可不是霍吉斯，他現在的狀況沒辦法讓人坐大腿，所以他開車，佛萊迪坐在傑若米的大腿上。

「嘿，這樣好像是在跟什麼黑人硬漢偵探約會呦。」佛萊迪喜孜孜地說：「又高又壯的私家偵探對所有的妞兒來說都是性愛機器。」

「別坐得太舒服。」傑若米說。

荷莉的手機響了，打電話的人叫崔佛．傑普森，來自警局的電腦鑑識小組。荷莉立刻講出一堆霍吉斯聽不懂的專業術語，什麼自動網路機器人攻擊，什麼暗網的。不管對方說了什麼，看起來都讓她很滿意，因為她掛電話的時候，臉上帶著笑容。

「他從來沒有癱瘓網站過，就跟耶誕節早上拆禮物的孩子一樣興奮。」

「需要多少時間？」

「有密碼跟ＩＰ位置？應該不用很久。」

霍吉斯把車子停在透納大樓前方的半小時暫停區，他們不會在這裡待太久，前提是如果他運氣夠好，根據他最近的霉運看來，他覺得宇宙現在該對他好一點了。

他走進辦公室，關上房門，然後翻找他那破爛老舊的通訊錄，尋找貝琪．罕明頓的電話。荷莉提議要在他手機裡設定通訊錄，但他一直拖拖拉拉的。他喜歡他的老舊通訊錄，大概這輩子永遠也不會換了，他心想，《褚蘭特的最後一案》啊，還真的。

貝琪提醒他，她現在不在腦空部了。「也許你忘了？」

「我沒忘。妳聽說巴比諾的事沒？」

她壓低聲音。「老天，聽說了。我還聽說艾爾文．布魯克斯的事，也就是艾爾圖書館，他殺了巴比諾的太太，可能也殺了他。我真是不敢相信。」

霍吉斯心想：我還有很多讓人不敢相信的事可以說給妳聽。

「貝琪，別忘了巴比諾。我覺得他可能正在逃亡，他給布雷迪．哈特斯菲爾注射實驗藥物之類的，這些藥物可能跟哈特斯菲爾的死有關。」

「老天，認真的嗎？」

「認真的。不過他可能逃不遠，暴風雪就要來了。妳能想到他可能會去哪裡嗎？巴比諾有沒有什麼夏日度假小屋之類的房子？」

她想都不用多想，就說：「不是度假小屋，是狩獵營。不過主人不只是他，可能有四、五個醫生一起共享那個地方。」她的聲音又壓得低低的，神秘兮兮的樣子。「我聽說他們在那裡可不只打獵，你懂我的意思。」

「這個地方在哪裡？」

「查爾斯湖。這個營地有個可愛又恐怖的名字，我一下想不起來，但我敢說槿蘭．川恩應該知道。她在那邊過了一個週末，她說那是她這輩子醉得最嚴重的四十八個小時，還帶了衣原體回來。」

「可以請妳打個電話給她嗎？」

「當然，但如果醫生跑路，他可能會搭飛機，你知道，可能跑去加州或別的國家，今天早上飛機還正常起降。」

「我覺得他不敢搭飛機，很多警察在找他，謝了，貝琪，再回電給我。」

他走去保險箱，按下密碼。裝滿小鋼珠的襪子，也就是他的「甩甩樂」，擺在家裡，但他的兩把手槍都在。一把是點四〇的格洛克手槍，他工作時擺在身上的，另一把是勝利型點三八手槍，主人是他老爸。他從保險箱上方拿了一個帆布束口袋，把兩把槍跟四盒子彈放進去，然後拉緊束口的綁繩。

他心想：布雷迪，這次沒有心臟病阻止我了，這次只是癌症，但我還能接受。

這個念頭讓他忽然覺得好好笑，很痛耶。

外頭傳來三個人的歡呼鼓掌聲。霍吉斯很清楚這意味著什麼，他料得沒錯，荷莉電腦螢幕上顯示：「Z代表結束網站故障中」，下方是「請撥打1-800-273-TALK」。

「這是那個傑普森的主意。」荷莉沒有抬頭，還在忙手裡的事。「這是全美自殺防治熱線。」

「好主意。」霍吉斯說：「這個也很棒，妳身懷絕技。」荷莉面前有一排捲好的大麻菸，加上她手上這根，總共有十二支。

「她動作很快。」佛萊迪崇拜地說：「看看捲得多工整，根本跟機器做的一樣。」

荷莉挑釁地看了霍吉斯一眼。「我的治療師說偶爾抽抽大麻菸沒關係，只要不要過量就好，跟某些人一樣。」她的目光掃向佛萊迪，然後又看著霍吉斯，說：「再說，這不是我要抽的，老威，如果你需要，這些是替你準備的。」

霍吉斯謝過她，然後稍微回想起他們一起走了這麼遠，這段旅程大致上來說都很愉快，但太短，實在太短了。然後，他手機響了，是貝琪打來的。

「那個地方叫做『獸首與毛皮』，就跟你說可愛又可怕了，小蘭不曉得怎麼去，我猜她在路上就喝多了，這樣才興致高漲吧，但她還記得他們往北邊的收費高速公路走了好長一段路，出了公路後，還在一個叫做瑟斯頓車行的地方加油，這樣有幫助嗎？」

「有，很有幫助，謝了，貝琪。」他掛斷電話：「荷莉，我要妳查一間瑟斯頓車行，在城市北邊，然後我要妳打電話給機場的赫茲租車，跟他們租現場最大的四輪驅動車，咱們要來趟公路之旅了。」

「我的吉普車——」傑若米開口。

「又小、又輕、又老。」霍吉斯如是說，儘管這些並不是他想在雪地裡開另一臺車的主要理由。「但載我們去機場應該沒問題。」

「但我呢？」佛萊迪問。

「證人保護計畫。」霍吉斯說：「之前答應過妳的，就跟美夢成真一樣。」

## 20

珍恩·艾斯柏利出生時非常正常，不足三千克，甚至可以說有點過輕，但等到她七歲的時候，她已經四十公斤，也很熟悉那首至今有時會縈繞在她夢裡，揮之不去的歌謠：「胖仔胖仔巨無霸，廁所太小進不去，只好就地拉下去。」二〇一〇年六月，媽媽帶她去看「在這裡」的演唱會，做為十五歲生日禮物，當時，她九十五公斤。她還是可以自由進出廁所，但她開始覺得綁鞋帶很辛苦。她今年二十歲，體重飆升到一百四十五公斤，而當一個聲音從寄來的免費札皮遊戲機開始跟她說話時，她也覺得這個聲音說的一切都很合理。

這個聲音低沉、平靜、頭頭是道，說大家都討厭她、笑她，還說就算是現在，兩行淚水掛在臉上，她還是吃個不停，狼吞虎嚥吃著一包巧克力車輪餅乾，是裡面夾了黏黏棉花糖的那種。這個聲音好像狄更斯《耶誕鈴聲》故事裡未來的耶誕節鬼魂，告訴吝嗇鬼，他的未來將會如何。這個聲音將她的未來濃縮成三部分：肥、超肥、肥到不能再肥。嗑藥天堂的卡賓街上傳來笑聲，她與父母就住在這條街的狹窄老公寓裡。厭惡的目光、不停地嘲弄，好比說「興登堡飛船來了」、「小心別讓她跌在你身上！」這個聲音持續以邏輯跟理由解釋，她永遠都交不到男朋友，她永遠都找不到好工作，因為現在的政治正確態度讓馬戲團裡的肥妞絕種。還說到了四十歲，她就得坐著睡覺，因為巨大的胸部會讓她的肺無法作用，而她在五十歲心臟病暴發身亡前，她就必須用手提式吸塵器把藏在層層肥肉深處的食物殘屑吸出來。當她對那個聲音說，也許她能減點肥，去看醫生什麼的，那個聲音沒有笑，只有用溫柔、同情的口氣問她，當爸爸媽媽的收入都填不滿這個無底洞般的胃口時，錢從哪裡來呢？所以當這個聲音說，爸爸媽媽少了她會過得更好時，她也只能同意。

卡賓街居民都稱其為「珍肥」的珍恩拖著笨重的身子往浴室前進，拿出爸爸背痛時吃的止痛藥奧施康定。她數了數，總共有三十顆，應該夠了。她一次配著牛奶吞五顆，然後吃一塊巧克力棉花糖餅乾。她開始飄浮心想：我要節食了，我要進行長長久久的節食了。

札皮裡的聲音告訴她：沒錯，而且這次妳不會破戒偷吃，對不對，珍恩？

她吞下最後五顆藥錠。她想拿起札皮，但她的手指已經握不住小小的遊戲機了，又有什麼關係？反正粉紅色的魚游得那麼快，她也追不上。還是看著窗外吧，飄雪好像覆蓋在世界上的一片白布。

她心想：再也沒有什麼「胖仔胖仔巨無霸」了，當她失去意識時，她鬆了口氣。

## 21

前往赫茲租車時，霍吉斯把傑若米的吉普車開進機場希爾頓飯店的迴車道。

「這就是證人保護計畫？」佛萊迪問：「這裡？」

霍吉斯說：「因為我現在手邊沒有安全地點，這裡勉強可以，我會替妳登記在我的名下。妳進去，鎖上門，看看電視，等到事情結束後再出來。」

「還要記得清理傷口。」荷莉說。

佛萊迪沒搭理她，聚焦在霍吉斯身上：「等到這一切結束後，我會有多少麻煩？」

「我不曉得，我現在也沒時間跟妳討論這個。」

「至少我可以叫客房服務吧？」佛萊迪充血的雙眼閃過一絲光芒。「我現在沒那麼痛了，我實在很想吃零食。」

「請便。」霍吉斯說。

傑若米補充道：「但妳開門前，要確保那人不是布雷迪．哈特斯菲爾的黑衣人。」

「你是開玩笑的吧？」佛萊迪說：「對不對？」

這個下雪的下午，飯店大廳空蕩蕩的。霍吉斯覺得自己彷彿回到三年前，彼得的電話吵醒他。他走向櫃檯，辦他的事，然後回到其他人坐著的地方。荷莉正在 iPad 上點來點去，沒有抬頭，佛萊迪伸手要拿鑰匙，但霍吉斯將鑰匙交給傑若米。

「五二三號房，帶她上去吧，好嗎？我有話要跟荷莉講。」

傑若米揚著眉毛看他，霍吉斯沒有多解釋，年輕人聳聳肩，拉著佛萊迪的手臂，說：「黑人硬漢偵探護送妳去房間。」

她推開他的手，說：「房裡最好有迷你吧。」但她起身，跟他一起朝電梯前進。

「我查到瑟斯頓車行了。」荷莉說：「在四十七號州際公路以北九十公里處，不幸的是，暴風雪就是從這個方向過來，之後要接七十九號國道，天氣看起來實在很不——」

「我們會沒事的。」霍吉斯說：「赫茲租車替我們留了一臺福特 Expedition 大型休旅車，車身很重，到時妳再跟我報路吧，我想跟妳聊別的。」他溫柔地拿走 iPad 關機。

荷莉雙手抱胸看著他，等著他開口。

## 22

布雷迪從嗑藥天堂的卡賓街回來了，整個人神清氣爽，興奮不已，對付這個姓艾斯柏利的肥妞真是輕鬆也有趣。他好奇真不知道要多少人才能把她的屍體搬下三層樓，至少要四人吧。還有棺材！家庭號尺寸！

他查看網站的時候，發現網站下線了，他的好心情立刻毀於一旦。對，他的確認為霍吉斯會想到辦法關掉網站，但他沒料到速度會這麼快。而且螢幕上出現的電話號碼就跟他們第一次在黛比的藍色雨傘交談時，霍吉斯那「去你的」訊息一樣讓人火冒三丈。那是自殺防治熱線的電話，他連查都不用查，他清楚得很。

沒錯，霍吉斯會來，金納紀念醫院裡很多人都曉得這個地方，這裡多少有種傳奇色彩，但他會大剌剌直接進來嗎?布雷迪一點也不相信他會直接進來。第一,退休警探肯定曉得很多獵人會把武器留在營地(但少有營地的火力跟「獸首與毛皮」一樣這麼充足);第二,這點更重要,因為退休警探是頭奸巧的土狼,距離布雷迪第一次跟他交手已經過了六年,沒錯,他會呼吸急促,四肢顫抖,但奸巧還是奸巧。這種偷偷摸摸的動物不會直接登門入室,反而在你不注意時,切斷你的腿後腱。

所以,如果我是霍吉斯,我會怎麼做?

仔細考慮過後,布雷迪走去衣櫃,稍微檢視一下巴比諾(僅剩)的記憶,然後就選出屬於這副身體的外套,全部的裝備都非常合身。他戴了手套,保護他那得了關節炎的手指,然後走去室外。現在雪還不大,還看得見樹枝。等等就不一樣了,但現在繞著整個營區走走還算愉快。

他走到柴堆旁邊,上方蓋了一塊老舊的防水布,布上已經積了幾公分的雪,後方是兩、三英畝的原始松樹及雲杉,分隔「獸首與毛皮」跟「大伯獵熊營」,太完美了。

他得造訪槍櫃,突擊步槍很棒,但裡頭有別的東西也派得上用場。

布雷迪一邊想,一邊沿著原路回去:噢,霍吉斯警探,我準備了好大、好大的驚喜給你。

## 23

傑若米仔細聽完霍吉斯的話,然後搖搖頭,說:「老威,不可能。我必須去。」

「你必須回家,跟你的家人待在一起。」霍吉斯說:「你要特別陪在你妹身邊,她昨天只是僥倖。」

他們坐在希爾頓飯店的接待區,雖然櫃檯人員不曉得跑去哪裡,但他們還是壓低聲音交談。

傑若米靠向前，雙手擺在大腿上，他的臉擠出一個頑固的眉頭。

「如果荷莉要去──」

「我們不一樣。」荷莉說：「傑若米，你一定明白。我跟我媽處不來，一直如此，我一年頂多見她一次、兩次，每次離開時我都很開心，我相信她也樂得送我走。至於老威……你知道他會捍衛他所擁有的一切，但我們都曉得成功機會渺茫，你跟我們不一樣。」

「他很危險。」霍吉斯說：「我們不能靠突襲致勝，如果他不曉得我要去，那是他蠢，但他可一點也不蠢。」

「在冥果禮堂的時候是我們三個人。」傑若米說：「你心臟病發以後，就只剩我跟荷莉，而我們處理得還不錯。」

「上次不一樣。」荷莉說：「上次他不能搞什麼心靈控制的東西。」

「我還是想跟。」

霍吉斯點點頭。「我懂，但我還是病號，而病號說不准。」

「但──」

「還有另一個原因。」荷莉說：「另一個比較重要的原因。中繼器下線了，網站停擺了，但還是有兩百五十幾臺啟動的札皮。現在至少已經有一起自殺事件，而我們沒辦法告訴警方到底發生了什麼事。伊莎貝爾．傑恩斯覺得老威愛管閒事，而其他人準會覺得我們瘋了。如果我們出了什麼事，就只剩你了，這樣你懂嗎？」

「我只知道你們這是在撇下我。」傑若米說，口氣聽起來像是多年前替霍吉斯除草的那個瘦弱孩子。

「還有呢。」霍吉斯說：「我可能會殺了他，事實上，我覺得這是肯定的結果。」

「拜託，老威，我知道。」

「但警方跟外界會認為我殺的人是受人尊敬的腦神經醫生菲利斯．巴比諾。自從開設『誰找到就是誰的』以來，我攪和進不少法律角力之中，但這次不一樣。你想冒著暴力殺人幫兇的風險一起走嗎？在這個州，這同時意味著蓄意殺人、有罪殺人、過失殺人，甚至是一級謀殺？」

傑若米不安地扭動身子。

荷莉說：「我們之中就只有你還有大好人生。你就願意讓荷莉承擔這種風險。」

霍吉斯靠向前，雖然這樣讓他很痛，但他握著傑若米寬寬的後頸。「我知道你不喜歡這樣，我不期待你接受，但這樣才對，我有很多好理由。」

傑若米想了想，嘆了口氣，說：「我懂你的意思。」

霍吉斯跟荷莉等了一下，他們都曉得這樣的回應不夠好。

「好啦。」傑若米最後開口：「我不喜歡這樣，但好吧。」

霍吉斯起身，身手壓住痛處。「那咱們去拿那臺大車吧，暴風雪就要來了，我想在與風雪相會前，在四十七號州際公路上多趕點路。」

## 24

他們從車行辦公室拿著全時四輪傳動系統 Expedition 的鑰匙出來時，傑若米靠在吉普車的引擎蓋上。他抱了荷莉一下，在她耳邊低聲地說：「最後一次，帶我去。」

她在他胸膛搖搖頭。

他放開她，轉頭面對戴著老舊軟呢紳士帽的霍吉斯，帽簷已經積了雪。霍吉斯伸出手，說：

「在別的狀況下，我會擁抱你，但現在擁抱會痛。」

傑若米伸手用力握了握，淚水在他眼眶裡打轉。「老兄，小心點，保持聯絡。記得帶荷莉貝瑞回來。」

「我是這麼打算的。」霍吉斯說。

傑若米看著他們上車，老威爬進駕駛座，看得出來不舒服。傑若米曉得他們說得對，他們三人裡，他是最不能犧牲的，但這不意味著他喜歡這樣，或感覺比較不像被人趕回家找媽咪的小小孩。他心想，他會跟他們去，只不過他又想起荷莉在那無人飯店大廳裡講的話。如果我們出了什麼事，就只剩你了。

傑若米爬上吉普車，開車回家。在他抵達跨城快速道路的時候，一陣強烈的預感襲來：他覺得他這輩子再也看不到這兩位朋友了。他想告訴自己這只是迷信的狗屁，但他實在擺脫不掉這種想法。

## 25

等到霍吉斯跟荷莉離開跨城快速道路，從四十七號州際公路北上時，風雪已經不是開玩笑的了。朝著風雪開進去讓霍吉斯想起他跟荷莉一起看的科幻電影，就是企業號以什麼超光速推進系統前進的時候，管他到底叫什麼。限速告示閃著「大雪警告」及「時速六十五公里」，但他加速到九十六，能開多久是多久，大概可以跑個五十公里吧，好吧，大概只能撐三十公里。順向車道的幾輛車向他按喇叭，要他放慢速度，還經過一臺載滿木材的十八輪大卡車，每輛車後頭都拖著長長的雪地白煙，真是訓練自己控制恐懼的好機會。

差不多過了半小時，荷莉才打破沉默。「你帶槍了，對不對？就在束口袋裡？」

「對。」

她解開安全帶（因此讓他緊張），伸手去後座拿袋子。「上膛了嗎？」

「格洛克已經裝好子彈，點三八妳得自己裝，那把是妳的。」

「我不會。」

霍吉斯曾提議帶她去靶場練習，讓她能夠合法持槍，但她強烈拒絕。他再也沒有提過這件事，相信她應該用不著持槍，相信他應該不會讓她走到這一步。

「妳會搞清楚的，不難。」

她仔細看著勝利型手槍，手指離扳機遠遠的，槍口也沒有對著自己的臉。不一會兒，她成功轉動彈巢。

「好，現在裝子彈。」

有兩盒溫徹斯特點三八口徑、約莫八點五克重的子彈，全金屬外殼。她打開一盒，看著它們有如迷你彈頭立起，她面露難色，「唔」了一聲。

「妳可以嗎？」他超過一輛卡車，Expedition 籠罩在一片雪霧之中。順向車道還有幾處沒有蓋上白雪，但快車道已經積雪了，而他們右方的卡車似乎還要跟他們同行好一陣子。「如果妳不行也沒關係。」

「你別懷疑我會不會裝子彈。」她聽起來有些生氣。「我曉得該怎麼裝，連小孩都會。」

霍吉斯心想：有時小孩的確會。

「你的意思是我能不能朝他開槍。」

「大概不用走到這一步，但如果有必要，妳可以嗎？」

「可以。」荷莉一邊說，一邊在勝利型手槍的膛室裡裝進六枚子彈。她小心翼翼把彈筒推回原位，嘴角下垂，瞇起雙眼，彷彿是在擔心這把槍會在她手裡爆炸一樣。「好，保險開關在哪裡？」

「左輪手槍沒有保險開關，撞針往下壓就是妳需要的保險。放在皮包裡，還有子彈也放進去。」

她乖乖聽話，然後把包包放在雙腳之間。

「然後不要再咬嘴唇了，妳都要流血了。」

「我盡量，但現在讓人壓力很大，老威。」

「我知道。」他們又回到順向車道。路邊里程告示牌的數字似乎前進得非常緩慢，而他左側身體的疼痛已經成了一條火熱的水母，有長長的觸手，伸向他身體各處，甚至探上了他的喉嚨。二十年前，他在一處空地圍捕盜賊，大腿卻挨了一槍。槍傷的痛和他現在的不適類似，但槍傷遲早會過去，而他不覺得現在身體的疼痛會過去。藥物也許能夠讓他暫時舒緩，但大概也撐不了久。

「老威，要是我們找到這個地方，結果他不在這裡怎麼辦？你有沒有想過這個問題？有嗎？」

他的確想過，也不曉得如果真的是這樣，那麼他的下一步該怎麼走。「必要的時候再來擔心這個。」

他的手機響了起來，手機在他的外套口袋裡，他把手機交給荷莉，目光持續盯著前方的道路。

「喂？我是荷莉。」她聽著話筒，然後用氣音告訴霍吉斯是灰色電眼女郎打來的。「嗯哼……對……好，我明白了……不，他現在不方便，手正忙著，但我會轉告他。」她又聽著對方講話好一陣，然後說：「小莎，我的確可以告訴妳，但妳不會相信我。」

她掛斷電話，把手機放回他口袋裡。

「自殺案件？」霍吉斯問。

「加上在父親面前開槍的男孩，至今總共三起。」

「札皮呢？」

「三起裡有兩個地方尋獲，第三個現場的人員還沒有機會仔細找，他們想要救那孩子一命，但來不及了，他上吊自殺。小莎聽起來快瘋了，她想知道到底發生什麼事。」

「如果我們發生什麼事，傑若米會告訴彼得，彼得再向她解釋。我覺得她已經差不多準備好要打開耳朵了。」

「在他朝更多人下手前，我們必須阻止他。」

霍吉斯心想：他可能現在正在繼續殺人，但他說：「我們會的。」

路程持續前進，霍吉斯被迫減速到時速八十公里，當他感覺到車子在沃瑪特大賣場的兩截式卡車旁因氣流而異常顫動時，他把速度調整到七十二。現在已經三點多，下雪的天光已經開始失色，此時，荷莉又開口了。

「謝謝。」

他短暫轉頭，對她露出不解的神情。

「因為我不用求你讓我來。」

「妳的治療師也會希望這樣。」霍吉斯說：「讓妳結案。」

「這是玩笑嗎？我永遠都搞不清楚你是認真的還是在說笑。老威，你的笑點很乾。」

「沒，不是說笑。這是我們的事情，荷莉，與別人都無關。」

陰鬱的蒼白裡出現一個綠色的告示牌。

「七十九號國道。」荷莉說：「這是我們的出口。」

「謝天謝地。」霍吉斯說：「就算出太陽我也不喜歡開在收費公路上。」

## 26

根據荷莉的 iPad，沿著州際公路繼續往東走二十五公里就會抵達瑟斯頓車行，但他們花了半個小時才到。Expedition 在積雪的地上行駛沒有問題，但現在風持續颳了起來，廣播說，到八點前就會吹到強風等級。颳風的時候，風雪有如雪幕一樣噴撒在路上，霍吉斯就會放慢到時速二十五公里，直到他看得見路才加速。

他轉進大大的黃色的殼牌招牌的時候，荷莉的手機響了。「妳接吧。」他說：「我去去就回。」

他下了車，拉緊紳士帽，不要讓風吹走。他拖著腳步跋涉進車行辦公室的時候，風如同機關槍一樣，掃射他外套領子與脖子。他的整個腹部都腫脹疼痛，彷彿他吞了燒紅的炭一樣。油槍跟連著的停車場裡只有引擎空轉的 Expedition，其餘空無一人。黑手男孩一個個都在今年第一場肆虐的大雪裡賺得荷包滿滿，準備度過漫長的一夜了。

在詭異的時刻裡，霍吉斯一度以為坐在櫃檯後方的人是艾爾圖書館，同樣綠色的工作褲，在約翰．迪爾鴨舌帽底下冒出來的是同樣花白的頭髮。

「什麼樣的怪天氣把你在這下午吹到這兒來啊？」老傢伙問起，然後望向霍吉斯身後，說：「還是已經晚上啦？」

「下午快晚上了。」霍吉斯說。他實在沒有時間閒聊，城裡的孩子可能正一個一個從窗戶跳樓，或吞下什麼藥品，但這工作就是這樣的。「請問是瑟斯頓先生嗎？」

「活生生的。你沒加油，我差點以為你是來搶劫的，但你看起來不缺錢啊，城裡來的？」

「對。」霍吉斯說：「有點趕時間。」

「城裡的鄉親通常都很趕。」瑟斯頓放下剛正在看的《荒野與溪流》雜誌。「那麼有何貴幹呢？問路？老天，希望你不是要去很遠的地方，前面的路很難走囉。」

「我也是這麼想，有個打獵營，叫做獸首與毛皮，聽過嗎？」

「噢，當然。」瑟斯頓說：「醫生的地方，就在大伯獵熊營旁邊。那些傢伙來的時候會來這邊替他們的捷豹或保時捷加油。」他把「保時捷」講得很像是一些老傢伙傍晚會開出去賞夕陽的東西一樣。「不過現在那邊沒有人啦。狩獵季節十二月九日就結束了，我說的是用弓箭打獵，槍枝狩獵在十一月的最後一天結束了，而那些醫生只會用獵槍，大獵槍，我猜他們喜歡以為自己在非洲。」

「今天都沒有人過去嗎？可能是一輛車頭補漆過的老車？」

「沒。」

一個年輕人從車庫走出來，用抹布擦擦手，說：「爺爺，我看過那輛車，雪佛蘭。我在外頭跟蜘蛛威利斯講話，那時車剛好經過。」他把注意力放回霍吉斯身上。「我會注意到因為今天實在沒多少車往那個方向前進，而且那輛車沒你的車全副武裝的模樣。」

「兩位可以告訴我怎麼去那個打獵營嗎？」

「簡單。」瑟斯頓說：「天氣好的時候比較簡單，你要一直沿著你前進的方向走……」他望了望年輕人，說：「杜威，你說多遠？五公里？」

「比較像是六公里。」杜威說。

「好，咱們相加除以二，就說五點五公里吧。」瑟斯頓說：「你要找左手邊的兩根紅柱，很高，差不多有兩百公分，但州政府的剷雪車已經剷過兩回了，你可能要看清楚點，因為可能看不見柱子。你知道，你必須要推過雪堆上，除非你帶了鏟子。」

「我想我開的車應該沒問題。」霍吉斯說。

「對，應該吧，反正現在雪還沒有機會完全積起來，你的車子應該沒問題。總之，你繼續走一點五公里，可能是三公里，就會遇上一條岔路。一條前往大伯獵熊營，另一條就通往獸首與毛皮，我想不起來哪個方向是哪邊，但那裡以前會有箭頭路標。」

「現在還是有。」杜威說：「大伯在右邊，獸首與毛皮在左邊，我會知道是因為我十月的時候才幫羅溫大伯修過屋頂。先生，這件事肯定很重要，讓你在這種天氣跑來。」

「你覺得我的休旅車開得進那條路嗎？」

「當然。」杜威說：「樹還是可以擋一下風雪，那條路直直往下坡的湖前進，出來可能比較麻煩。」

霍吉斯從後方口袋伸手掏皮夾，老天，就連這樣也很痛，然後短暫亮出他那蓋著「退休」戳章的警察識別證。除此之外，他還加上一張「誰找到就是誰的」名片，將兩者一起放在櫃檯上。

「兩位先生可以幫我保密嗎？」

他們點點頭，好奇得臉都亮了起來。

「我有一張傳票要送，好嗎？民事案件，而牽涉的金額高達七位數。你看到經過的那個人，開的補漆雪佛蘭的人，是位名叫巴比諾的醫生。」

「每年十一月都會見到他。」老瑟斯頓說：「這人態度有點差，你懂的，好像他總是用鼻孔看人一樣，但他開的是ＢＭＷ。」

「今天他能開什麼車，他也不挑了。」霍吉斯說：「如果我今天午夜前沒有把傳票送到，這個案子就掰掰了，而一無所有的老太太就領不到錢了。」

「醫療糾紛？」杜威問。

「不能多說，但我要過去了。」

霍吉斯心想：而你們也會記得這件事，以及巴比諾的名字。

老人說：「後頭有兩輛雪上摩托車，如果你要，可以讓你開一臺上去，北極貓這個牌子的擋風面板做得很高，當然還是很冷，但你肯定回得來。」

全然的陌生人提出這樣的提議讓霍吉斯覺得感動，但他搖搖頭，雪上摩托車聲音太大了。他知道現在躲在獸首與毛皮的人已經曉得他要過去了，管他是布雷迪還是巴比諾，還是兩人的詭異混合體。霍吉斯現在唯一的優勢就是他的對象不曉得他什麼時候會到。

「我跟我的合夥人會進去。」他說：「晚點再來擔心該怎麼出來。」

「低調小心，對吧？」杜威用手壓在嘴唇上，還揚起一個微笑。

「正是如此，如果我困住了，我可以打電話向誰求救？」

「打來這吧。」瑟斯頓從收銀機旁邊的塑膠盒裡拿了一張名片給他。「我會請杜威或蜘蛛威利斯去。我們今天可能不會待到很晚，而且一趟要花你四十美金，但既然這案子價值百萬，我想你出得起啦。」

「這裡手機有訊號嗎？」

「天氣再差也有五格。」杜威說：「湖的南邊有一座信號塔。」

「真是好消息。謝謝，謝謝兩位。」

他轉身要走，老人說：「你戴的那頂帽子在這種天氣沒啥作用，戴這頂吧。」他拿出一頂上頭有一顆橘色毛球的毛線帽。「但那鞋子就愛莫能助了。」

霍吉斯感謝對方，接過帽子，然後將紳士帽擺在櫃檯，感覺好像是在觸他自己楣頭，但感覺很對。「抵押品。」他說。

他們兩人都笑了，年輕人少了幾顆牙。

「行了。」老人說：「但你確定你真的要往湖邊開去嗎——」他低頭看了一眼名片，繼續說：「霍吉斯先生，因為你看起來有點虛弱。」

「只是有點著涼。」霍吉斯說：「每次到該死的冬天我都會這樣，謝謝，兩位都感謝，然後如果巴比諾醫生不小心打電話過來……」

「啥屁也不會告訴他。」瑟斯頓說：「他很勢利。」

霍吉斯往門口走去，忽然傳上一陣他從來沒有感受過的痛楚，一路從他的腹部穿刺到下巴，感覺很像有把著火的弓箭射進來，他蹣跚晃了一下。

「你確定你沒事嗎？」老人正要從櫃檯走出來。

「對，沒事。」才怪。「抽筋了，開車開太久了，我會回來拿我的帽子。」運氣夠好的話，他心想。

## 27

「你進去好久。」荷莉說：「希望你給他們很好的藉口。」

「傳票。」霍吉斯不用多作解釋，這個說詞他們用了不止一次。只要傳票不是送給他們的，大家都會熱心幫忙。「是誰打電話來？」心想可能是傑若米，打來看看他們狀況如何。

「小莎．傑恩斯。又有兩起自殺案件，一件未遂，一件成功。未遂案件是個女孩想從二樓窗戶跳下來，跌在雪堆上，只斷了幾根骨頭。另一個男孩在衣櫥上上吊，在枕頭上留下一張字條，只有一個名字『貝思』跟一顆破碎的心。」

霍吉斯換檔，把車子開回州際道路的時候，車子的輪子打滑了一下。他必須打開近光燈才能駕駛，光束照在飄下來的白雪上，看起來好像發光的白色圍牆。

「這件事我們必須自己來。」她說：「如果那是布雷迪，不會有人相信我們的。他會假裝是巴比諾，掰些故事，說什麼他害怕所以逃走的說詞。」

「就算艾爾圖書館殺了他老婆，他也不報警嗎？」霍吉斯說：「我不確定這樣說得通。」

「也許不行，但如果他能跳到別人身上呢？如果他能跳到巴比諾身上，他就可能跳得到別人身上。就算我們最後會面對謀殺罪名，我們也只能自己來。老威，你覺得事情會發展成這樣嗎？會嗎？會嗎？會嗎？」

「晚點再來擔心吧。」

「我不確定我能朝人開槍，就算那人是布雷迪．哈特斯菲爾，就算那人看起來不像他。」

他又說了一次：「晚點再來擔心吧。」

「好，你在哪拿到那頂帽子的？」

「用我的紳士帽換的。」

「上頭的毛球看起來很蠢，但看起來很暖和。」

「妳要嗎？」

「不，但，老威？」

「老天，荷莉，什麼？」

「你氣色好差。」

「奉承對妳一點好處也沒有。」

「諷刺挖苦，很好，我們距離目的地還有多遠？」

「車行那邊的共識是這條路繼續前近五點五公里，然後就是營區小路。」

他們在吹起的風雪裡緩慢前進了五分鐘，沒有人開口。霍吉斯提醒自己：暴風雪的主要結構還沒進來呢。

「老威？」

「現在又怎樣？」

「你沒有穿靴子，而我的尼古丁咀嚼錠吃完了。」

「妳何不點根大麻菸？但抽菸的時候，留意左方兩根紅色的柱子，應該馬上就要出現了。」

荷莉沒有點菸，反而靠向前，盯著左手邊看。當車子再度打滑，車尾先滑了一下，然後從車身左側震到右方的時候，她似乎都沒有注意到。一分鐘後，她指著問：「是那個嗎？」

的確是，經過的剷雪車把雪都蓋在柱子上，只留下了最上方約莫五十公分，但那鮮紅色是不可能認錯或錯過的。霍吉斯踩下煞車，讓車子停下來，然後轉向面對雪堆。他告訴荷莉他以前帶女兒去湖木遊樂園玩「瘋狂轉轉杯」時講的話：「抓緊妳的假牙。」

總是聽不出弦外之音的荷莉說：「我沒有假牙。」但她還是用手撐在儀表板上。

霍吉斯輕輕踏在油門上，然後朝雪堆開過去。他期待的碰撞沒有出現，瑟斯頓說得沒錯，雪還沒有機會變得又硬又厚。雪向兩邊爆散開來，還衝上擋風玻璃，讓他暫時看不見前面。他讓雨刷刷了好一陣，等到玻璃乾淨後，他就讓車子朝著立刻又蓋滿雪的露營區一線道前進。下垂的樹枝偶爾會打在車身，發出碰撞聲。他沒看到前面車輛留下的痕跡，但這代表不了什麼，到了這個時候，肯定已經沒有痕跡了。

他關掉頭燈，緩緩前進，樹木之間的白色積雪足以做為引路的小徑。這條路看起來似乎沒有盡頭，下坡，平緩，又下坡，但最後他們終於來到一處分為左邊與右邊的岔路。霍吉斯用不著下車查看箭頭，在左邊的白雪與樹林之中，他看見微微的光線，那裡就是獸首與毛皮，有人在家。他扭動方向盤，緩緩往右手邊前進。他們兩個人都沒有抬頭看見上方的攝影機，但攝影機的確看到了他們。

## 28

霍吉斯跟荷莉衝進雪堆，在地上留下犁田般的痕跡時，布雷迪正坐在電視機前面，全副武裝，穿上了巴比諾的冬天大外套跟靴子。只差手套沒戴，他希望雙手裸露在外，必要時，這樣比較好操作重型步槍，但黑色的巴拉克拉瓦面罩就擱在他一條大腿上。等到時機成熟，他會戴上面罩，遮住巴比諾的臉跟白髮。他的目光一直沒有離開電視螢幕，他的手則緊張地把弄著陶瓷頭骨筆筒裡的筆跟鉛筆。警戒是必須的，霍吉斯來的時候，肯定會關掉車燈。

布雷迪心想：他會帶黑人除草小弟一起來嗎？這樣也太棒了！一箭雙——

他來了。

他本來擔心他在厚厚的雪中會看不見退休警探的車，但真是白操心了。雪是白的，大休旅車是個穿過白雪的結實的黑色方形物。布雷迪靠向前，瞇起雙眼，但他看不清楚車內到底是一個人還是兩個人，還是有他媽的一打人。他有步槍，必要的時候，這把槍能夠幹掉一整班的人，但這樣就沒樂子了，他想要讓霍吉斯留著一條命。

至少一開始的時候啦。

現在只剩下一個問題需要解答，他會往左轉，直接開進來，還是往右轉？布雷迪敢說科米特．威廉．霍吉斯會選擇前往大伯獵熊營的方向，果然沒錯。休旅車一消失在白雪之中（霍吉斯成功轉彎後，車尾燈只有短暫亮了一下），布雷迪就把頭骨筆筒放在電視遙控器旁邊，拿起擺在桌上等待已久的東西，正確使用的時候，這玩意兒可是徹底合法的呢……當然不是在說巴比諾與他的狐群狗黨。他們也許是不錯的醫生，但到了樹林裡，他們通常都是壞男孩。他把重要的裝備拉在頭上，然後用鬆緊帶把東西掛在外套胸口。然後，他戴上面罩，提著步槍，往外面走出去。他的心臟跳得好快、好用力，至少剛開始的時候的確如此，巴比諾手指的關節炎似乎完全消失了。

不是不報，現在報應就來啦！

## 29

荷莉並沒有問霍吉斯為什麼往右轉，她是神經緊張，但不是笨蛋。他以走路的速度前進，看著左手邊，測量左邊的光線。當他跟光線呈現平行的時候，他停下車，熄了火。現在天全黑了，他轉頭看荷莉的時候，她一度以為他的頭變成了一顆骷髏頭。

「留在車上。」他壓低聲音說：「傳訊息給傑若米報平安，我要從樹林這邊進去解決他。」

「你不會留他活口，對吧？」

「如果我看到他正在操作札皮，肯定不留。」他心想：就算他沒有，我也不會留他活口。「我們不能冒險。」

「那你相信是他，布雷迪。」

「就算那是巴比諾，他也脫不了干係，同樣涉嫌重大。」不過沒錯，在某個時刻，他的確相信布雷迪．哈特斯菲爾的腦子現在操作著巴比諾的身體。這樣的直覺實在太過強烈，根本無法否認，而且事實也擺在眼前。

他心想：如果我錯了，而我殺了他，就請上帝救救我吧。只是我怎麼可能曉得？我怎麼可能確定？

他期待荷莉抗議，吵著說她也要跟去，但她只有說：「老威，如果你出了什麼事，我覺得我沒辦法自己把這玩意兒開出去。」

他把瑟斯頓的名片交給她，說：「如果我十分鐘，不，十五分鐘內沒有回來，打電話給這傢伙。」

「如果我聽到槍聲呢？」

「如果是我開的槍，而我沒事，我會按兩下艾爾圖書館破車的喇叭，兩短聲。如果妳沒聽到喇叭聲，妳就沿著這條路往另一個營地開去，大伯什麼的。強行闖入，找個地方躲起來，然後打電話給瑟斯頓。」

霍吉斯把身子越過中控臺，這是他認識她以來，第一次親吻她的嘴唇。她太訝異，沒有吻回去，但她也沒有抽開身子。當他退開的時候，她不解地低頭看，說出了她腦袋裡的第一個想法：「老威！你穿普通的鞋子！你會凍壞的！」

「現在雪還不高，頂多只有五公分而已。」而且，說真的，冰冷的雙腳現在不是他最擔心的事情。

他找到撥動開關，關上車內的燈光。然後他下了車，他用悶哼聲壓抑住疼痛的感覺，她聽得到大風吹過冷杉木的低語，如果這是人發出來的聲音，可能會在哀悼吧，然後車門關上了。

荷莉坐在原位，看著他黑色的身影跟黑色的樹影融合在一起，然後，當她再也無法分辨何者為樹，何者為人的時候，她下了車，跟著他的腳步前進。霍吉斯的老爸在五〇年代擔任巡邏員警，當時的蜜糖高地還是一片林地，但他用的勝利型點三八手槍現在擺在荷莉的外套口袋裡。

## 30

霍吉斯朝著獸首與毛皮前進，一次吃力地跨出一步。雪飄在他的臉上，停在他的睫毛上。火熱的弓箭痛楚又回來了，在他體內燃燒發光，根本是從體內油炸他，他臉上滿是汗水。

他心想：至少我的腳不是燙的。此時，他踩到一根蓋著白雪的木頭跌倒，癱倒在地上。他整個人壓在身體左側上，他用手臂蓋著臉，免得自己尖叫出來，熱熱的液體灑在他的鼠蹊部。

他心想：尿褲子，跟個奶娃一樣尿濕我的褲子了！

等到痛楚稍微減緩一點後，他想要讓雙腿爬起來，卻辦不到。尿濕的地方已經開始變冷，他真的感覺到自己的「小傢伙」縮了起來，想要逃離冰冷的地方。他一把抓住低低的樹枝，想要爬起來，樹枝卻斷了。他傻傻望向樹枝，感覺自己好像什麼卡通人物，嗶嗶鳥裡的阿呆威利狼吧，然後把樹枝扔掉，在他扔掉樹枝的時候，一隻手勾在他的腋下。

他太訝異，差點尖叫出來，然後荷莉在他耳邊低語：「老威，好了、好了，起來吧。」

在她的攙扶下，他終於站起身來。他們現在距離光線比較接近了，大概在濃密的樹林裡不超過四十公尺，他都看得見雪霜積在她的頭髮上，以及她臉頰上的亮光。這一切都讓他想起在某個名叫安德魯．哈樂戴的稀有書專門店裡，他、荷莉跟傑若米發現哈樂戴死在地上，他要他們待在外面，但——

「荷莉，如果我叫妳回車上，妳會回去嗎？」

「不會。」她低聲地說。他們兩人現在都壓低聲音講話。「你大概得向他開槍，沒有幫忙，你到不了那一步。」

「荷莉，妳應該是我的支援，我的最後一道防線。」汗水跟油一樣從他身上滴落。謝天謝地他穿了一件長外套，他可不希望讓荷莉看到他尿褲子。

「傑若米才是你最後一道防線。」她說：「不管你意識到沒有，我是你的合夥人，所以你才帶我來。這是我要的，我一直都想了結這件事。現在走吧，靠在我身上，咱們解決這一切吧。」

他們在剩下的樹林路程裡緩緩前進，霍吉斯不敢相信她分擔了他多少重量。他們停在屋外的空地邊緣，有兩個空間是亮的，從他們旁邊比較暗的燈光看來，霍吉斯覺得這裡應該是廚房。這裡只有一盞燈，也許爐子上還有吧，從另一扇窗戶透出來的搖曳火光看來，代表那裡應該有壁爐。

「我們要去那裡。」他一邊說，一邊指著。「從這裡開始，我們就是進行夜巡任務的士兵，代表我們要用爬的。」

「你可以嗎？」

「行。」事實上，用爬的可能會比走路輕鬆。「看到吊燈了嗎？」

「看到了，都是骨頭，噁。」

「那裡就是客廳，他可能會在那邊。如果他不在，我們就等到他出現。如果他正在操作遊戲機，我打算直接開槍，沒有舉起雙手，沒有趴下，沒有把手放在身後，妳有什麼意見嗎？」

「當然沒有。」

他們趴在地上，霍吉斯把格洛克手槍放在外套口袋裡，不想把槍泡在冰雪之中。

「老威。」她的聲音低到在颳起的風裡幾乎聽不見。

他轉頭看她，她握著一隻手套。

「太小了。」他說，然後想到O.J.辛普森的辯護律師強尼．卡可倫說過：「如果手套太小，被告肯定無罪。」瘋子才會在這種時候想到這種事情，只不過他這輩子還有什麼時候有過這種時刻？

「強行戴上。」荷莉低聲地說：「你必須保持開槍那隻手的溫度。」

她說得沒錯，他蓋上大部分的手指。手套太短，沒辦法完整戴上，但至少手指都蓋住了，這才是最重要的。

他們開始爬行，霍吉斯在前面一點領頭。痛感還是很明顯，但現在他趴在地上，肚子裡的弓箭只有悶燒，沒有卯起來燃燒。

他心想：不過我得保留一點體力，一點就夠。

他們已經從樹林邊緣出來，再爬十二到十五公尺就會抵達掛著吊燈的空間窗邊，才在半路的時候，他那隻沒有戴手套的手就已經沒有知覺了。他不敢相信他此時此刻竟然把他最要好的朋友一起拖來，在冰雪裡爬行，跟小孩子玩戰爭遊戲一樣，援手都在遙遠的遠方。他有他的理由，在機場飯店時，一切都很合理，現在他感覺沒那麼篤定了。

他往左邊看去，艾爾圖書館的破車靜靜停在那裡。他往左邊望，看到積雪的堆柴，他正要再次抬頭，看著客廳的窗戶，然後他忽然扭頭看著堆柴，戒心似乎起得太晚。

雪裡有腳印。在樹林裡看不清楚，但他現在看得很清楚。腳印一路延伸到屋後堆柴的地方。霍吉斯心想：他從廚房後門出來，所以廚房燈才會開著。我早該料到，如果我沒有病得這麼嚴重，我早就注意到了。

他胡亂摸索自己的格洛克手槍，但小小的手套讓他動作緩慢，當他終於握到手槍，打算從口袋裡掏出來的時候，槍又卡在口袋裡。同一時間，一個黑影從堆柴後面爬起身來。這個身影籠罩了四公尺的長度，往前走了四大步。此人的臉就跟恐怖電影裡的外星人一樣，只有兩顆圓大、凸起的眼睛。

「荷莉，小心！」

她抬起頭，剛好遭到步槍槍托的重擊，一聲令人心驚的喀啦聲，然後她臉朝下倒在白雪中，雙手癱在身體兩側，有如斷了線的傀儡娃娃。槍托再次敲下來的時候，霍吉斯放開了手裡的格洛克。霍吉斯聽見也感受到自己的手腕斷裂。他看到手槍掉進雪中，幾乎不見。

霍吉斯還跪在地上，他抬頭看著高大的男人，這人比布雷迪．哈特斯菲爾還高。他站在荷莉一動也不動的身軀前方，他戴了面罩跟夜視鏡。

霍吉斯傻傻地想：我們一出樹林他就看到我們了。就我所知，我們在樹林裡的時候他可能就看到了，那時我還在戴荷莉的手套。

「霍吉斯警探，你好。」

霍吉斯沒有回話。他不確定荷莉是否活著，如果她還活著，她能不能從剛剛的重擊存活下來。真蠢，當然了，布雷迪是不會讓她有機會活下來的。

「你要跟我進屋。」布雷迪說：「問題在於，我們要不要帶她一起進去，還是要把她扔在這裡，變成冰柱。」然後，彷彿他曉得霍吉斯在想什麼一樣（就霍吉斯所知，他的確有這樣的能力），說：「噢，她還活著，至少現在還沒斷氣。我看到她的背上下起伏，不過經過這樣的重擊，臉又埋在雪裡，誰曉得她能撐多久？」

「我抱她進去。」霍吉斯說，他會的，無論他會有多痛。

「好啊。」沒有多想，霍吉斯覺得布雷迪早就料到這點，早就想到這步。一直以來，他都領先霍吉斯一步，而這是誰的錯？

我的錯，完全都是我的錯。都是因為我再次上演獨行俠戲碼……但我還能怎麼辦呢？誰會相信我？

「把她抱起來。」布雷迪說：「咱們看看你辦不辦得到，因為老實說，就我看來，你有點虛弱。」

霍吉斯把手放在荷莉身體下方，在樹林裡，他跌倒後甚至爬不起來，但他現在使出吃奶的力氣，如舉重般抱起她的身子。他搖晃了一下，差點倒下去，但他立刻找回平衡。現在燃燒的弓箭已經消失了，取而代之的是他體內一碰就摧殘整座森林的大火，但他還是緊緊將荷莉抱在胸前。

「很棒。」布雷迪用非常欽佩的口氣說話：「現在咱們看看你能不能走進屋裡。」

霍吉斯不知怎麼著達成了這個任務。

## 31

壁爐裡的柴火燒得很旺，空間裡充滿讓人恍惚的暖意。霍吉斯氣喘吁吁，借來的帽子上頭的雪現在融化，水從他的臉上滴落，他走到客廳中央，跪了下來，用臂彎摟著荷莉的脖子，因為他斷掉的手腕現在腫得跟香腸一樣。他小心翼翼沒有讓她的頭大力碰撞到硬木地板上，這樣很好，畢竟她的頭今晚受到的創傷已經夠了。

布雷迪脫下外套，摘下夜視鏡，拉開面罩。露出來的雖然是巴比諾的臉跟巴比諾的白髮（現在亂得很不像他），但這個人的確是布雷迪．哈特斯菲爾，霍吉斯先前的疑惑都一掃而空。

「她有槍嗎？」

「沒有。」

看起來是菲利斯．巴比諾的人笑了笑。「好，老威，我接下來會這麼做。我會檢查她的口袋，如果我找到槍，我會把她的瘦皮猴屁股轟到下一州去。你覺得怎麼樣？」

「那是點三八。」霍吉斯說：「她慣用右手，所以槍應該在她外套的右邊口袋裡。」

布雷迪彎下腰，步槍持續對著霍吉斯，手指扣在扳機上，槍托板靠在他的右側胸膛上。他找到左輪手槍，看了一眼，然後塞進他背後的褲腰帶裡。雖然霍吉斯非常痛苦也絕望不已，但他忽然感覺到一股酸溜溜的趣味感。布雷迪大概在電視節目跟動作電影上看過人家做這個動作千百次，但其實只有平的自動手槍才能整支插進腰帶裡。

在鉤編地毯上的荷莉從喉嚨深處發出鼾聲，她的一隻腳抖了一下，然後沒有動靜。

「那你呢？」布雷迪問：「有別的武器嗎？也許在腳踝上綁著曾經風行一時的小手槍？」

霍吉斯搖搖頭。

「為了保險起見，你何不把褲腳拉起來？」

霍吉斯乖乖聽話，只露出濕濕的鞋襪。

「很好，現在把外套脫了，放在沙發上。」

霍吉斯拉開外套拉鍊，不發一語脫下衣服，但當他扔開外套的時候，似乎有頭公牛撞進他的鼠蹊到心窩，他痛得哼了一聲。

巴比諾的眼睛睜得老大。「真痛還是假痛？現場節目還是造假預錄？從你瘦成這樣看來，我會說是真的。霍吉斯警探，怎麼了？你有什麼毛病？」

「胰臟癌。」

「噢，老天，真糟糕。就連超人也束手無策，但開心點，我也許可以縮短你的痛苦。」

「你想對我做什麼都來吧。」霍吉斯說：「別傷害她。」

布雷迪用充滿興趣的眼光看著躺在地上的女人。「這該不會是碰巧砸破我腦袋的女人吧？」他的口氣很滑稽，還大笑出聲。

「不是。」整個世界變成一個攝影機鏡頭，鎖定在霍吉斯裝了心律調整器、費力跳動的心臟上。「荷莉．吉卜尼才是打傷你的人。她回俄亥俄跟爸媽住了，這人是凱拉．溫斯頓，我的助理。」這名字不曉得從哪兒冒出來的，而他說話的時候完全沒有遲疑。

「助理跑來跟你執行自殺計畫？我覺得很難相信。」

「我答應要替她加薪，她需要錢。」

「好，那請告訴我，你的黑人除草小弟在哪？」

霍吉斯一度考慮要跟布雷迪講實話，傑若米在城裡，他曉得布雷迪可能跑來打獵營，如果還沒，他晚點會把這個消息告訴警方。不過，這一切能夠阻止布雷迪嗎？當然不可能啊。

「傑若米在亞利桑那州，替人道組織進行營造。」

「他好有社會意識喔，真希望他跟你一起來，他妹狀況如何？」

「斷了條腿，但很快就可以恢復。」

「真可惜。」

「她是你的白老鼠，對不對？」

「她有原版的遊戲機，沒錯。總共有十二個人，可以說他們就跟十二門徒一樣，到處去傳福音。霍吉斯警探，坐到電視前面的椅子上去。」

「我看免了，我只喜歡禮拜一的節目。」

布雷迪露出禮貌的笑容，說：「坐。」

霍吉斯坐了下去，把沒受傷的那隻手放在椅子旁的桌面上。往下坐讓他痛苦萬分，但等到他坐定位後，感覺坐著比較舒服。電視沒有開，但他還是盯著螢幕看。

「攝影機在哪裡？」

「就在岔路的告示牌上，兩個箭頭上方。不用因為沒看見而覺得內疚，雪蓋住了，只有鏡頭伸出來，你的頭燈又沒有開。」

「你體內還有任何巴比諾的意識嗎？」

他聳聳肩。「一點點吧，偶爾會有小小的尖叫聲從他以為自己還活著的地方發出來，馬上就會靜音了。」

「老天。」霍吉斯咕噥地說。

布雷迪蹲了下來，步槍的槍管擱在他的大腿上，依舊對著霍吉斯。他拉下荷莉的外套背後的標籤看，說：「H．吉卜尼，永久墨水印的，很乾淨，洗都洗不掉。我喜歡會照料自己東西的人。」

霍吉斯閉上雙眼，他現在感覺非常痛，他願意放棄一切逃避痛苦的感覺，逃避接下來要發生的事情。他願意放棄一切，沉沉睡去，一直睡，一直睡，永遠不要醒來。不過，他再度睜開眼睛，逼著自己盯著布雷迪看，因為遊戲開了頭，就要玩到底。這就是規矩，玩到底。

「霍吉斯警探，在接下來的四十八到七十二小時裡，我有很多事要做，但我擱置手邊的事情先來對付你。你有沒有覺得自己很特別？你應該要覺得自己很特別，因為你整了我，我欠你太多了。」

「你得記得，是你先來找我的。」霍吉斯說：「一開始滾球的人是你，搞了那封洋洋得意的蠢信來的是你，不是我。」

巴比諾那張滿是皺紋的老演員臉暗沉了下去。「我猜你說得沒錯，但看看現在是誰占了上風啊？看看現在是誰贏啦，霍吉斯警探。」

「如果騙一群愚蠢困惑的孩子自殺叫做勝利的話，我敢說你的確是個大贏家。就我認為，這麼做頂多跟滿壘得分差不多。」

「這叫控制！我有力量控制！你想阻止我，但你辦不到！你徹徹底底無能！她也拿我沒轍！」他踢了荷莉的體側一腳。她軟軟地在地毯上朝著壁爐滾了半圈，然後又滾回來。她面色蒼白，緊閉的雙眼深陷在眼眶裡。「是她讓我變得更好！比之前還好！」

「那看在上帝份上，不要再踢她了！」霍吉斯大喊。

布雷迪的憤怒與欣喜讓巴比諾的臉發紅，他緊握著突擊步槍，深呼吸，緩緩吐氣，再一次，然後面露微笑。

「對吉卜尼女士有感情，是吧？」他又踢了她一腳，這次踢在髖部。「你們上床沒？是這樣嗎？她雖然在外貿協會不太吃香，但我想你這年紀的人應該有什麼就上什麼了。你知道人家是怎麼說的，在她臉上蓋張國旗，一路操出昔日榮光。」

他又踢了荷莉一腳，他對霍吉斯齜牙咧嘴的，應該是在笑。

「你還記得，你以前都會問我是不是跟我媽上床嗎？你每次來病房看我的時候，都會問我有沒有跟全世界唯一一個在乎我的人上床。你會說她看起來好辣，說她是個性感辣媽。還問我是不是在演戲，說你希望我受苦，而我就乖乖坐在那裡接受一切。」

他又準備踢可憐的荷莉一腳。為了讓他分心，霍吉斯說：「那個護士，珊迪．麥當勞，是你誘拐她自殺的嗎？是你，對不對？她是第一個。」

布雷迪喜歡這個話題，他露出了巴比諾昂貴的牙醫傑作。「簡單得很，一直如此，只要你進去了，你就能在裡頭動手腳。」

「布雷迪，你是怎麼辦到的？你是怎麼進去的？你怎麼能從日出方案得到那些遊戲機，還改裝？噢，還有網站，那又是怎麼回事？」

布雷迪大笑起來。「你看太多那些推理故事了，精明的私家偵探讓瘋狂殺人犯不斷解釋講話，直到救援抵達，或等到兇手注意力渙散，偵探就能跟他扭打，搶走他的槍。我覺得你沒有後援，而你看起來連跟小金魚扭打都辦不到。再說，你知道的也差不多了，如果你不清楚，你是不會來這裡的。佛萊迪都說得很清楚了，我不想用卡通反派的口氣講話，但她會為此付出代價的，總有一天她得付出代價。」

「她說網站不是她架的。」

「架網站用不著靠她。我自己就可以，在巴比諾的書房，用巴比諾的筆電，趁我從二一七號病房出來度假透氣的時候。」

「那——」

「閉嘴。霍吉斯警探，看到你旁邊的桌子沒？」

那是櫻桃木打造的，跟矮櫃一樣，看起來很昂貴，但上頭到處都有褪色的圓形痕跡，都是沒有用杯墊的玻璃酒杯留下來的。擁有這個地方的多位醫生在手術室裡也許一絲不苟，但在此他們通通不修邊幅，現在桌面上有電視遙控器跟陶瓷頭骨筆筒。

「打開抽屜。」

霍吉斯乖乖照辦。抽屜裡有一臺札皮掌上機，就擺在一本過期許久的《電視週刊》上頭，封面人物是英國演員休·勞瑞。

「拿出來開機。」

「不要。」

「那好，我要來好好照顧照顧吉卜尼女士了。」他把步槍的槍口往下，對準荷莉的脖子後方。

「用全自動模式，這把槍會射斷她的脖子。她的腦袋會飛進壁爐裡嗎？咱們繼續看下去就知道了。」

「夠了。」霍吉斯說：「好、好、好，住手。」

他拿起遊戲機，按下上方的控制鈕。歡迎畫面出現，斜斜的紅色Z字充滿整個螢幕。他應該要滑一下螢幕，進入遊戲，不用布雷迪多說，他曉得該怎麼做。汗水從他的臉上滴落，他從來沒有感覺這麼熱過，他斷掉的手腕正抽抽地痛。

「有沒有看到『洞洞釣魚樂』的圖示？」

「有。」

打開「洞洞釣魚樂」是他最不想做的事情，但當另一個選項是斷著手腕，抱著腫脹疼痛的腹部坐在這裡，眼睜睜看著大口徑的子彈讓荷莉的腦袋與身體分家？想都別想。再說，他不曉得在哪裡讀過，一個人是沒辦法在違反自己意志的狀況下接受催眠的。沒錯，迪娜．史考特的遊戲機差點催眠他，但他那時又不曉得會發生什麼事情，他現在很清楚。而如果布雷迪以為他遭到催眠，但他其實很清醒，那麼，說不定……真的只是說不定……

「我相信你曉得接下來的動作。」布雷迪說，他的雙眼亮亮的，充滿生氣，這是男孩即將在蜘蛛網上點火的神情，等著看蜘蛛會怎麼辦。牠會在著火的網上亂竄，找路求生，還是會一起燒死？「點下圖示，魚會開始游水，音樂會開始播放。點擊紅色的魚，把數字加起來。你要在一百二十秒裡得到一百二十分才能贏這個遊戲。如果你贏，我會讓吉卜尼女士活下來，如果你輸，咱們就來看看這支優秀的自動武器有多厲害。巴比諾曾看過這把槍打爛一面水泥牆，所以你想像一下這把槍對人肉的影響。」

「就算我得到五千分，你也不會讓她活下來。」霍吉斯說：「我一點也不相信你的話。」

巴比諾的藍色雙眼睜得大大的，露出嘲諷的神情。「但你應該要信我！畢竟，我欠這個倒在我眼前的婊子太多了！我能做的就是饒她一命。前提是如果她沒有腦出血，已經半死不活的話啦。現在不要再拖延時間，快點玩遊戲，你的一百二十秒就在你點擊圖示的時候開始計時。」

霍吉斯沒有辦法，只好點擊圖示。螢幕閃了一下，藍色閃光太亮，害他不得不瞇起眼睛，魚兒出現了，前後上下左右游來游去，留下一道銀色的泡泡。音樂開始響起，在海邊，在海邊，在美麗的海邊……

但不只音樂，還有文字混在裡面，而藍色閃光裡也有文字。

「經過十秒。」布雷迪說：「滴答滴答。」

霍吉斯點下粉紅色的魚，落空。他慣用右手，每點一下，他的手就更痛了，但這種痛楚完全比不上從他鼠蹊一路燒到喉頭的痛。第三次，終於點到一條小粉紅，他現在把這種魚稱為小粉紅，然後魚變成了數字「五」，他大聲報數。

「二十秒才得五分？」布雷迪說：「警探，你最好加把勁。」

霍吉斯點得很快，雙眼上下左右掃視。藍色閃光出現的時候，他因為已經習慣了，便不再瞇眼，而且點魚變得比較簡單了，魚似乎變大也放慢了速度。音樂聽起來現在沒那麼響亮、大聲了。你和我，你和我，噢，我們會有多麼快樂。那是布雷迪跟著音樂一起唱的聲音嗎？還是他的幻覺？現場節目還是造假預錄？現在沒時間想這個，光陰似箭啊。

他點了七分的魚、四分的魚，然後，中獎了，有條魚變成十二。他說：「我現在得到二十七分了。」對嗎？他已經算不清楚了。

布雷迪沒有告訴他算得對不對，只說：「還有八十秒。」而他的聲音現在聽起來有點迴音，彷彿他是從遠遠的走廊對霍吉斯講話。同時，神奇的事情發生了，霍吉斯腹部的疼痛開始減退了。

霍吉斯心想：美國醫學協會應該要曉得這點才是。

他又點到另一條小粉紅，只有兩分。不夠，但還有很多、很多、很多小粉紅。就在這個時候，他開始感覺到有個類似手指的東西開始小心翼翼地探進他的腦袋裡，這可不是他的幻覺。有人入侵了，布雷迪提到麥當勞護士的時候是這麼說的，很簡單，只要進去了，就能在裡頭動手腳。

布雷迪什麼時候開始動手腳的？

霍吉斯心想：他會跟附身巴比諾一樣，跳到我身體裡……不過這個醒悟現在感覺很像從長長走道遠處傳來的聲音與音樂，走道盡頭就是二一七號病房的門，現在門是開的。

他為什麼會想跳到我身上來？他為什麼會想附身在現在已經成了癌症工廠的肉體上？因為他要我殺死荷莉，不用槍，他不信任我拿槍。他會用我的手掐死她，不管我有沒有斷了一隻手，然後他會離開我，讓我面對我幹下的好事。

「霍吉斯警探，越來越厲害了，你還有一分鐘。放輕鬆，繼續點，你放鬆會比較簡單。」

雖然布雷迪本人就站在他面前，但現在聲音不再是走廊裡的迴聲了，而是從銀河那麼遠的地方傳來的。布雷迪彎下腰，熱切地盯著霍吉斯的臉看，只不過他們之間現在有魚游來游去，小粉紅、小藍跟小紅。因為此時此刻霍吉斯就在「洞洞釣魚樂」裡，只不過這個遊戲是個水族缸，而他是一條魚，很快就會遭人生吞活剝。「來吧，小威仔，點擊粉紅色的魚！」

霍吉斯心想：不能任他進來，但我擋不住他。

他又點了一隻粉紅魚，得到九分，但他現在感覺到的不再是手指，而是另一個意識出現在他的心智之中，出現的方式有如滴進水裡的墨水。霍吉斯想要抵抗，但他曉得自己輸定了，入侵者的人格力量非常強大。

我要淹死了，淹死在「洞洞釣魚樂」裡，淹死在布雷迪．哈特斯菲爾裡。

在海邊，在海邊，在美麗的——

附近傳來玻璃碎裂聲，然後是一群男孩欣喜地大喊：「是全壘打！」

突如其來的聲響打斷了霍吉斯與哈特斯菲爾之間的連結，霍吉斯從椅子上跳起來，抬頭看著布雷迪雙眼圓睜、張大嘴巴，訝異地往沙發上倒去，只有一點點槍管插在布雷迪褲子後方的勝利型點三八手槍（槍管不肯再插進去一點）從皮帶上掉下來，重重落在熊皮地毯上。

霍吉斯毫不遲疑，一把將遊戲機扔進壁爐裡。

「你住手！」布雷迪大吼，轉過身來，他舉起獵槍。「你他媽的住——」

霍吉斯伸手拿了最靠近他的東西，不是點三八手槍，而是陶瓷筆筒，他的左手好得很，而距離也沒有很遠。他把筆筒砸在布雷迪偷來的臉上，力道之大，打中臉上的制高點，布雷迪的鼻子開始流血。當他想要拿起獵槍的時候，霍吉斯奮力一跳，忍住了牛角撞上來的另一陣痛楚，撲到了布雷迪身上。布雷迪往後倒，差點跌下去，一個小矮凳絆倒了他，他癱在熊皮地毯上。

霍吉斯想要從小凳上起身，結果只成功打翻茶几。當布雷迪站起來，將獵槍轉向時，霍吉斯才跪在地上。在布雷迪把槍口對準霍吉斯前，槍聲就出現了，布雷迪再次尖叫，這次是痛苦的尖叫。他不敢置信地看著自己的肩膀，血從襯衫的洞口上流了出來。

荷莉坐起身子，她的左眼有一片可怕的瘀青，位置跟佛萊迪額頭的傷差不多，左眼整個紅紅的，裡面都是血，但另一隻眼睛明亮警覺，她用兩隻手握著勝利型點三八手槍。

「繼續開槍！」霍吉斯大吼：「荷莉，繼續朝他開槍！」

布雷迪忽然腿軟，他一手握著受傷的肩膀，另一隻手抓著獵槍，臉上滿是不可置信的神情，此時荷莉又開了一槍。這次子彈飛得太高，從熊熊壁爐火焰上的粗石煙囪上彈開。

「住手！」布雷迪邊喊邊閃，同時他又掙扎想要舉起獵槍。「住手，住手，妳這臭婊——」

荷莉開了第三槍。布雷迪的袖子抖動了一下，他叫了一聲。霍吉斯覺得她這次並沒有直接打中他，但飛過的子彈至少劃傷了他。

霍吉斯爬起身來，想要朝再次想要舉起自動獵槍的布雷迪撲去，他頂多只能吃力緩步前進而已。

「擋到了！」荷莉大喊：「老威，你擋到了！」

霍吉斯立刻趴在地上，縮緊脖子。布雷迪轉身就跑，點三八再次開槍，木片從布雷迪右方三十公分的門框噴出來，然後他就逃了。前門大開，冷風吹了進來，壁爐的火開始猛烈舞動。

「我失手了！」荷莉痛苦地大喊：「又蠢又沒用！又蠢又沒用！」她扔開手槍，開始打起自己巴掌來。

霍吉斯在她摑第二下前拉住她的手，蹲在她身邊。「不，妳至少打中他一次，也許兩次，我們還活著都要感謝妳。」

但能活多久？布雷迪還拿著那把該死的自動步槍，說不定還額外帶了一、兩個彈匣，霍吉斯曉得布雷迪說特種部隊戰鬥突擊重型步槍能夠打爛水泥牆的說法並不是在吹牛。他見過類似的HK-416 突擊步槍也有同樣能耐，那次是去勝利郡郊外的私人靶場。他跟彼得一起去的，回來的時候兩人還開玩笑說 HK-416 應該編入警方標準裝備裡。

「我們該怎麼辦？」荷莉問：「我們現在該怎麼辦？」

霍吉斯撿起點三八手槍，轉轉彈巢，剩下兩發子彈，而且點三八只能射擊短距離。荷莉的狀況再輕微也有腦震盪，他自己已經快不行了。苦澀的事實是這樣的，他們有過機會，但布雷迪跑了。

他緊抱著她，說：「我不知道。」

「也許我們該躲起來。」

「我覺得沒有用。」他說，但他沒有說明原因，她沒有問，讓他鬆了口氣。因為，在他腦袋裡還有一點點布雷迪存在的痕跡，也許不會殘留很久，但至少現在還有。霍吉斯懷疑這一點點的痕跡是不是會跟歸航信標一樣呼喚著布雷迪。

## 32

布雷迪歪歪斜斜地踏在及小腿的積雪上，他瞪大了眼睛，不敢相信，巴比諾六十三歲的心臟在他的胸腔裡大力撞擊。他舌頭上有金屬的味道，肩膀跟著火一樣，而在他腦袋裡持續播放的念頭是：那個婊子、那個婊子、那個偷偷摸摸的臭婊子，我為什麼不趁有機會的時候殺了她？遊戲機也沒了，好傢伙「札皮零號」，他只有帶這一臺，少了這臺遊戲機，他就沒辦法接觸那些啟動札皮之人的心智了。他氣喘吁吁站在獸首與毛皮外頭，在吹起的風雪之中沒穿外套。Z男孩的車鑰匙就在他的口袋裡，裡頭還有步槍的另一個彈匣，但有鑰匙有什麼用？那輛破車在無法前進之前連第一個山頭都開不上去。

他心想：我得幹掉他們，不只是因為他欠我。霍吉斯開來的那輛休旅車是出去的唯一方法，鑰匙可能在他或那個婊子身上。他們很可能把鑰匙留在車上，但我實在不能冒這個險。再說，直接開車逃走意味著留他們活口。

他曉得自己該怎麼做，他將獵槍調整成全自動模式。他將步槍的槍托抵在他沒受傷的那邊肩膀上，然後開始射擊，將槍管從左到右掃射，但集中在他剛剛拋下他們的大空間裡。

槍火照亮了夜晚，在飄落的白雪上閃爍，好像一張張停格照片。一層一層重疊的槍聲震耳欲聾，窗戶向室內爆裂，木頭牆板從建築外側跟蝙蝠一樣噴飛起來。他剛剛從中逃出前門只有虛掩，現在大力彈回去，又震了開來。巴比諾五官扭曲，充滿憎恨與歡喜的人是布雷迪．哈特斯菲爾，他因此沒有聽見接近的引擎聲及他身後金屬履帶的喀答行進聲。

## 33

「趴下！」霍吉斯大喊：「荷莉，趴下！」

他沒有等她乖乖聽話，直接壓在她身上，蓋住她的身體。在他們上方，整個客廳都是飛濺起來的木板、破碎的玻璃、煙囪的石頭碎片。一顆麋鹿的頭從牆上掉在壁爐前面，一隻玻璃眼珠遭到溫徹斯特彈打爛，看起來好像是在跟他們使眼色。荷莉尖叫，矮櫃上的六支酒瓶爆裂，釋出波本跟琴酒的味道。一顆子彈打中壁爐裡的柴火，木柴裂成兩半，掀起巨大的火花。

霍吉斯心想：拜託讓他只帶了一個彈匣就好。要是他往下瞄，讓他打中我，不要打到荷莉。只不過點三八溫徹斯特彈會穿過他的身體，順便打中荷莉，他清楚得很。

槍火忽然停下，他是在裝彈還是離開了？現場節目或是造假預錄？

「老威，從我身上起來，我不能呼吸了。」

「還是不要比較好。」他說：「我——」

「那是什麼？那是什麼聲音？」然後，她回答起自己的問題：「有人來了！」

霍吉斯的耳朵現在聽得比較清楚了，他也聽見了。一開始，他覺得肯定是瑟斯頓的孫子，開著老人提過的雪上摩托車來當個好心人，查看狀況，但也許不是。接近的引擎聲聽起來太大聲了，不像雪上摩托車。

刺眼的黃白色燈光從破碎的窗戶照進來，好像警方直升機的探照燈，但這可不是什麼直升機。

## 34

在布雷迪翻找另一個彈匣時，他才意識到有輛交通工具隆隆作響、喀啦喀啦逼近。他猛一轉身，受傷的肩膀跟發炎的牙齒一樣隱隱作痛，大大的輪廓出現在營區小路的盡頭，頭燈讓他看不清楚。他的影子在閃亮的雪上照得長長的，而這臺不曉得什麼玩意兒的東西則直直朝著慘遭流彈肆虐的房子開去，發出聲響的履帶噴出一堆雪來，而且這玩意兒並不是朝房子開去，而是朝他開過來。

他扣下扳機，步槍再次發出震耳欲聾的槍聲。現在他看得清楚了，這是某種雪天開的機具，在攪動的履帶上有一個亮橘色的座艙，擋風玻璃破裂，有人從啟開的駕駛座車門安然跳開。

這臺大怪物持續前進，布雷迪想跑，但巴比諾昂貴的樂福鞋打滑。他揮舞雙手，看著持續前進的頭燈，然後退後倒下，橘色的入侵者跨越過他。他看見金屬履帶朝他轉動而來，他想將其推開，就跟他在病房裡的時候一樣，拉動百葉窗、床單、廁所門，但他現在根本就是螳臂當車。他舉起一隻手，屏住呼吸打算尖叫。在他能夠叫出聲前，塔克雪上貓重驅車就輾過他的身體中段，將他開膛破肚。

## 35

荷莉完全沒有質疑解救他們的人是誰，一點遲疑也沒有。她跑向彈痕累累的門廳，跑出大門，一再叫著他的名字。

傑若米爬起來的時候，很像全身沾了糖粉一樣，她又哭又笑，一把投進他懷裡。

「你怎麼知道？你怎麼知道要來？」

「我不知道。」他說：「是芭芭拉。我打電話說我要回家時，她叫我一定要跟著你們過來，不然布雷迪會殺死你們……只不過她說的是『那個聲音』，她聽起來都快發瘋了。」

霍吉斯拖著腳步朝他們走去，但他已經聽見他們的對話，想起芭芭拉告訴荷莉，那個要她自殺的聲音還在她腦袋裡，就跟一層黏液一樣，她是這麼說的。霍吉斯曉得她在說什麼，因為他自己的腦袋裡也有那噁心的思緒，至少現在還有，也許芭芭拉跟布雷迪之間還有足夠的連結，讓她曉得他躲了起來，伺機而動。

見鬼，也許那只是女人的直覺。霍吉斯比較相信這種東西，他很老派的。

「傑若米。」他說，這話只是粗啞的喉音。「我的好兄弟。」他雙腿一軟，眼看就要跌下去。

傑若米從荷莉緊抓不放的懷抱裡掙脫出來，在霍吉斯跌倒前，用一隻手臂攙扶住他。「你還好嗎？我是說，我知道你不太好，但你中槍了嗎？」

「沒。」霍吉斯用手攬住荷莉。「而我早該知道你會來，你們兩個的腦袋都聽不進別人講的話。」

「最後一場合體演唱會前不能單飛啊。」傑若米說：「咱們送你回——」

他們左邊傳來一陣動物的聲音，從喉嚨裡傳出來的沙啞掙扎，說不出完整的話來。

霍吉斯這輩子從來沒有這麼疲累過，但他還是朝那聲音走去，因為……唉，因為啊。

他跟荷莉怎麼講的？在他們來這裡路上的時候提過的？結案，對不對？

布雷迪偷來的身體一路壓裂到脊椎，他的五臟六腑全都噴撒在他周遭，彷彿紅龍的翅膀，攤攤鮮血染紅白雪。不過，他還張著雙眼，保持注意力，同一時間，霍吉斯又感覺到那些手指了，只不過這次手指不是慵懶地亂戳，這次它們發了狂地想要抓緊什麼。霍吉斯輕鬆將他的存在彈開，就跟拖地的護工曾經把這個人的存在彈出自己腦袋裡一樣。

他把布雷迪像西瓜籽一樣呸了出去。

「救我。」布雷迪悄聲地說：「你必須救我。」

「我覺得你已經沒得救了。」霍吉斯說：「布雷迪，沉重的大車輾過你的身體，現在你明白遭車撞的滋味了，對嗎？」

「痛啊。」布雷迪低語。

「對。」霍吉斯說：「我想也是。」

「如果你不能救我，就對我開槍。」

霍吉斯伸出手，荷莉把勝利型點三八手槍交給他，如同護士把手術刀遞給醫生一樣。他轉轉槍筒，兩發子彈只留下一顆，然後把槍闔上。雖然霍吉斯全身都痛得要死，但他還是蹲了下來，將他父親的槍擺在布雷迪手上。

「你來吧。」他說：「這是你一直以來的心願。」

傑若米站在一旁，如果布雷迪決定用最後一發子彈射向霍吉斯，他已經準備好應對，但布雷迪沒有。他想把槍對準自己的頭，卻辦不到。他手臂顫抖，卻抬不起來。他又哀號一聲，血從他的下唇噴出，滴滲在菲利斯．巴比諾裝了牙冠的牙齒上。霍吉斯心想：如果不曉得他在市中心幹了什麼好事，他打算在冥果禮堂做什麼，或是他今天啟動的自殺機器，也許還會有人同情他。那臺自殺機器會因主要的幕後黑手撒手而會放慢速度，最終會停下來，但在完全停下來之前，還會吞噬幾個不幸的年輕人。霍吉斯很確定這點，自殺也許會痛，但還是很有感染力的。

霍吉斯心想：如果他不是禽獸，也許還會有人同情他。

荷莉蹲了下來，舉起布雷迪的手，將槍口對準他的太陽穴，說：「好了，哈特斯菲爾先生，剩下的你可得自己來了，希望上帝憐憫你的靈魂。」

「希望不會。」傑若米說。在雪上貓的刺眼頭燈下，他的臉冷若冰岩。

現場一度只有雪上重機具的大引擎運轉聲以及冬日暴風雪尤金妮所帶來的風聲。

荷莉說：「噢，老天。他的手指甚至沒有在扳機上，你們之中有人得幫幫他，我不覺得我可——」

然後，一陣槍響。

「布雷迪的最後一個把戲。」傑若米說：「老天。」

## 36

霍吉斯實在沒有辦法走回休旅車，但傑若米把他扛進雪上貓的座艙裡。荷莉坐在外頭，傑若米爬到駕駛座，開動車子。雖然他倒車，然後繞了好大一圈，繞過巴比諾剩下的屍骸，他還是告訴荷莉，等到抵達第一個山頭她才能向外看。

「我們留下血痕。」

「嗯。」

「沒錯。」傑若米說：「『噁』是正確反應。」

「瑟斯頓告訴我，他有雪上摩托車。」霍吉斯說：「他可沒提他有雪曼坦克車。」

「這是塔克雪上貓重驅車，而你沒有拿出信用卡做為抵押，更別說讓我平安抵達這鬼地方的吉普車也押在車行，感謝關心喔。」

「他真的死了嗎？」荷莉問，她蒼白的臉轉向霍吉斯，額頭上的大腫塊似乎很痛。「真的嗎？確定嗎？」

「妳看到他朝自己腦袋開槍。」

「對，但他真的死了嗎？真的嗎？確定嗎？」

他不肯回答的答案是「不，還沒死透，要等到他留在不曉得多少人腦袋裡的黏液被人腦的療癒機制沖刷掉為止，他都不算真的死了」。不過，再一個禮拜，一個月，布雷迪就會真的煙消雲散。

「對。」他說：「對了，荷莉，謝謝妳幫我設定那個簡訊鈴聲，全壘打的男孩。」

她笑了笑，說：「那是什麼？我是說訊息內容。」

霍吉斯痛苦地把手機從外套口袋撈出來，看了看，說：「真是沒想到。」他大笑起來。「我都忘了！」

「什麼？給我看給我看給我看！」

他斜拿手機，讓她看他女兒艾莉從無疑是陽光普照的加州傳來的訊息：

**爹地，生日快樂！七十歲還老當益壯！先趕去市場一下，晚點打給你。啾啾啾，艾莉**

這是傑若米從亞利桑那回來後街頭小子泰隆第一次登場：「霍吉斯老爹，你七十歲啦！老天，你看起來頂多六十有五！」

「夠了，傑若米。」荷莉說：「我知道你覺得這樣很好玩，但這種話聽起來很蠢又沒教養。」

霍吉斯大笑起來，雖然笑會痛，但他還是忍不住。他一路保持清醒撐回瑟斯頓車行，甚至抽了幾口荷莉點燃、遞給他的大麻菸，然後黑暗悄悄出現。

他心想：就這樣吧。

他心想：祝我生日快樂啦。

然後他就暈過去了。

# 之後

## 四天後

彼得．杭特利對金納紀念醫院的熟悉程度沒有他昔日夥伴那麼高，這位夥伴先前曾多次造訪一位長期住留在此的病患，現在這位病患已經死亡。彼得停了兩站，一次是在主要櫃檯，一次是在腫瘤科，然後他才找到霍吉斯的病房，當他進去時，裡頭空無一人。一簇氣球寫著「爸生日快樂」，就綁在牆邊扶手上，氣球在靠近天花板的地方飄浮著。一位護士探頭進來，看到他盯著空無一人的病床看，便對他笑了笑。「天井就在走廊盡頭，他們在那裡開了一個小派對，我想你現在過去還來得及。」

彼得走了過去，天光照進天井，裡面種滿植物，也許是要替病人打打氣吧，也許是提供他們額外的氧氣，也許兩者皆然。牆邊有一桌四人在打牌，兩個人是光頭，其中一個光頭手上還掛著點滴。霍吉斯坐在太陽光下，將蛋糕分發給同桌的人：荷莉、傑若米、芭芭拉。科米特似乎留了鬍子，花花白白的，彼得短暫想起他帶孩子去購物中心看的耶誕老人。

「彼得！」霍吉斯面露微笑，他打算起身，彼得則揮手要他坐著就好。「坐，吃點蛋糕。艾莉從巴士爾麵包店買來的，她小時候最喜歡這間麵包店了。」

「她人呢？」彼得一邊問，一邊從旁邊拖來一把椅子，放在荷莉座位旁。她左邊額頭包了繃帶，芭芭拉腿上打了石膏，只有傑若米看起來健壯無虞，但彼得曉得這孩子在那打獵營差點被打成漢堡肉排。

「她今早回加州了。她只能請兩天假，她三月的時候會有三個禮拜的假期，她說到時她會再來看我，如果我需要她來的話啦。」

「你感覺如何？」

「還不錯。」霍吉斯說，但他的眼睛撇向左方，一下下而已。「我有三個癌症醫生照顧我，第一個檢查結果回來，看起來還不錯。」

「真是太好了。」彼得接下霍吉斯遞過來的蛋糕。「這也太大塊了。」

「跟個男子漢一樣通通吃下去。」霍吉斯說：「聽著，你跟小莎——」

「我們解決了。」彼得吃了一口，說：「嘿，不錯耶。不是胡蘿蔔蛋糕加奶油起司糖霜，為了提振血糖而存在的那種蛋糕。」

「所以退休派對……？」

「照常舉行，正式的，根本沒有取消啊。我還指望你敬我第一杯酒呢，還有，記得——」

「知道、知道，前任跟現任都會去，不要講太黃的話題，了解、了解。」

「只是要重申一下。」太大塊的蛋糕現在變小了，芭芭拉入迷地看著他迅速進食。

「我們有惹上麻煩嗎？」荷莉問：「有嗎？彼得？有嗎？」

「沒。」彼得說：「完全沒事，我就是來告訴你們這個消息的。」

荷莉靠回椅子上，鬆了口氣，吹動了她開始花白的劉海。

「猜他們都把責任推到巴比諾身上去。」傑若米說。

彼得用塑膠叉子指著他。「就是這樣，年輕的絕地武士。」

「你也許會想知道，尤達大師的聲音是由知名木偶師法蘭克．歐茲配的。」荷莉如是說，她張望四周，然後說：「好，我覺得這件事很有意思。」

「我覺得這個蛋糕很有意思。」彼得說：「我可以再吃一點嗎？也許薄薄一片就好？」

芭芭拉負責這項殊榮，而她切的可不只薄薄一片，但彼得沒有抗議。他吃了起來，順便問她狀況如何。

「很好。」傑若米搶在妹妹開口前回答：「她交了個男朋友，名叫杜利斯．奈瓦，籃球明星。」

「傑若米，閉嘴，他才不是我男友。」

「他來看妳的頻率符合男朋友的標準喔。」傑若米說：「我是說自從妳跌斷腿以後，他沒有一天缺席的。」

「我們有很多話題可以聊。」芭芭拉用很有威嚴的口氣說話。

彼得說：「回到巴比諾，醫院高層有他在他老婆遭到謀殺那晚從後門進醫院的閉路電視畫面，他換成維修工人的打扮，衣服可能是從置物櫃裡找到的。十五到二十分鐘後，他就換回自己的衣服閃人了，永遠沒有回來。」

「沒有別的畫面？」霍吉斯說：「好比說他進腦空部的畫面？」

「是有一些，但在那些畫面裡看不清楚他的臉，因為他戴了土撥鼠隊的鴨舌帽，而你也看不見他走進哈特斯菲爾的病房。辯護律師可能會提這些事情，但因為巴比諾不可能接受審判——」

「所以根本沒人在乎。」霍吉斯替他說完。

「沒錯。市警跟州警都樂得讓他扛責任，小莎開心，我也開心。接下來這是我們這些小孬孬私底下的對話，我大可問你，死在樹林裡的人到底是不是巴比諾？但我其實不想聽答案。」

「所以艾爾圖書館在這裡扮演什麼角色？」霍吉斯問。

「他沒得演了。」彼得把紙盤放去一邊。「艾爾文·布魯克斯昨晚自殺了。」

「噢，老天。」霍吉斯說：「他在警局的時候？」

「對。」

「經過這一切，他們沒有嚴密監控他？」

「有啊，而其他的犯人身上應該不會有什麼可以切割或刺傷的東西，但他不知從哪兒弄來了一枝原子筆。可能是獄卒給他的，但應該是別的犯人。他在牆上寫滿Z字，整個牢房都是，他身上也是。然後他拆掉金屬筆身，拿來——」

「夠了。」芭芭拉如是說，雖然在灑落的冬陽下，她面色鐵青。「我們懂你意思了。」

霍吉斯說：「所以……他們是怎麼想的？他是巴比諾的共犯？」

「他可能受到某人影響。」彼得說：「也許他們兩個都受到某人影響，但咱們別往那個方向發展，行唄？現在的重點在於，你們三個人都沒事，這次不會有表揚，也不會有市中心提供的免費好康——」

「沒關係。」傑若米說：「我跟荷莉至少都還有四年免費的公車可以搭。」

「你現在都不在家，你也搭不到。」芭芭拉說：「你該給我用的。」

「那個不能移轉。」傑若米得意地說：「我最好收好，可不希望妳惹上什麼法律問題啊，再說，妳很快就會跟杜利斯一起去很多地方了，但別跑太遠，妳懂我的意思。」

「你很幼稚。」芭芭拉轉頭望向彼得，「現在總共有幾起自殺案件了？」

彼得嘆了口氣。「過去五天總共十四起。札皮出現在其中九個命案現場之中，現在就跟它們的主人一樣，醒不來了。年紀最大的自殺者二十四歲，最小的十三歲。其中一起是個男孩，根據鄰居的說法，他們家是那種很奇怪的宗教家庭，相較之下，連基督教基本教義派分子看起來都是自由派呢。他用獵槍殺了他父母跟小弟，然後自盡。」

五人沉默了一會兒，左手邊那桌牌搭子不知為何發出狂笑聲。

彼得打破沉默，說：「自殺未遂的案件已經超過四十件了。」

傑若米吹了聲口哨。

「對，我知道，報紙沒有報導，新聞臺嚴陣以待，就連『謀殺與暴動』都按兵不動。」這是警方對WKMM獨立電視臺的暱稱，這種媒體以「緊咬血腥味不放」做為開臺宗旨。「當然很多，或說大部分這種自殺未遂的案件最後都會出現在社交網站上，然後持續發酵。我討厭那些網站，但這件事會平息下來，群體自殺總會平息下來。」

「最終一定會的。」霍吉斯說：「但無論有沒有社群媒體，無論有沒有布雷迪，自殺總是生命的表現出來的一種事實。」

他一邊講話，一邊看著旁邊那桌打牌的人，特別是那兩個光頭。一個看起來氣色挺好的（就跟霍吉斯氣色不錯一樣），但另一個面色慘白，雙眼凹陷。霍吉斯的老爸會說這種人：一腳踏進棺材裡，另一隻腳踩到香蕉皮。這種想法對他來說太過複雜，以及伴隨而來結合了憤怒與哀傷的情緒，他實在難以言喻。某些人無所謂地揮霍其他人寧可販賣靈魂所換得的一切，健康也好，沒有病痛的身體也好，但為什麼呢？因為他們太盲目了，或情緒上傷痕累累，或把自己看得太重要，導致他們看不透地球在等待下一個日出前的黑暗時分。如果我們屏住呼吸，日出永遠會來。

「還要蛋糕嗎？」芭芭拉問。

「不了，得閃人了，但如果可以的話，我會在妳的石膏上簽名。」

「別客氣。」芭芭拉說：「寫點睿智的話。」

「這個要求超過了彼得的薪資水準。」霍吉斯說。

「科米特，講話小心點。」彼得跪下單膝，很像準備要求婚的年輕人，然後小心翼翼在芭芭拉的石膏上寫字。他寫好後，站起身來，看著霍吉斯。「說真的，告訴我你感覺如何？」

「好得不得了。我有一個止痛貼片，效果比吃藥還好，他們明天就會讓我出院了，我等不及要躺在自家床上囉。」他停頓了一下，又說：「我會打敗這鬼玩意兒的。」

彼得等電梯時，荷莉過來找他，說：「你來看老威對他意義重大，而且你還想讓他敬酒。」

「狀況不太樂觀，對吧？」彼得說。

「對。」他伸手想抱她，但荷莉退開，只讓他握她的手，短暫捏了一下。「不是很樂觀。」

「糟糕。」

「對，糟糕，糟糕是正確的反應。他不該落得這種下場，但既然他已經這樣了，他就會需要朋友的支持。你會支持他的，對不對？」

「我當然會，而荷莉，妳也不要立刻就放棄希望。只要活著，就有希望，我曉得這是老哏，但……」他聳聳肩。

「我的確懷抱希望，我有『荷莉希望』。」

彼得心想：實在不能說她跟以前一樣怪，但還是很奇特。他有點喜歡這樣的她。「麻煩確保他不會在敬酒的時候出亂子好嗎？」

「好的。」

「而且，嘿，他活得比哈特斯菲爾久，無論發生了什麼其他的事情，這點都很重要。」

「孩子，我們永遠都有巴黎。」她用亨弗萊．鮑嘉的口氣說出他在《北非諜影》裡的臺詞。

對，她還是很奇特，基本上還真獨樹一格。

「聽著，吉卜尼，妳得好好照顧自己，無論發生什麼事，他都會希望妳好好的。」

「我知道。」荷莉說，然後走回天井，她跟傑若米會替生日派對善後。她告訴自己，這不見得是最後一次生日，還想說服自己。她並沒有完全成功，但她持續懷有她的「荷莉希望」。

## 八個月後

喪禮後兩天，傑若米依照約定在上午十點鐘抵達善草墓園。荷莉已經到了，她跪在墓碑前面。她不是在禱告，她正在把菊花種下去。他的影子籠罩她的時候，她沒有抬頭，她曉得這是誰。在她告訴傑若米，她不曉得自己能不能撐過整場葬禮的時候，他們相約此時見面。她那個時候說：「我盡量，但我對這些討厭的事情很不在行，我可能會先溜。」

「這種植物是在秋天的時候種的。」她現在說：「我不太了解植物，所以我買了一本教學手冊，文筆不怎麼樣，但步驟寫得很簡單。」

「很好啊。」傑若米盤腿坐在墓地後方，開始長草的地方。

荷莉小心用手劇著泥土，還是沒有轉頭看他。「我跟你說了，我可能會先溜。我走的時候，他們都盯著我看，但我實在沒辦法留下來。如果我留下來，他們就會希望我站在棺材旁邊說點關於他的事情，我說不出口。我沒辦法在那些人面前講他的事情，我敢說他女兒一定很生氣。」

「也許不然。」傑若米說。

「我討厭葬禮，我一開始來這裡就是為了參加一場葬禮，你知道嗎？」

傑若米曉得，但他沒有開口，讓她說下去。

「我阿姨死了，她是奧莉維亞．崔洛尼的媽媽。我就是在那個時候認識老威的，在喪禮上。

我那次也跑了出去，我在殯儀館後面抽菸，心情糟透了，他就是那個時候發現我的，你懂嗎？」

她終於抬頭看傑若米。「他發現了我。」

「我懂，荷莉，我懂。」

「他替我打開一扇門，一扇通往世界的門，他讓我有事做，讓我能改變。」

「我也是啊。」

她幾乎可以說是憤怒地擦拭雙眼。「這真是爛得可惡。」

「是沒錯，但他可不希望妳退步回去，他最不希望這樣了。」

「我不會變回之前那樣。」她說：「你知道他把公司留給了我，對吧？保險金跟其他的東西都給艾莉，但公司是我的。我沒辦法自己經營，所以我問彼得想不想替我工作，只是兼職而已。」

「他怎麼說？」

「他說好，因為退休生活已經開始難熬了。應該沒問題，我可以在電腦上追蹤什麼機長跟遊手好閒的壞傢伙，他則出門逮他們，或送送傳票什麼的，如果送傳票是工作內容的話。不過，感覺不會跟以前一樣，替老威工作……跟老威一起工作……那是很快樂的時光。」她想了想，又說：「我猜應該是我這輩子最快樂的時光……我覺得我很……不知道啦……」

「很有價值？」傑若米試探地說。

「對！有價值。」

「妳現在還是該這麼想。」傑若米說：「因為妳的確還是很有價值。」

她用審視的目光看了植物最後一眼，然後拍拍雙手跟褲子的膝蓋，坐到他身旁來。「他很勇敢，對不對？我是說到最後的時候。」

「對。」

「嗯啊。」她露出淺淺的微笑。「老威會這麼說，嗯啊，而不是對。」

「嗯啊。」他同意。

「傑若米，你可以用手搭著我嗎？」

他用手搭著她。

「我第一次認識你的時候，我們在我表姊奧莉維亞的電腦裡發現布雷迪安裝的惡意程式，那個時候我很怕你。」

「我知道。」傑若米說。

「不是因為你是黑人——」

「黑人才厲害。」傑若米笑著說：「我覺得我們從一開始就同意這點。」

「——而是因為你是陌生人。你是從外面來的，我怕外面的人事物，我現在還是怕，但沒有之前那麼怕了。」

「我知道。」

「我愛他。」荷莉望向菊花，橘紅色的花就種在灰色的墓碑之下，墓碑上只有簡單刻著科米特．威廉．霍吉斯、生卒日期，以及「勤務結束」這簡短的訊息。「我很愛他。」

「嗯啊。」傑若米說：「我也是。」

她抬頭看他，一臉膽怯也充滿期待，藏在灰白的劉海下的臉基本上是張孩子的臉。「你永遠都會是我的朋友，對不對？」

「永遠。」他捏了捏她的肩膀，她的肩膀枯瘦到令人心疼。在霍吉斯生命的最後兩個月裡，她連沒本錢瘦的五公斤都瘦了下去，他曉得他媽跟芭芭拉準備好要好好餵肥她。「荷莉，永遠。」

「我知道。」她說。

「知道妳還問。」

「因為聽你說出來感覺挺好的。」

傑若米心想：「勤務結束」？他不是很喜歡這四個字聽起來的聲音，但說得沒錯，而且在這個夏末的上午與荷莉一起來墓園真的比參加葬禮好多了。

「傑若米？我沒有抽菸。」

「很好啊。」

他們靜靜坐在原地好一會兒，看著菊花在墓碑底下綻放燃燒的色彩。

「傑若米？」

「什麼？荷莉？」

「你想跟我一起去看電影嗎？」

「好啊。」然後他糾正自己：「嗯啊。」

「我們在中間留一個空位，放爆米花。」

「沒問題。」

「因為我討厭把爆米花放在地上，可能會有蟑螂，甚至老鼠。」

「我也不喜歡，妳想看什麼？」

「能夠讓我們一直笑、一直笑的電影。」

「我覺得不錯。」

他對她微笑，荷莉也笑了起來，他們離開善草墓園，一起走回外頭的世界。

二〇一五年八月三十日

# 作者的話

感謝本書編輯南・葛拉漢，以及我所有在 Scribner 出版社的朋友，包括（但除此之外還有）蘇珊・莫爾道、洛茲・利佩爾、凱蒂・莫納根。感謝我長年的經紀人查克・維瑞爾（這點很重要），他也是我多年來的朋友（這點更重要）。感謝克里斯・洛特斯，我的海外版權經紀人。感謝馬克・雷文佛斯，他跟我一樣注意到這件事，主持避風港基金會，此基金會協助遭蒙不幸的自由業藝術家維生，以及金氏基金會，協助學校、圖書館及小鎮消防隊。感謝瑪莎・德費利波，我能幹的私人助理，及茱莉・尤格利，打理其他瑪莎無法勝任的工作。沒有她們，我肯定手足無措。感謝我的兒子歐文・金，讀了本書初稿，提供寶貴意見。感謝我的妻子塔比莎・金，也提供寶貴意見……包括最後想出最棒的書名。

特別感謝羅斯・杜爾，他從外科醫師助理變成我的內容導師。他對本書貢獻良多，耐心指導我電腦程式如何編寫，如何更改，如何散播。少了羅斯，本書就不會這麼豐富。我得澄清，我故意在書裡更動了一些電腦程序，以符合小說需求。了解科技的朋友會看得出來，沒關係的，不要怪羅斯就好。

還有一件事，本書是虛構作品，但全美及鄙人作品所及的其他國家居高不下的自殺率可是千真萬確的。書裡提到的全美自殺防治熱線也是真的。在臺灣，你可以撥打 0800-788-995。如果你覺得心情「爛得可惡」（這是荷莉・吉卜尼會說的話），打通電話聊聊吧。因為，如果你給生命一個機會，事情通常都會變得更好。

國家圖書館出版品預行編目資料

我們還沒玩完/史蒂芬・金(Stephen King)作
；柯乃瑜,楊沐希譯. -- 初版. -- 臺北市：皇冠,
2018.07
面；公分. --（皇冠叢書；第4702種)(史蒂芬金
選；40)
譯自：End of Watch
ISBN 978-957-33-3383-8(平裝)

874.57　　　　107008993

皇冠叢書第 4702 種
史蒂芬金選 40

# 我們還沒玩完

## End of Watch



作　者—史蒂芬・金
譯　者—柯乃瑜、楊沐希
發 行 人—平雲
出版發行—皇冠文化出版有限公司
台北市敦化北路120巷50號
電話◎02-27168888
郵撥帳號◎15261516號
皇冠出版社(香港)有限公司
香港上環文咸東街50號寶恒商業中心
23樓2301-3室
電話◎2529-1778　傳真◎2527-0904
總 編 輯—龔橞甄
責任主編—許婷婷
責任編輯—楊惟婷
美術設計—王瓊瑤
著作完成日期—2016 年
初版一刷日期—2018 年 7 月

法律顧問—王惠光律師

讀者服務傳真專線◎ 02-27150507
電腦編號◎ 508040
ISBN ◎ 978-957-33-3383-8
Printed in Taiwan
本書定價◎新台幣 450 元 / 港幣 150 元